한국문학의 근대와 근대성

The Modern and Modernity of Korean Literature

필자_ 가나다순

구장률	연세대 강사
권보드래	동국대 교양교육원 교수
김영민	연세대 국어국문학과 교수
김재영	연세대 근대한국학연구소 책임연구원
김재용	원광대 국어국문학과 교수
김찬기	한경대 미디어문예창작학과 교수
박상준	포항공대 인문사회학부 교수
양문규	강릉대 국어국문학과 교수
유성호	한국교원대 국어교육학과 교수
윤덕진	연세대 국어국문학과 교수
이현식	인천문화재단 사무처장
이형대	고려대 국어국문학과 교수
임규찬	성공회대 국어국문학과 교수
임성래	연세대 국어국문학과 교수
정선태	국민대 국어국문학과 교수
정현기	연세대 국어국문학과 교수
최동호	고려대 국어국문학과 교수
최현식	연세대 강사
하정일	원광대 국어국문학과 교수
한수영	동아대 국어국문학과 교수

한국문학의 근대와 근대성

1판 1쇄 인쇄 2006년 11월 01일
1판 1쇄 발행 2006년 11월 10일

지은이 / 연세대 근대한국학연구소
펴낸이 / 박성모
펴낸곳 / 소명출판
출판고문 / 김호영
등록 / 제13-522호
주소 / 137-878 서울시 서초구 서초동 1621-18 (란빌딩 1층)
대표전화 / (02) 585-7840
팩시밀리 / (02) 585-7848
somyong@korea.com / www.somyong.com

ⓒ 2006, 연세대 근대한국학연구소

값 16,000원

ISBN 89-5626-224-1 93810

한국문학의 근대와 근대성

The Modern and Modernity of Korean Literature

연세대 근대한국학연구소

소명출판

책머리에

　이 책은 '한국문학의 근대와 근대성'이라는 주제 아래 네 번에 걸쳐 진행한 학술회의의 성과물을 수록한 것이다.

　책의 내용은 크게 보면 근대와 근대성에 대한 탐구 그리고 근대문학의 성과와 과제를 점검하는 글들로 이루어져 있다.

　제1부 연구편의 글은 「조선 후기 문학과 근대성」, 「번역과 근대소설 문체의 발견」, 「1910년대 소설의 근대성 재론」, 「1920년대 문학과 근대성」, 「일제 말기 임화의 생산문학론과 근대극복론」, 「식민지시대 한국 시의 근대성」, 「국민과 민족」, 「조선 후기 시가 연구사의 전망」, 「근대계몽기 문학 연구의 성과와 과제」, 「현대시사의 서술 방법과 방향」이다.

　제2부에는 모든 논문의 토론문이 붙어 있다. 이 토론문은 독자들이 논제를 더욱 깊이 있게 이해하는데 도움이 되리라고 생각한다.

　연세대학교 근대한국학연구소는 연세대학교 원주캠퍼스 인문사회분야 특성화 계획에 따라 설립한 연구소이다. 연구소를 설립한 지 삼 년째 접어들고 있다. 길지 않은 시간이었지만 연구소는 나름대로 적지 않은 성과를 내고 있다고 스스로 자부한다. 연구소의 핵심 사업 가운데 하나는 근대한국학총서 발간 사업이다. 현재 문학과 역사 연구 관련 총서들이 열다섯 권 간행된 상태이다. 총서가 이렇게 열다섯 권 간행된 상태에서 이제야 제1권이 나오게 된 데에는 이유가 있다. 연구소를 설립할 당시, 이 주제에 대한 심층적 공동 연구를 통해 그것을 첫 권으로 하자는 기획 의도 때문이다. 다행히 지난 2년 반 동안 그 기획 의도가 잘 지켜져서 좋은 연구자들을 모시고 이 주제에 대해 깊이 있는 학술회의를 지속적으로 진행할 수 있었다.

그동안 학술회의 참여를 흔쾌히 허락해주시고 원고를 집필해주신 분들께 감사를 드린다. 아울러 이러한 학술회의가 진행될 수 있도록 여러 가지로 도와주신 연세대학교 행정 당국에도 감사드린다.

많은 분들이 연세대학교 원주캠퍼스 근대한국학연구소를 지켜보시고, 그 성과에 대해 엄정한 평가를 내려주실 것이라고 기대한다.

근대한국학총서 간행을 적극 후원하는 소명출판에도 깊은 감사를 드린다.

2006년 9월
연세대학교 근대학국학연구소

차례

한국문학의 근대와 근대성

조선 후기 문학과 근대성

고소설의 상품화를 중심으로

임성래

1. 근대성과 상품성

이 글은 조선 후기 문학의 근대성을 탐색하는 데 목표를 둔다. 이 목표 설정에서 가장 문제가 되는 것은 근대성을 어떻게 규정할 것인가이다. 말하자면 근대성은 근대와 어떻게 다르며, 둘 사이의 관계를 어떻게 규정하는가에 따라 논의의 방향이 달라질 수 있다.

근대라는 말은 서양의 자본주의사회의 토대가 되었던 시민계급의 등장을 시점으로 하여 성립하였다. 그런데 우리 역사에서 조선시대는 시민계급의 등장이라는 서구적 역사 경험을 공유할 수 있는 사건이 존재하지 않았다. 따라서 시민계급의식에 토대한 서구적 근대 개념으로는 조선 후기의 근대성을 논의하기에 난관이 존재한다. 또한 근대와 근대성이란 개념의 상관 관계를 어떻게 볼 것인가도 문제가 된다.[1]

필자는 이 글에서 근대성이라는 개념을 근대를 성립시키기 위해 존재했던 수많은 속성들이라는 시각에서 보겠다. 말하자면 서양에서 근대가 성립되기까지는, 곧 시민계급이 대두하기까지는 수많은 사건이 일어났고, 이 여러 사건과 관련된 사항들이 총체적으로 결합되어 근대가 성립되었다. 그러므로 근대성이라는 개념은 그 사회의 변화를 추동한 수많은 속성들 각각이라고 할 수 있다. 이러한 점을 고려하여 이 글에서는 근대성이라는 개념을 근대를 이루는 속성들 하나하나를 모두 근대성이라는 개념으로 규정하여 사용하고자 한다. 그리고 이 글의 목표가 조선 후기 문학의 근대성을 탐색하는 것이므로 이 글에서는 근대성의 개념을 고소설의 상업성과 관련된 문제에 한정하여 사용하려고 한다.

　　그렇다면 조선 후기의 문학에 등장하는 근대성은 어떤 것들이 있을까? 그리고 조선 후기 문학에서 근대성을 어디서 어떻게 찾아야 할 것인가? 조선 후기 문학의 근대성을 찾기 위해서는 두 가지 차원에서 접근해야 할 것이다. 하나는 문학 외적 변화에서 근대성을 찾아보는 것이고, 다른 하나는 문학 작품 안에서 근대성을 찾아보는 것이다. 그런데

---

1) 역사학에서는 근대의 시작을 시민계급의 대두와 관련지어 설명한다. 그 가운데 자본주의 경제체제가 등장하면서 상품의 대량 생산과 소비, 시민의식의 성장, 시민계급의 권리 확대 등을 근대의 요소로 꼽는다. 그런데 사회주의 리얼리즘 계열의 학자들은 자본주의체제의 사회를 근대로, 사회주의체제의 사회를 현대로 보는 관점에서, 말하자면 근대를 극복해야 할 체제의 하나로 조명하기도 한다. 우리 학계의 일부 학자들도 근대와 근대성 논의에서 이런 관점에 기대고 있는 것으로 보인다.
　필자는 근대라는 개념을 파악할 때 개인의 자각이라는 점에 주목한다. 이것은 개인의 발견과 사회와의 투쟁에 따른 개인주권의 추구를 중시하는 관점에 토대한다. 물론 서양과 우리의 경우 국가나 민족의식이 다르고, 시기적으로도 차이가 나기 때문에 이를 일률적으로 적용하여 근대의 시점과 개념을 설정하는 데는 문제가 있다. 그런데 그동안의 논의에서 소홀히 취급되고 있는 것 가운데 하나가 바로 개인화의 문제이다. 필자는 개인화의 출발이 어디에서 시작되었는가, 곧 개인화의 단초가 어디에 있는가에 주목할 필요가 있다고 본다. 그것은 바로 상업화, 곧 돈이라는 경제 체계의 등장과 떼어서 생각할 수 없다. 근대의 시작이 부르주아 계급의 등장, 또는 시민계급의 등장인데, 이들이 등장한 배경이 바로 돈이었다. 이런 맥락에서 조선 후기의 근대성을 문학의 상품화에서 찾으려고 한다.

문학이 사회의 변화와 밀접하게 연관되어 있다는 점에서 먼저 문학 외적 변화를 검토할 필요가 있고, 그러한 외적 변화가 작품의 내적 변화에 어떤 영향을 미쳤는가를 살펴볼 필요가 있다.

문제는 그것을 다 다루기에는 시간의 제약과 한정된 지면뿐만 아니라 이를 소화할 능력이 필자에게는 없다는 점이다. 그러므로 이 글에서는 조선 후기 문학의 상품화와 관련된 문제에서 일어난 변화들에 한정하여 조선 후기 문학의 근대성을 탐색하고자 한다. 이를 좀 더 구체적으로 말하면 조선 후기 문학의 근대성을, 문학의 상품화와 관련된 당시 사회의 변화, 곧 산업의 발달이 가져온 여가문화 가운데 하나인 독서 행위, 독자의 증가에 따른 고소설 출판업의 출현과 그 변화를 주로 살펴보고, 출판업자들이 독자들의 흥미를 끌어서 고소설의 상품성을 높이려는 목적에서 시도한 흥미 유발 기법과 작품 내용의 변화 등을 주로 살펴보려고 한다.

2. 사회의 경제·문화적 변화와 서책의 상품화

조선 후기에 들어와서 두드러진 사회의 변화 가운데 하나는 수공업과 영농법의 발달에 따른 인구의 도시집중화와 화폐경제의 확대에 따른 상업화의 급속한 진행이다. 이러한 사회의 변화는 농업경제체제에서 화폐경제체제로의 사회 개편이 이루어지고 있음을 의미한다.[2] 이러한 경

---

2) 1678년에서 1865년까지 화폐량의 변동을 조사한 이헌창의 연구에 따르면 관에서 주조한 동전은 1678~97년 간은 약 450만 냥 이상, 1731~98년 간은 500만 냥 이상, 1809~57년 간은 600만 냥 이상, 1860년경은 1,300~1,500만 냥의 범위였을 것으로 추정된다. 그러므로 실제로 유통된 동전의 양은 이것보다 훨씬 많았을 것이다. 구체적인 것은 이헌창, 「1678~1865년간 貨幣量과 貨幣價値의 推移」(『경제사학』 27호, 경제사학

제체제의 변화는 새로운 상품의 개발과 생산의 발달뿐만 아니라 그것을 소비자에게 판매하기 위한 유통시장의 발달을 촉진시킨다.

상품의 다양화에 따른 유통시장의 발달은 지방의 관청 소재지를 중심으로 이루어지는데, 그 형태는 상설장시와 5일장시가 주류였다. 장시의 개설은 지역민의 생필품에 대한 욕구에서 개설되었지만 국가나 지방관청의 장세 징수를 통한 세수 확대에 크게 도움이 되는 측면이 강했다. 그런 연유로 이것이 새로운 정책의 방향으로 나아가기도 했다.[3]

이러한 사회 변동 과정에서 경제적 부를 축적한 계층은 축적된 부를 이용하여 여가를 즐기기 위한 다양한 방법을 모색했다. 곧 경제적 부의 축적과 여가의 증대는 여가를 즐기기 원하는 수요층의 확대로 이어졌고, 이 수요층의 욕구 충족을 위한 새로운 유흥산업의 등장과 성장으로 나아갔다. 그 결과 당시 술집(酒肆)과 기방(妓房)이 번창하고 도박이 성행하였다. 선유놀음과 산대놀음, 승전놀음 같은 각종 놀음을 즐기거나 유흥지를 찾는 사람들의 숫자가 증가했다. 광대나 기생·가인 등을 불러 판소리와 가곡·잡가 등을 듣거나 줄타기나 꼭두각시극 따위의 공연을 보는 사람들도 늘어났다. 뿐만 아니라 고동서화의 수집이나 서책을 소장하는 사람이 증가하면서 서적 출판업이 발달하였다.[4]

출판업의 발달에 따른 도서의 상품화는 이 글에서 다루고 있는 근대성의 단초가 된다는 점에서 그 사회적 변화의 의미를 파악할 수 있다. 그리고 바로 이 지점에서 근대의 바탕이 되는 조선 후기 고소설의 상업

회, 1999)를 참조할 것.

3) 장시의 발달에 대해서는 김대길의 「조선 후기 장시에 대한 연구」(중앙대 박사논문, 1993)와 「조선 후기 지방장세에 대한 기초 연구」(『관동사학』 4집, 1989), 이헌창의 「충청도 지방의 장시망과 그 변동」(『경제사학』 18호, 1994), 한상권의 「18세기 말~19세기 초의 장시 발달에 대한 기초 연구─경상도 지방을 중심으로」(『한국사론』 7호, 1981), 박선희의 「전북지역 정기시장의 특성과 변화─조선 후기에서 일제시대까지」(『지리교육논집』 34, 1994) 등을 참조할 것.

4) 구체적인 내용은 강명관의 『조선시대 문학 예술의 생성 공간』(소명출판, 1999)을 참조할 것.

적 특성을 찾아볼 수 있다.

조선시대에 서책의 상품화는 지속적으로 이루어졌을 것으로 추정된다. 그러나 서책의 상품화가 언제 어디에서 어떻게 이루어졌는지 정확히 알 수는 없다. 다만 지금 남아 있는 자료를 토대로 그것을 추적해보면 16세기에 서울에서 상품성을 갖춘 방각본[5] 서책이 발행된 것을 확인할 수 있다. 당시 비교적 수요가 많았을 것으로 추정되는 『고사촬요(攷事撮要)』[6]가 만력(萬曆) 4년(선조 9년, 1576) 7월에 수표교 근처의 하한수가(河漢水家)에서 간행되었다.[7] 이 책은 "수표교 아래 북변 이제리의 수문 입구에 있는 河漢水 집에서 목판을 새겼으니 살 사람은 찾아오라[水標橋下 北邊二第里問入 河漢水家刻板 買者尋來]"는 기록에서[8] 보듯이 서울에서 판매를 목적으로 판각된 책이다. 그렇지만 이 책의 간행 당시에 함께 간행되었을 것으로 추정되는 많은 서책들이 임진왜란으로 소실된 탓에 현재 남아 있는 자료가 없어서 당시 서울에서 어떤 서책들이 간행되었는지 그 상황을 파악하기 어렵다.

임진왜란 이후에 상품으로서 간행된 서책들 가운데 호남지역의 서책이 서울지역의 서책보다 앞선 것이 다수 남아 있다. 이로써 임란 이후에는 호남에서 서책의 출판이 활발히 이루어졌음을 알 수 있다. 임란 이후 호남에서 간행된 서책들의 목록들을 간략히 소개하면 다음과 같다.[9]

　1. 『고문진보(古文眞寶)』: 完板, 광해 4년, 1612.

---

5) 판각본은 판각의 주체에 따라 관각본(官刻本)·사각본(寺刻本)·사각본(私刻本)·방각본(坊刻本)으로 분류한다. 이 가운데 방각본은 상인들에 의해 판각되어 서사(書肆)에서 판매된 책자들을 일컫는 명칭이다. 그러므로 방각본은 다른 판각본과 달리 상품으로 출간된 서책이라 할 수 있다.
6) 『攷事撮要』는 일용의 小百科全書이다.
7) 천혜봉, 『한국서지학』, 민음사, 1999, 232면.
8) 위의 책, 232면.
9) 이 목록은 김동욱의 「방각본에 대하여」(『동방학지』 11집, 1970)와 천혜봉의 『한국서지학』을 참조하여 작성하였다.

2. 『사요취선(史要聚選)』: 完板 西溪, 숭정 후 기미, 1648.

3. 『동몽선습(童蒙先習)』: 完板 全州開板, 숭정 기원후 갑오, 1654.

4. 『명심보감초(明心寶鑑抄)』: 泰仁板, 孫基祖 開刊, 1664.

5. 『상설고문진보대전(詳說古文眞寶大全)』: 泰仁板, 武城 田以采, 1796.[10]

　『상설고문진보대전(詳說古文眞寶大全)』: 泰仁板, 武城 田以采·朴致維, 1803.

6. 『사요취선(史要聚選)』: 泰仁板, 田以采·朴致維, 숙종 5년(1799).

7. 『사문유취(事文類聚)』: 泰仁板, 田以采·朴致維, 1799, 1823(중간).

8. 『대명율시(大明律詩)』: 泰仁板, 田以采·朴致維, 1800.

9. 『농가집성서(農家集成書)』: 泰仁板, 武城 田以采·朴致維, 1806.

10. 『구황보유방(救荒補遺方)』: 泰仁板, 田以采, 朴致維, 1806.

11. 『효경대의(孝經大義)』: 태인판, 田以采, 朴致維, 숭정 후 3도계해(1803).

12. 『공자통기(孔子通紀)』: 泰仁板, 武城 田以采·朴致維, 1803.

13. 『공자가어(孔子家語)』: 泰仁板, 武城 田以采·朴致維, 1804.

14. 『염낙풍아(濂洛風雅)』: 泰仁板, 武城 田以采·朴致維.

15. 『동자습(童子習)』: 泰仁板, 武城 田以采·朴致維.

16. 『구운몽』: 錦城板, 숭정 후 재도을사, 영조 1년(1725).

17. 『어정주서백선(御定朱書百選)』: 錦城板, 철종 11년(1860).

위의 목록을 보면 호남지역에서 출판이 이루어진 곳은 전주를 비롯하여[11] 태인과 금성(나주) 등지였다. 특히 태인에서는 출판업자의 이름으로 손기조와 전이채·박치유란 인물들이 등장하는데, 이들은 모두 아전이었다.[12]

그렇다면 임진왜란 이후 서울에서 간행된 방각본들은 어떤 것들이 있을까? 서울에서 판각된 경판(京板) 가운데 현재까지 밝혀진 가장 오래된

---

10) 김동욱과 유탁일은 1676년으로 보았는데, 김윤수는 1796년으로 보았다(「태인방각본 『상설고문진보대전』과 『사요취선』」, 『서지학연구』 5·6호, 1990, 366면). 이후에 나오는 목록의 연대도 김윤수의 설을 따라 일부 수정하였다.

11) 전주에서 수많은 서책의 간행이 이루어졌는데, 여기서는 일일이 소개하지 않는다.

12) 김동욱, 앞의 글 참조

것은 정조 16년(1792) 정동에서 간행된 『의례유설(疑禮類說)』이고, 그 다음은 순조 4년(1804) 광통방에서 간행된 홍태운 글씨의 『천자문(千字文)』인 것으로 알려지고 있다. 서울에서 간행된 방각본을 일부만 정리하여 소개하면 다음과 같다.13)

1. 『의례유설(疑禮類說)』: 경판, 貞洞開刊, 임자(1792).
2. 『천자문(千字文)』: 경판, 廣通坊 新刊, 숭정 177년 갑자(가경 9년, 1804).
   『천자문』: 경판, 由洞 중간, 도광 정미(1847).
   『천자문』: 경판, 武橋 刊, 동치 갑자(1864).
3. 『한양가』: 경판, 헌종 10년 갑진(1844).
4. 『남훈태평가』: 경판, 石洞 동치 2년 계해(철종 14년, 1863).
5. 『명심보감(明心寶鑑)』: 경판, 武橋 新刊, 戊辰(1878?).
6. 『동몽선습(童蒙先習)』: 경판, 華山 新刊, 병진(1856?).
7. 『소학(小學)』: 경판, 武橋 新刊, 갑자(1864?).
8. 『신간증보삼략직해(新刊增補三略直解)』: 경판, 廣通坊 重刊, 상지 5년, 을축(1805).

서울에서 간행된 경판본의 종류와 숫자는 매우 많았을 것으로 추정된다.14) 그리고 당시 경판은 상인들이 많이 모이던 중부를 중심으로 다양한 종류의 방각본이 여러 출판지에서 출간되었다. 그 간소를 대략 소개하면, 정동·무교·모교·석정동·유동·합동·미동·용동·포동·축동·남산동·광교·수표교·광통교·동현·보은단동·활동·효교·어청교·송동·야동·자암·홍수동·동곡 등이다.15) 이 출판지의 이름만 보더라도 19세기에 서울에서 출판업이 크게 성행했음을 짐작할 수

---

13) 이 목록은 김동욱의 「방각본에 대하여」와 「한글소설 방각본의 성립에 대하여」(『춘향전 연구』, 연세대 출판부, 1976)를 참조하여 정리했다.
14) 그 책의 종류가 너무 많아서 이들을 다 소개할 수는 없다. 그리고 여기서 이들을 모두 소개하지 않은 까닭은 대부분의 작품이 절대 연도를 파악하기 어려운 간지만 밝힌 것이 대부분이어서 그 간행 연대의 선후를 정확히 알 수 없기 때문이다.
15) 천혜봉, 앞의 책, 233면.

있다. 이는 서책의 수요가 크게 증가한 것과 관련이 깊을 것이다.

이상에서 살펴본 것처럼 방각본은 서울과 전주에서 수요가 많은 책을 중심으로 간행되었다. 그리고 이를 출판하는 업소도 매우 많았다. 이것은 당시 상품으로서의 서책출판이 크게 성행했음을 보여 주는 증거가 된다.

3. 고소설의 방각화

조선 후기의 문학에서 일어난 변화 가운데 중요한 것을 꼽으라면 고소설의 상품화라고 할 수 있다. 그동안 필사와 세책 위주로 유통되던 고소설이 인쇄에 의한 상품으로서 대량 공급이 이루어진 것은 매우 중요한 사건이었다. 이것은 앞에서 살펴본 바와 같이 서책의 수요가 증가함에 따라 서책의 상품화가 이루어진 것처럼 고소설의 수요가 확대되면서 일어난 현상이었다. 물론 고소설의 수요가 확대된 바탕에는 그것을 가능하게 한 사회적 변화가 자리잡고 있었다. 그렇다면 당시 고소설의 상업성과 관련된 사회 변화의 내용은 어떤 것들이 있었을까?

18세기에 들어서면서 일어난 사회의 변화 가운데 우선 주목할 수 있는 것은 고소설의 상업성을 활용하여 경제적 이익을 얻으려는 직업의 등장이다. 이 직업을 대표하는 것은 전기수라는 직업 이야기꾼과 세책가인데,16) 이들은 소박한 방식으로 고소설의 상업화를 추구하였다.17)

---

16) 자세한 것은 임형택의 「18, 9세기 이야기꾼과 소설의 발달」(『한국학논집』 2집, 계명대 한국학연구소, 1980)과 오오따니의 『조선 후기 소설 독자연구』(고려대 민족문화연구소, 1985) 등의 글을 참조할 것.
17) 전기수는 소설을 읽다가 긴박한 대목에서 이야기를 중단하여 다음 이야기를 듣고 싶어하는 사람들이 돈을 내게 하는 방법으로, 세책가는 책을 빌려주는 대가를 받는 방

이 둘은 모두 서울이라는 대도시의 출현과 소설 독자의 확충이 가져온 새로운 여가산업의 등장과 밀접한 관련이 있다. 이들은 소박한 방식으로 문학의 상업성을 추구하여 이익을 얻으려 했다는 점에서 근대의 이익 추구 방식과는 일정한 거리가 있었다. 그러나 이런 방식의 문학활동이 비록 상업성은 약했다고 하더라도 당대인들의 소설에 대한 관심을 높이는 데는 크게 기여했다. 그리고 이것이 결국 고소설의 상품화시대, 곧 고소설의 방각본 출판시대를 열었다는 점에서 중요한 의미가 있다.

고소설의 상품화를 위한 방각본의 출현이 언제 이루어졌는지 정확히 알 수는 없다. 그러나 현재까지 밝혀진 사실들을 토대로 그 시기를 추정하면 18세기 초엽부터 상업성을 띤 고소설의 출판이 이루어졌을 것으로 보인다. 그렇게 볼 수 있는 근거는 비록 그것이 한문본이기는 하지만 1725년에 출간된 『구운몽』이 현재 존재하고 있기 때문이다. 이 『구운몽』은 한문본으로 간행되었다는 점에서 그 독자를 사대부로 상정한 것으로 보인다. 한문본 『구운몽』이 출간된 이후 18세기에 간행된 고소설은 현재까지 발견되지 않았다.[18] 그러므로 고소설의 상품화가 본격화한 것은 19세기에 들어와서라고 할 수 있고, 이때의 방각본은 대부분 한글이었다. 그런 점에서 19세기의 고소설은 한글을 읽을 수 있는 독자를 겨냥한 문학 상품이라고 할 수 있다. 이때 간행된 작품 목록을 간략히 소개하면 다음과 같다.[19]

한문본

『구운몽』(1725) : 금성판.

법으로 돈을 벌었다. 세책가는 좀 더 많은 돈을 벌기 위하여 분책하여 권수를 늘리는 방법도 활용했다.

18) 이옥이 1799~1800년 사이에 지은 「鳳城文餘」의 〈諺稗〉에 관한 기록에 따르면 18세기 말에 판각된 『소대성전』이 있었던 것 같으나 현재까지 실물은 발견되지 않았다.

19) 이 목록은 김동욱의 「한글소설 방각본의 성립에 대하여」와 유탁일의 『완판방각소설의 문헌학적 연구』(학문사, 1981), 이창헌의 『경판방각소설 판본 연구』(태학사, 2000) 등을 참조하여 작성하였다.

『구운몽』(1803) : 완판.

한글본

『강태공전』 : 경판 1종.

『곽분양전』 : 경판 2종.

『구운몽』 : 경판 3종, 완판(상 : 1862, 하 : 1907) 2종.

『금령전』 : 경판 4종.

『금향정기』 : 경판 2종.

『김원전』 : 경판 1종.

『김홍전』 : 경판 1종.

『남정팔난기』 : 경판 2종.

『당태종전』(1858) : 경판 2종.

『도원결의록』 : 경판 1종.

『백학선전』 : 경판 2종.

『별월봉기』(하)(1823) : 완판.

『사씨남정기』 : 경판 3종.

『삼국지(함풍기미)』 : 경판 7종, 안성판 1종, 완판(1877) 3종.

『삼설기』(1848) : 경판 3종.

『서유기』(1856) : 경판 1종.

『설인귀전』 : 경판 2종.

『소대성전』 : 경판 5종, 안성판 1종, 완판(1847) 4종.

『수호지』 : 경판 2종, 안성판 1종.

『숙영낭자전』(1860) : 경판 3종.

『숙향전』(1858) : 경판 2종.

『신미록』(1861) : 경판 1종.

『심청전』 : 경판 5종, 안성판 1종, 완판 3종(을미, 을사).

『쌍주기연』 : 경판 4종.

『양산백전』 : 경판 1종.

『양풍운전』 : 안성판 1종, 완판 1종.

『양풍전(함풍무오)』 : 경판 3종.

『옥주호연』(1851) : 경판 1종.

『용문전』(1859) : 경판 4종, 완판(1859) 2종.

『울지경덕전』(1864) : 경판 1종.

『월봉기』 : 경판 2종.

『월왕전』 : 경판 1종.

『유충열전』 : 완판 5종(계묘).

『이대봉전』 : 완판(상·하) 1종.

『이해룡전』 : 경판 1종.

『임경업전』(1840) : 경판 1종.

『임장군전』(1875) : 경판 6종.

『임진록』 : 경판 4종, 완판 1종.

『장경전』(1852) : 경판 3종, 완판 1종.

『장백전』 : 경판 1종.

『장자방전』 : 경판 1종.

『장풍운전』 : 경판 4종, 완판 2종.

『장한절효기』 : 경판 1종, 완판 1종.

『장화홍련전』 : 경판 3종.

『적성의전』 : 경판 2종, 안성판 1종, 완판 1종.

『전운치전』 : 경판 3종.

『정수정전』 : 경판 3종.

『제마무전』 : 경판 2종, 안성판 1종.

『조웅전』 : 경판 5종, 안성판 1종, 완판(1846, 1857, 1892, 1897, 1903) 7종.

『진대방전』 : 경판 4종, 안성판 1종.

『징세비태록』 : 경판 1종.

『초한전』 : 완판(1907) 3종.

『춘향전』 : 경판 6종, 안성판 1종, 완판(1846) 4종(별춘향전 1종 포함).

『태종전』 : 완판(1864) 1종.

『퇴별가』 : 완판 1종.

『현수문전』 : 경판 2종.

『홍길동전』 : 경판 4종, 안성판 2종, 완판 1종.

『화용도』 : 완판(1907, 1908) 3종.

『황운전』 : 경판 3종.

『흥부전』 : 경판 2종.

위의 목록에서 살펴보듯이 한문본 고소설은 2종이 판각되었고, 한글본 고소설은 60여 종이 판각되었다. 한문본은 18세기 초와 19세기 초에 간행된 작품으로『구운몽』이 남아 있을 뿐 그 이후에 간행된 작품은 발견되지 않았다. 이는 한문본 고소설의 출판과 유통이 19세기 초에 막을 내리고, 19세기부터는 한글본 위주의 고소설의 출판시대가 열렸음을 의미한다. 이것은 고소설이 한문본보다는 한글본 중심으로 독자들에게 수용되고 있었음을 보여 준다. 말하자면 고소설의 독자층이 18세기부터 세책가와 전기수를 통해서 한문본보다는 한글본 중심으로 형성되었고, 이런 사회의 변화가 19세기에 들어와서 한글본 위주의 고소설 방각본의 유통을 크게 성장시킨 것으로 해석할 수 있다.

당시 한글본 고소설이 인기를 얼마나 끌었는지 알 수 있는 것 가운데 하나가 출판사의 난립을 꼽을 수 있다. 당시 서울과 전주·안성에서 고소설을 출간하는 출판사(규모는 영세했을 것으로 추정됨)의 숫자가 수십 곳이었음이 이를 반증한다.[20] 이렇게 볼 때 19세기라는 비교적 짧은 시간에 이처럼 많은 출판사와 수십 종의 고소설이 출간되었다는 것은 고소설의 상품화가 상당한 수준에서 이루어진 증거로 볼 수 있다.

4. 구성과 소재

조선 후기에 크게 인기를 얻은 방각본 고소설의 상업성 추구 방식을

---

[20] 당시 출판업소의 이름은 주로 지명을 따르고 있었다. 현재 조사된 이름만으로도 당시 서울에 약 23곳, 안성에 약 2곳, 전주에 약 10여 곳의 출판업소가 있었던 것으로 추정된다. 물론 이 출판업소들은 고소설을 비롯하여 당시 수요가 많은 여러 종류의 책을 함께 출판했다.

이해하기 위해서는 당시 인기를 얻은 작품의 구성 방식과 소재를 살펴볼 필요가 있다. 여기서는 몇몇 작품에 한정해서 방각본 고소설의 구성 방식과 소재를 간략히 살펴보려고 한다.

고소설에서 상업성을 높이기 위한 방법은 이미 18세기에 전기수에 의해 시도된 바 있다. 그것은 크게 두 가지였던 것 같다. 하나는 작품을 실감나도록 읽어서 그것을 듣는 청중이 사실감을 느낄 수 있도록 유도하는 방법이고, 다른 하나는 작품의 흥미가 고조된 지점에서 작품의 읽기를 중단하여 다음 내용에 궁금증을 느낀 청중들이 돈을 내도록 하는 요전법(邀錢法)이었다.[21]

전기수가 활용했던 방식 가운데 방각본 고소설에서 활용된 것의 하나가 바로 작품의 흥미가 고조된 부분에서 작품을 중단하는 방법이다. 그것은 크게 두 가지 방식으로 진행되었다. 하나는 흥미가 고조된 지점에서 분책(分冊)하는 것이다. 다른 하나는 그 지점에서 장면을 전환하는 방식이다. 『유충열전』에서 그러한 예를 들어보기로 한다.

완판 『유충열전』은 두 권으로 이루어진 방각본이다. 그런데 상권의 끝과 하권의 시작 부분이 바로 독자의 궁금증이 고조된 지점에서 이야기를 중단하고 분책하는 방식으로 작품의 구성이 이루어져 있다. 상권은 천자가 반역을 일으킨 정한담에게 항복하려는 위기의 순간에 이야기가 끝난다. 곧 천자는 정한담의 추격을 당하여 죽을 위기에 빠지자 옥새를 목에 걸고 항서를 손에 들고 통곡하면서 항복하려고 나오는데, 바로 이 상황에서 줄거리가 중단된 채 상권이 끝난다.

---

21) 그동안 알려진 자료 외에 최근 소개된 책에도 그와 같은 내용이 나온다. 곧 "청중들이 그렇게 듣고 싶어하는 이야기를 시작해서 흥분이 절정에 다다르면 곧바로 그는 이야기를 돌연 중단하고 돈을 걷기 시작한다. 만약에 그 결과가 소리꾼의 마음에 들지 않으면 청중이 무엇이 잘못되었는지를 깨닫고 이에 대한 보상을 서두를 때까지 모른 척하고 딴전을 피운다. 그런 뒤에야 비로소 이야기는 소리꾼의 적절한 주석과 함께 계속되는데, 그 효과가 맞아떨어지지 않는 법이 없다."(아손 그렙스트, 김상열 역, 『스웨덴기자 아손, 100년전 한국을 걷다』, 책과함께, 2005, 228면)

명제야 항복ᄒ라 늬 흔 칼의 육국 정병 다 죽이잇고 ㅉ흔 북적이 흡세ᄒ야스
니 네 어이 당홀손야 밧비 나와 항복ᄒ여 네의 모자를 차져가라 ᄒ고 짓쳐 드
려오니 이졔 쳔자 ᄒ릴업셔 옥시를 목의 걸고 항셔를 손의 들고 항복ᄒ랴 ᄒ고
나올 젹의 중군 조졍만과 명진의 나문 군수 엇지안이 훈심ᄒ고 실푸리요 쳔자
의 우름소릐 명셩원이 쎠나가게 방셩통곡ᄒ며 항복ᄒ러 나오더라[22]

물론 『유충열전』의 상권에는 이 상황 앞부분에서 주인공 유충열의 등
장과 활약이 예시되어 있다. 그런데도 이 위기의 순간에 유충열을 등장
시키지 않고 천자가 항복하러 나오는 순간에 이야기를 중단하면서 상권
을 끝냈다. 이것은 독자들이 그 다음 이야기가 궁금하기 때문에 하권을
사서 읽지 않을 수 없도록 하려는 상업적 전략으로 보인다. 당연히 독자
는 그 결과가 궁금하기 때문에 방각본업자의 전략대로 하권을 사서 읽
었을 것이다.

하권은 주인공 유충열이 등장하여 항복 위기에 빠진 천자를 구하기
위해 적의 장수 정문걸의 머리를 베는 장면으로 시작한다.

이ᄶᅵ 천자는 옥시를 목의 걸고 항서를 손의 들고 진문 밧기 나오다가 ᄶᅩᆺ밧긔
호통소릐 나며 일원 틱장이 문걸의 머리를 버혀들고[23]

천자가 항복하러 나오는 위기의 순간, 곧 극적 긴장감이 고조된 시점
에서 이야기가 중단되었기 때문에 독자는 주인공이 빨리 등장하여 위기
에 빠진 천자를 구하기를 바랄 것이다. 하권은 독자들의 그런 바람대로
이 위기의 순간에 주인공 유충열이 등장하여 적장 정문걸의 머리를 베
고 천자를 구함으로써 극적 반전에서 오는 통쾌함을 독자들이 느낄 수
있도록 작품을 구성하였다. 바로 이런 위기 상황의 설정과 그 해소 대
목을 이용한 분책 방식의 구성은 상업성의 추구라는 방각본업자의 의도

---

22) 김동욱, 『고소설판각본전집』 2, 연세대 인문과학연구소, 1973, 354면.
23) 위의 책, 같은 면.

에서 추구된 중단기법이라 할 수 있다.

다음에는 작품의 긴장감이 고조된 부분에서 장면을 전환하여 독자의 흥미를 유지하는 방법의 구성 방식을 소개하기로 한다. 『이대봉전』에서 그 예를 찾아서 그 구성 방식의 특징을 살펴보기로 한다.

『이대봉전』에는 극적 긴장감이 고조된 부분에서 장면을 전환하는 곳이 여러 군데 있다. 그 가운데 이대봉 부자가 자결하기 위해서 물에 뛰어든 상황에서 그들의 다음 이야기를 중단하고 장애황 이야기로 장면이 전환된 부분을 소개하기로 한다.

> 부친이 ∥ 무 수중고혼 되여쓰니 나도 또한 죽으리라 ᄒ고 만경창파 집푼 물의 풍넝이 요란한듸 십삼 셰 어린 듸봉이 수중고혼 가련ᄒ다 하나를 우러 ∥ 부친를 부르면셔 풍덩실 쒸여든니 잇쎠의 사공더른 빈를 돌여 황셩의 올나가 사연를 왕회의게 주달한니 왕회 듸히ᄒ더라
> 각셜 잇쎠 할임 장화 이황의 혼사를 이류지 못ᄒ고 듸봉 부자 젹소로 가믈보고 분기충쳔ᄒ야 울기을 참지 못ᄒ더니[24]

위의 인용문에서 첫 번째 문단과 두 번째 문단을 보면 장면 전환의 방식이 잘 드러나 있다. 첫 문단에는 이대봉이 자결하기 위하여 부친의 뒤를 따라 물에 뛰어들고, 사공들은 그 사연을 왕회에게 전하는 내용이다. 왕회는 이대봉 부자가 죽었을 것으로 생각하여 크게 기뻐한다. 여기서 독자들은 당연히 이대봉 쿠자의 생사가 어찌 되었는지 궁금할 것이다. 그런데 작품에서는 독자들의 그런 궁금증을 풀어주지 않고 두 번째 문단에서 보듯이 장화의 이야기로 장면을 전환하고 있다. 이는 독자들의 궁금증을 자극하여 흥미를 유지하기 위하여 장면 전환의 기법을 활용한 것으로 볼 수 있다.

지금까지 살핀 바에서 알 수 있듯이 방각본 고소설은 독자의 흥미를

---

24) 위의 책, 383면.

유지하기 위하여 여러 방법을 모색하였다. 그 가운데 독자의 흥미를 유지하여 고소설의 상품성을 높이려는 의도에서 모색된 줄거리의 진행 과정에서 독자의 궁금증이 고조되었을 때 이야기를 중단하는 기법이나 장면을 전환하는 기법 같은 구성 방식은 고소설의 구성법을 발전시키는데 그 나름의 기여를 했을 것으로 보인다.

방각본 고소설이 상품성을 높이기 위해 즐겨 다룬 작품의 소재가 몇 가지 있다. 그것은 크게 네 가지 정도로 요약된다. 첫째는 결연이고, 둘째는 복수이며, 셋째는 전쟁이고, 넷째는 여장군의 활약이다. 이 네 가지 소재는 작품에서 각각 나타나는 경우도 있지만 대체로 복합적으로 나타난다. 이 가운데 흥미로운 것은 조선 후기에 여성이 전장에서 영웅으로 활약하는 고소설이 다수 나타났다는 점이다.

고소설에서 결연을 소재로 다룬 작품이 여럿 있는데, 『숙향전』·『춘향전』·『이대봉전』·『황운전』·『숙영낭자전』·『백학선전』 등이 그 좋은 예이다. 이 작품들은 『춘향전』처럼 신분을 초월한 사랑의 결실로 혼인이 이루어진 경우도 있지만 대체로 하늘이 정한 인연이나 어린 시절 부모가 정한 배우자를 찾아 결연을 이루는 과정을 그리고 있다. 특히 『숙향전』의 숙향과 이선의 결연과 『이대봉전』의 이대봉과 장애황의 결연, 『황운전』의 황운과 설연의 결연은 온갖 종류의 방해를 극복하고 결연을 성취한다는 점에서 입사식적 결연담으로 보는 학자들도 있다. 아무튼 이런 결연이 주인공의 온갖 고난과 시련 끝에 이루어진다는 점에서 행복한 결말 구조를 갖는다. 이것이 독자의 호응을 얻을 수 있었던 것은 주인공들의 결연의 성취가 고생 끝에 낙이 온다는 속담처럼 행복한 결말을 통해 독자들의 안정을 바라는 마음과 미래에 대한 희망을 보여 줌으로써 정서적 안정을 추구하는 정서 구조에 호소하고 있기 때문이다.

복수의 문제가 고소설의 소재로 크게 대두된 때는 『임경업전』의 유행 무렵부터가 아닌가 한다. 『임경업전』은 청을 치고 명을 재건하려 했던 임경업을 주인공으로 삼고 있을 뿐만 아니라 복수를 소재로 다루고 있다는 점에서 이후에 등장하는 고소설의 소재로 복수를 유행시켰을 가능성이 있다. 특히 18세기에 전기수들이 네거리에서 『임경업전』을 즐겨 읽었고, 많은 사람들이 이 작품을 읽었던 사실을 고려할 때 그 개연성은 있다고 본다. 『임경업전』이 당시 명나라의 멸망과 청나라의 대두로 인한 숭명배청의식의 확대에 영향을 끼쳤다면, 청나라에 대한 적개심이 고소설의 주요 소재인 복수로 변형되어 나타났을 가능성이 있다. 예를 들어 복수담이 줄거리의 핵심을 이루는 『유충열전』과 『조웅전』의 경우 모두 부모의 원수를 자식이 갚는데, 이는 숭명배청의 역사적 사실과 상당한 관련을 갖는 사안이다. 당시인들은 임진왜란의 위기에서 나라를 구해주었다는 사실에 감격하여 명나라를 부모의 나라로 인식하고 있었다. 또한 그들은 소중화인을 자처하고 있었기 때문에 야만인으로 생각하던 만주족의 청나라를 멸시하고 있었다. 그런데 청나라가 명나라를 멸망시키고 중원을 통일하자 부모국인 명나라의 재건을 위해 청을 치자는 의식이 크게 대두되었다. 이것은 후일 북벌론의 모태가 되었고, 이런 복수의식이 『임경업전』에 반영되어 나타났다. 그런 점에서 『임경업전』 이후에 크게 인기를 얻은 『조웅전』이나 『유충열전』이 부모의 원수를 자식이 갚아서 설분하는 내용으로 이루어져 있다는 점에서 숭명배청의식의 변형된 반영이라고 볼 수 있을 것이다. 이것은 결국 북벌론이라는 당대인들의 관심사를 소설화했다는 점에서 대중소설의 전략적 단초를 보인 것으로 평가할 수 있다.

사람들의 흥밋거리 가운데 손꼽히는 것으로 싸움구경이 있다. 특히 그것이 선악의 대결일 때 구경하는 사람의 흥미는 더욱 고조될 수 있다. 전쟁을 소재로 한 영웅소설은 바로 이 점과 밀접한 관련이 있는 것으로 보인다. 예를 들어 『홍길동전』의 이본인 세책본 『홍길동전』과 경판본 『홍길동전』을 비교해보면 세책본의 줄거리가 더 길다. 그런데 세책본의 줄거리가 늘어난 부분은 바로 홍길동이 율도국을 치는 장면에서 양쪽의 장수들끼리 싸움하는 장면의 묘사가 장황하게 지속되면서 부연된 내용이 대부분이다. 『홍길동전』뿐만 아니라 다른 영웅소설도 세책본과 판각본을 비교해보면 세책본 영웅소설의 줄거리가 길고, 그 긴 부분은 장수들간의 전투 장면이 대부분임을 발견할 수 있다. 이것은 독자들의 군담에 대한 관심을 방각본업자가 고소설의 소재로 채택하여 작품화한 것과 관련이 깊을 것이다. 말하자면 대부분의 영웅소설에 등장하는 장수들간의 대결은 독자들의 싸움에 대한 흥미를 방각본업자가 활용한 것으로 볼 수 있다. 그리고 방각본 소설의 반 이상이 전쟁을 소재로 한 영웅소설이었다는 점에서 영웅소설의 상품성을 유추할 수 있다.

조선 후기 방각본 고소설 가운데 가장 특이하고 흥미로운 연구 대상이 바로 여성이 장군으로 등장하여 활약하는 고소설들이다. 조선이라는 사회가 남성중심주의사회였고, 여성의 사회 진출은 봉쇄되어 있었다. 유교를 통치 이념으로 삼고 있던 조선사회는 남성중심주의의 정책을 시행하기 위하여 여성의 사회활동을 죄악시하는 사회 풍토를 조성하였다.[25] 그런데 그런 조선사회의 유교윤리에 정면으로 배치되는 여성 영웅의 활약을 소재로 한 고소설이 다수 등장했다는 것은 매우 기이한 사건이었다. 물론 여성이 영웅으로 활약하는 고소설에서는 여성이 남복으로 개착하여 여성임을 숨기고 영웅으로 활약한 작품도 있지만 여주인공이 임신한 상태에서도 장군으로, 또는 대원수로 전장에 나가서 적을 물리치는 작품도 있다. 그리고 전쟁에서 세운 공의 보상으로 높은 벼슬에 오르기도 하고, 왕으로 봉작되는 경우도 있다.

여주인공이 높은 벼슬에 오르거나 왕이 되는 경우에는 그동안 자신이 여성이었기에 겪어야 했던 원망이나 갈등을 해소하는 행동을 보인다. 예를 들어서 『정수정전』 같은 작품에서는 여주인공인 정수정이 자신의 높은 지위를 이용하여 시어머니의 명령을 무시하거나 집안에서 시어머니를 제압하며, 남편의 애첩을 거만하다는 이유로 죽이기도 한다.

---

25) 유교의 이런 정책은 음양설에 근거한 것이다. 음양설에서 양은 동(動)하는 것이고 음은 정(靜)한 것이라는 인식에 토대해서 음으로 표상되는 여성의 사회활동을 금했다.

이 작품에서 압권은 정수정이 군령을 제대로 수행하지 못했다는 이유로 부하에게 남편의 목을 쇠사슬로 옭아매서 끌어와 자신의 무릎 아래 꿇리게 하고, 남편이 가장의 권위를 들어서 항거하자 자신의 지위가 높음을 들어서 이를 무시하고 군령으로 다스려 태장하는 장면이다. 이런 내용은 조선시대의 유교 윤리에서는 도저히 용납될 수 없는 것일 뿐만 아니라 남성 독자들이 받아들이기 어려운 것이었다. 그렇다면『정수정전』은 남성 독자를 배제하고 철저하게 여성 독자의 욕망을 작품에 반영하여 경제적 이익을 추구하려는 상업적 전략에서 나온 작품으로 볼 수 있다. 이는 조선 후기의 여성 독자가 고소설의 상품성을 충족시킬 정도로 상당한 숫자가 존재했고, 이것이 고소설의 소재를 결정할 정도의 역할을 한 것으로 볼 수 있다. 이러한 맥락에서 볼 때 조선 후기에 여성 영웅소설이 다수 등장한 것은 이러한 상업적 전략과 관련이 깊을 것이다.

지금까지 살핀 바와 같이 조선 후기의 방각본 고소설은 상업성을 추구하는 상품성 때문에 구성과 내용에서 상당한 변화를 보였다. 이러한 변화는 이전의 작품인『홍길동전』이나『구운몽』의 구성과 내용이 보여준 것과는 사뭇 다르다는 점에서 주목을 끈다. 이 작품들의 구성은『홍길동전』이나『구운몽』보다 독자의 흥미를 끌거나 유지하는 방식에서 기교와 세련됨을 향해 더 나아갔다. 또한 결연과 군담의 전개 방식도 다양화했을 뿐만 아니라 갈등과 대결을 적절히 구사하여 흥미를 중시하는 소설이 되었다. 이러한 변화는 조선 후기의 방각본 고소설이 독자를 의식하여 흥미성을 추구하는 과정에서 일어난 변화로 해석할 수 있다. 바로 이 점에서 조선 후기의 방각본 고소설은 구성의 발전과 소재의 현재화에 관심을 가진 것으로 평가할 수 있고, 그런 점에서 방각본 고소설의 상품화가 그 의미를 갖는 것으로 평가할 수 있다.

5. 조선 후기 방각본 고소설의 성과와 한계

이 글은 조선 후기에 상인들이 경제적 이익을 얻기 위하여 출판한 방각본 고소설의 상품성의 추구 과정에서 일어난 변화를 중심으로 논의를 전개하였다. 이러한 방각본 고소설이 가지고 있는 특성을 중심으로 그 문학적 성과와 한계를 지적하는 것으로 이 글을 마무리하고자 한다.

조선 후기 고소설에서 상품성의 추구 과정에서 발생한 변화가 가져온 성과는 크게 세 가지로 요약할 수 있다. 첫째는 고소설의 흥미를 유지하기 위한 새로운 구성 방식의 모색이 고소설 구성의 발전에 그 나름의 역할을 했다. 둘째는 고소설의 표현 문자가 한글이었기에, 곧 한글이 고소설 표기의 주류적 위치를 차지함으로서 한글에 익숙한 독자층의 확대에 기여하였다. 이는 신소설을 비롯한 이후의 독자층 형성에 그 나름대로 기여했을 것이다. 셋째는 독자를 의식한 소설의 상업성 추구 과정에서 여성 주인공의 영웅적 활약을 다룬 작품이 다수 등장했다는 점이다. 이는 여성 독자를 의식한 고소설의 상업성의 추구 과정에서 등장한 고소설을 통해 여성우월주의를 전면화한 것이다. 곧 여성 독자를 의식한 방각본업자가 여성 영웅소설을 통해서 여성의 우월성을 드러내려 했다는 사실이 큰 의미를 갖는다. 특히 『정수정전』의 경우 시어머니와 남편을 굴복시키는 과정이나 내용은 오늘날 페미니즘에서 보여 주는 여성주의에서 더 나아간 것으로 볼 수 있다는 점에서 그 의미를 부여할 수 있다.

그럼에도 불구하고 조선 후기 방각본 고소설은 상품성을 강조하였기 때문에 그 나름의 한계를 가질 수밖에 없었다. 그 첫 번째 한계는 상품성의 지나친 추구 때문에 서민의식을 지향하기보다는 당대 유교 윤리를 수호하는 도덕주의적 방향으로 작품의 개작이 이루어진 경우가 많았다는 점이다.26) 이것은 당시 방각본 고소설의 수용층이 경제적으로 비교적 여유가 있는 사대부가의 아녀자나 중인 계층의 사람들이었다는 점과 무관하지 않다. 둘째는 방각본의 제작비용을 줄이기 위해서 작품을 줄거리 위주로 과도하게 축약함으로써 고소설의 작품성을 심하게 훼손한 경우가 많았다. 특히 후대로 갈수록 판매와 가격 경쟁이 치열해지면서 작품의 축약이 심하게 일어난 경우가 많았다. 이러한 출판업자간의 경쟁 때문에 작품을 과도하게 축약한 결과 작품의 문학성을 심대하게 훼손하는 문제를 야기하였다.

지금까지 살핀 바를 종합적으로 검토해 볼 때 조선 후기에 등장한 방각본 고소설은 그 상품성의 추구 과정에서 구성 방식의 변화와 소재 등을 통해 그 나름의 문학적 성과를 거두었다고 평가할 수 있다. 그리고 방각본 고소설이 이룩한 그 같은 성과에서 문학의 근대성의 한 면모, 특히 소설의 상품성의 한 면을 찾아볼 수 있지 않을까 한다.

---

26) 남원고사계 세책본을 대본으로 개작한 경판 35장본 『춘향전』을 보면 그런 점이 잘 드러난다. 자세한 것은 임성래, 「방각본의 등장과 전통 이야기 방식의 변화—남원고사와 경판 35장본 춘향전을 중심으로」(『동방학지』 122집, 연세대 국학연구원, 2003.12)를 참조할 것.

번역과 근대소설 문체의 발견

잡지 『少年』을 중심으로

정선태

1. 문학, 어동의이(語同義異)한 신어(新語)

지금─여기에서 우리가 사용하고 있는 '문학'이라는 개념은 '철학'·
'과학'·'문명'·'개인'·'국가' 등과 마찬가지로 역사적 산물이다. 보다
정확히 말하자면 근대계몽기에서 식민지시대에 이르는 시기에 주로 일
본을 경유하여 근대를 수입하는 과정에서 번역된 말이다.[1] 한글학회에
서 펴낸 『우리말 큰 사전』에서는 '문학(文學)'을 다음과 같이 정의하고
있다.

---

[1] 일본에서 근대적 '문학' 개념이 어떻게 형성되었는지에 대해서는 스즈키 사다미, 김
채수 역, 『일본의 문학 개념』, 보고사, 2001 참조 특히, 'literature'가 어떤 과정을 거쳐
'문학'이라는 용어로 번역되었는지를 고찰하고 있는 제4장은 근대적 '문학' 개념을 고
찰하는 데 많은 도움을 준다.

①자연과학과 정치, 법률, 경제 따위에 관한 학문 이외의 여러 가지 학문. 곧 순문학, 철학, 사학, 사회학, 언어학 따위.

②정서, 사상을 상상의 힘을 빌어서 말과 글로써 나타낸 예술작품. 곧 시, 소설, 희곡, 평론, 수필 따위.

③고려 때, 동궁의 정6품 벼슬.

④고려 때, 방어진의 한 벼슬.

⑤조선 때, 세자시강원의 정5품 벼슬.

현재 사용되고 있는 '문학'이라는 개념은 ①과 ②에 한해서이며, ③④⑤의 정의에 해당하는 '문학'은 역사책에서나 볼 수 있는 사어(死語)이다. 그리고 ①은 지극히 제한된 범위에서만 그 용례를 찾을 수 있으며, '문학'이라는 기표가 표상하는 것은 대부분의 경우 ②를 의미한다. 잘 알려진 바와 같이 ②의 정의에 해당하는 '문학'이 현재와 같은 용법으로 사용된 것은 이광수에 의해서이다. 이광수는 1910년 3월에 발표한 「문학의 가치」에서 '문학'을 "情的 分子를 包含한 文章"이라 정의하면서, 과거의 문학이 유희적이고 오락적인 성격을 띤 것이었다면 현재의 문학은 "人生과 宇宙의 眞理를 闡發하며, 人生의 行路를 硏究하며, 人生의 情的 狀態 及 變遷을 攻究하며, 또 其 作者도 가장 沈重한 態度와 精密한 觀察과 深遠한 想像으로 心血을 灌注하"[2]는 것이라 하여 둘을 명확하게 구분한다. 쇄한견민(鎖閑遣悶)하는 데나 소용이 되던 오락적 문자에 이성이 첨가되면서 점차 진보·발전한 결과 인간의 사상과 이상을 지배하는 주권자(主權者)가 되었고 나아가 인생 문제 해결의 담임자(擔任者)가 되었다는 것이다.

'문학'이라는 번역어에서 출발하여 문학에 대해 사유하고 논변하는 하나의 새로운 방식을 열었던[3] 이광수는 '문학'이라는 개념이 번역된

---

2) 이광수, 「文學의 價値」, 『大韓興學報』 11호, 1910.3; 『李光洙 全集』 제1권, 삼중당, 1962, 505면.

3) 이광수가 일본을 거쳐 수입된 '문학'이라는 번역어를 어떻게 이해하고 여기에 어떤

것임을 명확히 의식하고 있었다. 1916년 11월에 발표한 「문학(文學)이란 하(何)오」에서 그는 다음과 같이 말하고 있다.

今日, 所謂 文學이라 함은 西洋人이 使用하는 文學이라는 語義를 取함이니, 西洋의 'Literatur' 或은 'literature'라는 語를 文學이라는 語로 飜譯하였다 함이 適當하도다. 故로, 文學이라는 語는 在來의 文學으로서의 文學이 아니요, 西洋語에 文學이라는 語義를 表하는 者로서의 文學이라 할지라. 前에도 言하였거니와 如此히 語同義異한 新語가 多하니 注意할 바이니라.[4] (강조는 인용자)

이처럼 이광수는 '문학'이 한자문화권에서 전통적으로 사용해왔던 '문학'과 '어동의이(語同義異)'한, 다시 말해 시니피앙은 동일하되 그 시니피에는 현격하게 다른 용어임을 뚜렷이 인식하고 있었다. 한·중·일을 포함한 한자문화권에서와 마찬가지로 서양에서도 'Literature'나 'literature'가 동일한 의미로 사용되지 않았다는 것은 잘 알려진 바와 같다.[5] 비트겐슈타인에 따르면 "언어는 용법이다(Language is usage)." 즉 하나의 단어 또는 어휘는 단일한 의미를 지니는 것이 아니라 맥락(context)에 따라 다양한 의미를 갖는다. '문학'이라는 용어도 이와 다르지 않다. 『황성신문』의 몇몇 논설에서 볼 수 있듯이 근대계몽기에 이르러서도 '문학'이라는 말은 의연히 인문학적 글쓰기를 통칭하는 전통적인 용법을 따르고 있었다.[6] 그

의미를 부여했는지에 관해서는 황종연, 「문학이라는 譯語-'文學이란 何오' 혹은 한국 근대문학론에 관한 고찰」, 『한국문학과 계몽담론』(문학사와비평연구회 편), 새미, 1999 참조.

4) 이광수, 「文學이란 何오」, 『每日新報』, 1916년 11월 10일~23일; 『李光洙 全集』 제1권, 삼중당, 1962, 507면.

5) 상세한 내용은 스즈키 사다미의 앞의 책, 제2장 및 황종연의 앞의 논문, 14~17면 참조. 또한 임화는 『황성신문』의 논설을 인용하면서 'Literature'의 번역어로서의 '문학'이 일종의 '예술문학'을 의미한다면 전통적 의미의 '문학'은 한문으로 이루어진 경서와 시문 등 넓은 의미로 사용되었음을 밝히고 있다. 임화, 『신문학사』(임규찬·한진일 편), 한길사, 1993, 13~15면 참조.

6) 김동식의 「한국에서 근대적 문학 개념의 형성 과정 연구」(서울대 박사논문, 1999) 제2장 참조

러던 것을 이광수는 '문학'이 번역된 말이라는 인식하에 "文學이란 特定한 形式下에 人의 思想과 感情을 發表하는 것"이라는 새로운 용법으로 사용한다. 바야흐로 번역을 통하여 근대적 문학 개념이 탄생하고 있었던 것이다. 이광수의 노력에 의해 조선이라는 환경에 뿌리를 내리기 시작한 번역어 '문학'은 종래의 문학과는 판이한 것으로 인식되면서 구성 방법이나 내용 및 사상에서뿐만 아니라 글쓰기 방법 즉 에크리튀르(écriture)의 측면에서도 혁신을 요청 받고 있었다.

2. 유길준과 이광수의 국한문체론

신문과 잡지로 대표되는 근대적 매체는 글쓰기 방법에 혁명적인 변화를 몰고 왔다. 잘 알려진 바와 같이 불특정 다수를 대상으로 하는 신문과 잡지는 자본주의의 산물이다. 자본제하의 상품으로서 이들 매체는 가능한 한 많은 소비자를 확보하는 것을 목표로 하며, 그 목표를 달성하기 위해서는 소비자의 요구를 만족시켜야 한다. 동시에 소비자의 욕망과 취향을 조정하고 견인하기도 한다. 이 과정에서 근대적 매체는 대중의 접근성을 높이기 위하여 다양한 방식으로 새로운 글쓰기를 시도하는데, 그것은 대부분의 경우 어떤 문자 또는 문체를 선택할 것인가라는 문제로 귀결된다. 서양은 물론이고 일본과 한국에서 어떤 문체=에크리튀르를 선택할 것인가를 두고 오랜 기간 동안 논쟁을 벌였던 것도 근대적 매체인 신문과 잡지의 자본주의적 성격에서 기인한 바 크다. 물론 근대(근대성)를 도입하는 과정에서 신문과 잡지라는 자본주의적 제도가 인민의 계몽과 이를 통한 문명개화, 국민의 동원 및 국가의 독립이라는 문제와 불가분의 관계에 놓여 있었다는 점은 부언할 필요가 없을 것이다.

그런데 한국의 근대계몽기 담론 장에서 새로운 글쓰기의 선택은 많은 어려움을 겪어야만 했다. 그것은 중화시스템을 유지해온 '한문'이라는 표상 체계가 지닌 중압 때문이기도 했지만, 동시에 한국보다 먼저 서양을 '번역'함으로써 근대적 문체의 정착에 박차를 가하고 있었던 근대 일본어의 유혹이 만만치 않았기 때문이기도 하다. 저간의 사정을 우리는 유길준과 이광수의 글에서 읽을 수 있다.

① 書旣成有日에 友人에게 示ᄒ고 其批評을 乞ᄒ니 友人이 曰 子의 志ᄂ 良苦ᄒ나 我文과 漢字의 混用홈이 文家의 軌度ᄅ 越ᄒ야 具眼者의 譏笑ᄅ 未免ᄒ리로다 余應ᄒ야 曰 是ᄂ 其故가 有ᄒ니 一은 語意의 平順홈을 取ᄒ야 文字ᄅ 略解ᄒᄂ 者라도 易知ᄒ기ᄅ 爲홈이오 二ᄂ 余가 書ᄅ 讀홈이 少ᄒ야 作文ᄒᄂ 法에 未熟ᄒ 故로 記寫의 便易홈을 爲홈이오 三은 我邦 七書諺解의 法을 大略 倣則ᄒ야 詳明홈을 爲홈이라 且 宇內의 萬邦을 環顧ᄒ건ᄃ 各其邦의 言語가 殊異ᄒ 故로 文字가 亦從ᄒ야 不同ᄒ니 盖 言語ᄂ 人의 思慮가 聲音으로 發홈이오 文字ᄂ 人의 思慮가 形像으로 顯홈이라 是以로 言語와 文字ᄂ 分ᄒ 則 二며 合ᄒ 則 一이니 我文은 卽我 先王朝의 刱造ᄒ신 人文이오 漢字ᄂ 中國과 通用ᄒᄂ 者라 余ᄂ 猶且 我文을 純用ᄒ기 不能홈을 是歉ᄒ노니 外人의 交ᄅ 旣許홈애 國中人이 上下貴賤婦人孺子ᄅ 毋論ᄒ고 彼의 情形을 不知홈이 不可ᄒ 則 拙澁ᄒ 文字로 渾圇ᄒ 說語ᄅ 作ᄒ야 情實의 齟齬홈이 有ᄒ기로ᄂ 暢達ᄒ 詞旨와 淺近ᄒ 語意ᄅ 憑ᄒ야 眞境의 狀況을 務現홈이 是可ᄒ니[7] (강조 및 띄어쓰기―인용자)

② 純國文인가, 國漢文인가

余의 마옴ᄃ로 홀진ᄃ, 純國文으로만 쓰고 싶으며, 쏘 ᄒ면 될 줄을 알되, 다만 其深히 困難홀 줄을 아름으로 主張키 不能ᄒ며, 쏘, 비록 困難ᄒ드릿도 此ᄂ 萬年大計로 斷行ᄒ여야 ᄒ다ᄂ 思想도 업슴은 아니로ᄃ, 今日의 我韓은 新知識을 輸入홈이 汲汲홀 ᄯ라, 이ᄯ에, 解키 어렵게 純國文으로만 쓰고 보면, 新知識의 輸入에 沮害가 되깃슴으로 此 意見은, 아직, 잠가두엇다가, 他日

---

7) 兪吉濬, 「西遊見聞序」, 『西遊見聞(全)』(兪吉濬全書編纂委員會 編, 『兪吉濬全書』 1), 일조각, 1996, 5~6면.

을 기다려 베풀기로 ᄒᆞ고, 只今 余가 主張ᄒᆞ는 바 文體는, 亦是 國漢文倂用이라. 그러면 무엇이 前과 다를 것이 잇깃ᄂᆞ냐고, 讀者 諸氏는 疑問이 싱길지나, 그는 그럿치 아니로다

　右에도, 죠곰, 말ᄒᆞᆫ 것과 갓히, 今日애 通用ᄒᆞ는 文體는 名은 비록 國漢文倂用이나 其實은 純漢文에 國文으로 懸吐ᄒᆞᆫ 것에 지ᄂᆞ지 못ᄒᆞ는 것이라. 今에 余가 主張ᄒᆞ는 것은, 이것과는 名同實異ᄒᆞ니, 무엇이뇨 固有名詞나, 漢文에서 온 名詞, 形容詞, 動詞 等 國文으로 쓰지 못할 만, 아직, 漢文으로 쓰고, 그 밧근 모다 國文으로 ᄒᆞ쟈 흠이라. 이것은 實로 窮策이라고도 홀 슈 잇깃스나, 그러나, 엇지 하리오 境遇가 이러하고, 坯, 事勢가 이러ᄒᆞ니, 맛은 업스나, 먹기는 먹어야 살지 아니ᄒᆞ깃는가8) (강조 및 띄어쓰기-인용자)

인용 ①에서 볼 수 있는 바와 같이 유길준은 한국어 통사 구조에 비교적 충실한 국한문체 에크리튀르를 보여 주고 있는데, 국한문체를 선택하는 이유를 그는 크게 세 가지로 나누어 설명하고 있다. 즉 평순(平順)한 어의를 선택함으로써 문자=한자를 대략 이해하는 사람이라도 쉽게 이해할 수 있도록 하기 위해서이며, 자신이 기록을 편하게 하기 위해서 그리고 칠서언해(七書諺解)의 방법을 본받아 그것을 상세하게 밝히기 위해서라는 것이다. 이와 함께 여기에서 주의 깊게 보아야 할 것은 유길준이 언어와 문자, '아문(我文)'과 '한자(漢字)'를 명확하게 구분하여 인식하고 있다는 점이다. 전통적 중화체제를 지탱하고 있던 '한문'이 아니라 '아문'으로 써야 한다는 자각은 국가의 독립을 지향하는 문명화 프로그램과 긴밀한 관련이 있다. '한문'은 더 이상 '우리글'이 아니라 중국의 글일 따름이다. 그는 '한문'을 '한자(漢字)'로 격하하고 이를 상대화함으로써 말과 글이 괴리되어 있는 상태를 지양하여 둘이 일치하는 문체 즉 '아문'을 창안하고자 했던 것이다.9) 그리고 그 의도는 상하귀천과 남녀

---

8) 李光洙, 「今日我韓用文에 對ᄒᆞ야」, 『皇城新聞』, 1910.7.26〜27.
9) 유길준의 '我文'의 창안이 일본어의 번역 과정을 경유하여, 이른 바 코드 스위칭 (code switching)의 과정을 거쳐 이루어졌다는 점은 황호덕에 의해 상세하게 밝혀진 바와 같다. 황호덕, 「한국 근대 형성기의 문장 배치와 국문 담론-타자·교통·번역·에

노소를 불문하고 모든 정치공동체 구성원들로 하여금 정보를 공유할 수 있도록 하는 데 있었다.

하지만『한성주보』의 국한문체 기사 그리고『서유견문』등에서 시도 되었던 선구적인 국한문체 에크리튀르의 실험은 많은 난관에 부딪쳐 잠복해 있다가 1896년 4월『독립신문』의 순한글 사용과 띄어쓰기라는 '폭탄선언'과 함께 근대계몽기 담론 장에 전면적으로 부상한다. '아문'을 '순용(純用)'하지 못하는 것을 애석해했던 유길준의 소망이『독립신문』이라는 제도를 통하여 실현되는 듯이 보였다. 하지만『독립신문』·『매일신문』·『제국신문』등이 순한글을 채택하여 그 영향력을 확대하고 있었음에도 불구하고『황성신문』·『대한매일신보』등 주요 신문과 교과서를 비롯한 각종 번역서들은 여전히 유길준이 시도했던 국한문체를 벗어나지 못하고 있었다. 뿐만 아니라『황성신문』과『대한매일신보』등에서는 한국어 통사 구조에 입각한 국한문체에서 한참 후퇴한 한문현토체가 여전히 그 위력을 잃지 않고 있었다. 1910년에 이르러서도 신문의 문체는 크게 나아진 게 없었다. 인용문 ②는 문체 선택과 관련하여 계몽지식인 이광수가 겪어야 했던 고민의 일단을 잘 보여 주는 글이다.

①과 ② 사이에는 무려 20여 년의 시간적 낙차가 가로놓여 있음에도 불구하고, 이광수의 문체 선택을 둘러싼 생각은 유길준의 그것과 대동소이하다. 다만 앞에서 인용한 유길준의 글과 이광수의 이 글을 함께 놓고 보면 분명하게 드러나듯이, 이광수가 의식적으로 쉼표를 사용하고 한자 어휘를 대폭 줄여서 사용하고 있다는 점에서는 차이를 보인다. 그러나 국한문체 선택 이유에 관한 한『한성주보』및『서유견문』의 논의와 이광수의 이 글 사이의 편차는 그다지 커 보이지 않는다. 신지식을 수입하기 위해서는 국한문체를 선택해야 한다는 진술의 이면에는 한국은 일본에서 한자어로 번역된 서구의 개념=지식을 수용할 수밖에 없다

크리튀르, 근대 네이션과 그 표상들」, 성균관대 박사논문, 2002, 190~221면 참조

는 판단이 자리하고 있다. 이는 일본어를 번역하는 과정에서 '아문(我文)'을 발견했던 유길준이 보인 태도와 별로 다르지 않다.

국한문체를 선택함으로써 얻을 수 있는 이익을 이광수는 다음 세 가지로 나누어서 설명하고 있는데, 첫째 독자 편에서는 한문현토체보다 이해하기 쉬워서 널리 읽힐 것이며 그 결과 국문에 익숙해져서 국문을 사랑하고 존중하게 될 것, 둘째 저자 편에서 보자면 저작을 하기가 쉬워지고 사상을 자유로이 발표할 수 있으며 복잡한 사상을 자세히 설명할 수가 있다는 점, 셋째 국가의 차원에서는 국문의 세력을 상승시키는 데 기여할 것 등이다. 그런데 이러한 설명도 유길준이 「서유견문서」에서 보여 주었던 인식, 즉 "語意의 平順홈을 取ᄒ야 文字를 略解ᄒ는 者라도 易知ᄒ기를 爲홈", "記寫의 便易홈을 爲홈", "我邦 七書諺解의 法을 大略 倣則ᄒ야 詳明홈을 爲홈"이라는 진술이 담고 있는 인식에서 멀리 나아간 것은 아니다. 이는 문체 선택을 둘러싼 고민과 논란이 생각보다 훨씬 심각했다는 것을 잘 보여 주는 증좌라 할 수 있다.

3. 『소년』의 발간과 문체의 혁신

유길준의 「서유견문서(西遊見聞序)」와 이광수의 「금일아한용문(今日我韓用文)에 대(對)ᄒ야」 사이에는 신문과 잡지뿐만 아니라 신소설과 역사·전기, 교과서 등 각종 인쇄매체를 통하여 다양한 문체 실험이 진행되어 왔다. 그럼에도 여전히 어떤 문체를 선택할 것인가를 두고 지식인들 사이에서는 논란이 끊이지 않았으며, 순한문체·한문현토체·국한문체·순국문체 등이 복잡다단한 양상을 노정하고 있었다. 특히 『황성신문』과 『대한매일신보』는 말할 것도 없고 1906년 이후에 발행된 『만세보』와 『대한민보』를 비롯하여 각종 학회에서 발간한 '학술잡지=기관지'들은 근대계몽기 문체의 실험이 얼마나 다양한 층위에서 전개되고 있었는지를 보여 주는 좋은 사례라 할 수 있다. 이러한 상황에서 "少年의 智力을 資하야 我國 歷史에 大光彩를 添하고 世界文化에 大貢獻을 爲코뎌" 한다는 책임을 다하기 위해 "活動的 進取的 發明的 大國民을 養性"해야 한다는 목표 아래 등장한 것이 잡지 『소년』이다.

최남선의 주도하에 1908년 11월부터 1911년 5월까지 통권 23호(그 가운데 22호는 압수됨)를 발행한 『소년』은 흔히 최초의 '근대적 잡지'라 일컬어진다. 역사·지리·어문학·자연과학 등 다방면에 걸친 근대적 지식을 전파함으로써 계몽에 기여했다는 점을 들어 '근대적'이라 할 수도 있겠지만 이는 『소년』뿐만 아니라 여타 신문과 잡지에서도 어렵지 않게 찾아볼 수 있는 것이어서 '최초의 근대적'이라는 관형어를 붙일 이유가 되지 못한다. 우리의 논의와 관련하여 『소년』이 문제적인 이유는 20여 년 이상을 끌어왔던 문체 선택을 둘러싼 논쟁을 일단락 짓고 한국어 통사 구조를 충실하게 따르는 글쓰기를 비교적 일관되게 견지했기 때문이다.[10] 그리고 불특정 다수를 대상으로 했던 신문이나 '기관지'적 성격을 띠고 있었던 기존의 잡지와는 달리, "少年과 그 父兄"을 독자층으로 설정하고 이들의 소비 욕망에 부응하는 편집 체제를 유지했다고 판단하기 때문이다. 문체상의 특질을 다음 인용문을 통해 보기로 한다.

　　③地球가 太陽을 한가운데 모셔두고 그 周圍를 도라다님과 도라다님에는 一定한 길이 잇는데 이것을 軌道라 일컬음과 地球의 形體가 둥근故로 一時에 다 日光을 밧지못ᅙ고 半面式 밧음으로 빗난便은 晝가 되고 밧지못하난便은 夜가됨은 여러분이 應當아르시오리다.[11]

---

10) 단, 마지막 호인 4권 2호(1911.5)는 예외이다. 여기에는 한문현토체에 가까운 문체로 쓰어진 박은식의 「王陽明先生實記」가 실려 있다.

11) 「節序循環과 晝夜長短의 理(上)」, 『소년』 제2권 제7호, 1909.8, 59면.

④地理모르난 殖産은 野蠻人의 殖産이니 殖産이라고 足히 稱道할것이 되지못하나니라. 내가 먹으려하난 것을 내가 스스로 耕作하고 내가 紡績한것으로써 내몸을 가려 한平生을 지내려할진댄 이는 一億九千七百萬哩되난 地球에 生來한 特權을 放棄한者ㅣ라. 우리는 世界民(Weltman)이니 사람이 누구던지 제各금 이世界를 自己의 屬地를 만들수잇스니, 카슈미아의 목거리로 치위를 막고 (…중략…) 인도의 「커피」로 목을 축여 五大陸의 土壤으로써 내몸의 分子가 되게함은 내가 할수도 잇난일이오 나의 하기도 할일이니라.[12]

③은 자연과학 지식을 전달하는 글이며 ④는 지리학 공부의 필요성을 피력하고 있는 글이다. 글의 성격에 관계없이 일정한 문체를 유지하고 있는 것을 알 수 있다. 그리고 이는 "固有名詞나, 漢文에서 온 名詞, 形容詞, 動詞 等 國文으로 쓰지 못할 것만, 아직, 漢文으로 쓰고, 그 밧근 모다 國文으로 ᄒ쟈 홈"이라고 했던 이광수의 국한문체 사용법 제안을 충실히 따르고 있다. 유길준의 말마따나 한자를 '약해(略解)'하는 사람이라면 누구나 쉽게 이해할 수 있는 문체를 택하고 있는 것이다. 띄어쓰기와 종결어미만 현대식 표기와 다를 뿐이다. 『소년』의 이렇듯 '혁신적'인 문체는 문학적 성격의 글에서 더욱 분명하게 드러난다.

⑤어늬날아참에 내가 남생이가 먹고십허 견댈수업슴으로 金曜日이를 불너 海邊에가서 한두머리 잡어오라하야 내여보냇더니 얼마되지아니하야 나난듯도 라와서 울을 뛰여넘어 씨그러지난지라 내생각에 무삼일이 생겨서 그리하난고 하고 그 緣由를 무른즉 금요일의 말이
『書房님 書房님 頉낫슴이다』
할뿐임으로 나는 다시
『무삼일이란 말이냐』
한즉 厥者는 숨이 턱에 다어
『書房님 저것 좀 봅시오 저긔 외나무배가 二三隻 오지오』
하고 덜덜 써르니 이는 野蠻들이 우리들을 쳐죽일양으로 온것인줄 깨다른

12) 「地理學研究의 目的」, 『소년』 제2권 제10호, 1909.11, 85면.

까닭이라 이에 나는 金曜日를 激勵하야 싸홀 準備를 하고 各其 銃·劒을 거지고 望遠鏡을 들고 뒤동산에 올나가본즉 저긔 野蠻二十一名이 坐 사람셋을 잡아가지고 왓더이다.[13]

⑥ 쌈을 셀셸 흘니면서 북다란재(鍾峴) 天主臺를 올나가난 村夫子가 잇다.
后世時 — 出入門을 열난 鍾은 부난 바람에 氣勢를 엇어 다양당당 氣波를 닐희킨다.
집도 놉기도 하지! 웃지하면 저렇게 짓노!
저속에는 무슨 영특한 物件이 들어안잣노? 宏壯하랏다?
한層階 올나서서는 한번씩 치여다보면서 連해連方 무릅을 쎽난다.
이럭저럭 첫 번 層臺는 다 올낫다.
저웃둑한 집의 조곰이라도 갓가와지난것이 分明히 이의 눈에 깃븐 빗흘 담쎄한다.
한번 휘의 숨을 돌니면서 갓을 버서들고 니마의 쌈을 흠친다.
당人줄에 눌니지아니한 머리털은 가는바람에 요리조리 날닌다.
둘째層臺에 와서는 이런데 다니기에 닉은 사람이 아닌故로 오금이 空然히 앏흐고 다리坐한 쎳쎳지 못하야 앗가모양으로 다름질노 올나갈수업다.[14]

⑤는 『로빈슨 크루소』를 초역한 「로빈손무인절도표류기(無人絶島漂流記)」의 일부이며 ⑥은 산문시 「천주당(天主堂)의 층층대(層層臺)」의 앞부분이다. 창간호에 실린 최남선의 「해(海)에게서 소년(少年)에게」의 '혁명적'인 글쓰기 방식에서 예고되었듯이 『소년』의 문체 발견은 문학적 글쓰기의 영역에서 선명하게 드러난다. 현대어 통사 구조와 크게 다르지 않은 문장은 말할 것도 없고, 띄어쓰기, 지문과 대사의 분리, 행갈이, 인용부호를 포함한 구두법(punctuation)의 사용 등 이전의 문학텍스트에서는 찾아보기 힘들었던 글쓰기 방식들이 전면적으로 등장한다.
물론 띄어쓰기는 『독립신문』의 '선언'과 이후 국문체로 씌어진 텍스

---

13) 「로빈손無人絶島漂流記⑤」, 『소년』 제2권 제7호, 1909.8, 35~36면.
14) 「天主堂의 層層臺」, 『소년』 제3권 제8호, 1910.8, 2면.

트에서 얼마든지 발견할 수 있으며, 지문과 대사의 분리도 여러 신소설에서 쉽게 찾아볼 수 있다. 행갈이와 구두법도 1907년『태극학보』에 실린 백악춘사(百岳春史) 장응진의 단편 「다정다한(多情多恨)」과 「마굴(魔窟)」등에서 발견할 수 있다.[15] 그러나 발화자가 누구인지를 괄호 안에 밝힌 신소설의 대화 구성은 하나의 과도기적인 '실험'이었고, 장응진 소설의 지문과 대사 구성도 대사는 구어체로 쓰고 지문은 문어체로 쓰는 과도적 단계에 머물고 있다. 한자와 한글을 표의와 표음의 대립으로 인식했던 당시에 음성을 그대로 기록하는 것은 표음문자인 한글이 맡아야 할 몫이었다. 또 서술자가 정리해내는 내용은 국한문체로 쓸 수 있었다 해도 현실의 생생한 목소리를 담아내는 일은 국문체만이 할 수 있었다. 이러한 딜레마가 장응진의 「마굴(魔窟)」과 같은, 국한문체와 국문체가 기이하게 병존하는 텍스트를 낳았던 것이다.[16] 요컨대 기존의 다양한 문체 실험들이 잠정적이고 과도적인 성격을 지녔던 데 비해, ⑤와 ⑥에서 볼 수 있듯,『소년』에 게재된 문학텍스트의 문체는 향후 문학적 글쓰기의 방향을 제시한 것이어서 충분히 주목할 가치가 있다. 그렇다면 이와 같은『소년』의 근대적 소설 문체, 특히 단편소설의 문체는 어떻게 '발견'된 것일까.

4. 톨스토이의 번역과 문학텍스트의 시각혁명

유길준의『서유견문』의 문체가 후쿠자와 유키치의『서양사정』을 번역하는 과정에서 발견된 것이라는 사실은 익히 알려진 바와 같다. 그가

---

15) 주종연,『한국소설의 형성』, 집문당, 1987, 171~172면 참조.
16) 권보드래,『한국 근대소설의 기원』, 소명출판, 2000, 175면.

"七書언해를 倣則"하여 문장을 쓴다고 밝히고 있지만 이 또한 언문일치를 확립하기 위한 일본 계몽 지식인들의 노력을 참조하고서야 발견할수 있었던 것이다. 이광수의 국한문체 사용에 관한 견해도 일본에서 생산된 다양한 서적을 학습하는 과정에서 형성된 것임을 어렵지 않게 알아차릴 수 있다. 한국어와 유사한 통사 구조를 가진 일본어를 이른바'코드 스위칭(code switching)' 방식으로 번역함으로써 신지식을 보다 효과적으로 수용할 수 있을 것이라고 생각했던 것이다. 일본 근대문학이라는 '타자'가 한국의 근대문학자들에게 미친 영향은 지금 우리가 상상하는 범위를 훌쩍 뛰어넘는다. 예컨대 김동인은 1935년 「번역문학」이라는 글에서 문학이 발달하기 위해서는 선진 외국의 문학을 음미해야 한다고 전제한 다음 이렇게 말한다.

> 그런데 조선에 신문학의 운동이 일어난 지 20여 년에 아직도 外國文學 음미(移植을 의미한)에 대한 대책이 토의되지 않았던 것은 무슨 까닭일까? 조선사람은 외국문학을 음미하려 하지 않나? 혹은 할 필요가 없나? 그렇지 않으면 또 다른 무슨 이유가 있기 때문일까?
> 조선사람이라고 外國文學을 음미할 필요가 없다든가 필요를 느끼지 않았던 바가 아니었다. 단지 조선에서는 "朝鮮語로 移植되지 않은 외국문학일지라도 얻어볼 기회를 가졌었다"하는 특수 사정이 있었기 때문에 外國文學 이식이 等閑하였다.
> 적어도 中等敎育 이상까지 받은 사람은 日文을 모르는 사람이 없을뿐더러, 조선문은 도리어 日文만치 이해하지 못하는 현상이다. 이 덕택(?)에 우리는 외국문학을 우리의 손으로 조선문으로 이식할 번거로운 의무를 면할 수가 있었다.[17] (강조는 인용자)

일본어 번역이 있었기 때문에 굳이 조선어로 번역할 수고를 치르지 않아도 선진 외국문학을 접할 수 있었다는 김동인의 '고백'은 한국 근

---

17) 김동인, 「飜譯文學」, 『김동인 전집』 제10권, 홍자출판사, 1964, 245면.

대문학이 얼마나 일본 근대문학에 빚을 지고 있는지를 여실하게 보여준다. 잘 알려진 바와 같이 근대문학의 선구자들, 즉 이인직·최남선·진학문·홍명희·이광수 등은 모두 일본에 유학하면서 근대문학을 만났으며, 문학이란 무엇인가라는 물음을 두고 고민을 거듭했다. 그처럼 압도적인 일본 근대문학의 영향력 아래 있었던 탓에 서양문학의 번역도 대부분이 일본어를 중역(重譯)한 것이었다. 번역문학 연구의 선편을 쥔 김병철이 적시하고 있듯이 당시 "우리 번역문학의 源流는 西洋人에 의하여 쒸어진 작품이라 할지라도 漢譯本 내지 日譯本의 重譯이었다는 것을, 특이 日譯本의 重譯이 70% 이상을 점하고 있다는 것을 알 수 있어 開化期에 있어서의 서양문학 번역의 轉信者로서의 일본의 역할을 알 수 있다."[18] 김동인의 말대로 근대 한국의 지식인들은 일본어로 외국문학을 접했고 또 번역했던 것이다.

'최초의 근대적 잡지' 『소년』은 지속적으로 서양문학을 번역하여 실었다. 물론 일역본의 중역이었다. 그렇다면 『소년』은 어떤 작품들을 번역했으며 그 의미는 무엇일까. 『소년』의 번역은 격언, 바이런과 엘리어트 등의 시, 『나폴레온전』을 비롯한 전기, 『거인국표류기(巨人國漂流記)』, 『로빈손무인절도표류기(無人絶島漂流記)』 등 소설에 이르기까지 다양하다. 그런데 우리의 눈길을 끄는 것은 톨스토이의 일련의 작품과 빅토르 위고의 『레 미제라블』의 일부를 옮긴 「ABC계(契)」 등이다. 특히 톨스토이에 대한 『소년』의 관심은 각별했으며, 총6편 ― 「사랑의 승전(勝戰)」, 「조손삼대(祖孫三代)」, 「어룬과 아해」, 「한 사람이 얼마나 쌍이 잇서야 하나」, 「다관(茶館)」, 「너의 니웃」 ― 에 이르는 그의 작품이 번역되었다. 임화는 『신문학사』에서 한말의 번역문학을 『천로역정』으로 대표되는 종교문학과 『서사건국지』·『애국정신』·『경국미담』 등의 정치문학, 그리고 『이솝우언』, 『걸리버유람기』, 『불쌍한 동무』, 『절세기담 라빈손표류기』 등의 순

---

18) 김병철, 『한국서양문학이입사연구』, 을유문화사, 1989, 75면.

문학으로 나누고 있거니와,[19] 그의 분류를 따르면『소년』에 번역 게재된 대부분의 작품은 순문학에 속한다. 여기에서 최남선 또는『소년』의 문학적 취향이랄까 근대문학에 대한 시각이 분명하게 드러난다. 즉『소년』은 신소설이나 정치소설로부터 일정한 거리를 두고자 했으며, 그런 문학과는 구별되는 '순문학'을 적극적으로 옹호 · 수용했다.[20]

『소년』은 서양작품의 번역을 통해 '권신징구(勸新懲舊)'의 구조로 일관하고 있던 신소설과 변별되는 새로운 문학의 전범을 내세우고자 했던 것으로 보인다. 특히『소년』은 톨스토이에 깊은 관심을 기울여 두 호(1909년 7월호와 1910년 12월호)에 걸쳐 톨스토이 특집을 구성하였다.『소년』의 편집인 최남선이 톨스토이를 각별하게 다룬 것은 일차적으로 자신의 사상적 취향에 따른 것이겠지만 동시에 톨스토이 작품들을 근대문학의 모범으로 파악하려는 의도와도 관련되어 있었다.[21] 이는 일본의 근대 산문과 근대소설의 문체가 후타바테이 시메이(二葉亭四迷)가 1889년에 번역한 투르게네프의「밀회」로부터 결정적인 영향을 받았다는 것과 비교된다. 고모리 요이치(小森陽一)에 따르면 투르게네프는 새로운 프랑스어 산문(플로베르식의 묘사 문체)에 의거하면서 새로운 러시아 산문을 만들었는데, 우연이기는 하나 그 새로운 러시아어 산문을 번역함으로써 후타바테이 시메이는 새로운 일본어 산문을 창출했다.[22]

---

19) 임화, 앞의 책, 148~149면.

20) 이와 관련하여 한기형은 다음과 같이 지적하고 있다. "흥미로운 사실은 초기 신소설(1910년 이전)과 같은 시대에 존재했던 잡지『소년』이 문학적 글쓰기를 중시하면서도 신소설에 대해서는 매우 냉담했다는 점이다. 이는 신소설의 시대에 신소설의 사회적 의미를 다르게 파악하는 입장이 있었다는 것을 의미한다. 이를 통해 우리는『소년』의 편집인 최남선이 지녔던 문학관의 '새로움'에 주목하게 된다."(한기형,「최남선의 잡지 발간과 초기 근대문학의 재편」,『대동문화연구』45집, 2004.3, 224면) 사실『소년』과 그 연장선상에 있는『청춘』은 신소설을 전혀 싣지 않고 있다. 이렇듯 신소설을 배제한 이유로 한기형은 기존 신소설 작가의 배제와 중장편 형식과 '勸新懲舊' 구조로부터 이탈(단편 지향)을 들고 있다.

21) 한기형, 위의 논문, 228면.

22) 고모리 요이치,「번역이라는 실천의 정치성」,『번역의 방법』(가와모토 고지 · 이노우

그렇다면 근대계몽기에 혁신된 문체, 근대 한국어 산문 문체의 방향을 제시한 『소년』의 소설 문체는 어떤 과정을 거쳐 발견된 것일까. 『소년』은 일본의 후타바테이 시메이가 투르게네프의 소설에 주목했던 것과는 달리 톨스토이의 소설에 주목했다. 앞당겨 말하자면 『소년』은 톨스토이의 소설을 근대문학의 전범(典範)으로 이해하고 이를 적극 수용하고자 했으며, 톨스토이의 단편을 번역하는 과정에서 근대적 단편소설 문체의 가능성을 발견했다.[23] 물론 톨스토이의 번역이 『소년』이 보여준 문체의 성격을 모두 설명해 줄 수 있는 것은 아니다. 『소년』의 혁명적인 문체의 형성 과정을 해명하기 위해서는, 톨스토이의 소설을 비롯하여 격언·전기·시·소설 등 다양한 '장르'에 걸친 번역들뿐만 아니라, 이 잡지를 이끌었던 최남선을 위시하여 주요 필자로 참가한 이광수와 홍명희의 일본어를 통한 근대문학 학습 과정, 그들의 소설관과 문체관 등 다양한 측면을 아울러야 할 것이다. 그렇다 하더라도 김동인의 언급에서 엿볼 수 있듯이 이들은 일본어로 번역된 외국문학을 읽었고, 그 과정에서 한국어 소설 문체, 기존의 신소설이나 정치소설이 보여 주었던 문체와 구별되는 '순문학'적 소설 문체를 발견했을 것이라는 추정은 설득력을 잃지 않는다.

그런데 왜 최남선은 아니 『소년』은 톨스토이에 주목했던 것일까. 이 이유는 분명하다. 톨스토이 문학은 "국가를 진동시키는 반항의 소리"의 진원이었고, 슬라브 민족의 "침통하고 신비적인 성격"을 전 세계에 전파했기 때문이다. 뿐만 아니라 『참회록』에서 볼 수 있듯이 톨스토이는 인간해방을 위해 진력한 인도주의자이자 깊은 종교심으로 인생의 참모습을 찾기 위해 부단히 노력한 성자이기도 했기 때문이다. 그리하여 1909

에 겐 편, 이현기 역), 고려대 출판부, 2001, 307면.
23) 후타바테이 시메이가 투르게네프의 「밀회」를 직접 번역했던 것과 달리 『소년』은 일 역본 톨스토이 작품을 번역했다는 점에서 일본과 한국의 근대소설 문체의 형성 경로는 차이를 보인다.

년 7월호에 실린 「현시대대도사(現時代大導師) 톨쓰토이선생(先生)의 교시(敎示)」에서 최남선은 톨스토이를 "현시대 최대의 위인"이자 "그리스도 이후의 최대 인격"이라고 상찬하면서 "대강 그의 행사를 아는 사람은 다 숭고하고 장엄한 입으로 말하기도 어렵고 붓으로 그리기도 어려운 특별한 감동이 일어나지 않을 이 없"다고 말한다. 그리고 『전쟁과 평화』, 『안나 카레니나』, 『부활』을 톨스토이의 대표작으로 꼽으면서 특히 『부활』에 주목하면서, 이를 괴테의 『파우스트』와 셰익스피어의 희곡과 단테의 『신곡』 등과 같은 "만세불후의 대작"의 반열에 놓는다. 또 1910년 12월에 간행된 '톨쓰토이선생하세기념(先生下世紀念)' 특집호에서는 톨스토이를 기리면서 다음과 같이 말한다.

> 先生 톨쓰토이는 十一月二十日午前六時 집을 떠나시다가 中路 한 小驛舍에서 下世하시니 人間의 享壽가 八十二시라 천하 文敎를 重히하난 人士는 尙矣라 勿論이어니와 아모라도 그의 죽음을 衷心으로 슯허하지 안난者ㅣ 업더라. 先生의 몸은 비록 한나라에 살앗스나 그思想과 發明은 世界의 共有ㅣ라 모든 國語가 다 先生의 著作을 自己庫中에 譯藏함으로 크게 滿足히 하난바 어늘 애닯다 우리 朝鮮語는 붓그럽게 그 한아토 옴겨내지 못하얏도다. 종작업시 하얏스나 그 短篇 멧 種이라도 朝鮮에서 쏫등으로 飜譯한 者는 實로 우리 『少年』이니 대개 우리의 쯧은 未嘗不 先生의 生存中에 그 名著를 一篇이라도 우리말노 記錄하야 先生끠 보시게하기를 期約하얏스나 이내 드듸지 못하얏스니 섭섭하도다.24) (강조는 인용자)

이 글에서 최남선은 『부활』을 비롯한 '명저'를 조선어로 번역하지 못했다는 아쉬움과 함께 그나마 몇몇 단편을 『소년』에서 처음으로 번역·소개했다는 것으로 위안을 삼고 있다. 『소년』이 번역한 톨스토이 작품은, 앞에서 언급한 바와 같이, 「사랑의 승전(勝戰)」, 「조손삼대(祖孫三代)」, 「어룬과 아해」, 「한 사람이 얼마나 쌍이 잇서야 하나」, 「다관(茶館)」, 「너

---

24) 『소년』 제3권 제9호, 1910.12, 1면.

의 니웃」 등 여섯 편이다.

「사랑의 승전」은 상전의 관대함을 시험하기 위해 음모를 꾸민 노예를 깊은 자애심으로 이해하고 해방시켜 준다는 내용으로 톨스토이의 종교적 인도주의를 담고 있는 작품이며, 「조손삼대」 역시 '쌀알'을 둘러싼 에피소드를 통해 '하느님이 정한 법률'에 따라 사는 것이 진정한 삶이라는 충고를 담은 단편이고, 「어룬과 아해」도 "어린아이와 같지 아니하면 천국에 들어가지 못하리라"는 메시지를 담고 있는 종교적 소설이다. 이상 세 작품이 종교적 교훈을 담은 짤막한 소설임에 비해 '톨쓰토이선생하세기념(先生下世紀念)' 특집호에 실린 「한 사람이 얼마나 얼마나 **쌍**이 잇서야 하나」, 「너의 니웃」, 「다관(茶館)」 등 세 편은 종교적 메시지를 전달하고 있다는 점에서는 대동소이하지만 길이나 내용의 측면에서 볼 때 본격적인 단편 번역이라 할 수 있다. 「한 사람이 얼마나 **쌍**이 잇서야 하나」는 인간의 탐욕을 경계한 소설이며, 「너의 니웃」은 이웃과의 갈등과 화해 과정을 그린 작품이다. 그리고 「다관」은 여러 종교를 믿는 사람들이 인도의 한 찻집에 모여 자신의 견해를 피력하다가 어떤 하나의 종교만이 옳다고 할 수 없다는 결론에 도달한다는 내용이다. 간략하게 본 것처럼 『소년』이 번역한 톨스토이의 소설은 종교적이고 인도주의적인 성격을 지닌 후기 소설들이다. 여기에서 최남선과 이광수 등 『소년』 멤버들이 톨스토이를 선택한 이유를 추측할 수 있다.

문제는 이들 소설의 번역 문체이다. 「거인국표류기」나 「로빈손무인절도표류기」에서 이미 선보였던 『소년』식 번역 문체의 특징이 톨스토이 번역에서 집약적으로 드러난다. 그 몇 가지 사례를 보기로 한다.

> ① 얼마잇다가 그 頭領이 여러사람들의 所望을 듯더니 고개를 끄덕이면서 러시아말노,
> 『녜 녜 그럼 당신이 바라시난대로 얼마던지 **쌍**을 드리오리다. **쌍**은 바라시난대로 얼마던지 잇스니까』

학본이 內心에 「얼마던지 주겟다」난줄로 생각하고,

『참 感謝하외다. 무엇 그리 만이 주십사난것이 아니오 그러나 만일 그 쌍을 한번 내게 주신다음에는 當身네 子子孫孫 어늬째까지던지 決코 내 가진 것을 還하야달나지 못하게 주엇스면 좃켓습니다』

『그 좃습니다 當身 所願대로 드리리다』

『내가 어느 장사에게 들으니 그가 이곳에 와서 쌍을만히 엇엇다하니 나도 果然 그와 갓히하야 주셧스면 좃켓습니다』[25]

② 얼마後에 이반이 精神을 차려셔본즉 녑헤 까부리엘은 업고 다만 四面이 환하야 宛然히 白晝와 갓흠으로 놀나서 돌아다본즉 自己의 집이 한참타오

『애! 애!』

이반이 소리샛 불으면서 널어서랴도 발이 듯지를아니하오

집이 탄다, 탄다, 부난바람에 불ㅅ길은 점점 사나워간다.

얼마後에 만흔 사람이 모여들어서 쓰랴하얏스나 웃더케 손 댈 수가 업소

洞內ㅅ사람들은 세간이며 家畜을 쓰내기에 汨沒이오

바람은 漸漸 사나워가오.[26]

인용에서 볼 수 있는 바와 같이 톨스토이 작품의 번역은 서술형 종결어미 '一소', '一오'가 조금 낯설 뿐 근대 단편소설의 문체와 크게 다를 바가 없다. 특히 대사와 지문의 정확한 분리와 행갈이, 직접인용부호(『』)와 간접인용부호(「」), 마침표(.), 쉼표(,), 말줄임표(……) 등의 사용,[27] 현재시제를 활용한 상황 묘사 등에 주목할 필요가 있다. 이는 최남선의 일련의 시와 산문들, 「거인국표류기」와 「로빈손무인절도표류기」, 「ABC계(契)」 등에서도 볼 수 있다. 그런데 한 편의 소설이 이렇듯 일관되게 근

---

25) 「한 사람이 얼마나 쌍이 잇서야 하나」, 『소년』 제3권 제9호, 1910.12, 28면.

26) 「너의 니웃」, 『소년』 제3권 제9호, 1910.12, 34면.

27) 구두점의 종류와 그 의미를 구체적으로 언급한 최초의 글은 『개벽』 13호(1921.7)에 실린 金永昶의 「點句法」이라는 글이 아닌가 한다. 이 글에서 김영창은 마침표·쉼표·콜론·세미콜론·물음표·느낌표·직접인용부호·괄호·말줄임표 등의 기호들이 지닌 의미를 설명하고 그 예를 제시하고 있다.

대적 소설 문체를 사용하고 있는 예는 찾아보기 쉽지 않다. 따라서 『소년』이 지속적으로 추구해온 문학 작품의 문체 혁신 과정이 집약된 것이 톨스토이 작품의 번역이라 할 수 있다.

　『소년』의 이러한 문체 혁신은 문학텍스트의 물질성에 혁명적 변화를 몰고 왔다.[28] 건축이나 미술 그리고 음악 텍스트가 그러한 것처럼 문학텍스트 역시 일차적으로는 물질로 구성되어 있다. 작가는 원고지 위에 펜으로 글씨를 쓰고, 출판사에서는 이 원고를 종이 위에 인쇄하고 표지를 장정하여 한 권의 책으로 펴내는 경우를 생각하면, 문학텍스트가 물질적인 성격을 지닌다는 말을 어렵지 않게 이해할 수 있다. 또는 고서점에서 한적(漢籍)을 대할 때의 느낌과 구두점을 찍고 행갈이를 하여 새로 간행한 동일한 한적을 대할 때의 느낌이 사뭇 다르다는 것을 생각해도 좋다. 헌책과 새책의 차이라고 말하면 그만이지만 사정은 그렇게 간단하지가 않다. 텍스트의 물질성이 낳는 효과는 우리가 상상하는 것보다 그 진폭이 훨씬 크기 때문이다. 구두점과 행갈이뿐만 아니라 띄어쓰기와 단락나누기, 지문과 대사의 분리 및 여백의 활용, 일상어의 대폭적

---

28) 『소년』에서 볼 수 있는 문학텍스트의 시각적 혁명은 일본정치소설을 번역한 『서사건국지』와 『설중매』의 문체를 마주 놓고 보면 확연하게 드러난다. 각각의 도입부를 인용하면 다음과 같다.
　　"話說自開天闢地以來로世界上에不知幾多邦國이오其中興衰隆替로旋强旋弱ᄒ며或存或亡者가亦不知凡幾라惟興亡之理ᄂᆫ全히其國中人民의愚智와愛國心地가如何홈에在ᄒ지라危急存亡之際을當ᄒ면許多英雄好漢이生於其間ᄒ야而復安ᄒ며亡而復存ᄒ며死而復生을克致ᄒᄂ니니此皆英雄好漢의本領이오國家의洪福이라"(『서사건국지』).
　　"아가 미션아 이리좀오너라 미션이거긔잇ᄂᆫᄂᆱ ᄒᄂᆫ소ᄅᆰ는 한 오십여셰된 부인이니 긴병이드러 전신이파리ᄒ고 근력이쇠약ᄒ야 자리에서 이지못ᄒ고 누어 밧튼기침을 ᄒ면셔 그ᄯᆯ장소져를 부르ᄂᆫ것이라 소져의나히 십육칠셰는 되엿ᄃᆞᆫᄃᆡ 나즉훈소ᄅᆰ로 션듯티답ᄒ며 문을열고 종용히드러오더니 벼ᄀᆡ엽헤와 나부시 안지며 어마니 부르셧ᄉᆞᆷ닛가 앗가ᄭᅡ지 겻헤뫼시고 잇삽더니 어머니게서 잠이 곤히드신듯ᄒ기로 밧게좀나아가 신문을 보앗삽나이다 벌셔녜시나 되엿ᄉᆞ오니 약을잡스시지 아니ᄒ시려느닛가 부인이 얼골을씽그리며 갈ᄋᆞᆯᄐᆡ약은 그만두어라 먹기도지리ᄒᆞ다 미션아 아마 나의명이 장구치못홀듯ᄒ다 소져 초연락담ᄒ야 눈물을먹음ᄶᅡ가 云云"(『설중매』).

인 유입을 감당하기 위한 국문체의 사용 등은 그렇지 않을 때와는 전혀 다른 미적 효과와 의미상의 효과를 생산한다. 『소년』의 문학 작품 번역, 특히 톨스토이의 번역이 가져온 소설 문체의 변화에 주목해야 하는 이유도 여기에 있다.

5. 「헌신자(獻身者)」와 근대소설 문체의 형성—결론을 대신하여

번역된 '문학'이라는 개념을 발판으로 하여 기존의 '문학'과 뚜렷이 구별되는 근대적 '문학' 개념을 수립하고자 했던 이광수는 새로운 문학을 구축하기 위해서는 새로운 문 또는 문장의 구사가 필수적이라는 것을 분명히 인식하고 있었다. 앞에서 보았듯이 그는 한국어 통사 구조에 맞는 국한문체의 사용을 주장한 바 있었다. 그런데 이광수는 주장에서 그친 게 아니라 자신의 번역과 소설을 통하여 이러한 문체를 직접 실험했다. 그것이 바로 『소년』에 실린 「어린 희생」과 「헌신자」이다.

①「아바지가 언제쩨나 도라오실는지요」 十六七歲나 되엿즉혼 少年이 銀갓흔 鬚髯이 半面이나 가리운 老人더러 뭇난다.
「언제 도라올지 알겟니 죽을지 살지도 모르는데」
「아라사ㅅ놈들을 만히 죽엿시면 ……」 少年은 조고마한 두 주목을 쌱 부르쥐인다. 째는 西紀 一千七百七十三年十一月十四日. 녹다 남은 눈이 여긔 저긔 남아 잇고 北氷洋으로 부러오난 바람이 살을 버이난 듯 한 저녁이라. (…중략…)
老人이 少年을 안으면서
「네 아비가 죽엇다 …… 나라을 爲하야! 同胞를 爲하야!」
「아라사ㅅ놈의 손에?!」

「온야 아라사ㅅ놈의 논에 …… 우리대턱」

「아라사ㅅ놈의 손에 …… 아라사ㅅ놈의 손에 아바지가 죽엇서요?!」

「응, 아라사ㅅ놈의 손에 …… 우리대턱 아라사ㅅ놈의 손에」 少年은 머리를 돌녀서 나려다보난 老人의 흐린 눈을본다.[29]

②여긔는 平安道의 어늬 地方, 私立學校事務室이라. 장판한 東向두간ㅅ房 아레ㅅ목에 젊은 學生六七人이 돌아안젓소. 그가운데는 웃던 限五十쯤 되얏슬만한 老人이 누엇난데, 아마도 대단히 몸이 편치아니한 貌樣. 周圍에 안즌 學生들은 그의 四肢를 주물음이라.

方今試驗中이라, 一刻이 三秋갓흔 이째에 試驗準備는 아니하고도 이럿트시 終日토록 웃던 病人을 看護하니 이 看護를 밧난이는 果然웃던사람인가. 讀者는 次次로알으시리라.

『日本서도 中學校卒業式에 禮服닙소?』

누어 잇든老人은 方今 들어오난 젊은 敎師를 보고 뭇난 말이라.

『禮服이오 …… 洋服말씀임닛가』

『아니오 禮服이라고 못보섯소? 두루막이갓흔것 말이오』

젊은敎師는 머리를 기우리고 섯더니,

『아니오 別노 禮服이라난 것은 아니닙어요』

『그러면 通常服인가요 …… 式場에?』

『녜, 學校制服을 닙읍니다 …… 말하면 制服이 學生의 禮服이니까요』

『그러면○○학교에서는 잘못햇군. 그럿켓지, 大學校 卒業式이면 그도 몰으되 ……』[30]

①은 이광수가 번역한 저자 미상의 러시아 소설이며, ②는 '사실소설 (寫實小說)'이라는 명명 아래 쓰여진 「헌신자(獻身者)」이다. 이 두 인용문에서 알 수 있는 것은 『소년』의 주요 필진으로 참가했던 이광수가 외국 문학 작품을 번역했을 뿐만 아니라 자신의 경험을 바탕으로 직접 소설을 창작하고 실험했다는 사실이다. ①과 ②를 보면 알 수 있듯이 지문

---

29) 이광수 역, 「어린희생」, 『소년』 제3권 제2호, 1910.2, 51~52면.
30) 이광수, 「헌신자」, 『소년』 제3권 제8호, 1910.8, 51면.

과 대사의 분리, 근대적 구두법의 사용, 한국어 통사 구조에 입각한 국한문체의 사용 등 『소년』이 번역을 통해 수용했던 글쓰기를 전면적으로 채택하고 있다. 이러한 이광수의 실험은 1910년대 단편을 비롯하여 향후 한국 근대소설, 특히 단편소설의 문체를 선취하고 있다는 점에서 만만치 않은 의의를 지니고 있다.

지금까지 보아온 바와 같이 일본을 경유한 근대의 번역은 문학텍스트의 에크리튀르에 혁신을 초래했다.[31] 그리고 번역이 번역으로 끝난 게 아니라 근대소설을 가능케 한 핵심적인 요소인 글쓰기의 변화를 추동했고, 이광수의 「헌신자」에서 볼 수 있듯, 창작으로까지 이어졌다. 그 변화를 번역이 전적으로 담당했다고 말하는 것은 물론 아니다. 그러나 번역이 한국 근대소설 문체의 형성에 결정적인 기여를 했다는 것만은 분명하게 말할 수 있다. 앞에서 잠깐 언급했지만, 단형 서사에서 신소설에 이르는 근대계몽기의 다양한 서사문학의 문체 실험, 일본 근대소설 또는 산문 문체가 형성되는 과정과 번역의 상관성, 이른바 '『청춘』 그룹'의 독서 체험과 문학관 등을 다양한 각도에서 구명해야만 그 전모가 드러날 것이다.

이 글을 시작하면서 말한 것처럼 '문학'은 일본을 거쳐 번역된 용어이다. 번역된 '문학'은 기존의 '문학(文學)'에서와는 다른 글쓰기를 요구했다. 유길준에서 이광수에 이르기까지 어떤 문체를 선택할 것인가를 둘러싸고 많은 논란이 있어 왔으며, 문학의 영역에서도 다양한 각도에서 문체를 실험해 왔다. 그러다 잡지 근대계몽기 인쇄매체 중에서 이채를 띠는 잡지 『소년』에 이르러 소설 문체는 근대적 성격을 확보하기에 이른다. '근대적'이라고 해서 다른 문체보다 낫다거나 훌륭하다는 것은 아니다. 다만 『소년』은 임화가 말한 바 '순문학' 작품들을 지속적으로 번역하는 과정에서 근대적 소설 문체 또는 번역된 '문학'에 어울리는

---

31) 번역과 글쓰기의 변화에 관한 논의는 권용선, 「1910년대 '근대적 글쓰기'의 형성 과정 연구」, 인하대 박사논문, 2004.6, 50~91면 참조

문체를 발견했고, 그것이 향후 한국 근대소설 문체의 주류로 자리잡게 되었다는 점을 말하고 싶을 따름이다. 그것은 어쩌면 여러 문체 중에서 근대소설에 가장 잘 어울리는 듯이 보이는 것 하나를 고르는 '선택의 문제'와 관련되어 있었던 것인지도 모른다. 왜 특정한 문체를 선택했는 지를 알기 위해서는 서양—일본—한국으로 이어지는 번역의 경로와 문체의 정착 과정을 보다 깊이 살펴보아야 할 것이다. 결국 우리는 근대소설의 형성 과정에서 번역이 가진 의미가 무엇인지를 다시 물어야 하는 지점으로 되돌아온 셈이다.

1910년대 소설의 근대성 재론

내면의 문제를 중심으로

양문규

1. 내면과 근대성

1910년대 소설의 근대적 성격으로 거론되는 가장 중요한 요소 중의
하나가 인간의 내면 에 대한 관심이다. 내면은 근대소설의 대표적인 변
별항으로, 근대소설의 형성기에 소설의 양식적 전환을 측정하는 하나의
기준점을 제공한다. 그리하여 1900년대에서 1920년에 이르는 도정은 소
설에서 내면의 위상과 비중이 점차 커지는 과정과 동궤를 이룬다고 본
다.[1] 특히 1910년대 소설에서 독자적이고 고립된 내면을 포착하여 이를
표현하고자 하는 의도는 자국어 글쓰기와 더불어 이 시기 소설이 근대
의 '문학'을 형성하는데 일정한 역할을 수행한다고 본다.[2]

---

[1] 박헌호, 「한국 근대소설과 내면의 서사」, 『식민지 근대성과 소설의 양식』, 소명출판,
2004, 30면.

이러한 논의들은 '내면'이란 것이 1910년대 문학의 근대성의 징후를 보여 주는 것일 뿐만 아니라 결국 그것은 우리 근대소설이 닮아가야 할 것, 완성해야 할 것임을 시사하고 있다. 주지하다시피 근대 전환기 한국 소설은 전통적인 조선시대의 소설이 서구 또는 서구화를 꾀한 일본 문학에 접촉·촉발되어 변화를 일으키며 제작·생산되었다. 이 중 첫 번째 단계인 신소설은 어찌했든 조선 후기 문학 구체적으로 국문소설의 발전 선상에 놓여 있다. 그러나 신소설의 다음 단계인 1910년대 소설에 접어들면 이전의 전통 소설과 상당한 단절을 겪는다. 기존 논의들은 이러한 소설사의 과정을 대부분 발생과 전개라는 역사주의적 입장에 서서, 우리 소설이 과거의 전통 소설에서 점차 벗어나 서구 소설을 모방하고 이를 정착화함으로써 근대소설을 성취해낸 것으로 기술해왔다.

이러한 기존의 논의들이 전적으로 틀린 바는 아니다. 그러나 우리의 근대소설이 서구소설을 수용하면서 얻게 된 점과 더불어 전통소설의 긍정적 계승을 꾀하지 못하면서 잃게 된 측면 역시 주목해 볼 수 있어야 한다. 1910년대 소설에 등장하는 내면도 마찬가지이다. 내면적 심화와 그 표현을 근대문학의 주요한 징후로 못박고 1910년대 소설에서 이것이 어떻게 실현되어 가는가를 따지기에 앞서, 우리 소설에서 내면이 어떠한 역사적 배경 아래 등장하며 그것이 과연 근대문학적 가치를 결정하는 필연성을 갖고 있는지,[3] 오히려 그것은 근대소설의 다양한 가능성을 위축시키지는 않았는지, 그리하여 근대소설의 한국적 양식을 만들어 낼 가능성을 차단했던 것은 아닌지를 살펴보아야 한다. "개개의 소설은 그 자체가 하나의 장르다"라는 슐레겔의 발언과 같이,[4] 소설 장르는 그 본성에서 반(反)규범적이다. 그럼에도 불구하고 우리는 내면성과 관련하여

---

2) 권보드래, 『한국 근대소설의 기원』, 소명출판, 2000, 264면.
3) 이러한 점은 이미 가라타니 고진의 『일본 근대문학의 기원』(박유하 역, 민음사, 1997) 에서 지적된 바 있다.
4) 츠베탕 토도로프, 최현무 역, 『바흐찐—문학사회학과 대화이론』, 까치글방, 1987, 124면.

근대소설의 전범으로 견고하게 정제된 서구 소설의 모형에 알게 모르게 얽매어 있었던 것이 아닌지를 환기함으로써 초기 한국 근대소설의 근대성 논의에 대한 반성적 문제 제기를 해보고자 한다.

2. 내면의 등장―1900년대 후반의 단형 서사

1900년대 후반 일본 유학생들이 발간한 잡지(학회지)에는 등장인물의 내성의 세계 혹은 내면의 체험을 소재로 하고 있는 단형의 서사들이 등장하기 시작한다. 백악춘사(白岳春史)의 「춘몽(春夢)」(『태극학보』 8호, 1907), 「월하(月下)의 자백(自白)」(『태극학보』 13호, 1907), 초해생(椒海生)의 「한(恨)」(『태극학보』 14호, 1907), 몽몽(夢夢)의 「요조오 한(四疊半)」(『대한흥학보』 8호, 1909) 등의 작품들이 바로 그것이다. 우리 소설사도 이 시기 즈음하여 소박한 형태로나마 이른바 '내면'이라는 것을 발견하기에 이른 셈인데, 이는 이전의 신소설 등의 서사 양식에서는 결코 찾아볼 수 없는 새로운 성격을 보여 준 셈이다.

이들 중 「한」은 어렵사리 일본 유학을 하는 유학생 화자가 그나마 고국으로부터 오는 학비가 끊어져 자신의 신세를 한탄하는 내용으로 되어 있다. 이 작품은 이러한 유학생의 한탄을 통해 시대의 선각자로서 인습적인 구사회로부터 고립된 유학생의 처지와 울분을 강하게 토로하면서 한편으론 그러한 자신들에게 무관심한 사회를 성토한다. 이 작품의 배경은 아마도 1906년 7월에서 1907년 1월 사이에 일어난 일진회 학비 중단 사건으로 학업을 중단하고 귀국해야 했던 유학생계의 동요가 배경이 되었을 듯싶다. 따라서 이 작품은 내면 토로의 형식을 빌리고는 있지만 궁극적으로 당시 계몽기의 여느 서사들 같이 대사회적 발언을 보여 준다.

이에 비해 「춘몽」, 「요조오 한」에서는 그 실체가 잘 파악이 되지 않는 유학생 주인공의 번민의 세계가 나타나기 시작한다. 「춘몽」의 경우 이를 꿈의 형식을 통해 보여 주지만, 「요조오 한」은 하숙집 방안의 두 유학생의 대화라는 현실 상황을 통해 보여 주고 있다. 그럼에도 불구하고 그들의 내면이 별로 외부적 세계의 틈입을 허용하지 않은 채 소설이라는 공간 안에서 자족적으로 움직이고 있다. 이러한 형식은 당시 우리의 소설적 상황에서는 아주 이질적인 것으로 일단 그 외래적 영향을 짐작하지 않을 수 없다.

이들 유학생들의 작품이 등장하던 시기, 즉 1906년부터 1910년대 초에 걸쳐 일본은 자연주의문학이 전성기를 맞이하고 있었다. 이 시기 유학생이었던 이광수의 일기에도 일본 문단의 자연주의 풍조를 반영하듯 자연주의라는 낱말이 자주 발견되고 이와 관련된 독서 체험들이 기술되고 있다.5) 그런데 이 시기 일본의 자연주의문학은 1904년 러일전쟁 이후 탈정치화하는 일본문학의 흐름 안에 놓여 있었다.6) 이미 1894년 청일전쟁에서 승리하며 제국주의 국가로 발돋움하기 시작한 일본은 국민의 국가의식을 앙양시키며 따라서 사상계에는 국가주의적인 풍조가 대두한다. 그러나 한편으로는 일부의 지식계급 사이에서는 낭만주의적 개인주의가 대두한다. 강대화하고 있는 국가 권력을 눈앞에 보며, 직접적인 형태로 서구와 같은 방식의 근대적 자아를 확립하는 것이 불가능하다고 예상한 그들은 개인의 감정적인 차원에서 자아의 확립을 노래하는 낭만주의로 내닫는다.7)

---

5) 1909년 12월 31일 일기 중 이광수의 읽은 도서 목록에는 당시 일본의 이른바 자연주의 작가로 불리는 시마자키 토오송(島崎藤村)의 『破戒』, 야야마 가타이(田山花袋)의 『野の花』 및 『자연주의』라는 저서가 있고, 1910년 1월 10일 일기에는 "武內군과 길게 니야기하엿다. 나더러 自然主義化햇다고"(『조선문단』, 1924.7) 하는 구절 등이 보인다.
6) 마루야마 마사오, 이인철 역, 「명치국가의 사상」, 『일본현대사의 구조』(차기벽·박충석 편), 한길사, 1980 참조.
7) 미야카와 토루·아라카와 이쿠오 편, 이수정 역, 『일본근대철학사』, 생각의나무, 2001,

그럼에도 불구하고 이후 일본은 러일전쟁에서 승리하면서 국가지상주의는 더욱 극에 달하게 되고 국가 권력의 강대화와 더불어 국가와 개인의 분열의식은 좀 더 첨예화된다. 이러한 상황에서 사상계는 국가와 사회에 대해서보다도 오히려 개인에 대해서 관심을 갖고 정신의 내면적 풍부함만을 추구하는 경향이 강해진다. 이에 따라 문학계에서도 일본의 자연주의문학은 서구와는 달리 작가의 사생활을 소설 속에서 충실하게 재현함으로써 개인의 자아를 탐구하는 것을 제일의로 삼는다. 이러한 경향은 정치적인 무기력을 문학으로 전도하는 것이며 이런 데서 성립한 '내면'이 일본 근대문학의 주조를 이루게 된다.[8]

따라서 국권 상실이 목전의 현실이 되고 정치적 무력감이 깊어 가는 유학생 계층은 이러한 일본 문단의 유행에 쉽게 노출될 수밖에 없다. 내면이 소설에 등장하는 시기가 1907년 이후라는 점은 이를 전후하여 고종의 폐위 등 국내정세의 악화와도 관련이 될 듯싶다. 이전의 지방 유지, 관료계급 등이 참여하여 정치적 이해 관계의 성격을 갖기도 한 『대한자강회월보』·『서북학회월보』·『기호흥학회월보』 등의 잡지들과 달리 『태극학보』 등 유학생 계층의 잡지들은 봉건적 인습에 대한 항거와 계몽적 의도를 상대적으로 강하게 보여 준다. 그러나 점차적으로 정치적 발언이 억압되어 가는 상황에서 이들 유학생 계층의 정치적 무력감은 증대되어 갔을 가능성이 크다.

이러한 흔적이 「요조오 한」에 잘 드러난다. 이 작품에는 앞서 지적했듯이 두 유학생의 대화 외에는 별로 특별한 사건이 없다. 작품 초두에 하숙방의 정경과 창 밖으로 보이는 가난한 노동자 일가의 정상 정도가 삽화의 풍경으로 제시될 뿐이다. 그리고는 대체로 주인공 함영호와 그의 친구간에 인생에서 느끼는 번민이 모호한 상태로 이어진다. 물론 그러한 번민의 원인은 암시적으로 나타나기는 한다. 우선 함은 "본국형편

<hr />

109면.
8) 가라타니 고진, 송태욱 역, 『근대일본의 비평』, 소명출판, 2002, 61면.

(本國形便)"에 대해 궁금해하고 이를 잘 알 수 없어 답답해한다. 여기서 '본국형편'이란 말할 필요도 없이 망국의 위기에 처한 고국의 정세를 의미하는 것임에 틀림없겠지만 당시의 검열 상황에서 이에 대한 자세한 언급은 불가능했으리라는 짐작을 할 수 있다. 단 이를 궁금해하는 함의 질문에 친구는 "赤子匍匐入井(적자포복입정)" 즉 '갓난애가 기어서 우물로 들어가는' 위험한 형국임을 암시적으로 이야기해 준다.

그럼에도 불구하고 함의 가장 큰 번민은 무엇보다도―"個性의 發揮가 (자신의) 希望欲求의 全體"라는 고백에서 알 수 있듯―개성(자아)의 실현을 어렵게 하는 현실과 이상의 괴리이다. 그리고 비록 고국의 현실은 "戀愛와 思想과 事爲의 自由公權을 剝奪" 당한 상황이나, 청년들은 이러한 상황에 "견인(堅忍)"하는 태도를 취해야 하고 그나마 약간의 자유가 허락되는 '사상'에서 돌파구를 찾을 수밖에 없음을 시사한다. 바로 '개성의 발휘'라든지 사상 방면의 관심이, 국가와 사회에 대해서보다도 오히려 개인에 대해서 관심을 갖고 정신의 내면을 추구코자 하는 것이며 「요조오 한」의 내면은 이러한 배경에서 탄생하고 있는 셈이다. 요컨대 1900년대 후반 유학생 계층의 잡지에 게재된 단편에 등장하는 내면은 반식민지 상태로 전락한 이후 국권 상실의 수렁으로 가는 길목에서 정치적 무력감에 빠진 당시 지식인들의 위안적 도피구인 셈이다. 따라서 순문예 작가는 사회에 대한 관심을 배제하고 고립된 개인의 내면에 몰두하는 것이며, 그것은 「요조오 한」의 작가 진학문, 그리고 이광수 등이 장래의 정치지망생에서 '문인'의 길로 방향 전환을 하는 것과 궤를 같이 한다.9) 정치적 무력=내면으로의 도피(또는 내면의 주장)=자율적 영역으로서의 근대문예의 관계가 맹아를 보이기 시작한 셈이다.

---

9) 강인숙, 『자연주의문학론』, 고려원, 1987, 123면.

3. 정신적 세계의 우위성과 내면의 전면화—1910년대 후반의 단편소설

1910년 초 「요조오 한」이 게재된 『대한흥학보』(11~12호)에는 이광수의 단편 「무정」이 게재된다. 이 작품은 전체 분량의 반을 차지하는 전반부가 자살하는 여인의 정황을 그리고 있고, 후반부는 그러한 자살이 있기까지 여인의 일생을 축약, 서술하고 있다. 비슷한 시기에 발표된 이광수의 「헌신자」(『소년』, 1910.8) 역시 초두에는 이른바 '헌신자'로서 학교 설립자인 주인공의 임종 장면의 정황 묘사가 나타나고, 후반부는 주인공의 입지전적 일생이 파노라마적으로 간단하게 처리된다. 즉 이들 작품은 후반부가 사건 또는 줄거리를 축약한 형태인 데 반해 전반부는 분위기 및 인물의 심리 묘사에 장황하게 치중하여 작품이 구조상으로 균형을 잃고 있다. 이러한 전반부에서 묘사의 집중화는 이후 현상윤의 「한의 일생」(『청춘』 2호, 1914) 등 유학생 계층 작가들의 소설에서 자주 나타난다. 이는 새로운 유학생 계층의 작가들이 신소설 작가와의 대타의식에서 '근대문예=내면 묘사'라는 생각을 하고 있지만 아직도 이전 이야기 중심의 소설 형태에서 벗어나지는 못하는 가운데 절충된 형식으로 나온 결과이다.

그리하여 소설 장르에서 내면의 묘사는 한동안 그 이상의 진전이 없었다. 주지하다시피 1910년 직후 대부분의 문학 작품 발표매체가 폐간되고 유일하게 남은 『매일신보』에는 이야기 중심의 통속적인 신소설이 성행을 하기 때문이다. 그런데 이러한 내면이 소설 양식 안에서 다시 등장하기 시작하는 것은 『학지광』·『청춘』 등의 잡지들이 등장하면서부터다. 이러한 점에서 1910년대 문학에서 1914~1915년은 하나의 전환점이 된다는 지적은 시사적이다. 실제 이 시기부터 일제의 식민지 통치가 제도적으로 안착되고 사회 문화적으로 변화의 징후들이 포착되기 시작하는데, 무엇보다도 1914년 『청춘』과 『학지광』이 창간되면서 이른바

근대적 글쓰기의 가능한 장이 열리기 때문이다.10)

그리하여 이광수의 「금경」(『청춘』 6호, 1915.3) 이후 주로 위의 잡지들에 게재된 1910년대 후반의 단편들은 사건 또는 이야기 중심의 소설에서 벗어나 작가 자신의 개인적인 문제 또는 내면의 체험이 주요한 소재가 된다. 그리고 작품의 주인공은 유학생 또는 유학생 출신의 지식인들로, 감성이 풍부하나 소극적이고 나약한 심성의 지식인들이다. 그리고 소설의 줄거리는 바로 다름 아닌 이러한 인물들의 내면이다. 소설 안에 다시 내면이 전면적으로 등장하게 되는 것은 일단 『학지광』・『청춘』의 가장 중요한 담론이었던 '자아의 각성'과 관련된다. 현상윤의 「자기표창(自己表彰)과 운명」(『학지광』 14호, 1917), 「조선청년(朝鮮靑年)과 각성(覺醒)의 제일보(第一步)」(『학지광』 15호, 1918) 등의 글들에서 엿볼 수 있듯이, 자아의 각성은 이 시기 지식인의 제일의 의무로 강조된다.

그러나 이 시기 자아의 각성은 이전과 또 다른 양상을 갖고 표현된다. 그리고 이것은 소설에서 내면을 전면화한다. 1910년대 일본은 대정(大正, 다이쇼) 데모크라시라는 정치적 상황의 변화가 일어난다. 대정 데모크라시는 러일전쟁 이후 압박받는 민중의 생활고로 인한 사회 혼란 때문에 위기의식을 느낀 지배 세력이 일정하게 성장한 부르주아 계급과 타협하여 사회의 혁명적 변화를 미연에 방지코자 한 것의 산물이라고 요약할 수 있다. 대정 데모크라시는 한마디로 러일전쟁 이후 사회 전반에 걸쳐 비대해진 국가적 가치에 대해 비국가적 가치가 자립화하는 경향이라고 얘기할 수 있다.11)

이것이 문화분야에서는 '서구・세계에의 경사' 또는 국가적・집단적 가치에 대응하는 '개인주의적・자아주의적 근대사상'에 기울어지는 것으로 나타난다. 이를 보통 다정기 문화주의라고 부르며 문학계에서 이

---

10) 권용선, 「1910년대 '근대의 글쓰기'의 형성과정 연구」, 인하대 박사논문, 2004, 3면.
11) 미타니 타이이치로, 「대정 데모크라시의 전개와 논리」, 『일본현대사의 구조』(차기벽・박충석 편), 한길사, 1980, 228~229면.

를 반영하는 것이 백화(白樺, 시라카바)파이다. 백화파는 자아를 강조한다는 점에서는 자연주의와 명확한 대립을 보이지는 않지만,[12] 자연주의의 퇴폐적 경향을 비판한다. 즉 백화파는 세계와 불화에 빠진 자아가 '자연주의의 진흙탕' 또는 '시궁창 같은 인생'에 버려져 자기의 주관을 생살(生殺)하는 것에 반대한다.[13] 오히려 백화파는 개성의 자유로운 신장과 자아의 전체적인 발전을 통해 '인류의 의지', '우주의 의지'가 실현될 수 있다고 믿고 그것이 그대로 선이자 미라는 신념을 표방한다.

이러한 대정 시기 문화철학, 백화파문학의 자아의 중시, 개체의 주관과 내면이 객관에 대해 우위에 서는 논리는 자연스레 윤리·도덕이라는 정신적 문명의 타락에 대한 탄식을 낳고[14] 관념적 또는 정신적 이상주의로 나간다. 그리하여 이 시기에 오면 자아 대 세계라는 구조가, 정신 대 물질, 영혼 대 육체의 이원 구조로 강조되는데 이러한 이원론은 이 시기 지식인 대표적으로 이광수의 세계 인식의 주요한 패러다임으로 등장한다.[15] 이러한 사상적 경향은 대정문화주의에 영향을 미친 독일의 신칸트학파로 거슬러 올라간다. 1870년대에 통일을 이룬 독일은 급속한 공업화를 진행하여 세기의 끝 무렵에는 유럽 최대의 자본주의 국가의 하나가 된다. 그러나 20세기 초두 독일은 그 급속한 근대화의 그늘에 많은 사회적 모순을 잉태하고 있었다.

특히 독일사회 안에서 통치 계층으로서 특별한 지위를 지니고 있던 지식인은, 신흥산업 부르주아층과 1871년 파리콤뮨이 상징하듯 노동자계급의 대두 앞에서, 지금까지의 특권적 지위를 위협받고 있었다.[16] 그리하여 그들은 스스로를 교양(Bildung) 계층으로서 정신(Geist)이 만들어내

---

12) 구노 오사무·쓰루무 슌스케, 심원섭 역, 『일본근대사상사』, 문학과지성사, 1994, 26면.

13) 미야카와 토루와·아라카와 이쿠오 편, 이수정 역, 앞의 책, 138면.

14) 류준필, 「'문명'·'문화' 관념의 형성과 '국문학'의 발생」, 『민족문학사연구』 18호, 민족문학연구소, 2001, 25면.

15) 김현주, 「이광수의 문화 이념 연구」, 연세대 박사논문, 2002, 56면.

16) 거름 편집부, 『철학사비판』, 거름, 1983, 236면.

는 문화(Kultur)의 담당자라고 자각하고, '문화'를 '문명'과는 다른 정신적 가치로서 이념화하고자 했다. 그리하여 신칸트학파의 철학은 독일의 대표적인 정신과학으로 자연과학과 문화과학을 명확히 구별하고 문화적 가치의 독자적 영역과 그 탐구 방법의 자립성을 인식론적으로 기초 짓고자 했다.[17)

요컨대 19세기 말과 20세기 초 유럽, 독일의 지식인들은 서구의 문명 특히 산업문명, 물질문명이 문화적 위기로 빠져들었다고 생각했으며, 그러한 물질문명에 대한 회의 혹은 그것을 바탕으로 정신세계를 강조하는 문화주의가 등장한 셈이다. 그런데 문제는 식민지 조선은 문명의 물질적 토대조차 실현도 못한 상태에서 이러한 물질문명에 회의적 태도를 가진 독일의 정신과학 및 일본 문화철학을 받아들여 정신주의적 이상세계를 강조하게 된다는 점이다. 이광수를 비롯한 당대 조선인 유학생 계층은 많건 적건 의식적이든 아니든 간에 이러한 사상적 흐름에 무방비 상태로 놓여 있게 된다.[18) 서구에서 국가권력, 자본주의와 맞서는 태도를 취했던 정신의, 혹은 문화 편향의 세계는 정치적으로 억압되어 있고 물질적으로 낙후된 식민지 지식인들이 자신의 정체성을 부여할 수 있는 적절한 도피처였던 셈이다. 이 시기 중국에서도 다이쇼시대 일본에 유학하여 자아라는 주장을 갖고 들어온 중국 창조사의 자아지상주의를 '魂(혼)의 모험가'라고 노신이 야유한 데에는, 그것 역시 중국의 인생을 향한 통로를 갖고 있지 않은 박래(舶來)사상[19)의 성격을 강하게 갖고 있었기 때문이다.

이 시기 이러한 정신적 이상주의를 선언하고 있는 작품의 좋은 예가 역시 이광수의 「어린 벗에게」(『청춘』 9~11호, 1917.7~11)이다. 작중화자 나는 조도전(早稻田, 와세다) 대학 시절, 친구 누이인 '김일련'에게 사랑을 고

---

17) 미야카와 토루와 · 아라카와 이쿠오 편, 이수정 역, 앞의 책, 154면.
18) 김윤식, 『염상섭연구』, 서울대 출판부, 1987, 81면.
19) 히야마 마사오, 정선태 역, 『동양적 근대의 창출』, 소명출판, 2000, 65면.

백하나 기혼자라는 이유로 실연을 당한다. 그 후 나는 낯선 타국(上海)에 머물다가 병석에 눕고 그곳에서 뜻하지 않은 상봉을 한 김일련의 정성 어린 간호로 소생한다. 이후 그들은 러시아의 해삼위(海蔘威, 블라디보스토크)'로 가는 선상에서 재차 만나고 도중 배가 난파되는 위기를 겪지만 요행히 살아남아 소백산중(小白山中, 시베리아) 삼림을 향해 정처 없이 기차 여행을 떠나는, 당시 소설로서는 퍽 이색적인 장면으로 끝을 맺는다. 실제 이 작품은 단순히 자유혼인의 문제를 제기하는데 그치지 않는다.

오히려 작품 후반부는 남녀간의 '정신적인 사랑'을 강조하며 탈속적 분위기의 관념적 이상주의로 향해 간다. 즉 전통적·인습적 결혼제도를 비판하는 문제를 넘어, 남녀의 사랑은 정신적(영적)인 사랑이 되어야 함을 강조하며, 이 세상에 현존하는 사회·제도·윤리 등은 정신적 사랑의 장애물이라 간주하며 심지어 정사(情死)를 미화하는 태도를 보여 주기까지 한다. 그리하여 시베리아로 도피하는 주인공은 근대의 관습·제도·문명은 인간의 정신, 영혼의 세계를 황폐화시키는 것으로 혐오한다. "文明이라는 것이 天命을 拒逆하는 것"이라는 주인공의 주장을 보노라면, 『무정』에서 물질적 문명개화를 찬양했던 부르주아 계몽주의자 이광수의 태도는 온데 간데 없이 사라져 버린다. 이광수의 「방황」(『청춘』 12호, 1918.3)의 유학생 주인공 역시 민족 현실에 절망한 작가의 고단한 심정을 암시적으로 비춰며 끝내는 "깁흔 山谷間瀑布잇고 조고마한 庵子에서 아츰 저녁 木魚를 두다리고 誦經하는 長衫입은" 중이 되고자 하는 정신적 유약성을 과장하여 보여 준다.

이러한 객관 또는 물질에 대한 정신적 세계의 우월성을 과장하는 경우는 물론 이광수에서 가장 적극적으로 나타났던 셈인데, 그는 정신 개념을 통해서 '정신'의 세계를 사회적 일상적 생활의 영역으로부터 분리시켜 자기 입법성과 자기 타당성을 갖는 자율적 세계로 정립한다.[20] 이

---

20) 김현주, 앞의 글, 86면.

러한 육체 또는 물질에 대한 정신적 세계의 우월성은 말할 필요 없이 내면과 밀접하게 연관되어 있다. 고진은 내면성, 정신이란 선험적으로 존재했던 것이 아닌 것으로 본다. 가령 서구의 경우 기독교는 정신과 신체를 이분화하여 내면을 만들어내는데,[21] 육체를 배타적으로 대하는 기독교적인 금욕주의는 신체와 대비된 내성(內省)화 또는 내면화를 광범화한다.[22] 일본에서 1880년대 말부터 1890년대 초에 걸쳐 '정치적 주체'에 대한 반동으로서, 자립·독립한 윤리적·정신적 주체로서의 '자기'라는 이념이 급속히 부상하는데 이러한 움직임을 조장한 것이 바로 기독교, 특히 프로테스탄티즘의 확산이었다.[23]

이와 관련되어 흥미로운 것이 '연애'라는 단어가 1910년대 이후 조선의 지식인들을 열광시킨 사실이다. 물론 이 말은 일본에서 수입된 말이다. 일본에서는 이전의 색(色)이나 연(戀)과 같은 말이 있음에도 불구하고 이를 대신하여 '연애'라는 말이 새롭게 생겨난다. 그런데 이를 유행시킨 사람들 중에는 지식인이나 그 자제들이 많았고, 특히 프로테스탄트계 기독교인이나 그 주변 사람들이 많았다. 색이나 연 대신 연애라는 새로운 말이 기독교인들 사이에 유행했다는 것은 연애의 내적·정신적 측면이 강조되었던 데서 빚어진다. 즉 '상상의 세계'의 아성으로서의 'love'만을 연애라 정의하면서 연애는 점차 관념화의 길을 걷는다.[24]

따라서 일본 지식인계에 영향을 받아 1910년대 지식인들 사이에 근대의 특권적 시니피앙으로 회자되기 시작한 연애·자아·개성·감정 등은 소설문학에서 '내면'으로 귀결된다. 그리고 이러한 것들은 육체성을 거부하는 정신적 이상주의로 표현된다. 그리하여 지식인 사회에서 정신적 사랑으로서의 '연애'라는 수입어의 선호와 유행은 이후 우리 근대소설의

---

21) 가라타니 고진, 박유하 역, 앞의 책, 109면.
22) 월터 J. 옹, 이기우·임명진 역, 『구술문화와 문자문화』, 문예출판사, 1995, 227면.
23) 스즈키 토미, 한일문학연구회 역, 『이야기된 자기』, 생각의나무, 2004, 72면.
24) 야나부 아키라, 서혜영 역, 『번역어 성립과정』, 일빛, 2003, 103·107면.

대부분이 조선 후기 판소리계소설의 자유로운 성 담론 및 전위적 열정
으로부터 오히려 후퇴하여 성에 대한 심리적 장애에서 자유롭지 못하게
되는[25] 한 기원으로 작용한다.[26]

그러나 이 시기 현상윤 같은 지식인은 아래와 같은 글에서 정신, 문
화 편향의 세계를 강변하는 이광수 반박한다.

> 君(이광수)의게 한가지 물어볼 것은 君이 우리의 民族的 理想을 말할째에 文
> 化한가지만을 말한 것은 무슨까닭인가 하는일이다. ······ 文化도 잘사는것을 意
> 味함이니, 잘사는生活에서 政治를 째고 經濟를 째고 엇지 잘사는生活이 되며
> 進步的生活이 되리오함이다.[27]

그럼에도 불구하고 물질과 대립한 정신세계의 우월함을 강조하는 경
향은, 식민지 현실을 아직 역사적 경험이 아닌 추상적 사고로 파악하고
있는 지식인들의 의식세계로 쉽게 침투할 수 있었다. 그리고 이는 내면
이 소설에서 특권적 지위를 부여받고 세계에 등을 돌리며 소설의 관념
성이 강화되는 계기를 마련한다. 물론 현상윤의 「핍박」(『청춘』 8호, 1917.6)
이나 양건식의 「슬픈모순」(『반도시론』 10호, 1918.2) 같은 소설은 내면이 위
주가 되면서도 비교적 지식인 주인공 자신의 경험이 존중되며 따라서
현실로부터 소외된 지식인의 번민이 다소 설득력을 갖는다.

그러나 주요한의 「마을집」(『청춘』 11호, 1917.11)에서 문명세계를 체험하
고 고향에 돌아온 주인공 '창호'는 「핍박」의 주인공과 달리 남다른 우
월감과 자만에 가득 차 있고 이에 비해 고향 현실은 무기력하고 퇴영적
이기만 하여 그곳으로부터 뛰쳐나올 수밖에 없는 절망을 토로한다. 「요

---

25) 고미숙, 「'전근대'와 '탈근대'의 횡단을 위한 시론」, 『실천문학』, 1999년 여름을 참조
26) 우리 소설사에서 부르주아 리얼리즘 계열의 이광수·이태준은 물론, 프로소설을 포
   함하여 좌우를 막론하고 대부분이 작품 안에서 남녀의 성에 대해서는 지극히 어색한
   결벽을 보여 준다.
27) 현상윤, 「李光洙君의 '우리의 理想'을 讀함」, 『학지광』 15호, 1918.3, 56~57면.

조오 한」의 작가이기도 한 진학문의 「부르지짐(cry)」(『학지광』 12호, 1917.4)
에서는 현실과는 아무런 관련도 없이 밑도 끝도 없는 고뇌가 장황하게
반복될 뿐이다. 전달과는 아무런 관련이 없는 극히 개인적이며 고립된
내면이 펼쳐지는 셈이다. 이는 우리 소설사에서 내면의 표출이 외부세
계에 대하여 하나의 '권력'으로 전도되는 모습을 보여 준다. 즉 주체의
자폐에 가까운 심리적 퇴행과 나약해보이는 몸짓 — 이는 주로 "精神的
疲勞", "神經衰弱", "煩悶"으로 표현된다 — 속에서 내면은 오히려 외부
세계에 대하여 '주체'로서 존재할 것 즉 지배할 것을 목표로 한다.[28] 그
리하여 1920년대로 넘어가 지식인들의 내면의 특권화는 자신들이야말
로 근대성을 담지하고 있으며 그러한 한에서 정당하다는 당시 작가들이
지녔던 인식의 소설적 구현이 된다.[29]

4. 내면 묘사와 자국어 역량의 위축

1900년대 신소설의 가장 큰 문학적 성과는 국문을 표기 수단으로 한
조선 후기 국문소설의 전통을 이었다는 점이다. 특히 이해조 등의 신소
설에서 나타나게 구어의 생동감은 종래의 국문소설 특히 영웅소설이 순
국문으로 되어 있지만 다분히 상투화된 것과 달리 발전적 계승을 보여
준다고 할 수 있다. 그러나 신소설에서 구사되던 자국어의 다양한 역량
이 이후의 우리의 소설사에서 확대, 재생산되지 못한다. 여기에는 1910

---

28) 이는 고진이, 고백은 결코 참회가 아니다. 고백은 나약해보이는 몸짓 속에서 '주체'
   로서 존재할 것, 즉 지배할 것을 목표로 하는 것과 마찬가지의 이치라 할 수 있다(가라
   타니 고진, 박유하 역, 앞의 책, 116면).
29) 박헌호, 앞의 글, 138 · 151면.

년대 소설의 영향이 크게 작용하고 있다.

1910년대 소설은 이전의 신소설과는 다르게 인간의 내면을 그리는 단편 양식이 근대소설로서의 역할을 떠맡게 된다. 그리고 이러한 양식의 등장은 언어의 측면에서 자국어는 자국어로되, 순국문 대신 국한문 혼용체를 선호하는 결과를 낳는다. 이러한 현상은 이미 1900년대 후반 유학생 학회지의 단편들에서도 확인할 수 있었던바,『학지광』·『청춘』 등으로 대변되는 1910년대 작가들은 순국문체 또는 구어체를 그들이 부정적으로 생각했던 고대소설이나 신소설 따위의 이야기 형태의 소설을 기술하는데 적합한 것으로 생각했다. 즉 오락적이고 경박한 성격을 띤 줄거리, 사건 중심의 고소설이나 신소설의 기술은 순국문체로 가능하나, 그것이 내면화된 생을 중시하는 근대소설의 기술에서 사색적인 진지함을 담을 수 있는 것으로 적당하지 않았다고 생각했던 듯하다. 실제 내면심리를 다루는 기술의 발달은 구술문화의 쇠퇴와 '쓰기'가 강력하게 추진되는 것과 밀접한 관련이 있다.[30] 특히 내성화는 영혼과 육체의 이분법 즉 육체를 배제하고 영혼의 특권화로 나타나기 때문에,[31] 신체의 욕망과 능력에 밀착된 순국문의 구어는 천시를 당할 수밖에 없게 된다.[32]

1910년대 소설에서 국한문 혼용체가 득세하면서 소설의 문장들도 중요한 변화를 보여 준다. 한 단적인 예로 종전의 소설이 부사구 위주의 서술어구로 구성된, 즉 동사적 문장이 주를 이루는 것에 비해 명사형 어휘의 비중이 상대적으로 늘어난 명사적 문장으로 바뀌게 한다. 그리하여 1910년대 소설에서는 "내 얼굴은 열(熱)하고", "고통(苦痛)하엿나이다", "혼미(昏迷)하엿섯습니다", "혼수(昏睡)하는 동안"(이상 「어린벗에게」에서) 등의 어색한 글투가 출현한다. 일반적으로 어떤 행동이나 사건을 하

---

30) 월터 J. 옹, 이기우·임명진 역, 앞의 책, 226면.
31) 위의 책, 227면.
32) 일반적으로 내면적 어조와 고도의 형상화를 지향하는 시에서 구어 사용은 억제된다 (이기문·이상규 외,『문학과 방언』, 역락, 2001, 293면).

나의 개념으로 추상화시켜 명사형으로 표현하는 것은, 그 사건이나 행동의 내용을 이해하기 어렵게 만든다.[33) 이광수 스스로가 장편 『무정』에서 작가의 분신이기도 한 주인공 형식을 통해 "형식의 특색은 영어를 많이 섞고 서양 유명한 사람의 이름과 말을 많이 인용하여 무슨 뜻인지 잘 알지도 못할 말을 길게 흔이었다. 형식의 연설이나 글은 서양 것을 직역한 것 같았다"[34)고 고백한 것 역시 이러한 사정들에 연유한다.

이러한 국한문 혼용체의 선호는 일본의 그것과 밀접한 관련을 맺고 있을 뿐만 아니라,[35) 일본 지식인의 서구에 대한 맹목적 추수와도 깊게 관련되어 있다. 일본 지식인들은, 서구의 것은 선진 문명을 배후로 한 상등의 것이기에 그 번역을 일상어와는 격이 다른 막연하고 모호하기조차 한 한자의 조어(造語)로 표현해내고자 했다. 일본에서는 메이지시대 접어들어 이렇게 새롭게 만들어진 한자숙어를 대량으로 사용한 문체 자체를 '구문직역체(歐文直譯體)'로 불렀는데 번역어인 한자숙어가 많아지며 많아질수록 그것은 서구적으로 '문명개화'한 주체라는 것의 증거였다. 그리하여 이러한 한자숙어 없이는 지식인들 사이에서 지적으로 의미 있는 의사소통이 불가능했다.[36)

그리하여 이 시기 소설의 극한문혼용체는 지식인들의 지적인 과시를

---

33) 박승윤, 「문체와 언어」, 『언어학과 인지』, 한국문화사, 1992.
　　실제 이러한 명사형 어휘의 득세는 서구 학문과 사상을 받아들이는 과정과도 관련된다. 고대 그리스 이래로 철학을 포함한 일체의 학문은 명사형의 말을 중심으로 조립돼왔다. 이것은 서구의 언어 구조와 관계가 깊다. 서구의 문장은 명사형 주어를 반드시 가지며, 3인칭대명사나 관계대명사 등 명사를 중심으로 문장이 만들어진다. 중국의 학문과 사상도 역시 명사 중심으로 되어 있다. 일본어에서 중요한 번역어가 한자의 명사형으로 되어 있는 것도 이 때문이다(야나부 아키라, 앞의 책, 119면).
34) 『이광수 전집』 1권, 삼중당, 1962, 182면.
35) 다음과 같은 글에서 이 시기 지식인들의 문자의식을 추측해볼 수 있다.
　　"日本은 …… 和漢兩文의 調用法을 實施ㅎ니 極히 簡活ㅎ고 平易홀 아니라 西學의 飜譯에도 大效力이 有ㅎ고로 民智가 速히 發達되야 不遇 四十年에 歐米列强과 爭雄ㅎ니 …… 我國內 同胞는 …… 國漢文 調和法을 實施ㅎ되 몬져 日本으로 前鑑샴아 ……"(韓興敎, 「國文과 漢文의 關係」, 『대한유학생회보』 1호, 1907.3, 29~30면).
36) 코모리 요이치, 정선태 역, 『일본어의 근대』, 소명출판, 2003, 140~141면.

드러내는 수단이기도 하다.[37] 화려한 문장으로 평가받는 이광수의 「어린 벗에게」의 문장도 아래와 같이 실은 대중과는 유리된 그 시기 특정 지식인 계층 내부에서 통용되던 일종의 사회적 방언으로 이뤄진다. 이는 이 시기 지식인 소설가들이 내면을 자신들 문학의 특권적 영역으로 채택한 것과 마찬가지로 사회와 대중에 대한 의식적 고립을 취한 결과이다.

空氣에 對流作用이 업섯던들 그의 깨끗한 肺에서 나온 입김이 그냥 그 자리에 잇서 온통으로 내가 들이마실수 잇섯슬것이로소다. (…중략…) 椅子에 힘업는 듯 지대고 섯는 양이 참 美妙한 藝術品이러이다. (…중략…) 마치 그 말이 엑스光線 모양으로 封套를 쎄쑬코 내 쓰거운 머리에 直射하는 듯하더이다. (…중략…) 그의 가슴속에는 日光이 차고 春風이 차고 詩누가 차고 美와 사랑과 溫情이 찻도다. 이에 외롭고 싸늘하게 식은 靑年은 그 흘러넘치는 깃븜과 美와 사랑과 溫情의 一滴을 얻어 마시려고 무릅흘 꿀고 두손을 들고 눈물을 흘리며 그 압해 업더젓도다. (…중략…) 只今 내 身體를 組織한 모든細胞는 깃븜과 滿足에 쒸며 소래하고 熱한 血液은 律呂마초아 循環하는도다.[38]

이렇게 1910년대 유학생 계층의 작가들이 외적 사건 대신 내면 심리

---

37) 이광수의 소설 등에서 과학 등에 관련된 문명 용어가 특히 많이 나타나는 것은 우선적으로 실용과학 중심의 서구 수용에 열중했던 일본의 번역문화에 영향을 받은 것이기도 하지만(마루야마 마사오·가토 슈이치, 임성모 역, 『번역과 일본의 근대』, 이산, 2000 참조), 그것이 이전 동양에서는 전혀 없었던 서양의 '강자의 문화'로부터 들어온 것이기에 '고급문화'로 치부되고, 지식인이 이를 향유하는 것은 곧 대중에 대한 지배적 역할을 과시할 수 있는 것으로 생각했기 때문이다. 「어린 벗에게」에서 주인공은 문명혐오와는 또 다르게 자신의 과학적 지식을 뽐내며 선각자연하는 장면을 한번 살펴보자.
"우리배는 발서三十餘度나 左舷으로 傾斜하고 汽罐 소리는 죽어가는 사람의 呼吸 모양으로 퉁퉁퉁퉁 하더이다. (…중략…) 上甲板에서 누가 「船體는 水雷에 腹部가 破碎되어 救援할 길이 업소 只今 救助艇을 나릴터이니 各人은 文明한 男子의 最後體面을 생각하여 女子와 幼兒를 몬저 살리도록 하시오」 하고 웨치는것은 船長이러라 (…중략…) 나는 人類의 文明을 爲하야 電氣나 化學의 試驗중에 죽을 것인가 하나이다"(『청춘』 10호, 1917.9, 27~28면).
38) 『청춘』 9호, 1917.7, 104·113·118면.

를 다루는 기술에 관심을 두고 이와 함께 국한문 혼용체를 선호하게 되자, 신소설에 그나마 계승됐던 전통적 국문소설─판소리계소설의 구어 체계가 파괴된다. 이러한 구어체의 쇠퇴는 신소설 내부의 문제로부터 야기된 것이기는 하다. 신소설에서 구어체의 생동감은 오락성만을 지향하다 보니 판소리계소설에 보인 구어의 반봉건 또는 지배문화에 맞선 대항적 성격을 상실한다. 이러한 상실은 1910년대 식민지로의 전락 이후 신소설이 통속성이 강화되는 길로 치닫게끔 한다. 1910년대의 신작가 계층은 신소설의 이러한 통속성에 강하게 반발한다. 그리고 이러한 반발은 신소설 통속성의 기초로 보이는 기층계급의 구어체 전통을 일방적으로 무시하고 천대하게 된다.

따라서 신소설 이후 우리 소설사는 신소설에서 보여 준 속담 등 구어 수사학의 적절한 계승을 꾀하지 못한다. 사실 1910년대 이후 우리 소설은 외국 영향을 받은 문자 및 문자생활이 확대되고 문어 일변도로 변해 가면서 속담 등을 통해 발견할 수 있던 다양한 생활 언어 역시 급속히 위축되는 과정을 겪는다. 단편소설들에서는 신소설 등에서 보인 구어체적 속담, 수사법은 완전히 사라질 뿐 아니라 생소한 비유들만이 등장한다.[39] 그리하여 신소설 이후 우리 소설에서 오랜 동안 여유와 슬기가 담긴 속담 등 민중언어의 수사학을 통해 보여 주었던 비유 역량 및 해학과 풍자성, 그리고 율격에 실려 막힘 없이 이어지는 구어의 유희적 재미를 소설 안에서 제대로 체험하지 못하게 된다.

요컨대 1910년대 문학운동을 독점적으로 주도했던 유학생 주체들은 자기의 언어적 뿌리를 간직하지 못하고 자기를 간단없이 부정하면서 새로운 것에 맹종케 한다. 이러한 말과 글의 주체의 편향은 문학에서는

---

39) 국한문 혼용체로 바뀐 이광수의 단편 「무정」에서 구어체의 속담은 완전히 사라질 뿐 아니라 이를 대신한 비유 체계들은 한 예로, "羊의 가죽을 쓰고 羊의 무리에 석기는 것은 羊을 害ㅎ려 함일줄……"(『대한흥학보』 12호, 1910.4, 51면)과 같은 생소하기 짝이 없는 것들로 이뤄진다.

이른바 그들 '문단'의 특수 계층을 제외한 나머지 일반 민중의 이해 관계가 자기 표현의 길을 찾을 수 없게끔 한다. 사정이 이러하니 우리의 구어체적 전통을 기반으로 한 판소리계소설의 언어를 발전적으로 살릴 여지는 전혀 없었다. 그리하여 조선 후기로부터 점차적으로 성장해온 기층민중의 계급언어가 민족언어로 발전될 가능성이 차단된다.

5. 이야기 기능의 위축

1910년대 이후 이뤄진 과거시제와 3인칭대명사 등의 확립은 서술자가 대상과의 엄격한 객관적 거리를 유지하며 인물의 날카로운 심리와 정서를 표현함으로써 근대소설의 틀을 만들어냈다고 본다. 가령 1910년대 현상윤의 1인칭 소설들에서 보이는 '~다'체는 고립된 개인의 언어로서 모든 관계가 배제된 개인의 내면을 위한 공간을 마련하며, '그'라는 말은 나와 다른 사람의 내면을 〈나〉의 내면처럼 그려낼 수 있는 근거가 된다고 본다.[40] 다시 말해 3인칭 또는 '~다'체는, 종래 소설이 다양한 종결어미를 사용하여 의식케 하던 화자의 존재를 희박하게 하고, 작가를 일종의 가상적인 시공점(초월론적 시점)[41]에서 발화케 함으로써 객관성을 보증한다는 것이다.

그러나 그것은 객관성을 형식적으로 보증하는 것일 뿐이다. 다시 말해 독자에게 소설 안에 일어나는 사태를 직접 제시하는 듯한 사실감의 환상을 부여하는 것일 뿐이다. 소설 안에 객관적으로 제시되어 있는 듯한 내면들이 오히려 작가 또는 중립적 화자의 가면을 쓴 작가의 생각에

---

40) 권보드래, 앞의 책, 251면.
41) 李孝德, 박성관 역, 『표상공간의 근대』, 소명출판, 2002, 116면.

철저한 지배를 받고, 이는 독자들로 하여금 소설 안에서 일어나는 사태를 다르게 생각해볼 수 있는 가능성을 억압한다. 이는 1910년대 말 김동인의 소설에서 가장 명확하게 나타난다.[42] 즉 객관적으로 이야기하는 듯한 화자가 실은 소설의 세계를 지배하고 있어, 화자가 단지 관찰하고 판단하고 혹은 망설이기도 하는 등 화자의 태도나 시각이 상대화되어 형상화 될 가능성을 배제해버린다. 그리하여 1910년대 단편소설의 공간은 신소설의 엉성하고 흐트러진 공간을 넘어서 정연한 모습을 보이지만 반면 그것은 정적이 되어버린다. 이는 미술에서 하나의 고정된 위치, 관점 등, 즉 원근법의 도입 등이 '정말 같은 것을 추구하는 회화 제작'과 깊이 관련된 것으로 보이지만 실은 이러한 방식으로 나타난 화면은 정적이긴 하되 비활성적인 균질성을 보여 주는 것과 마찬가지 이치이다.[43]

그리하여 내면과 이를 표현코자 한 근대소설의 기제는 작가 중심의 유아(唯我)론적 함정으로 빠지게 하기 쉽다. 실제 사고하는 개인 주체를 올바르게 이해하기 위해서는 '나'의 자기 부정성, 즉 내가 '나'를 오직 타자적 또는 대상적으로 정립함을 통해 자신의 주체성을 실현하는 자기의식의 부정적 운동에 주목할 수 있어야 한다.[44] 즉 자기 자신을 고립된 주체가 아닌 지속적인 역사적 부정성으로서 파악할 때 해방된 개별 주체가 구체성을 획득할 수 있다. 그리고 소설에서 진정한 인간성과의 관계는 단지 상상력 혹은 추상적 사고의 대상이 아니라, 생생한 물질적이고 감각적인 접촉 속에서 실제로 실현되고 체험되며,[45] 이를 실현하는 매개가 타자, 풍속 및 일상이다. 그리고 내면은 이러한 풍속과 일상을 담은 이야기 또는 사건의 컨텍스트를 벗어나지 않을 때 비로소 풍부

---

42) 자세한 내용과 예는 박현수, 「과거시제와 3인칭대명사의 등장과 그 의미」(『민족문학사연구』 20호, 민족문학사연구소, 2002) 참조

43) 마샬 맥루한, 임상원 역, 『구텐베르크 은하계』, 커뮤니케이션북스, 2001, 252·255면.

44) 김상봉, 『자기의식과 존재사유』, 한길사, 1998, 179면.

45) 미하일 바흐찐, 이덕형·최건영 역, 『프랑수아 라블레의 작품과 중세 및 르네상스의 민중문화』, 아카넷, 2001, 33면.

해지며, 그 내적인 생의 밀도가 짙어질 수 있다.

그렇지 않을 경우 주체는 타자와 상호주관의 커뮤니케이션을 실현하지 못하고 내면적 어조에 갇혀 사회적 현실과 담쌓고 오히려 자기 상실에 빠진다. 그리고 작가의 지배 아래 놓인 내면은, 타자 역시 단독성 따위를 결코 갖지 못하게 하고 늘 자기와 상호 반전 가능한 동질적인 것에 불과한 존재자[46]로밖에 기능하지 못하게 한다. 1910년대 단편소설들에서 인물간 대화의 문장이 활발하지 못하고 그 형상성이 약한 것도 이와 관련된다고 볼 수 있다. 결국 소설의 근대성을 내면으로 보는 태도는 이야기성(줄거리)을 경시하고 형식적으로 정연한 단편을 보다 예술적인 양식으로 인식케 하는 기원이 된다.[47]

1920년대 작가들은 자아 대신 사회의식을 강조하는데, 이 역시 진지한 본격문학을 보증하는 것으로 간주한다. 그러나 자아의 강조든 사회의식의 강조든 내면 중심의 관념성이 일상과 풍속을 소멸시키고 이야기의 성격을 거세시켜 답답한 엄숙주의와 뻣뻣한 이념 안에 머물게 한다. 1920년대 염상섭의 『만세전』(1923)의 날카로운 현실 비판이 갖는 사실주의의 성과에도 불구하고 도처에서 나타나는 주인공의 장황한 내적 독백이 보여 주는 관념성은 이와 관련된다고 볼 수 있다. 『만세전』의 주인공은 타자를 통한 자기 내부의 모순 균열에 직면하는 대신, 어떤 부분에서는 무조건적인 자기 중심주의에 빠지거나 한편으론 노이로제적 경향의 자기 부정의 판에 박힌 틀을 왕복하며 내면적인 심정의 강박에서 잘 벗어나지를 못한다.

이러한 내면을 중시하는 소설은 우리 이야기 서술의 전통을 긍정적으로 계승 못하게끔 하는 원인이 된다. 일정한 구연 상황을 전제로 하는 조선시대 전통적 소설에서, 이야기꾼 서술자는 이야기 대상과 엄격

---

46) 李孝德, 박성관 역, 앞의 책, 337면.
47) 박헌호, 「한국 근대소설사에서 단편양식의 주류성 문제」, 『식민지 근대성과 소설의 양식』, 소명출판, 2004 참조.

한 거리를 유지 못하는 일면도 있지만, 그것이 긍정적으로 발전되면 독자와 밀접한 관계를 유지하며 소설 내의 다른 목소리들과 다양하게 교호하는 역할을 할 수도 있다. 가령 홍명희의 『임꺽정』에서 서술자는 그 이야기의 완전한 주관자이면서 때로는 서술자가 일정하게 설정된 구연 상황에 단지 소설 안의 한 개인으로 작용하며 독자들과 다양한 대화를 나누는 등 조선시대 이야기꾼의 기능을 재치 있게 활용하고 있다. 즉 『임꺽정』의 서술자는 끊임없이 스스로를 하나의 인격체로 환기하면서, 자신이 이야기하고 있음을 드러내는 서술자이다.[48] 이는 근대소설에서 사실성 또는 '현전성'을 획득하기 위해 화자의 존재를 희박하게 하고 중성화하는 것과는 다른 방향의 것이다.[49]

이렇게 놓고 볼 때 이른바 서술자가 서술 대상과 뒤섞인 이야기꾼의 말투 대신, 내면성 확립을 위한 과거시제와 3인칭대명사 등의 확립을 근대소설이 필연적으로 가지고 갈 수밖에 없었던 기제로 보는 것은 재고해야 한다. 즉 과거시제 및 3인칭의 사용을 통해 그럴듯함을 가능하게 하는 소설적인 질서를 정츠 했다고 하지만 그것은 서구 및 일본을 통해 수입한 또 하나의 새로운 소설적 관습에 불과한 것이며 이들을 통해 근대소설에서 보여 준 '그럴 듯함'은 그렇게 보일 뿐 사실은 아니라는 점이다.[50] 그리하여 이후 근대 초기 작가들이 서구 소설의 미학적 구성 원리를 바탕으로 하여 형식적 완결성과 정제성을 추구하며 소설문학을 새로운 양식적 질서로 독립시키고자 구축했던 근대소설의 질서는 한편으로는 전통적 소설 장르에서 끌어낼 수도 있는 이야기 형식의 다양한 가능성을 제한하고 위축시켰다고도 볼 수 있다.

---

48) 자세한 사실은 김재영의 「『임꺽정』의 현실성 연구」(연세대 박사논문, 1998)와 이정옥의 「박태원 소설 연구—기법을 중심으로」(연세대 박사논문, 1999) 참조

49) 이효덕은 근대소설이 획득한 사실성이란 표현 대상과 표현이 눈앞에 나타남에 있어서 동일하다는 현전성을 가리킨다고 본다(이효덕, 박성관 역, 앞의 책, 322면).

50) 박현수, 앞의 글, 141면.

6. 근대소설의 한국적 양식에 대한 가능성

바흐찐은 소설 장르는 결코 근대 시민계급 고유의 것이 아니라, 그 뿌리는 오히려 민속에 있다고 본다. 그리하여 중세의 구심적 지배문화가 붕괴되고 민중들의 다양한 목소리와 세계관이 세력을 얻게 되는 르네상스시대에 현실을 보다 원심적이고 복합적으로 파악하는 민중적인 문학의 전통이 고급문화의 전통과 만나면서 성립되는 것이 근대적 장르로서의 소설이라고 본다.[51] 이러한 점에 비추어 볼 때, 우리 근대소설사 논의가 근대소설이 서구의 소설문화와 만나면서 그것을 어떻게 추수해갔는지에 초점을 맞춰 이뤄졌던 것 대해서 반성적인 검토를 해볼 필요가 있다.

예컨대 우리의 근대소설이 고립된 개인의 내면을 그리는 서양의 근대소설에 경사를 드러냈던 것은 아닌지, 그리하여 이른바 공식문화의 대립 항이자 민속적 오락성을 지닌 판소리계소설의 전통 또는 민중의 지혜와 경험을 나누는 야담 등의 이야기적 전통을 경시했던 것은 아닌가를 고려해볼 필요가 있다. 가령 판소리계소설은 구어의 오락성을 십분 발휘하면서 다분히 연행 지향적 방식으로 진행하여 서구와는 또 다른 소설적 말하기의 특유의 방식을 보여 주며, 이는 부분적으로 신소설에 계승되기도 했다.[52] 즉 판소리계 소설 및 야담에서 나타났던 구술적인 커뮤니케이션의 형태는 집단 현실과 공동의 예술 체험을 강조하는

---

51) 미하일 바흐찐, 전승희 외역, 『장편소설과 민중언어』, 창작과비평사, 1988, 8면.
　　그리고 이러한 카니발적 민중문화와 연관을 맺는 르네상스 전통은 이후 스탕달, 발자크, 위고, 디킨스 등의 근대 리얼리즘 소설과 연관된다고 본다(미하일 바흐찐, 『프랑수아 라블레의 작품과 중세 및 르네상스의 민중문화』, 95면).
52) 물론 19세기 서구의 디킨즈 같은 소설가들도 그들의 소설에 낭독 풍의 독법을 선택하여, 작품에 고대 구술적 서술자의 세계가 잔존해 있다는 느낌도 들지만(월터 J. 옹, 앞의 책, 222면), 그것이 우리 판소리계 소설의 구술세계와 같이 전면적이지는 않다.

것으로 근대의 서구와는 또 다른 제3세계 문학의 가능성을 보여 주는 하나의 지표다. 그러나 신소설 이후 우리 소설은 미처 겨를도 없이 일본을 통해 수용된 서구 문화에 그만 압도되어 버렸다. 더욱이 이러한 점에 결정적 역할을 한 것이 소설에서 내면의 중시다.

따라서 이후 우리의 소설사를 파악할 때 종래의 이야기적 전통을 서구적 근대소설과 소통시키고자 나름의 모색을 했던 작품들을 검토하여 근대소설의 한국적 양식을 만들어낸 가능성을 살펴보아야 하는데, 이러한 일련의 문학적 성과에 대한 논증은 앞으로의 과제이다. 단 식민지 시기 모더니스트인 박태원의 소설은 서구적 소설 기법에 촉발되었으면서도 우리 이야기 전통과 만나고 있으며, 판소리 문체와 야담의 전통을 근대소설에 접목하고 있는 김유정 등도 주목의 대상이 될 수 있음을 참고로 밝혀둔다.

1920년대 문학과 근대성

3·1운동과 근대문학

임규찬

1. 3·1운동과 근대문학의 상관 관계

우리의 근대문학사 전체를 생각할 때 가장 중요한 분기점으로서 첫손을 꼽을 지점은 단연 3·1운동일 터이다. 이 점은 문학사 서술에서뿐만 아니라 당대 문인들에 의해서도 진작부터 강조된 바 있다.[1] 말하자면 동

---

1) 가령 김동인과 염상섭의 회고를 보자. "기미운동이 일어난 해는 조선에 있어서 온갖 방면으로 조선을 전기와 후기로 나눈 것같이 문학운동에 있어서도 기미년 전의 것은 과도기인 것에 반하여 기미년부터 비로소 구체적으로 발전과정에 들었다."(김동인, 「춘원연구」, 『김동인 평론전집』(김치홍 편), 삼영사, 1984, 109면) "기미동요는 민족의식·사회의식·개인의식, 그 어느 것을 물론하고 큰 충동을 주느니만치, 이 시기를 중심으로 하고 문학상에 새로운 기축, 새로운 발전이 있은 것은 당연한 바이다. 조선의 문예부흥을 기미년으로 중심잡음도 또한 당연한 견해라 하겠습니다. …… 사회 전반으로 신생의 기운을 띰에 따라 문학지식의 함양과 아울러 여기에 비로소 신문학운동이라는 명료한 의식과 비교적 진지한 노력을 보게 되었습니다."(염상섭, 「문단 10년」, 『별건

인지시대를 개척한 『창조』의 김동인, 『폐허』의 염상섭 등은 모두 신문학 운동이 '3・1운동을 계기 혹은 일(一)전기로 하여 사회적 전개'[2]를 보였다고 말한다. 하물며 1920년대라는 소시기 속에서 3・1운동의 중요성을 더 말해 무엇하랴. 물론 1920년대라고 부르는 10년 단위의 편제법에서는 알게 모르게 관습화된 하나의 문법이 있다. 특정한 사건의 제시, 그리고 그와 연관된 새로운 흐름의 정리라는 도식이 그것이다. 이런 서술 방식은 말로는 속류유물론이나 속류사회학적 경향을 경계하면서도 그런 오류에 무의식중에 발을 담그기 십상이다. 우선 필요 이상으로 많은 작품을 언급하면서도 정작 문학적 성취가 높은 작품이 누락되는 현상도 이와 무관치 않다. 이른바 상황 논리가 문학적 실상을 압도한 탓에 지나치게 나열적이고 평면적이 될 수밖에 없다. 물질 생산과 정신 생산, 사회 발전과 문학 발전, 작가의 정치적 문학적 태도와 작품의 예술적 질 등을 전반적으로 동일시하고 만다. 사회・정치・경제 등 외부 발전 규율이 문학 자신의 내부 발전 규율을 결정 혹은 대체하는 것이다.

오히려 그 점에서 3・1운동을 문학과 관련하여 어떻게 읽어내느냐 하는 문학사적 시각은 10년 단위의 서술법이 갖기 쉬운 문제점을 극복하기 위한 하나의 내파적 사례가 될 수 있을 것이다. 가령 1910년대 중・후반부터 이미 3・1운동 이후에 이루어질 문학에 대한 일정한 사회적 기반과 문학적 분위기가 징후적으로 나타남을 주목하자. 필연적으로 분기할 수밖에 없는 민족역량을 3・1운동이 담지하고 있다면 이후에 보여지는 영향력 못지 않게 그 이전부터 운동의 생명력은 어떤 식으로든 발아하기 마련이라는 상식부터 살려내자. 마치 묻혀 있던 유물이 드문드문 발굴되듯 1910년대 중・후반의 문학에 대한 발굴이나 재인식이 다른 시대에 비해 산발적으로 이루어져 왔다는 것 자체도 이와 무관치 않

곤』, 1930.7, 122면)
2) 염상섭, 「나의 소설과 문학관」, 『백민』, 1948.10; 『염상섭 전집』 12권, 민음사, 1987, 199면에서 재인용.

다. 물론 결정적인 분기점일수록 분기 이후의 질적인 변화의 시간성이 더 중요할 수밖에 없을 터이다.

사실 10년 단위의 서술은 그 자체가 산술적 평준화에 따른 직선적 선 긋기이기에 역사적 사건에 대한 접근과 관련해서도 단면화되기 십상이다. 군이 3·1운동과 근대문학이라는 관점에서 이 문제를 글머리에 세워두는 것도 10년 단위의 서술법이 아직은 불가피한 잠정적 선택이라면 어떤 방식으로든 그것을 내부에서 극복해나가는 방향을 취해야겠다는 의도 때문이다.

우리가 통상 '근대'라고 부르는 역사적 시기가 서양, 특히 서유럽에서 가장 먼저 출발했다는 사실은 누구나 인정하는 일일뿐더러, 또 우리를 포함해서 비서양 지역 어디서든 근대성의 문제가 현실적 관심사가 될 때 서양의 존재가 거기에 어떤 식으로든 작용하고 있다는 사실 또한 분명하다. 그러므로 서양인들 스스로 근대성을 어떻게 인식하고 있는가는, 서양의 근대를 인류 모두의 전범으로 인정하느냐 마느냐는 것과는 전혀 별개의 문제로서 우리의 핵심적인 관심사가 되어 마땅하다.[3] 물론 그것이 우리의 논의와 연결되지 못한다면 '실세존중'이란 것이 결과적으로 현실추수주의로 귀결될 것인즉 서양측의 논의를 자연스럽게 우리들의 문제로 형성해내는 노력이 거기에 삼투해 들어가야 할 것이다. 이러한 문제의식은 다분히 강요된 근대, 근대 전환이 타율적으로 이루어진 식민지시대에 주체적으로 맞서 이룩한 자율적 노력을 대표적으로 상징하는 3·1운동과 관련하여 더욱 적극적으로 사고해볼 필요가 있다는 생각이다.

필자는 이미 그와 관련하여 잘 알려진 하우저의 『문학과 예술의 사회사』에 기대 서양의 1830년 7월혁명과 연관시켜 3·1운동이 역사적 분기점으로서 갖는 특징을 부각시킨 바 있다.[4] 즉 예술사상 가장 뚜렷한 단

---

3) 백낙청, 「근대성과 근대문학에 관한 문제제기와 토론」, 『통일시대 한국문학의 보람』, 창작과비평사, 2006, 91면.

절과 함께 그 경계 이후 작품들에 이르러 비로소 우리의 인생 문제와 직접 관계를 가지는 살아 있는 '현대의 문학'이 성립한다는 역사적 경계로서 친연성뿐만 아니라 의미 구조에서도 서로 근사하다.

19세기 혹은 '19세기'라는 말로 우리가 흔히 이해하는 시대는 1830년경에 시작한다. 19세기의 토대와 윤곽—즉 우리 자신이 속해 있는 사회질서, 그 여러 원리와 모순이 여전히 계속되는 경제체제, 그리고 대체로 오늘날에도 우리 자신을 표현하는 형식으로 가지고 있는 문학—이 형성된 것은 겨우 7월왕정 기간중이다. (…중략…) 1830년대의 스땅달에서 1910년대의 프루스트(M. Proust)까지의 정신적 전개가 하나의 유기적인 동질성을 유지했음을 우리는 증언할 수 있다. 그동안 세 세대가 동일한 문제와 싸웠으며 7, 80년 동안 역사의 방향은 변화되지 않았다.[5]

말하자면 오늘날 한국독자들의 자연스런 독서 상한선이 1920년대 문학이며 그런 만큼 1920년대 문학은 한국 근대문학의 기원이라는 경계의 설정과 흡사하다.[6] 결과적으로 거의 한 세기 가까운 거리가 지워질 수 있는, 우리 근대문학사의 한 특징으로 거론하는 '압축적 근대성'도 이런 역사적 상동성이 받침되지 않기에 가능했다고 봐야 할 것이다. 다시 말해 1919년의 3·1운동은 1830년의 7월혁명과 사건으로서 유사하지만, 더욱 중요한 것은 그런 시간성의 격차를 마치 짧은 시간의 주름잡힌 응축처럼 19세기적인 것과 대응함으로써 구조 자체가 닮아 있다는 사실이다. 가령 개성론으로 집약되는 염상섭의 경우를 보더라도 흔히 서구의 근대적 개성, 더 정확히 근대 초기의 것으로 파악하지만 소설이나 평론 등 텍

---

4) 임규찬, 「3·1운동 전후의 작가와 문학적 근대성」, 『민족문학사연구』 24호, 민족문학사학회, 2004, 282~283면 참조.
5) 아르놀트 하우저, 반성완·백낙청·염무웅 역, 『문학과 예술의 사회사』 4(개정판), 창작과비평사, 1999, 14~15면.
6) 최원식, 「야누스의 두 얼굴, 일본과 한국의 근대」, 『문학의 귀환』, 창작과비평사, 2001, 142면.

스트에 대한 엄밀한 검토를 행할 때, 그것은 근대 초기의 것이라기보다는 19세기 후반 이후에 서구에서 나타났던 단자화된 개체로의 회귀와 겹쳐짐을 발견할 수 있다.[7]

그런 만큼 오히려 3·1운동을 전후한 문학사의 긴박한 국면은 우리의 '근대성'과 관련하여 매우 중요한 의미를 갖는다. 더구나 1910년대 한일 병합 이후의 긴 어둠을 맞대면시킬 때, 3·1운동 전후, 특히 3·1운동 직후의 질풍노도적 시기는 다른 어떤 시기보다도 매우 복잡하고 혼란스런 특별한 근대성, 특별한 '시간의 주름'을 유념할 필요성이 생긴다. 그것은 곧 멀리 보면서 세밀히 훑는 망원경과 현미경이 동시에 필요한 복합적인 시기라고 생각한다.

본고는 이러한 시각에서 지금까지 1920년대 문학의 전개 과정을 놓고 몇 가지 편견과 관행을 문제삼고자 한다. 특히 이 시기를 둘러싸고 가장 대립적인 평가들이 나타나고 있음을 주목하여 왜 그런 현상이 나타나는지 그 근거를 헤아려보는 것도 본고의 한 문제의식이다.

2. 3·1운동 직후 동인지시대와 1920년대 소설의 흐름

1920년대 문학사를 구성하는 데 있어서 시대별 추이에 따라 크게 두 단계로 나뉘는 것은 이제 하나의 일반화된 상식이다. 물론 논자들마다 약간의 차이가 있으나 크게 보아 3·1운동 직후 동인지를 통한 새로운 문학집단의 형성과, 1920년대 중반 신경향파문학과 함께 시작된 카프, 즉 프로문학의 등장으로 정리한다. 그리하여 가장 일반적인 시대별 조감

---

7) 박현수, 「1920년대 초기 문학의 재인식」, 『상허학보』 2집, 깊은샘, 2000, 21면.

도는 3·1운동 직후 1920년대 전반기의 동인지문학시대, 그리고 이후 신경향파문학을 필두로 한 프로문학과 이에 맞선 민족주의문학시대이다. 따라서 동인지 문단과 관련된 3·1운동의 계기설은 상당히 널리 퍼져 있고 거의 전제 없이 받아들여지는 일반적인 관점의 하나이다. 김동인이 『창조』 창간호가 발행된 때가 1919년 2월 8일, 즉 3·1운동 전초인 「동경 유학생 독립선언문」 발표날이라는 점을 내세워 "조선 신문학 운동의 봉화는 기묘하게도 3·1운동과 함께 진행하였다"고 강조할 만큼 시기적 일치성, 또 3·1운동의 실패라는 사회적 분위기에 걸맞게 동인지에 실린 작품들의 정서가 대체적으로 우울과 패배의 정서를 보여 주었다는 점 등 시기와 사회적 분위기와 작품세계의 긴밀한 연관성이 삼위일체되어 하나의 필연적인 문학사적 사실로 굳어졌다. 물론 이러한 견해에 대해서 비판적인 목소리 또한 많았다. 무엇보다 동인지와 거기에 실린 작품의 수준·내용과 관련해서 불만이 많았다. 이에 대해 필자 역시 1920년대의 동인지가 새로운 문인집단의 등장과 문단 형성에 실제적인 계기로 기능하였다는 점에서 의미가 있으나 전체적인 문학적 수준에서는 수준이 낮다고 보았다. 말하자면 본격 작품 단계에까지 이르지 못한 습작성, 그로 인해 작품 전체가 감상적 인식에서 크게 벗어나지 못했다는 점, 사회화된 개인이라기보다는 주관화된 개인의 지나친 강조로 일종의 '기분문학' 같은 좁은 삶의 세계가 나타나는 사소설적 성향, 작품 공간이 작중인물의 내면상태의 고백에 머문다는 점 등이 그것이다.[8]

한국문학사의 서술에서 문단데뷔 연대와 작품 발표 연대, 그리고 몇몇 문인들의 동인활동이나 그것이 무슨 주의(主義) 운동이다 하는 그들 또는 타인의 주장을 지나치게 중시하는 태도는 비판받아 마땅하다. 그런 대표적인 잘못된 문학사적 접근의 하나가 신문학 '최초'의 것을 번잡스럽게 따지는 일이었다. 원래 문학사에서 '최초'라는 것의 의미는 경

---

8) 임규찬, 『한국 근대소설의 이념과 체계』, 태학사, 1998, 336면.

우에 따라 큰 것도 있고 작은 것도 있지만 일단 정치적 내지 문화적 식민지가 수립된 곳에서는 일본이 아닌 한국의 전통과 식민지 한국에 뿌리박은 문학, 즉 참으로 한국적인 동시에 반식민지적인 문학으로서 '최초'가 아니라면, 본국과의 연관을 떠난 문학사적 논의는 지방성의 노출밖에 안 된다.9)

　사실 동인지시대를 설정하면 당연히 맨 앞자리를 차지하는 시로서의 「불놀이」나 그것을 실은 동인지 『창조』가 본격적인 근대문학의 시발점으로서 과대평가되기 십상이었다. 말하자면 한용운이나 김소월·신채호 등을 두루 포함하며, 작품의 성과나 경향에 따라 중심을 구축하는 '문학활동 전부'를 문제삼지 않고, '문예잡지계'보다 약간 넓은 영역을 가지는 세계로서의 '문단'에 초점을 맞춰 역사를 체계화하는 방식이 결코 바람직한 것일 수 없다. 그러나 그 점을 수긍하면서도 식민지자본주의 과정을 밟은 우리의 특수성이 초래한 혼돈의 모색기, 즉 서양문학사에서 볼 수 있는 것처럼 대표적 작가의 단일작품 단위의 본격 문학사로 시작될 수밖에 없는 불완전하지만 다양한 시도의 복잡한 개별 측면들에 대한 애정어린 고려도 어느 정도 용납되어야 한다는 것이 필자의 생각이다. 오히려 그 점에서 제도로서 혹은 질서화작업으로서 '문단'이란 특수사회의 형성은 식민지 상황이기에 더 특별한 의미를 갖는 것은 아닌가. 그동안 식민지억압체제라는 상황 탓인지 일정한 사회 구조와 제도를 억압적인 것, 인간을 소외시키는 것으로 규정하기 십상이었다. 말하자면 질서는 인간을 억압하고 소외시키기도 하지만 인간은 질서를 통해서 비로소 자유도 얻게 된다는 사고가 미약했다. 더구나 식민지 국가권력하에서 자율적 시민사회 공간으로서 제도적 형성은 억압성 못지 않게 문명성의 측면을 갖기에 더 적극적으로 고려할 필요가 있지 않을까.10)

---

　9) 백낙청, 「시민문학론」, 『민족문학과 세계문학』 1, 창작과비평사, 1978, 43면.
　10) 현실에서 다양한 삶의 가능성의 봉쇄, 그리고 그와 연관된 소외된 지식인의 방출구 혹은 배설구로서의 의미와 직결되는 면이기도 하다. 염상섭은 "신문학운동이 3·1운

'동인지'는 부분적으로 새로운 경향성의 지표로 종종 등장하지만 '문단'이 특별히 문학사적으로 의미를 크게 가진 때는 거의 없다. 오히려 그 점을 중시할 필요가 있으며, 이 시기의 동인지가 갖는 문학사적 성격도 그와 긴밀히 연결되어 있다.

　　동인지라는 것은 그 사상적 주류로 보아 동일한 경향을 가진 작가들의 결합이어야 할 것이다. 그러나 초창기에 있어서 각자의 사상적 경향이 명확치 못할 때에는 문학적 전체성에서 결합할 수도 있었다. 동인지의 적극적인 의미는 문학상 동일한 주류 위에서 한 개의 통일된 운동이 시작되어야 할 것이다. 이것은 현대 동인제 문학잡지의 특징일 것이다. 그러나 초창기에 있었던 조선의 동인제 문예잡지는 유파별이나 사상별로만 분류하기에는 너무도 미약하였다. 그때의 젊은 작가들은 자기의 인생관에서 보다도 자기의 정열적인 정서의 분출을 문학에서 실현함으로써 만족하였다. 말하자면 그때의 동인지라는 것은 대외적으로는 한 개의 문학적 세력을 만들어 자기의 존재를 나타내려는 것이요 대내적으로는 작가 각자의 원숙을 기함에 있었다.11)

동을 계기, 혹은 일전기로 하여 사회적 전개를 보인 것은 장제(長提)할 필요도 없거니와, 자기로서는 때마침 조고계(操觚界)에 투족(投足)하게 된 것이 문예운동을 간여하게 되고 따라서 창작에 붓을 들게 된 기연을 얻게 되었던 것이다. 기성문단이란 것이 없는 처녀지이었고, 정치사회와 같은 각축과 견제가 없느니만치 작가로 나오기가 쉬었기도 하였겠지마는 정치, 경제, 산업, 사회문화 등 모든 분야에 있어 활동의 여지도 없고 사방이 막혔으니까 재분(才分)이니 역량이니 생활 방도니 하는 고려 여부없이 이 길로 용이히 도피하여 버리거나, 일제 밑에 억압된 생활력의 한 배설구로 문학에 몰리는 경향도 없지 않았으니, 자기도 그 사품에 한몫 본 것이었다"(염상섭, 「나의 소설과 문학관」, 『염상섭 전집』 12권, 민음사, 1987, 199면)라고 말했다.

11) 이동희·노상래 편, 『박영희 전집』 2권, 영남대 출판부, 1997, 441~442면. 가령 형성기의 이와 비슷한 성격은 이 시기의 비평논쟁에서도 확인할 수 있다. 김동인과 염상섭 간의 '비평의 위상'을 둘러싼 논쟁, 현철과 황석우 간의 '시의 정의' 논쟁, 박종화와 김억 간의 '비평의 책임' 논쟁 등은 사실상 원색적인 인신공격성 감정싸움과 함께 논쟁 자체가 자꾸 비논리적인 범주로 확산되는 등 논쟁의 기본기와 관련하여 매우 부정적인 측면이 많지만 결과적으로 논쟁이 형성하는 일정한 울타리로서 문단에 실감과 그 필요성을 은연중 환기시켜 주며, 자연스럽게 서로가 공유해야 할 비평적 전문성과 객관성의 필요에 대한 인식을 환기시켜 주는 계기를 부여해주었다.

작가의 등단이나 작품의 게재 등에서 아직 정비되지 않고 미비한 상황에서 이런 제반 문제를 극복하기 위한 당사자 스스로가 공간을 만드는 근대적 동력 자체를 먼저 중시해야 할 것이다. "문단 형성의 전제조건인 발표매체의 구성과 창작자의 배출이란 문단의 제도적 요소가 이루어졌다. 그러니까 1920년대 전반기에 오늘날 우리가 문단이라고 이름 붙이는 것의 골격이 형성된 것이다."12) 다시 말해 그런 형성기의 확실한 면모 때문에 다른 시기와 달리 미묘한 여러 현상들에 대해 섬세한 조율이 필요하다. 그것은 한마디로 이 시기가 다양한 국면에서 담지한 양면적 속성, 더 나아가 착종이나 혼란이란 말이 적절할 정도의 복합적인 성격을 갖고 있을 확률이 높다는 뜻이다. 가령 다음과 같은 분석은 타당한 것인가.

> 그러나 자세히 보면 이런 운동 실패와 우울과 데카당스는 다르게 보아야할 측면 또한 다분하다. 그리고 그들이 내세우는 실패에 따른 우울의 정서나 환멸감과 달리 실제로 식민지에서 성장해서 태어나서 처음 접한 문화정치의 상대적으로 열린 공간의 혜택을 가장 최초로 가장 철저히 본 이들이 바로 이 동인지 잡지 신문에 종사하던 필진들이라고 할 수 있다. 유학 후 돌아와 가지고 있던 지식을 남김없이 쏟아내면서 지식자랑하고 우월감에 빠져들고 자기들끼리만의 문화와 동아리를 만들고, 그 동아리를 유지시켜줄 미적 이데올로기와 문화적 공동체 그리고 이를 물질적으로 인맥상으로 보증하는 매체를 만들고 거기서 지사와는 다른 '문사'라는 사회적 지위와 아우라를 만들어 낸 것이 그들이기 때문이다.13)

먼저 동인지와 『개벽』・『조선문단』 등의 잡지・각종 신문은 이 시기 문학 전개와 관련시켜 더 섬세하게 분별할 필요가 있다. 동인지시대의 중심인물로 흔히 내세우는 작가・시인들이 이미 선별적이라는 사실을

---

12) 김병익, 「근대문단의 형성과 그 이후」, 『문학과사회』, 1998년 가을, 896면.
13) 차혜영, 「1920년대 초반 동인지 문단 형성」, 『1920년대 문학의 재인식』(상허학회 편), 깊은샘, 2001, 122~123면.

주목하자. 말하자면 동인지보다는 잡지와 신문 등 더 객관적으로 제도
화된 형태를 통해서 검증된 인물들을 중심으로 하여 거꾸로 그 기원을
찾아 동인지시대를 하나의 완성된 시대처럼 설정하였다는 것이다. 그런
태도에서 벗어나 실사구시적으로 완성을 향한 일련의 혼란스러운 형성
시대로 냉정히 접근하자.[14] 오히려 그럴 때 매우 짧은 시간대임에도 빠
르게 정상궤도로 올라서는 그런 특별한 활력을 3·1운동의 창조적 활력
과 연결시키는 발상의 전환이 필요하다는 생각이다.

다른 한편으로 3·1운동의 계기성을 운동의 실패와 성공으로 규명하
는 역사적 관점보다는 일종의 분화의 관점으로 보는 것도 근래 들어 나
타나는 일반적인 경향이다.

> 3·1운동의 시기는 운동의 실패와 환멸이 아닌, 근대적 '분화'의 한 결절점으
> 로 위치지어지는 것이다. 동인지 문단이 갖는 문학사적 문단사적 지위는, 이 사
> 회적 분화 시점에서 부르주아 지식 이데올로기의 분화와 지식이 사회구조와 맺
> 는 관계 패러다임의 변화와 분화 과정 속에서, 문학전문가를 자처하는 신지식
> 층의 집단적인 자기증명, 정체성 획득과정의 전승물이라고 볼 수 있는 것이다.[15]

사실 임화의 문학사적 관점이나 1980년대 이후의 이른바 진보적 관

---

14) 최서해의 다음과 같은 발언은 그런 점에서 주목할 필요가 있다. "마치 어린애가 첫돌
이 잡히면서부터 되든 안되든 어른의 행동과 언어를 흉내내기 시작하여 어떠한 과정을
통과하여 완전한 행동과 언어를 가지듯이 습작시대는 작가로서 싫든 좋든지간에 통
과치 아니치 못할 난관이다. 이때는 물론 자가(自家)의 틀이 잡히지 못한 시대라 남의
작품의 경향을 쉽게 본뜨게 되는 것이다. 그러나 본만 떠서는 늘 남의 것이다. 자기의
것이 되지 못하는 것이니 남의 작을 접하되 될 수 있는 데까지 자기를 발견하여 대
조·비판을 시(試)하도록 애써야 할 것이요 부절(不絶)의 습작을 하되 아무쪼록 모방에
서 떠나서 창작적으로 자기라는 것을 드러내려고 해야 할 것이다."(최서해, 「문예시감」,
『조선일보』, 1928.1.8~11; 곽근 편, 『최서해 전집』 하, 문학과지성사, 1987, 340면)
15) 차혜영, 앞의 글, 132~133면. 이런 '분화'의 근거로 실제 사회·정치적 움직임을 대
응시키는 것이 일반적이다. 즉 그 전까지 계몽기로부터 이어져 오는 민족주의운동이
한편으로 굳게 상존하면서 다른 한편으로 운동에 참가한 각기 다른 계층들의 이익과
입장이 분화되어 드러나는데, 그 가운데 특히 각종 노동운동이나 소작쟁의, 사회주의
사상운동과 같은 부문 운동들을 중시하는 입장이 그것이다.

점이란 이런 분화의 측면을 가장 극대화시킨 예가 될 것이다. 말하자면 부르주아의식으로부터 민중의식·계급의식의 분화를 통해 그것을 중심에 두고자 하는 사고법이 그것이다. 이와 관련해서 좌우파 규정이 소박한 실재론에 지펴 있을 뿐만 아니라 카프의 주류성을 해소하자는 최원식의 견해를 비롯해서 충분한 문제제기는 이루어진 셈이다. 물론 그렇다고 분화 자체의 관점을 거부하자는 것이다. 그 역시 실체에 입각하여 좀 더 과학적이고 구체적인 연구로 계속 진행되어야겠지만, 여기서 문제삼고 싶은 것은 원천으로서의 종합적 국면을 망각하지 말자는 뜻이다. 사실 1919년의 3·1운동은 참다운 근대의식 형성에 필요한 제반 요소들—지식층의 근대적 의식과 민중의 저항정신과 새로운 국제 정치적 요인으로서의 반식민지주의가 일단 한데 모이는데 성공했던 민족사상 최초의 대사건이었다. 물론 운동은 실패해서 당시에 고조되었던 근대의식과 민족적 에너지가 더 전진하지 못하고 흩어진지라 새로운 변모와 왜곡을 겪게 된다. 그러나 역사적 사건의 성패란 간단히 마무리되어 사라지는 것은 아니다. 아무리 짧은 동안 어설프게 형성되었던 의식이라도 그 후의 변모는 항상 변화와 왜곡을 겪는 가운데 부분적인 심화를 수반하게 마련이고 때로는 복병 같은 재생으로 새로운 힘을 내장하고 있는 법이다.

3·1운동을 유념하며 중장기적 관점에서 1920년대를 되돌아볼 때 새롭게 바라보아야 할 지점이 그것이다. 운동 자체가 담지한 동력과 통합의 가능성보다는 이후에 전개된 분화에 주목하여 내부에 잠재해 있는 분화의 내적 성질을 주목하는 것이 현실적인 설득력을 쉽게 가지겠지만, '근대'라는 전체 시기를 되돌아보는 큰 시각 속에서는 오히려 부분적으로 변화하는 가운데서 '복병 같은 재생', 그런 측면이 일구어내는 '새로운 힘'이 더 의미심장하다는 판단이다.[16]

---

16) 하나의 예로 염상섭의 「만세전」에서 『삼대』로의 길을 들 수 있다. 두 작품은 분명히 3·1운동의 대표적인 성과의 하나이면서 동시에 3·1운동 실패 후 지식 계층의 소시

따라서 현상적인 흐름을 유념하더라도 그런 맥락에서 재해석할 필요성이 제기된다. 3·1운동 직후 운동의 실패와 환멸이란 매우 현상적인, 따라서 피상적인 관점이라 비판받는 관찰법을 역으로 깊숙이 들이밀어 볼 수도 있다. 특정한 시대의 문학을 보여 주는 특수한 색조와 관련시키자는 것이다. 왜냐하면 문학의 표정 역시 당대의 정치·경제적, 사회·문화적 상황과 어떤 식으로든 뗄래야 뗄 수 없는 관련이 있기 때문이다. 특히 식민지시대처럼 우리 민족과 무관한 채 강요되는 억압체제일 경우 정치적 경제적 사회적 상황과의 상관성은 더욱 냉정히 객관화할 필요가 있다. 사실 우리는 곧잘 식민지시대 자체의 낙후성보다는 민족주의적 열정과 분노라는 감정적 시선을 우선하기 쉬웠다. 물론 참된

민화 과정을 반영하는 것이기도 하다.
　사실상 이러한 분석 방식은 3·1운동의 영향을 3·1운동의 직후라는 제한된 시기 속에 가두어 놓은 평가에서 벗어나자는 것이다. 좀 더 부연하면 말하자면 문화통치로 전환되면서 신진 작가의 대거 등장과 동인지 발행, 신문 및 잡지 등 근대적 문화여건의 형성, 본격적 문단 형성이라는 외관상 근대적 문화 환경이 형성되지만, 실제 작품 세계에서는 3·1운동이 좌절되면서 그러한 좌절감이 다양한 형태로 작품 속에 침전해 있다는 분열적 이해 방식에서 벗어나자는 것이다. 공통적으로 지적되는 사항 중의 하나가 3·1운동은 우리 문학을 '계몽문학에서 예술로서의 문학'으로, '목적의식의 문학에서 순수문학'으로, 그리고 '여기(餘技)의 작가에서 본격적인 작가의 문학'으로 전환시키고 문단을 형성케 하여 '근대적인 냄새를 풍기기만 하던 우리 신문학을 진정한 의미에서의 근대문학'으로 자리잡게 한 전환점이 되는 계기를 마련하였다는 것이다. 그러나 앞서 3·1운동의 역사적 의미에서 살펴보았듯이 무엇보다도 그것이 식민지시대 민족운동의 사상적 토대가 되었다는 본질적 측면을 염두에 두어야만 한다. 그것은 단순한 현상 변화에 따른 실증주의적 사실 전개로서의 의미가 아니라 1920년대 문학의 참된 문학적 뿌리로 자리잡아야 한다는 사실을 의미한다. 이런 점에서 3·1운동 이전의 이광수 문학부터 시작해서 1920년대 중·후반의 신경향파문학 등 프로문학도 3·1운동의 직접적 산물이라는 적극적 인식이 필요하다. 실제로 1920년대 초반 동인지문학의 전반적인 허무주의 문제는 실패했다는 허탈감의 소산이라는 소극적 측면보다는 어떻게 계승하고 발전시켜 나갔는가 하는 좀 더 폭넓은 시각으로 접근했을 때 동질적으로 느껴지던 김동인과 염상섭·현진건의 거리는 명확히 드러날 수 있으며, 그러한 극복이 1920년대 문학의 본질을 파악하는 하나의 잣대가 될 수 있을 것이다. 아울러 3·1운동 자체가 내포한 여러 모순들과 우리 민족이 안고 있던 모순들이 서로 긴밀히 결합되어 있다는 사실은 한편으로 1920년대 상호 대립되는 문학경향도 거기에 뿌리를 내렸음을 말해주며, 이런 민족적·사회적 모순의 극복으로서 시각을 갖출 때 1920년대 문학, 나아가 1930년대 문학도 올바로 오늘의 관점에서 재평가될 수 있을 것이다.

민족주의에 대한 지향은 우리의 식민지 근대성 속에서 핵심적인 자리를 차지할 수밖에 없다. 그러나 참된 민족주의를 위해서도 제국주의·식민주의와 불가피하게 결부되는 사회·문화적 성격은 한층 예민해져야 한다. 오히려 민족주의의 자폐성이 다른 어느 때보다 비판받는 현실을 유념하면 이 점은 더욱 예민해질 필요가 있다. 결국 문제는 의지의 표현이 아니라 객관적 구조 자체의 파악이다. 이러한 점은 특히 우리의 정신적 생산물들을 문제삼을 때 더욱 엄정해야 함을 말해준다.[17]

일제강점기의 소설작품을 냉정히 직면할 때 대체로 화려하거나 명쾌하지 못하고 침울하고 음산한 것은 누구나 인정할 것이다. 당대의 작가들로 그렇게 인식하였다.

조선의 생활은 어떤 방면으로 보든지 조금도 화려, 명쾌한 맛이 없으므로 현실 그대로를 제재로 취급하기에는 너무도 머릿살이 아프다고 하는 말을 어떤 분에게 들었다. 그렇다. 조선의 생활에 화려하고 명쾌한 맛이 없는 것은 사실이다. 나도 거기는 동감이다. 정치적으로 경제적으로 또는 사상적으로 조선은 일대 수난 시대에 처하여 있다. 그 지긋지긋하고 머릿살 아픈 수난의 현상을 우리는 도처에서 본다. 심하게는 우리네들의 일상생활에서까지 시시각각으로 찾을 수 있다. 그 모든 고통은 우리들의 생활이요 동시에 특수성이다. 그렇다고 우리는 이것을 일조일석에 벗을 수도 없거니와 무시할 수도 없다. 우리는 이 속에서 장래할 시대를 찾아야 할 것이다. 그런데 이런 속에서 작품만이 화려 명쾌한 색채를 띠고 나올 리가 없는 것이다. 그것은 필연적으로 그 생활을 반영하게 될 것은 더 말할 것도 없다. 그러므로 그 작품이 화려 명쾌치 못하고 침울 음산할 것은 정한 이치일 것이다. 이러한 것을 생각지 않고 화려 명쾌한 것만 찾는다면 그는 애초에 되지도 않을 일이거니와 된다면 현실을 떠나 작자의

---

17) 이미 발전이란 관념을 내포하고 있는 근대라는 관점을 내세울 때 식민지시대는 훌쩍 건너 뛰어버린다. 그러면서도 정작 그 토대라 할 수 있는 자본주의의 생성으로부터 전개 과정을 대상으로 할 때는 식민지시대의 파행적인 양상을 적극 반영한다. 이것은 명백히 모순이다. 근대화와 자본주의는 뗄 수 없는 상관 관계에 있다. 그런데 이러한 모순에 둔감해버리는 것은 달리 말하면 역사의 모순 자체를 희석시키려는 태도이며 그 자체가 이미 관념론적 경향을 내포하게 된다.

머릿 속에서 억지로 빚어진 허수아비일 것이다.[18]

그런데 이러한 설명을 냉정히 접수할 때 우리는 자연히 '자연주의' 문제를 떠올리지 않을 수 없다. 그리고 실제로 이런저런 문학적 유형화와 관련하여 의외로 많은 이들이 '자연주의'를 당대의 대표적 기호로 소통하고 있음을 알 수 있다. '자연주의'를 가장 철저히 인식하는 인물들이 그만큼 또 시대의 본질즈 흐름과 접촉하고 있었다. 사실 문예사조라 부르든 혹은 유파로 부르든, 아니면 좀 더 느슨한 개념으로서 문학 경향으로 부르든 일종의 문학적 체계화 문제야말로 여전히 시급한 우리의 문학사적 현안이다. 꽤 많은 세월이 흘렀음에도 여전히 난맥상이다. 다만 이와 관련해서 카프나 구인회 등 일종의 집단적 형태로 표명한 문학적 명칭을 대부분 받아들이듯이 개별 창작자가 스스로 언표한 발언도 경청할 필요가 있다. 스스로 자신의 문학을 '조선적 자연주의'라 지칭한 염상섭은 그 대표적 예이다. 실제로 염상섭의 비평적 발언들은 당대의 문학적 체계화를 위해 상당히 중요한 기준들을 제시해준다. 간략히 그 핵심만을 정리하면 다음과 같다.

① 사실주의의 연장선상으로서의 자연주의 : 이때의 사실주의는 통상 근대소설 양식의 기본을 이루는 것으로 사실주의적 표현기법과 정신을 의미한다.[19] 시

---

18) 최서해, 「조선의 특수성」, 『동아일보』, 1929.7.12~14; 『최서해 전집』 하, 362면. 또한 염상섭이 현진건의 기질과 소설적 분위기와 관련하여 이야기한 다음 대목도 바로 그러한 사실을 말해준다. "비교적 명랑한 소유자로서, 그의 작품에서 로맨틱한 빛깔이 짙었던 빙허 현진건과 같은 분이 점차로 자연주의의 색채를 엷게나마 나타내기 시작하였었다고 생각되는데, 그것은 어찌할 수 없는 그 시대상의 발로이었던 것이라고 나는 본다."(염상섭, 「횡보문단회상기」, 『염상섭 전집』 12권, 민음사, 1987, 235~236면)

19) "작가의 소질에 달린 것이지마는 어떠한 문학사상을 가졌거나 우선은 자연주의를 거쳐 나가야 할 것이요, 창작에 있어 표현수법으로는 사실주의를 근간으로 하지 않고는 모든 것이 붓장난이요 헛소리밖에 아니되는 것이란 말이다. 그러므로 자연주의 작품이 사실적으로 나가는 것은 의당 그러려니와 자연주의 이후, 자연주의에서 벗어난 모든 현대의 작품도 사실정신적이 아니라면 그것은 작품으로 서지 않는다."(염상섭, 「나와 『폐허』시대」, 위의 책, 218면)

에서의 낭만주의와 유사한 측면을 갖는다. 자연주의는 그에 기반하면서도 개성 존중과 주관성을 강조한다.[20]

② 휴머니즘과 니힐리즘을 안벽(岸壁)으로 한 자연주의 : 염상섭의 경우는 니힐리즘이 휴머니즘보다 우위에 선 상태를 보여 주며, 현진건과 나도향은 반대로 휴머니즘이 니힐리즘보다 우위에 선 상태를 보여 준다.[21]

물론 이러한 문학적 명칭 부여와 개념 정의, 그리고 가치평가 문제를 단선적으로 직결시켜서는 안될 것이다. 문학적 경향과 사조를 두고 성급하게 우열의 관점에서 적용해서는 안 된다는 점이다. 그리고 특정 경향과 사조에 해당하는 작품이라고 해서 무조건 좋고 나쁘다는 식의 접근도 잘못된 일이다. 문제는 명칭 부여와는 상관없이 참된 작품을 가리는 비평적 감식안이 공평해야 하며, 그 점에서 참된 작품이라면 어떤 발전단계에 속하건 미학적으로 동등하다는 사실이다. 따라서 특정한 시대에 지배적인 흐름과 부차적인 여러 흐름이 공존할 수 있고, 때로는 지배적인 흐름들이라 할 수 있는 것들이 대등하게 함께 공존할 수 있다는 사실이다. 그리고 각 흐름들도 고정되어 있는 것이 아니라 시대의 전변과 함께 변화되어 감을 용인하는 일 또한 중요하다.

그러나 1920년대의 경우 아주 짧은 시기에 대립·착종현상이 교차하고 있다는 점에서 현상적 흐름을 유념하면서도 동시에 그 내부의 엄격한 문학사적 흐름을 심층적으로 분석할 새로운 관점이 필요하다. 즉 주요 문학적 흐름을 특정한 시기로 제한시켜 바라보거나 단선적으로 파악

---

20) "자연주의는 근대문학의 분수령으로서, 우리가 근대문학을 수립함에 있어 자연주의를 그 새 출발점으로 하고 기반으로 하여야 할 것은 당연한 귀추이기도 하고 필요한 과정이기도 한 것이었다. (…중략…) 작가의 질과 시대상이 서로 어울려서 한 경향이 나타나고 이것이 주류화하는 것이다. 위에서 한때의 세기말적 퇴폐현상을 설명할 때 언급한 바와 같이 사회상이라든지 주위 환경이라든지 시대적 성격에서 저절로 빚어낸 조선문학 독자의 자연주의였다 할 것이다."(염상섭, 위의 글, 210~211면)

21) 임규찬의 『한국 근대소설의 이념과 체계』(태학사, 1998) 중 제3장 3절과 제4장 2절을 참조할 것.

할 것이 아니라, 중층적 구조 속에서 거시적으로 바라보는 일이다. 이런 점에서 보면 여러 조류들이 각기 실험되고 모색되면서 이후 중심적인 흐름이 점차 정착되어 가고, 거기에 또 다른 흐름들이 들어와 새로이 중층적으로 편제되는 특징을 보여 주는 것이 아닌가 생각된다.

바로 그러한 시각에서 필자는 1920년대 소설을 몇 가지 경향으로 대별한다. 1920년대 문학은 프로문학의 등장과 함께 기본적으로 개인주의적인 창작실천을 중시하는 다양한 문학흐름이 프로문학에 맞서 대응적 태도를 보이지만, 그 내부를 좀 더 구체적으로 살펴보면 성격이 상이한 문학세계가 다양하게 존재하기 때문이다. 즉 계몽주의문학 경향이 오랜 뿌리를 갖고 지속되어 왔고, 3·1운동을 전후하여 예술지상주의문학 경향, 자연주의문학 경향, 그리고 리얼리즘문학 경향이 큰 시차 없이 등장하였다. 물론 그 외에 식민지자본주의체제에 영합한 상업주의문학 경향과 고소설·신소설류가 한편으로 존재해 있기도 하다.

3. 근대성의 새로운 탐사를 위한 발상의 전환

사실 지금까지 고찰은 일종의 뚜렷한 의도를 가지고 논의를 풀어간 셈이다. 먼저 3·1운동 직후에 보여지는 혼란과 형성기적 미비성을 새롭게 보자는 제안은 3·1운동과 관련된 특별한 근대적 시간성의 국면으로 적극 이해하자는 뜻이 담겨 있다. 3·1운동이 갖는 임계점적 성격 혹은 분기의 성격을 창조적 활력으로 적극 살리는 의도였다. 가령 3·1운동과 그 전후의 문학적 체계는 마치 "살아있는 시스템은 외부 환경에 적응하기 위해 자신의 구조를 더욱 더 복잡하게 만든다. 이때 더욱 복잡한 새로운 구조는, 살아 있는 시스템이 적응을 통해 자신의 복잡성을 증대시키다가 어떤 임계치에 이르면 갑자기 발현하는 성질을 갖는다. 부락사회를 이루고 있던 고대의 인간사회가 오랫동안 정체되어 있다가 부락들간의 교역의 증대로 사회 구조와 경제 구조가 복잡해지기 시작했으며 급기야는 고대국가를 형성하여 국가라는 보다 복잡한 새로운 구조가 갑자기 탄생되었다"[22]는 그런 임계치와 흡사하다. 그런 만큼 비평형 상태의 구조는 끊임없이 요동하고 분기점에 이르면 종래의 구조는 드디어 무너지고 새로운 구조가 나타나는 식이다. 그런 역사적 경계를 이루는 시스템의 시기로 보고 거기서 이루어지는 요동과 새로운 질서의 출현에 대해 새로운 의미를 부여하자는 것이다.

> 복잡시스템은 상호 결정적인 관계를 내포하고 있다. 상호인과성이라고도 알려져 있는 이러한 특질은 시스템내의 각 구성요소가 다른 구성요소를 직접 혹은 간접적으로 영향을 미치고, 또한 동시에 혹은 순차적으로 영향을 미치고, 따라서 각 구성요소가 다른 구성요소를 통한 피드백에 의해 영향을 미친다는 것을 암시하고 있다. 이러한 순환적 특질은 스스로 창조하는 자기인과성으로 생각될 수 있다.
> 복잡적응에 있어 각 행위자는 다른 행위자들과 상호작용함으로써 역동적인 환경에 직면하게 된다. 행위자들은 끊임없이 다른 행위자의 행동에 반응하고, 협동과 경쟁이라는 상호작용을 하게 된다. 각 행위자가 이용할 수 있는 일련의 전략에서 좀더 유용한 전략은 산봉우리가 되고, 그렇지 못한 전략은 계곡이 되는 적합도 지형으로 생각해 볼 수 있다.[23]

마치 물질을 구성하고 있는 입자들은 독립적으로 존재하지 않으며 오직 다른 입자와의 상호작용을 통하여 존재하는 것처럼 협동과 경쟁이라는 상호작용을 중시하자는 것이다. 이러한 점은 곧 '분화'의 측면으로만 바라보는 기존의 관행에 대한 비판을 의미하는 것이기도 하다. 사실

---

22) 삼성경제연구소 편, 『복잡성과학의 이해와 적용』, 21세기북스, 1997, 79면.
23) 위의 책, 150~151면.

'분화'의 논리에는 데카르트와 뉴턴에 의해 확립된 요소환원주의와 결정론을 축으로 하는 '단순성의 과학'의 산물이기도 하다. 즉 아무리 복잡하게 보이는 것이라도 잘게 쪼개면 결국 단순해지고, 분자·원자와 같은 단순한 요소들을 지배하는 법칙을 알면 전체의 운동 원리를 알 수 있다는 것이 과거의 생각이었다. 그러나 우리가 파악하고자 하는 대상을 요소로 나누어 접근하지 않고 전체적으로 파악한다면, 그래서 요소 간의 관계 역시 선형적인 인과 관계가 아니라 시간 변화에 따라 상호 영향을 주고받는 역동적인 관계로 본다면 오히려 이 시기가 갖는 혼란과 복잡성은 새로운 근대성의 터전으로서 중요한 징표가 될 수 있다는 것이다.

그런데 무질서 대 질서, 분화 대 통합, 변화 대 안정성, 경쟁 대 협동이 상호작용하며 계속 자기 조직화해 가는 역동적이고 복합적인 과정은 구체적인 개별 작가들 간에게서도 확인할 수 있다. 가령 염상섭을 대표자로 내세워 주류적 경향으로서 '자연주의'를 내건 것은 그것을 좀 더 구조적으로 확인하기 위한 경로의 설정이었다. 계몽주의로 손쉽게 합의되고 있는 이광수나, 거기에 가장 강력하게 대항한, 예술지상주의자로 대변되는 김동인에게서도 '자연주의' 문제는 간과할 수 없는 주변성으로 상관한다(이들은 또한 식민지자본주의화의 병폐인 대중역사물로도 서로 악수한다). 심지어 1910년대 후반의 단편들 역시 자연주의와 상관한다. 말하자면 중층적인, 복합적인 면모를 혼란 자체로 방치하는 것이 아니라 그 자체를 체계화하는 과정으로서 다양한 복수의 시선을 발견해내자는 것이다.

이러한 시선은 1920년대 중·후반기를 두고 흔히 신경향파문학(혹은 프로문학)과 국민문학파(혹은 민족주의문학파) 등으로 외견상 유형화하는 것에도 자연 반대한다. 외견상 나타나는 그러한 경향은 실제 문학 작품과 견줘봤을 때 편향된 입장의 반영이며, 바람직한 민족 문제와 계급 문제의 문학적 구현을 모색하는 민족문학적 견지에서도 마땅히 비판해야 할 측면이다. 1920년대 중반에 접어들면 민족 문제와 계급 문제에 대한 구체적 대응 속에서 자연주의와 리얼리즘이 주요한 상관요소로 대두한다. 그것은 또 우리 근대문학이 기본적으로 일제치하에서 가질 수밖에 없던 정신적 흐름과도 만나며, 거기서 또 3·1운동의 새로운 재생으로서 신간회 결성의 민족 제 계층의 통합 논리와도 만난다. 여기서는 논의 속에 담지 못했지만 신경향파문학과 프로문학과 관련해서도 마찬가지이다. 신경향파의 등장과 함께 '조선적 자연주의'는 이제 '리얼리즘'과 생산적 긴장 관계를 형성한다. 그에 따라 전체적으로 자연주의문학이 일본의 사소설적 경향을 강하게 가지고 있었지만 염상섭 등 문학적 성취가 높은 일부 작품들에서는 민족적 현실에 관심을 둠으로써 사회·역사적 함의가 일본과는 다른 양상으로 나갔음을 오히려 주목할 수 있다. 그러면서 점차 리얼리즘의 문제가 핵심적인 뿌리로 성장하면서 1930년대 이후 이기영뿐만 아니라 채만식·홍명희와 같은 리얼리즘의 흐름이 만들어지고, 다시 거기에 근대화의 새로운 국면과 대응하여 모더니즘의 흐름이 등장하면서도 이것과 생산적 긴장 관계를 형성하는 것으로 보고 싶은 것이 필자의 잠정적 소견이다.

일제 말기 임화의 생산문학론과 근대극복론

하정일

1. 일제 말기를 어떻게 바라볼 것인가

일제 말기의 한국문학에 대해 말하는 것은 여러모로 조심스럽다. 두 개의 덫이 숨어 있기 때문이다. 하나는 민족주의이다. 민족주의의 시각으로 이 시기를 바라보면, 일제 말기는 순응이냐 저항이냐의 두 극단으로 대립하게 된다. 물론 그 대립이란 지극히 비(非)대칭적인 대립, 즉 절대 다수의 순응과 극소수의 저항으로 구성된 대립이다. 이 시기를 흔히 암흑기라고 부르는 것도 그런 연유에서이다. 다른 하나는 최근 각광받고 있는 해체론적 탈식민론이다. 해체론적 탈식민론에 따르면, 이 시기는 순응과 저항, 협력과 일탈이 뒤섞인 '혼종'의 공간이다. 그런데 혼종의 결과는 대체로 '포섭'으로 귀착되는 경향이 강하다. 그럴 수밖에 없는 것이 혼종이란 기존 체제의 승인을 암암리에 전제하고 있기 때문이다. 그렇게 보면, 해체론적 탈식민론 역시 적어도 결과론적으로는 민족주의와 비슷하게 암흑기론에 기울어 있다.

민족주의와 해체론적 탈식민론이 일제 말기를 규정하는 데 있어 결과적으로 비슷한 모양을 보여 주는 것은 양자가 공히 식민주의를 자기완결적이고 견고한 담론/체제로 상정하기 때문이다. 식민주의를 억압적 담론으로 이해하든, 헤게모니 담론으로 이해하든, 이들에게 식민주의란 억압이나 동의를 관철할 수 있는 대단히 강력한 담론/체제이다. 그래서 민족주의의 입장에서는 저항이 엄청난 용기와 결단을 요하는 행위가 되고, 해체론적 탈식민론의 관점에서는 그것이 식민주의의 권역 내부에서 한없이 맴도는 덧없는 일이 된다. 요컨대 양자는 식민주의를 절대화하고 있다는 점에서 동일한 생각을 공유하고 있는 셈이다. 그 결과 민족주의는 대항 헤게모니 이외의 저항을 인정하지 않으며, 해체론적 탈식민론은 저항의 가능성 자체를 회의한다. 민족주의에서 대항 헤게모니 이외의 저항이란 식민주의의 '허위의식'에 넘어갔다는 점에서 순응의 또 다른 표현일 뿐이고, 해체론적 탈식민론에서 모든 저항은 항상 순응을 내장하고 있기 때문이다.

민족주의와 해체론적 탈식민론에 일정한 진실이 담겨 있는 것은 부인하기 힘들다. 식민주의가 억압과 착취를 강제하는 담론인 것도 사실이고, 식민주의에 피식민 주체의 욕구를 일정하게 반영한 동의 기제가 담겨 있는 것도 틀림없기 때문이다. 하지만 이들은 식민주의의 한 면만 붙잡고 그것을 식민주의의 '전부'라고 강변하는 '과잉 일반화'의 오류에 빠져 있다. 그로 말미암아 이들은 공히 일제 말기 한국문학의 풍부한 탈식민적 가능성을 보지 못하는 심각한 실수를 범한다. 그 타격은 저항의 담론인 민족주의 쪽이 더한 것이 사실이다. 민족주의라는 잣대가 엄격해지면 엄격해질수록 저항의 여지는 반비례적으로 더욱더 좁아지기 때문이다. 민족주의가 '급진화'할수록 근본주의화하는 것도 그 때문일 터이다. 그렇다고 해체론적 탈식민론의 처지가 좋은 것도 아니다. 따지고 보면, 해체론적 탈식민론이야말로 가장 지독한 근본주의이다. '누구도 식민주의로부터 자유롭지 못하다'는 생각만큼 근본주의적인 것이 또 어디 있겠는가. 이 명제는 '누구도 원죄로부터 자유롭지 못하다'는 기독교 근본주의를 연상시킨다. 역사를 기원의 반복으로 여긴다는 점에서 그러하다. 그래서 해체론적 탈식민론의 실제 결과물은 식민주의의 '해체'라는 애초의 취지에서 점점 멀어지는 역설에 빠지기 일쑤인 것이다.

이러한 이론적 곤경을 극복하려면 식민주의를 양가적 담론 / 체제로 보는 발상의 전환이 필요하다. 요컨대 식민주의를 자기 완결적이면서 비(非)자족적인, 견고하면서 나약한 담론 / 체제로 이해해야 한다는 것이다. 식민주의의 비자족성은 식민주의가 피식민 타자 없이는 존립할 수 없다는 사실에서 비롯되며, 그로 인해 식민주의는 자기 내부에서 식민 주체와 피식민 주체간의 길항작용이 끊임없이 벌어지는 분열상을 항상적으로 노정한다. 그런 점에서 식민주의의 균열과 동요는 구조적이다. 식민주의가 나약한 담론 / 체제인 것은 그래서이다. 식민주의의 이 비자족적이고 나약한 측면이 탈식민 저항의 거점이자 탈식민 주체가 형성되는 계기이다. 요약하자면, 식민주의의 양가성은 피식민 주체와의 피할 수 없는 상호작용이 낳은 '구조적' 결과이며, 이 양가성은 다시 식민주의에 대한 저항을 산출하고 탈식민 주체를 형성시키는 계기가 된다.[1]

일제 말기 역시 이러한 관점에서 접근할 때 비로소 풍부한 저항의 가능성을 보여 준다. 이 시기의 한국문학은 대체로 1937년과 1940년을 경계로 세 단계로 나누어진다. 1937년은 중일전쟁이 터진 시기이고, 1940년은 태평양전쟁 직전이다. 일제는 중일전쟁 이후 조선을 총동원체제로 재편한 후 태평양전쟁에 즈음해서는 그것을 제도적으로 강제화한다. 이러한 정치적 사회적 변화와 맞물려 한국문학은 식민주의에 급속히 포섭

---

1) 식민주의를 이해하는 세 가지 방식에 대한 좀 더 자세한 설명으로는 하정일의 「한국 근대문학 연구와 탈식민」(『민족문학사연구』 23호, 민족문학사연구소, 2003), 16~34면 참조

되는 반면 탈식민 저항은 극도로 간접화된다. 하지만 식민주의는 양가적인, 곧 견고하면서도 나약하고 자기 완결적이면서도 비자족적인 체제 / 담론이기 때문에 항상적으로 균열과 틈을 산출하기 마련이다. 일제 말기 역시 예외가 아니었다. 총동원체제라는 엄혹한 상황에서도 일제의 식민 파시즘은 곳곳에서 양가성의 모순으로 동요하고 있었다. 이러한 동요는 기본적으로 식민주의의 구조적 비자족성에 기인한 결과였다. 일제 말기 한국문학은 식민주의의 나약하고 비자족적인 틈을 거점으로 다양한 방식으로 저항을 수행한다. 총동원체제라는 열악한 조건으로 인해 그 저항은 대단히 은밀하고 간접화된 저항이었지만, 다른 한편으로 그것은 극히 교묘하고 전략적인 저항이기도 했다. 일제 말기 임화의 문학비평 역시 마찬가지였다. 특히 임화의 생산문학론과 근대극복론은 이 시기의 탈식민 저항이 나아갈 수 있는 가능성의 최대치를 보여 준다. 일제 말기 한국문학의 탈식민적 가능성을 검토하는 데 있어 임화의 문학비평을 생략할 수 없는 까닭이 여기에 있다.

2. 전체주의 비판과 농민문학론

일제 말기 임화의 문학비평은 '농민문학'으로 집중된다. 카프의 농민문학 논쟁에는 별 관심을 보이지 않았던 임화가 이 시기에 집중적으로 농민문학과 관련된 글을 쓴다는 것은 흥미롭다. 먼저 일제 말기가 카프 시절과는 다른 때임을 지적할 필요가 있다. 카프 시절의 농민문학론이 부르주아 민주주의혁명이라는 변혁 전망 속에서 진행되었던 것인 데 비해 일제 말기는 그러한 변혁 전망이 사라진 시대이다. 오히려 이 시기의 농민문학 논의는 주로 '국책'의 차원에서 이루어졌다. 생산성의 향상이라는 목적과 함께 서구 근대의 극복이라는 주제가 일제 말기의 농민 문학 논의에 담겨 있었다. 그렇게 보면, 임화 역시 일제 말기로 오면서 식민주의에 일정하게 포섭된 것으로 볼 수도 있다. 실제로 이 시기 임화의 글들을 보면 일제의 국책이나 이데올로기를 이모저모 소개하는 내용들이 들어 있다. 하지만 임화는 농민문학이나 생산문학을 논의하면서 그것들의 나약한 측면에 주목함으로써 식민주의를 내부로부터 비판한다. 그런 점에서 이 시기 임화의 문학비평은 식민주의의 내부로부터 식민주의를 격파해 가는 '내적 저항'의 좋은 사례라 할 만하다.

농민문학을 논하면서 임화가 먼저 관심을 보이는 것이 전체주의문학이다. 전체주의문학이란 개체보다 전체, 개인보다 민족과 국가를 우선시하는 문학 이념을 가리키는데, 임화는 '나치스'문학을 그것의 전범으로 보았다. 임화는 전체주의문학의 가장 중요한 특징으로 두 가지를 든다.

첫 번째는 국가나 민족과 같은 '전체'를 절대시하는 점이다. 임화에 따르면, 전체를 중시하는 것은 본래 정치 영역의 일이었지 문화와는 무관했다. 문화란 "'전체'라는 것과는 인연이 먼 '개체'란 개념 위에서 성육되어" 왔기 때문이다. 따라서 전체주의문학은 정치의 논리가 문화에 강제된 것이다. 임화에게 "전체주의는 이론으로서 주어진 것이 아니라, 행위로서 힘으로서 초래"된 것이다. 그런 만큼 임화는 "문화에겐 전체주의를 수용하느냐 안하느냐 하는 채택의 결정권이 주어지지 않았다"고 본다. 그것은 정치와 권력에 의해 외부로부터 '강제'된 것이다. 여기서 임화가 은밀히 강조하는 것은 전체주의와 문화의 불화(不和) 관계이다. 말하자면 힘의 논리에 의해 전체주의 이데올로기가 문학에 강제되었지만, 문학은 태생적으로 개체성에 바탕하고 있기 때문에 전체주의와 조화되기 힘들다는 것이 임화의 전언(傳言)이다. 그러면서 임화는 "정치도 하나의 예술"이라는 괴벨스의 언급을 인용하는데, 이는 곧바로 파시즘을 '정치의 미학화'로 규정한 벤야민을 떠올리게 한다. 요컨대 임화 역시 전체주의문학, 곧 파시즘문학을 '정치의 미학화'로 이해하고 있었던 셈이다.

임화는 전체주의문학이 본질적으로 민주주의와 적대적 관계임을 지적한다. 개인의 자유와 문화의 자율성, 즉 임화의 설명을 빌리면 "계몽 시대 독일 문화가 의존하고 있던 서구 문화"의 '자유민주주의'적 전통을 인정하지 않는다는 점에서 그러하다. "제3제국적인 문예정책은 정치에 있어서 민주주의와의 결별의 하나의 자연스런 연장"이라는 발언에서 그러한 임화의 시각을 확인할 수 있다.[2] 임화가 전체주의와 민주주의의 적대성을 지적한 것은 여러모로 의미심장하다. 특히 전체주의가 당시 일제가 내세운 국가 이데올로기였다는 사실[3]을 감안하면, 이 지적은 독일이라는 우회로를 경유한 일제 파시즘에 대한 간접적 비판이라고도 할 수 있다. 그렇게 보면 제국주의 파시즘의 극복 가능성을 임화가 어떻게 생각하고 있었냐와는 별개로, 최소한 임화가 일제 말기의 식민주의에 대해 비판적 입장을 지니고 있었던 것만은 분명했다고 할 수 있다.

두 번째는 '아스팔트'문학을 배격한다는 점이다. 아스팔트문학이란 도시성에 기반한 문학을 뜻한다. 요컨대 아스팔트문학은 "도시의 문학, 가두의 문학"이다. 이때 도시성과 가두성은 "시민의 정신, 상인의 기질"을 가리킨다. '나치즘'은 도시정신을 "향토에 대한 애착을 갖지 않은 '보헤미안'이고 환경에 대한 100%의 기회주의"로 본다. 전체주의가 아스팔트문학을 배격하는 까닭은 이런 이유로 아스팔트문학에 '향토와 민족과 국가'에 대한 애착이 결여되어 있기 때문이라는 것이 임화의 설명이다. 특히 '민족'의 관점에서 볼 때 아스팔트문학의 문제점은 더욱 도드라지는데, 민족이란 향토성에 뿌리박은 "혈(血)의 연대"이기 때문이다. 따라서 '혈의 연대'로서의 민족이라는 기준으로 보면, 도시성이란 비(非)민족적인 것이 된다.[4] 파시즘이 도시의 문학을 배격하고 농촌의 문학을

---

2) 임화, 「전체주의의 문학론」, 『문학의 논리』, 학예사, 1940, 759~763면.
3) 이에 대한 자세한 설명으로는 방기중, 「조선 지식인의 경제통제론과 '신체제' 인식」, 『일제하 지식인의 파시즘체제 인식과 대응』, 혜안, 2005, 37~87면 참조.
4) 임화, 「전체주의의 문학론」, 앞의 책, 764~769면.

높이 평가하는 것도 바로 농촌에 담긴 향토성의 전통, 피의 전통 때문인 셈이다.

임화가 1940년을 전후해 농민문학에 관심을 기울이게 되는 것도 이와 관련이 적지 않아 보인다. 말하자면 임화는 총동원체제가 되면서 '향토와 민족과 국가'를 절대시하는 파시즘적 문화 논리가 지배 이데올로기가 되었음을 간파한 것이다. 이때 가능한 저항의 길은 세 가지이다. 첫 번째는 파시즘적 문화 논리를 전면 거부하면서 대안적 이념을 제시하는 길이다. 가장 선명한 저항의 길이지만, 억압이 극단화되었던 당시로서는 이 길은 실천하기 어려운, 그런 점에서 적어도 국내에서는 현실성이 없는 길이었다. 두 번째는 파시즘적 문화 논리를 내부로부터 격파해 가는 내적 저항의 길이다. 이것은 한편으로 지배 이데올로기를 수용하면서 다른 한편으로 지배 이데올로기의 양가성을 공략하는 방식이다. 여기서 지배 이데올로기를 수용한다는 것은 그것에 동의한다는 의미가 아니라 '우위성(superiority)'을 인정한다는 뜻이다. 세 번째는 정치적 무관심을 선언하는 길이다. 일제 말기에 정치적 무관심은 종종 혼종적 저항의 효과를 갖는다. 정치적 무관심은 대개 순응과 저항이 혼재되어 있다는 의미에서 혼종적이다. 다만 총동원체제에서는 일상까지도 정치 논리에 장악되는 맥락적 특수성 때문에 저항적 효과가 보다 강하게 발휘된다.[5]

이 가운데 임화가 택한 것은 두 번째 길, 곧 내적 저항의 길이다. 임화가 내적 저항이라는 방식을 택한 것은 아마도 이 길이 현실적으로 가능한 최대치의 저항이라고 생각했기 때문이 아닌가 추정된다. 다시 말해 식민주의를 전면 거부하는 것이 불가능한 상황이라면, 식민주의 내부로 들어가 그것의 비자족적이고 나약한 측면을 공략하는 것이 보다 효과적이라고 보았던 것이 아닐까. 이렇게 추정하는 까닭은 1940년대에 임화가 쓴 문학비평들이 당시의 문학적 지배 이데올로기 가운데 하나였

---

5) 탈식민 저항의 세 유형에 대한 자세한 설명으로는 하정일, 「일제 말기 김정한 문학과 탈식민 저항의 세 가지 유형」, 『작가와 사회』, 2005년 겨울 참조.

던 농민문학 또는 생산문학에 집중되어 있기 때문이다. 당시 농민문학과 생산문학은 동전의 양면과 같은 관계였다. 소재는 농촌이지만, 주제는 생산이었기 때문이다. 시민의 문학은 도시의 문학이라는 이유로 배격되었고, 생산의 주된 거점이 농촌이었기 때문에, 생산문학이 논하는 대상도 주로 '농촌'이었다. 이는, 앞에서 살펴보았듯이, '농촌'이 갖는 이데올로기적 상징성 — 민족의 뿌리라는 — 과 생산성의 향상이라는 국책적 필요 때문이었다고 할 수 있다. 임화가 농민문학에 관심을 기울인 것은 그 연장선상에 놓여 있다. 그런 점에서 임화가 파시즘적 문화 논리의 우위성을 인정한 것은 틀림없다.

하지만 우위성을 인정했다고 포섭된 것은 아니다. 오히려 임화는 당시의 농민문학을 내부로부터 비판해 나감으로써 파시즘적 지배 논리에 우회적으로 맞선다. 임화는 먼저 당시의 농민문학을 대표하는 '흙의 문학'이 "지식인의 정신이 관조의 시대에 처해 있을 때 발견한 문학"임을 꼬집는다. 그래서 '흙의 문학'에는 "그전 농민문학에서 보는 바와 같은 예비된 관념이 없는 것이요, 따라서 주제가 적극성이 없고 미약한 점이며, 하나의 초목과 같은 자연으로서 농민과 농촌생활을 관조하고 있는 점이다."[6] 그런 점에서 '흙의 문학'은 농민문학의 바람직한 모습이 아니라고 임화는 날카롭게 지적한다. '흙의 문학'을 비판하는 임화의 이론적 입각점은 리얼리즘이다. 사상과 주제와 리얼리티의 강조, 이것은 임화가 본격소설론에서 줄곧 강조했던 것들이다. 하지만 임화의 이러한 요구는 '흙의 문학'이나 국책문학으로서의 농민문학이 감당할 수 없는 내용이다. 국책문학으로서의 농민문학은 흙과 피로 상징되는 신화적 상상력에 바탕한 문학이고, 총후봉공을 선동하는 문학이며, 향토의 신비로움에 취한 문학이기 때문이다. 요컨대 그것은 실제 현실을 은폐하고 미화하는 지극히 낭만주의적 — 목가적이고 비현실적이라는 의미에서의 — 문학인

---

6) 임화, 「농민과 문학」, 『문장』, 1939.10, 161면.

셈이다. 따라서 리얼리즘을 살리라는 임화의 요구는 당시 농민문학의 이데올로기나 목적과 어긋날 수밖에 없다. 말하자면 리얼리티야말로 국책문학으로서의 농민문학의 가장 나약한 측면이었고, 임화는 바로 그 부분을 짚음으로써 식민주의의 양가성을 환기하고 있는 것이다.[7]

「일본 농민문학의 동향」에서는 임화의 비판이 더욱 교묘해진다. 이 글에서 주목되는 것은 '되받아쓰기'이다. 임화는 도시와 농촌을 기계적으로 분리시켜 농촌을 바라보는, 곧 '총체성'이 결여된 일면성을 일본 농민문학의 근본적 한계로 비판한다. 그러면서 그가 인용하는 것이 "농민문학은 기성의 국책에 연(沿)하는 것이 아니라, 오히려 금후 진실로 국책을 수립하는 그 원동력이 될 것을 요한다"고 한 아리마 요리야스 농상(農相)의 발언이다.[8] 아리마 농상의 발언의 요지는 농민문학이 국책 수립에 적극적으로 참여해야 한다는 것이다.[9] 임화는 '적극적 참여'의 요구를 받아들이면서, 그것을 총체성이라는 리얼리즘적 원칙과 연결시킨다. 말하자면 농상의 권위에 기대 총체성을 농민문학의 바람직한 방향으로 제시하고 있는 것이다. 특히 "그것이 농상이 말하듯 '토(土)'에 친하는 따뜻한 애(愛)'일 수도 있는 것이요" 다음에 덧붙이고 있는 "더 나아가서는 일본의 **현실**을 **전체**로 정시 숙고하는 지적 정열일 수도 있는 것"(강조는 인용자)[10]이라는 임화의 언급은 '되받아 쓰기'의 모범사례라 해도 지나치지 않다. 흙에 대한 애정을 '현실의 총체성에 대한 숙고'로 슬쩍 바꿈으로써 임화의 발언은 어느새 국책문학에 대한 비판으로 변한다. 다만 그 비판은 일제의 농촌 정책을 총괄하는 농상에 동의하는 방

---

7) 리얼리즘에 근거해 국책문학의 양가성을 내부로부터 비판하는 방식은 이후에도 지속된다. 이에 대해서는 다음 장에서 좀 더 자세히 설명하도록 하겠다.

8) 임화, 「일본 농민문학의 동향」, 『문학의 논리』, 학예사, 1940, 814~815면.

9) 아리마 요리야스 농상의 발언과 농민문학 간화회의 결성과정에 대한 간략한 설명으로는 히라노 겐(平野謙), 고재석·김환기 역, 『일본 쇼와문학사』, 동국대 출판부, 2001, 225~228면 참조

10) 임화, 「일본 농민문학의 동향」, 앞의 책, 816면.

식으로 이루어지는 비판이어서 검열의 그물망을 교묘하게 피해 가고 있다. 그런 점에서 임화의 농민문학론은 식민주의의 권위에 기댄 '되받아쓰기'를 통해 지배 이데올로기를 내부로부터 비판해 가는 탈식민 저항의 새로운 수사학을 전형적으로 보여 준다.

3. 생산문학론의 양가성과 내적 저항

임화의 「생산소설론」은 농민문학론에서부터 싹트기 시작한 '생산' 범주에 대한 새로운 이해와 무관하지 않다. 총동원체제의 가장 중요한 화두가 '생산'이었음을 감안하면, 생산문학에 대한 임화의 관심 자체가 식민주의에 포섭된 결과 아닐까라는 의심을 받을 소지가 있다. 하지만 생산문학론에 이르면 오히려 임화의 본심, 즉 농민문학에서부터 이어지는 '생산' 범주에 대한 임화의 관심에 내재해 있는 진정한 본심이 리얼리즘의 회복이라는 문제의식임을 분명히 확인할 수 있게 된다. 예컨대 "생산소설 가운데 기대할 것은 작가들이 시정을 지배할 능력을 얻게 함과 동시에 그것으로 일반 작가들의 정신능력의 부활과 제재에 대한 지배력의 재생의 계기를 삼자는 데 있지 않은가 한다"[11]는 언급에서 그러한 문제의식을 읽기란 그리 어렵지 않다. 그렇게 보면, 임화가 농민문학에 관심을 가진 것도 국책적 요구와는 전혀 무관하고, 생산 범주의 의미를 성찰하기 위해서였다고 할 수 있다. 임화의 말마따나 농민이 생산자의 절대 다수를 차지하고 있는 것이 조선의 현실이었기 때문이다. 그런 점에서 농민문학론에서 생산문학론으로의 진전은 연속선상에 놓여

---

11) 임화, 「생산소설론」, 『인문평론』, 1940.4, 9면.

있다고 할 수 있다.

생산이라는 범주가 임화에게 중요했던 것은 당시 조선소설의 지배적 추세인 '시정소설'이 철저히 '소비하는 세계'에 파묻혀 있기 때문이었다. 임화에 따르면, "시정소설에서 작가들은 완전히 세계관이란 것과 작별하였다." 그 결과 "시정이란 제재를 지배하는 대신 그들은 시정에게 정복"되었다. 요컨대 리얼리즘으로부터 멀어진 것이다. 그래서 임화는 "시정 생활 가운데 침닉해버린 저회하는 리얼리즘의 타개책"으로 생산이라는 문제에 관심을 기울이게 된다.[12] 어째서 '생산'이라는 범주에 대한 재인식이 '저회하는 리얼리즘'의 타개책이 되는 것일까. 그것은 "현실이란 생산과 소비의 통일물"이기 때문이다. 그러므로 "쓰는 측면에서만 인간을 그린다는 것은 마치 시정의 측면에서만 세계를 보는 것처럼 인간을 전체에서 보지 못한다. 소비에서만이 아니라 생산과의 통일에서 세계를 볼 때, 비로소 **전체로서의 현실**이란 것이 자태를 드러낸다."(강조는 인용자)[13] 여기서 임화는 예의 '전체로서의 현실'을 다시 한번 강조한다. 그런데 농민문학론에서는 불명확했던 '전체'의 의미[14]가 생산소설론에 오면 분명해진다. 그것은 한마디로 생산과 소비의 통일을 가리킨다. 과거의 프롤레타리아문학이 생산의 세계(생산 관계)에만 집착해 현실을 일면화했다면, 일제 말기의 '시정소설'은 소비의 세계만을 다루는 '현실의 일면화'에 빠져 있다는 것이 임화의 판단이었다. 그래서 임화는 바람직한 리얼리즘문학은 두 세계를 통일적으로 그릴 때 가능하다고 생각했던 것이다.

이처럼 임화의 생산소설론은 총후의 현실에 부응하는 국책문학과는

---

12) 위의 글, 9면.
13) 위의 글, 10면.
14) 농민문학을 논할 때에는 '전체'의 의미가 국가로도 해석될 수 있고 사회적 총체성으로 해석될 수도 있는 양가성을 보여 준다. 그런 점에서 식민주의와의 경계가 불분명한 것이 사실이다. 그러나 생산문학론으로 오면 '전체'의 의미가 사회적 총체성을 가리키는 것으로 명확해진다. 물론 그렇다고 해서 임화의 생산문학론이 식민주의에 대해 적대적 입장을 취했다는 말은 아니다. 그보다는 식민주의와의 비(非)동일성이 뚜렷해졌다고 이해하는 것이 적절할 것이다.

아무런 관계도 없다. 임화가 생각한 생산소설이란 생산을 고취하고 그를 위해 민중을 동원하는 문학이 아니었기 때문이다. 임화의 생산소설론은 소비의 세계에 파묻혀 있는 시정소설의 한계를 극복하기 위한 고민의 산물이었다. 요컨대 소비와 함께 생산을 고민할 때 비로소 '전체로서의 현실', 곧 생산과 소비의 통일로서의 현실을 그릴 수 있다는 생각에서였던 것이다. 임화의 말을 빌리면, "리얼리즘을 평면적에서 입체적으로 끌어올"리기 위해서인 셈이다. 물론 "생산은 모든 것의 원천"이라든가 "단순하고 순수한 상태에 있는 인간의 탐구 혹은 그 성격의 제시"와 같은 발언에서 생산 혹은 노동을 신비화하는 파시즘의 논리를 발견할 수도 있다. 임화는 농민문학론에서도 비슷한 취지의 발언을 한 바 있다. 하지만 이러한 발언 몇 개만으로 협력이나 순응 운운하는 것은 텍스트주의적으로만 보더라도 심각한 오독이다. 중요한 것은 담론의 총체이기 때문이다. 요컨대 상충하는 의미 요소들간의 비례 관계를 엄밀히 따져 담론의 총체적 의미를 규명하는 것이야말로 텍스트의 올바른 해석을 위한 첫걸음인 것이다.

담론의 총체라는 측면에서 임화의 생산소설론을 보면, 거기에는 파시즘적 생산론 혹은 노동론에 대한 급진적 비판이 담겨 있다. 임화는 다음과 같이 말한다.

> 생산소설이 농촌이나 어장이나 광산 혹은 공장을 그려서 도달하는 가장 중요한 지점은 이 사회다. 사회 가운데서 작가가 발견하는 것은 개개인의 사회적 성질뿐이 아니라, 실로 그 사회적 관계다. 그것은 우리가 통속소설이나 시정소설에서 보던 정의적(情意的) 인간이나 윤리학적 세계와는 판이한 것이다.[15] (강조는 인용자)

임화는 생산소설의 핵심을 '생산의 사회적 관계'라고 단정한다. 이것

---

15) 임화, 「생산소설론」, 앞의 평론집, 10~11면.

은 파시즘적 생산/노동 이데올로기의 가장 나약한 측면이다. 파시즘은 생산과 노동을 신비화함으로써 그것을 '사회적 관계'로부터 단절시키려 한다. '생산하는 인간' 그 자체만 고립적으로 바라볼 때 그것은 숭고하다. 하지만 그것을 사회적 관계 속에 집어넣게 되면 사정은 달라진다. 계급적으로, 민족/인종적으로, 성적으로 '생산하는 인간'은 다양한 모습으로 분절되기 때문이다. 생산/노동의 숭고함을 강조하는 것은 민중의 동의를 얻기 위해서이다. 이 부분이 파시즘적 생산/노동 이데올로기의 헤게모니적 측면이다. 하지만 생산과 노동을 말하는 순간 자본과 노동 혹은 국가와 민중의 비대칭적 관계라는 문제가 수반되는 것을 피할 수 없게 된다. 따라서 파시즘적 생산/노동 이데올로기가 민중의 진정한 동의를 얻으려면 비대칭적 관계의 문제를 해결해야 하는데, 그 문제를 해결하는 것은 지배 자체를 포기하는 일이 된다. 헤게모니적 지배의 핵심에 노동에 대한 국가와 자본의 절대적 우위라는 서열 관계가 놓여 있기 때문이다. 다시 말해 비대칭적 관계를 해소하려면 서열 관계를 부정해야 하고 서열 관계를 부정하는 순간 지배 구조가 무너지는 것이다. 그래서 파시즘은 생산의 사회적 관계를 은폐할 수밖에 없는 것이다. 이것이 파시즘적 생산/노동 이데올로기의 양가성이자 모순이다.[16] 임화는 그 양가성의 나약한 측면, 곧 생산의 사회적 관계를 건드림으로써 양가성의 균열상을 노출시킨다. 이로부터 임화의 생산소설론이 수행적으로 발휘하는 저항적 효과가 나오게 된다.

양가성에 대한 임화의 내부로부터의 비판은 여러 글에서 확인된다.

---

16) 파시즘의 노동 정책 및 이데올로기와 계급 관계의 길항 작용에 대한 역사적 고찰로는 티모시 메이슨, 김학이 역, 『나치스 민족공동체와 노동계급』, 한울, 2000, 제5장 참조. 이 책에서 티모시 메이슨은 파시즘이 노동계급을 포섭하고 동원하기 위해 노동을 미화하는 이데올로기를 유포하거나 노동계급의 복지와 생활 수준을 향상시키고 심지어는 여가활동까지 배려했지만, 계급 문제를 은폐하고 노동계급의 저항을 막는 데 결국 실패했음을 여러 사례들을 통해 보여 준다. 티모시 메이슨의 설명을 통해 우리는 '생산의 사회적 관계'가 파시즘적 노동/생산 이데올로기의 비자족적이고 나약한 측면임을 다시 한번 확인할 수 있다.

가령 「현대소설의 귀추」에서 "「농군」의 하반부를 차지한 수로개발의 곤란한 공사는 한겨레의 수난사의 운명을 상징한 회화"라고 평하면서 "이 장면에서 소위 생산적인 건강미를 운운한다면 그는 실로 속된 감식가리라"[17]고 말한 데서도 그러한 비판의식을 확인할 수 있다. 이 대목에서 우리는 생산/노동의 숭고함이라는 명제에 대한 은밀한 풍자를 발견하게 된다. '생산적 건강미'는 생산문학의 전형적인 슬로건이다. 임화는 「농군」에서 그러한 '생산적 건강미'를 읽는 사람은 '속된 감식가'라고 비꼰다. 즉 「농군」은 통념적 의미에서의 생산소설이 아니라는 말이다. 그렇다면 「농군」에서 독자들이 읽어야 할 것은 무엇인가. 임화는 '한겨레의 수난사의 운명', 곧 인간 운명의 사회성이라고 답한다. 이것은 달리 말하면 생산의 사회적 관계라고 해도 무방할 터이다. 「농군」의 중심 서사가 바로 조선 민중이 만주 이주와 개척의 과정에서 접하게 되는 다양한 사회적 관계들 및 그로부터 빚어지는 민족적 시련과 저항이기 때문이다.[18] 이러한 서사에서 '생산적 건강미'를 기대하기란 불가능한 일이다. 임화는 바로 그 점을 지적함으로써 파시즘적 노동/생산 이데올로기의 나약한 측면을 우회적으로 비판한다.

특히 「영화의 극성과 기록성」은 국책문학으로서의 생산문학에 대한 임화의 비판적 입장을 선명하게 보여 준다. 『복지만리』는 조선인 이주민의 만주 개척을 그린 전형적인 생산영화로 알려져 있다.[19] 임화는 이

---

17) 임화, 「현대소설의 귀추」, 『문학의 논리』, 학예사, 1940, 431면.

18) 「농군」이 그리고 있는 민족적 시련과 저항의 의미에 대한 좀 더 자세한 설명으로는 하정일, 「1930년대 후반 이태준 문학과 내부 식민주의 성찰」, 『이태준 문학의 재인식』, 소명출판, 2004, 61~69면 참조.

19) 『조광』(1939.3)에 실린 영화 소개에 따르면, 『복지만리』는 고려영화협회와 만주영화협회의 제휴작품이다. 줄거리 설명을 보면, "눈 녹은 만주 벌판의 살진 땅, 일망무제로 개방한 처녀지대가 흙의 아들들인 이들을 불러들이기에 힘 안들었다. 혼사가 이루어지고 애기가 출생하고 일이 있었고 생산이 있었다"라고 쓰여 있다. 그런 점에서 이 영화는 오족협화의 이데올로기에 부응해 만주 개척을 선전하는 전형적인 국책 영화인 것으로 생각된다. 『복지만리』를 둘러싼 영화사적 맥락에 대해서는 이화진, 『조선영화 ─소리의 도입에서 친일 영화까지』, 책세상, 2005, 104~105면 참조.

작품에 대해 두 가지를 집중적으로 비판한다. 하나는 "등장인물들의 표박의 동기에 대해 충분히 묘사하지 못했"다는 점이고, 다른 하나는 "집단을 개성을 통하여 표현한 대신 개성을 집단 가운데 매몰시켰다"는 점이다. 전자는 '생산의 사회적 관계'를 더듬는 일과 관련되어 있다. 등장인물들이 왜 동경과 무산을 거쳐 만주로까지 떠돌아 들어가게 되었는지를 밝히는 것은 인간 운명의 사회성을 규명하는 것이고, 그것은 곧 사회적 관계를 따지는 일에 다름 아니기 때문이다. 임화의 표현을 빌리자면, 그것은 '동양에 있어 금세기적인 민족 이동의 근저'를 탐구하는 작업인 것이다. 후자는 전체주의에 대한 비판과 상통한다. 파시즘이 전체주의를 중요한 이데올로기적 기반으로 삼고 있다는 점에서 그것은 파시즘에 대한 우회적 비판이기도 하다. 임화는 『복지만리』가 등장인물들을 "획일적인 집단으로만 보려 하고, 각개의 개성으로 보려 하지 않았다"고 강하게 비판하는데, 그 까닭은 "개성을 통해서만 인물이 산다는 것"은 "예술의 통칙(通則)"이기 때문이다. 말하자면 『복지만리』는 예술의 보편적 원칙을 위배했다는 것이다. 이는 개체를 전체에 종속시키는 파시즘적 문학관이 예술의 보편적 원칙과 어긋난다는 입장을 표명한 것이라 할 수 있다. 임화에게 전체주의 혹은 파시즘은 반(反)예술적 담론 / 체제였던 셈이다. 이처럼 임화는 『복지만리』를 "인간의 시원적인 힘인 노동과 자연이 아무런 매개 없이 종합"된 생산영화라고 칭찬하는 동시에 사회적 총체성의 부족과 개성의 결여를 지적하면서 생산문학의 본원적 한계를 은밀하게 비판한다.[20] 이를 통해 우리는 제국주의 파시즘에 구조화되어 있는 양가성의 모순을 문제삼아 식민주의를 내부로부터 격파해가는 임화의 독특한 저항 방식을 다시 한번 발견하게 된다.

임화의 생산문학론을 간략하게 검토하면서 확인할 수 있는 것은 지배 이데올로기의 우위성을 인정하는 것이 곧 협력이나 포섭은 아니라는

---

20) 임화, 「영화의 극성과 기록성」, 『춘추』, 1942.2, 108~110면.

사실이다. 임화는 생산문학의 우위성을 인정했지만, 다른 한편으로는 생산문학의 나약한 측면을 지속적으로 비판했다. 생산문학의 나약한 측면은 '생산의 사회적 관계'와 직결되어 있다. 생산 / 노동의 숭고함을 강조함으로써 민중을 동원하려는 생산문학의 파시즘적 이데올로기 안에서는 이 문제를 결코 해결할 수 없기 때문이다. 따라서 임화가 '생산의 사회적 관계'를 그리는 것이 생산문학의 핵심이라고 말할 때, 그 생산문학은 사실상 국책문학으로서의 생산문학과는 반대되는 문학인 것이다. 요컨대 임화는 생산문학 내부로 들어가 그것의 나약한 측면을 문제삼음으로써 '생산적 건강미 운운'하는 국책문학과는 본질적으로 다른 생산문학의 가능성을 제시한 셈이다. 임화가 제시한 새로운 생산문학이란 생산과 소비의 통일체로서의 현실, 곧 생산의 사회적 관계로서의 현실을 그리는 리얼리즘문학 바로 그것이었다. 이러한 의미에서의 생산문학이란 국책문학이기는커녕 오히려 국책에 반(反)하는 저항적 문학에 다름아니다. 생산의 사회적 관계를 밝히는 순간 제국주의 파시즘의 봉합 불가능한 모순이 드러날 수밖에 없기 때문이다.

4. 근대극복론과 민중적 전통

임화는 「시민문화의 종언」에서 2차 세계대전의 발발로 서구 근대가 치명적인 파국을 맞이하게 되었다고 진단했다.[21] 물론 이 글 이전에도 임화는 서구 근대의 위기에 대해 적지 않은 관심을 가져 왔다. 특히 파시즘의 등장으로 서구 근대의 두 줄기인 자유주의(19세기적 지성)와 맑스

---

21) 임화, 「시민문화의 종언」, 『매일신보』, 1940.1.6.

주의(20세기적 지성)가 동시에 심각한 위기를 맞이했음을 임화는 여러 차례 지적한 바 있다.[22] 하지만 2차 세계대전의 발발로 서구 근대는 위기의 수준을 넘어 "이제 장구히 구하기 어려운 파국에 들어"섰다고 임화는 판단한다. 그런 점에서 임화가 서구 근대의 극복이라는 문제에 관심을 기울이게 된 것은 자연스러운 수순이었다고 할 수 있다. 그 과정에서 농민문학 / 생산문학과 근대 극복의 문제가 서로 결합하게 되는데, 따지고 보면, 서구 근대의 극복이라는 문제의식과 농민문학론 / 생산문학론은 무관하지 않다.

임화가 농민문학과 생산문학에 관심을 갖게 된 것은 인구의 절대 다수가 여전히 농민인 '동양적 특수성'과 관련이 깊다. 임화에게 이 '동양적 특수성'은 후진성의 표식인 동시에 서구 근대와 구별되는 동양만의 특징이기도 하다. 이와 관련하여 주목되는 글이 「농촌과 문화」이다. 임화는 이 글에서 "동양의 현대 문화란 것이 내지와 조선을 물론하고 일반으로 이식 문화"의 형태를 띠게 된 이유가 동양적 후진성 때문이라고 보았다. 여기서 동양적 후진성이란 산업사회로 나아가지 못한 채 농업사회에 머물러 있다는 의미이다. 말하자면 지역적으로는 농촌, 산업적으로는 농업, 인구에서는 농민이 절대적 비중을 차지하고 있음으로 말미암은 생산력의 정체 상태가 곧 동양적 후진성의 핵심이다.[23]

동양적 후진성은 근대문화를 서구로부터 '이식'할 수밖에 없도록 만든 핵심 요인이다. 이 글에서 임화는 '이식' 자체를 문제삼지는 않는다. 동양적 후진성으로 인해 생산력이 정체 상태에 머물러 있는 데다 '서구 자본제의 동점'으로 세계체제에 편입된 상태에서 일제에 의해 주권마저 박탈당해 버렸기 때문에 '이식'은 피할 수 없는 경로였다는 것이 임화의 생각이었다.[24] 오히려 진정으로 문제가 되는 것은 "이식된 문화와

22) 가령 「사실의 재인식」(『문학의 논리』, 학예사, 1940)과 같은 글이 대표적이다.
23) 임화, 「농촌과 문화」, 『조광』, 1941.4, 184~185면.
24) 이에 대한 자세한 설명으로는 하정일, 「이식·근대·탈식민」, 『임화 문학의 재인

전통 문화의 교섭이 정당히 수행되어 있지 못하다"는 사실이다. "문화의 이식은 창조의 한 계기가 되지 아니하면 아니" 되는데, 문화의 이식 과정에서 전통과의 교섭이 제대로 이루어지지 못한 결과 우리의 근대문화가 여전히 '문화적 창조의 전(前)단계에' 머물러 있다는 것이다. 따라서 우리에게 주어진 과제는 전통과의 정상적 교섭을 통해 새로운 문화의 창조로 나아가는 것이다. 이를 임화는 '이식문화의 주체화'라고 표현한다. 그런데 문제가 복잡해진 것은 서구 근대문화가 '몰락기'에 들어서면서이다. 이로써 이식문화를 주체화하는 과제와 "근대문화 ─ 즉 서구문화 ─ 의 당면한 한계를 초월하"는 과제를 동시에 떠 안게 되었기 때문이다.

임화는 이러한 이중 과제의 해결책으로 두 가지를 제시한다. 하나는 "전통과의 교섭 ─ 즉 이식문화의 주체화 ─ 과정 가운데서 근대문화가 자기의 한계를 초월할 계기를 발견"하는 것이며, 다른 하나는 "서구문화가 몰락의 한계를 초월하는 과정 가운데서 전통이 이식문화를 주체화하는 계기가 발견"되는 것이다.[25] 전자가 이식문화에 의한 근대 극복의 길이라면, 후자는 서구 문화의 자기 극복의 길이다. 후자의 길에 대해서 임화는 미국에서 그 가능성을 찾은 바 있다. 임화는 미국이 "구라파문화의 최후의 서식지가 될 뿐 아니라 문화의 신대륙이 될 수도 있다"고 보았는데, 흥미로운 것은 그 전제 조건으로 '토탈리즘의 승리'를 언급하고 있는 점이다. 그것은 새로운 문화가 "토탈리즘의 승리가 진행된다면 민주주의 정치의 최후의 잔존 영역에로 또한 옮기지 않을 수 없"기 때문이다. 그때 올 문화는 유럽에서 만들어진 '19세기적 문화'가 아니라 '20세기의 문화'일 것이라고 임화는 예측한다.[26] 이 예측의 옳고 그름과는 별개로 우리가 주목해야 할 것은 임화가 서구 근대의 자기 극복의 가능성을 부정하

식』, 소명출판, 2004, 70~76면 참조.

25) 임화, 「농촌과 문화」, 『조광』, 1941.4, 186~190면.

26) 임화, 「무너져 가는 낡은 구라파」, 『조선일보』, 1940.6.29.

고 있지 않다는 사실이다. 이 지점에서 임화의 근대극복론은 서양의 몰락과 동양의 발흥이라는 이분법에 기초한 일제의 근대초극론과 갈린다.

전자의 길과 관련해 결정적 의미를 갖는 것이 민중이다. 임화는 이식문화의 주체화 과정에서 근대 극복의 가능성을 찾을 수 있는 근거로 농촌을 든다. 전(前)근대성 속에 오히려 근대 극복의 계기가 숨어 있다고 임화는 본 것이다. 농업사회라는 동양적 특수성 혹은 후진성이 근대 극복의 계기가 되는 까닭은 '전통'이 여전히 남아 있는 곳이 바로 농촌이기 때문이다. 임화는 이식문화의 주체화는 이식과 전통의 교섭을 통해서만 가능하다고 설명한다. 요컨대 전통 없이는 주체화가 불가능한 셈이다. 이식문화가 "전통을 토대로 하여 비로소 창조적 과정에 오르는 것"은 그런 연유에서이다. 그런데 "우리의 농촌 가운데는 궁정문화나 서민문화 가운데서도 이미 소멸되어 가고 있는 고유문화의 오리지널리티가 함유되어 있다" 보다 중요한 사실은 '고유문화의 오리지널리티'가 하층인민, 곧 민중에 의해 보존되고 있다는 점이다. 이는 "상층과 하층의 엄격한 아세아적 격절 가운데서 상층은 주로 이식된 지나문화에 의하여 생활하고, 하층은 주로 고유문화의 연장 가운데서 기(幾)천년을 살아왔기 때문"이다. 임화는 바로 농촌문화의 이 민중적 전통에서 이식문화의 주체화와 근대 극복의 계기를 찾는다.

특히 이식문화의 주체화를 근대 극복이라는 문제와 연결시키는 임화의 논리는 주목할 만하다. 임화는 이를 '이중 과제'라고 표현하는데, 우리가 이중 과제를 회피할 수 없는 까닭은 두 가지이다. 첫 번째는 이식성이 폐기되지 않는 한 '현대문화의 일반 과제를 푼다는 것'이 불가능하기 때문이다. 주체화라는 특수 과제도 해결하지 못한 문화에 근대의 극복이라는 보편 과제를 다룰 능력이 있을 수 없다는 것이다. 두 번째는 근대 극복과 접목되지 못한 주체화란 "근대문화의 한계를 자기 문화 가운데 배태"하게 마련이기 때문이다. '근대문화의 고유한 한계'가 엄존하는 한 문화의 창조성은 제한적일 수밖에 없다는 것이다. 그런 점에서

'이식문화의 주체화와 근대문화의 한계 초월'은 동전의 앞뒷면과 같다는 것이 임화의 생각이었다. 이식의 해체는 한국 근대문학을 바라보는 임화의 일관된 문제의식이었다. 그런데 이제 임화는 한 걸음 더 나아가 그것을 근대 극복이라는 과제와 연결시킨다. 이러한 사유는 그 자체로만 보면 대단히 탁월한 발상이라 하지 않을 수 없다. 근대 극복과 무관한 이식 해체는 임화의 말마따나 서구 근대의 한계를 반복하는 또 다른 근대주의에 머물 개연성이 높기 때문이다. 물론 임화의 근대극복론이 일본의 근대초극론에 일정하게 영향받았을 가능성은 있다. 당시의 지성사적 상황을 고려하면 더욱 그러하다. 근대초극론이 일본의 전향 맑스주의자들에 의해 적극 제기되고 거기에 조선의 상당수 맑스주의자들이 호응했던 분위기에서 임화 역시 자유롭지 못했을 터이다. 그러나 영향 관계와는 별개로, 임화의 근대극복론이 전향이나 협력의 명분으로 이용되지 않았던 것만은 틀림없다. 반대로 임화는 근대극복론을 이식성으로 상징되는 문화적 식민주의를 청산하는 결정적 계기로 삼고자 한다. 여기에서 우리는 근대극복론의 탈식민적 가능성을 찾을 수 있다.

임화는 민중적 전통이 어떻게 근대 극복의 계기가 될 수 있는지에 대해서는 별다른 설명을 하지 않는다. 임화에게 그것은 아직 "알 수 없는 과제"이다. 분명한 것은 적어도 임화가 전도된 오리엔탈리즘으로서의 '근대초극론'과 같은 손쉬운 길을 받아들이지 않았다는 사실이다. 이와 관련하여 임화가 "농촌 가운데서 현대문화의 윤리적 기초를 발견해 보자는 견해"에 비판적 태도를 취하고 있는 데 주목할 필요가 있다. 이 견해는 생산문학론-농민문학론-전체주의문학론-근대초극론 등에서 두루 발견되는 논리인데, 그 기저에는 농민이 "생산태에 있는 인간, 기초적인 생, 생의 원형질이라고 부를 수 있는" 존재라는 인식이 깔려 있다.27) 이에 대해 임화는 "농민은 다소간 소(小)소유자이기 때문"에 그들

---

27) 근대초극론과 농촌 공동체의 친연성과 관련해 히로마쓰 와타루는 다음과 같이 설명하고 있다.

을 "이른바 순수한 생산태 중의 인간이라기엔 약간 주저할 점이 있"다
고 말한다.[28] 여기서 우리는 생산의 사회적 관계에 대한 맑스주의적 인
식을 근거로 파시즘적 생산/노동 이데올로기에 제동을 거는 임화의 이
론적 일관성을 다시 한번 확인할 수 있거니와 임화가 농촌문화 일반이
아니라 유독 민중적 전통을 강조한 까닭이 무엇인지에 대해서도 어렴풋
하게나마 짐작하게 된다. 요컨대 농촌사회의 생산 관계에 주목했기에
임화는 '원(原)일본적인 것'을 이상화하는 근대초극론의 전도된 오리엔
탈리즘에 포섭되지 않을 수 있었던 것이다. 계급적 분할이 존재하는 한
'원일본적인 것'이라는 동일성은 성립 불가능하기 때문이다.

5. 소결—내적 저항의 복합성과 역사성

일제 말기 임화의 문학비평은 농민문학론에서 생산문학론을 거쳐 근
대극복론까지 이어진다. 이 과정을 한 줄로 묶어주는 코드는 농촌과 생
산이다. 생산이라는 문제를 성찰함에 있어 농촌이 주요 대상이 되는 것
은 농업사회라는 '동양적 특수성'과 관련이 깊다. 임화의 생산문학론의
핵심은 '생산의 사회적 관계'에 주목함으로써 '생산과 소비의 통일체로
서의 현실'을 그려야 한다는 명제이다. 이는 한편으로는 생산/노동을

"당시 '근대의 초극'을 논한 사람들이 이상형으로 삼은 '원(原)일본적인 것', 그것은
천황으로 상징되는 국가 체제의 존재 방식과 상응한다. (…중략…) 천황제 국가로 상징
되는 전근대적인 낡은 제도 속에서 근대 초극의 이상적 모습을 발견하는 시대착오
(anachronism)라는 점에서는, 미래의 이상적 모습뿐 아니라 현실을 움직이는 지렛대를
미르(러시아의 전통적 촌락 공동체—인용자) 속에서 발견한 나로드니키(Narodniki)와 공
통되는 문제를 가졌다고 지적할 수도 있을 것이다." 히로마쓰 와타루, 김항 역, 『근대
초극론』, 민음사, 2003, 89면.
 28) 임화, 「농촌과 문화」, 『조광』, 1941.4, 190~191면.

신비화함으로써 민중을 동원하려 한 국책문학으로서의 생산문학에 대한 급진적인 내재적 비판이자 다른 한편으로는 리얼리즘의 회복을 목표로 한 문학적 기획이었다.

임화의 근대극복론은 생산문학론의 연장선상에 있다. 근대 극복의 주체적 계기를 임화는 농촌의 민중적 삶과 문화 전통에서 찾았는데, 농촌 사회라는 '동양적 특수성'으로 말미암아 농촌과 민중이 생산의 중심지이자 주체였기 때문이다. 임화는 전통과의 교섭을 통한 이식문화의 주체화가 근대 극복의 한 길이 될 수 있다고 생각했다. 따라서 전통을 보존하고 있는 농촌의 민중적 삶과 문화야말로 근대 극복의 중요한 계기가 된다.

임화의 근대극복론에서 주목할 점은 두 가지이다. 하나는 서구 근대의 자기 극복의 가능성을 부정하지 않았다는 점이고, 다른 하나는 근대 극복의 구체적인 방안을 제시하지 않았다는 점이다. 이로 인해 임화의 근대극복론은 미완성으로 끝나지만, 근대초극론과 같은 식민 담론을 받아들이지 않았다는 점은 특기할 만하다. 근대초극론이라는 손쉬운 길을 거부한 것은 임화가 식민주의에 대해 비(非)동일화의 입장을 견지하고 있었음을 또 한 번 입증해준다.

농민문학론–생산문학론–근대극복론을 통해 거듭 확인하게 되는 것은 임화가 한편으로는 제국주의 파시즘의 우위성을 인정하고 수용하면서, 다른 한편으로는 그것의 양가성을 지속적으로 문제삼고 있다는 사실이다. 특히 생산의 사회적 관계를 이론적 입각점으로 삼아 일제 말기의 대표적인 국책문학이었던 농민문학과 생산문학의 나약한 측면을 비판한 것은 식민주의에 대한 내적 저항의 효과적 전략이었다고 할 수 있다.

물론 일제 말기 임화의 농민문학론/생산문학론과 근대극복론이 식민주의의 자장에서 완전히 자유로웠다고는 할 수 없을 것이다. 대안적 저항을 제외하고는, 엄밀히 따지면 대안적 저항조차도 식민주의의 헤게모니와 무관하기란 불가능하다. 대안적 저항의 경우에도 주체의 실제적 위치는 식민주의 내부일 수밖에 없기 때문이다. 식민주의의 바깥이란 '이념' 속에서만 존재할 수 있을 따름이다. 따라서 식민주의 외부에 있는 것으로 여겨지는 대안적 저항의 주체 위치 역시 '이념적'으로만 그러할 뿐이다. 대안적 저항에서도 식민주의와의 겹침 현상이 나타나는 것은 그래서이다. 하물며 총동원체제 아래의 내적 저항에서야 더 말할 나위도 없다. 가령 생산을 삶의 원형질로 이상화한다든가 서구 근대의 파국을 기성사실로 받아들이는 모습에서 식민주의의 헤게모니에 일정하게 침윤된 징후를 포착하기란 어렵지 않다. 하지만 이것을 식민주의의 영향으로만 볼 수는 없기도 하다. 이런 식의 인식은 과거의 프로문학에서도 심심지 않게 발견되기 때문이다. 그런 점에서 특정 담론과 식민주의의 관련성을 따질 때에는 보다 치밀한 역사적이고 수행적인 독해가 필요하다. 특히 근래 유행하는 해체론적 탈식민론은 이 점에 더욱 유의해야 할 것이다. 이 계열의 연구들은 대개 담론간의 유사성에만 주목할 뿐 각각의 담론들이 처한 맥락이나 역사성은 무시하는 경향을 보여 주기 때문이다.29) 이래서는 일제 말기 한국문학의 복합적 내면이나 수행적 의미 효과를 읽어내기 힘들다.

일제 말기 임화의 생산문학론과 근대극복론을 내적 저항의 모범 사례로 이해해야 하는 것도 이런 까닭에서이다. 말하자면 식민주의와의 복합적 관계 — 저항하기도 하고 겹치기도 하고 넘나들기도 하는 — 속에서도 식민주의와 자신을 끝내 비(非)동일화하면서 그것의 양가성을 공략한 내적 저항의 담론이었다는 것이다. 그 핵심에는 생산의 사회적 관계에 대한 임화의 투철한 맑스주의적 인식이 자리잡고 있다. 생산의 사회적 관계야말로 생산과 노동의 신비화를 주요 축으로 내포하고 있는 생산문학론과 근대초극론이 도저히 해결할 수 없는 아포리아였기 때문

29) 이에 대한 좀 더 자세한 비판으로는 하정일, 「탈민족 담론과 새로운 본질주의」, 『민족문학사연구』 25호, 민족문학사학회, 2004, 403~408면 참조.

이다. 민족주의와 해체론적 탈식민론이 일제 말기의 한국문학에 대해 내린 결론이 얼마나 피상적인 것이었는지 또한 이로써 분명해진다.

식민지시대 한국 시의 근대성

근대 초기와 1930년대 모더니즘을 중심으로

유성호

1. '근대성' 논의의 지형

최근까지 우리 학계에 뜨거운 쟁점으로 대두되었던 이른바 '근대성(모더니티)' 논의는, 그것이 텍스트 분석의 차원이었든 아니면 그동안의 리얼리즘 미학이 일정하게 견지했던 전망에 대한 대체 담론의 차원이었든, 이제 논의의 정점을 지나 새로운 논의의 틀을 만들기 위한 잠복기에 접어든 감이 없지 않다. 예상치 못했던 현실사회주의의 급작스런 해체와 이완은, 사회주의적 자장 안에서 문학의 실천적 국면을 고민했던 많은 이들로 하여금 보다 원론적이고 근원적인 범주에 대해 천착하게끔 만들었는데, '근대성' 논의는 그 가운데 가장 대표적인 사례라고 할 수 있다. 물론 이는 지난 시대의 지식인들이 가졌던 단순하고 명료한 도식에 대한 일정한 자기 반성을 내포하는 것이었다. 그 결과 이제 우리 시대는 단순성과 명료성에서 복합성과 불투명성을 핵심으로 하는 인식과 해석의 장으로 편입되어 가고 있다.

이러한 일정한 자기 반성과 대안적 사유 방식의 마련이라는 두 마리 토끼가 이를테면 '근대성' 논의의 장(場) 안에서 뛰놀고 있었던 셈이다. 하지만 '근대' 혹은 '근대성'이라는 개념 및 범주가 워낙 모호하고 광범위한 데다가, 그것을 해석하고 평가하는 이에 따라 그 편차도 여간 큰 게 아니어서, '근대성' 논의는 하나 하나씩 원론적 탐색을 진행해 가기 보다는 일정 정도 논쟁의 형식을 띠면서 전개되었고, 또 저마다의 논리적 근거를 통해 각론으로 펼쳐지기도 했다.

물론 우리가 보편적으로 합의하면서 사용하고 있는 '근대(近代)'라는 범칭(汎稱)은, 정치적으로는 '국민국가(nation-state)'를 전제로 하고 사회·경제적으로는 자본주의적 생산 양식을 지향하는 일련의 의식적·물리적 시스템을 가리키는 개념이다. 그리고 거기서 나아가 인간의 의식 및 사유 체계를 전일적으로 규율하는 일정한 사회적 시스템의 실체도 포함하는 개념일 것이다. 또 오해의 소지가 있는 입장이기는 하지만, "오늘날에는 전 세계의 모든 사람들이 함께 하는 생생한 경험 — 공간과 시간의 경험, 자아와 타자의 경험, 삶의 가능성과 모험의 경험 — 방식이 존재"[1] 한다면서 그 경험의 실체 모두를 '근대성'으로 포함하려는 견해에 비추어 볼 때, 우리의 현재에 거대한 그늘을 드리운 '근대'의 의미망은 매우 큰 것이 아닐 수 없다. 따라서 그것은 자본주의적 생산 양식이 지배하는 시대라는 평면적인 규정을 넘어서, 자본주의적 제(諸) 기획과 그에 저항하는 온갖 비(非)자본주의적 기획 사이의 치열한 경쟁의 역사[2]로도 규정될 수 있는 것이다.

물론 지금 국제사회에서 연쇄적으로 일어나고 있는 탈냉전 현상과

---

1) M. 버먼, 윤호병 외역, 『현대성의 경험』, 현대미학사, 1994, 12면.
2) 하정일, 「20세기 한국문학과 근대성」, 『20세기 한국문학과 근대성의 변증법』, 소명출판, 2000, 169면.

세계화 논리로 말미암아 위로는 WTO와 같은 범지구적 차원의 조직이 강화되고 아래로는 지역간 직접 교류가 활발해지면서, '국민국가'는 해체 단계에 접어든 것이 아니냐는 포스트 모던 성향의 분석 경향이 없지 않은 것이 사실이다. 하지만 최근에는 이런 현상을 '국민국가'의 해체 단계가 아니라 체질 강화적 측면으로 보는 해석이 힘을 얻고 있다. 다만 과거에는 '국민국가'만이 국가 사이의 교섭 주체였던 데 비해서, 이제는 교섭 진행 과정이 다변화되고 있을 뿐이라는 것이다.

그런 점에서 우리 시대는 '근대 이후'가 아니라 근대의 '절정'인 동시에 근대의 가장 화려한 '황혼'인 후기 근대이다. 최근 서양에서조차 거의 완성 단계에 접어든 '근대'를 스스로 회의하고 성찰하는 신화 해체 작업을 행하고 있다는 것은, 고전적인 '좌 / 우' '진보 / 보수'의 경계선마저 회의와 재구축의 대상으로 삼는 경향과 함께, 서구적 근대의 '절정'과 '황혼'을 동시에 표상하는 대표적인 현상이다. 그런 점에서 '근대'는 서구적 합리성의 숙주(宿主)이기도 했지만, '근대 이후'를 기획하는 이들에게는 서구적 근대가 관철해온 이러저러한 역기능들에 대한 반성적 성찰의 계기를 제공하는 과녁이기도 했던 것이다. 이러한 반성적 회의와 재구축의 사례들은 식민지와 분단체제에서 '근대'를 맞이하고 살아간 우리에게도 시사하는 바 적지 않다.

특히 포스트모던 담론에 지나친 인식론적 상대주의와 정치적 무정부주의의 위험이 도사리고 있다는 비판을 행한 하버마스의 견해나 앤소니 기든스와 울리히 벡의 이른바 '성찰적 근대성'은 우리의 근대 인식에 복합적이고 의미 있는 준거를 제공하고 있다. 이들의 견해에 따르면, 현재 겪고 있는 '근대'의 위기는 근대사회 질서의 해체로부터 시작된 것이 아니라, '근대성'의 결과들이 보다 더 급진화되고 보편화된 것에서 비롯된 것이다. 그들은 이러한 상황을 '후기' 혹은 '제2의' 근대성으로 이해하고, 과거의 '해방의 정치'와 새로운 '삶의 정치'의 적극적인 결합을 모색하고 있다. 이들이 행하는 '근대' 안에서의 '근대' 극복 논리는 식민지와 분단이라는 왜곡된 조건 속에서 근대를 맞이하고 육화한 우리에게는 매우 아픈 성찰을 제공하고 있는데, 그 까닭은 우리가 한번도 근대성의 효율성을 회의하지 않고 맹목적인 근대 추종의 역사만을 이어왔기 때문이다.

또한 알랭 투렌의 견해도 참조할 만한데, 그는 현재의 서구사회가 포스트 모던 사회가 아니라 의사 결정 과정을 독점하는 기술 관료 집단과 이로부터 소외된 민중계급의 첨예한 갈등이 프로그램화된 사회라고 보고 있다. 이 프로그램화된 탈(脫)산업사회에서 비판적 사유의 해방적 잠재력은 여전히 유효하며, 타락한 도구적 이성을 회복시킬 수 있는 새로운 '주체'의 구성은 지금의 '근대성'이 마주하고 있는 실천적 과제라는 것이다.

결국 이들이 꾀하고 있는 과제들, 이를테면 '근대성'에 내장된 억압적 성격은 극복하고 거부하되 그 해방적 성격은 비판적으로 계승함으로써 위기에 직면한 '근대성'을 새롭게 재구성하려는 의도들은 우리에게 시사하는 바 크다고 할 수 있다. 우리가 최근 들어 '근대'를 다시 탐색하고 다시 성찰하고자 하는 이유가 바로 여기에 있다. 그 점에서 우리의 근대문학, 특히 근대 초기와 1930년대에 창작되었던 근대시의 세계는 우리 문학의 근대성 구현 정도를 가늠하는 중요한 척도가 아닐 수 없다. 그러나 근대성의 '해방적' 기능과 '삶의 정치'적 성격을 고려할 때 이 시기의 역동성은 그 자체로 '근대성'을 온전하게 구현한 것이라고 보기는 어려울 것이다. 중세적 질곡에서 벗어나기 시작한 근대 초기의 시에서는 근대적 주체를 발견하고 설정하는 방식으로서 '근대성'의 징후에 한껏 다가갔지만 그것이 세계의 총체성에 대한 인식을 기획하고 실천하는 비판적 주체에는 현저하게 미달하는 것이었으며, 1930년대의 역사적 모더니즘의 경우는 미적 근대성의 한편을 세련되게 형상화하는 데 그 역할이 한정되었고 식민지 근대를 거부하고 거기에 저항하는 미적 주체에 의한 해방의 근대성과 미적 저항이 부족했던 것은 사실이기 때문이다.

이 글에서는 이같이 우리의 근대시에 나타난 '근대성'의 불구적 국면들 이를테면 근대적 주체의 형성 과정과 그것의 비판적 주체에의 미달 과정 그리고 미적 근대성의 불철저하고 표피적인 수용 과정에 대한 반성적 검토를 통하여 한국 근대시의 역사적 성격의 한 측면을 밝혀보려 한다.

2. 근대 초기의 시―근대적 주체의 형성과 그 한계

우리가 흔히 '근대계몽기'라고 부르는 이 첨예한 문학사적 이행기는 우리 시사에서 가장 역동적인 체질 개선이 이루어졌던 시간대가 아닐 수 없다. 우리가 서정시의 '근대성'을 형태적으로는 고전 시가의 율격적 구속을 거부하고 새로운 시대의 호흡에 맞는 새로운 율동을 창출해내는 것으로 보고, 내용적으로는 개체적 경험과 감성의 자유로운 발로를 억압하는 규범적 관습과 제도를 타파하면서 아울러 역사적 추이에 대한 균형적인 시적 인식을 확보하는 것3)이라고 할 때, 이 시기는 이러한 전환기적 징후를 가장 풍요롭게 표출한 문제적 시기라고 할 수 있다. 이와 같이 근대 초기에 이루어진 전이적(轉移的) 성격은 우리 근대시 연구에서 매우 강렬한 학문적인 관심을 초래하고 있는데, 그것이 바로 이 시기(1905~1919)에 씌어진 시편들에 나타난 '근대적 주체'의 성격에 관한 것이다.

'근대적 주체'의 형성 과정과 그 성격을 중심으로 근대 초기를 이해할 경우, 우리는 이 시기를 바라보는 전혀 새로운 지형도를 얻을 수 있

---

3) 윤영천, 「근대 서정시의 확립과 낭만주의」, 『민족문학사강좌』 하(민족문학사연구소 편), 창작과비평사, 1995, 79면.

다. 먼저 그것은 고전 시가와 근대 자유시 사이의 교량적 매개항을 '신체시'라는 과도적 양식으로 설정하려는 시사적 관행과의 결별을 가져온다. 이 시기의 시적 선편을 쥐었던 육당 시학은 형식에서의 새로움을 보이기는 했지만, 근대 자유시에 이르는 장르의식까지는 가지지 못한 '근대적 주체'의 미달 양식이다. 그래서 육당의 준(準)정형시인 '신체시'는 근대 자유시로 나아가는 발전적 순기능을 했다기보다는 자연스런 발전 경로를 상당 부분 억압한 역기능의 측면이 더 많았다고 할 수 있다.

또 다른 하나는 1919년 동경 유학생들의 문예지였던 『창조(創造)』로 근대 자유시의 기원을 확정하려는 비역사적 태도의 수정으로 나타난다. 『창조(創造)』 이전에 『태서문예신보(泰西文藝新報)』나 『학지광(學之光)』은 물론, 근대적 주체의 서정에 기반을 둔 자유로운 율격의 서정시가 왕성하게 이 시기를 수놓았다는 것을 밝힘으로써, 이 시기가 근대자유시의 결여태가 아니라 풍부한 가능태였다는 사실이 일반화되기에 이른 것이다.

그러나 이러한 시사적 재인식에도 불구하고 우리는, 이 시기에 형성되고 착근되는 '근대적 주체'가 1920년대의 시인인 만해나 소월, 상화가 갖는 차별성에 주목하지 않을 수 없다. 그것이 바로 이 시기의 '근대성'이 내장하고 있는 상대적 불구성이며, 식민지 근대가 열리는 시기에 우리 서정시가 가지지 않을 수 없었던 미학적 한계인 것이다. 육당 시학을 '서정'의 차원으로 극복했다는 안서 김억의 경우도 이러한 '근대적 주체'에 대한 새로운 의식을 내용과 형식의 유기적 연관성에 대한 철저한 탐색으로까지 이어가지 못했다[4]는 해석이 근대 자유시의 형성 과정에서 이제는 보편적인 합의에 이르렀다고 할 수 있다.

> "死의 恐怖, 苦痛, 死의 逸樂"을 뒤에 맞즈며
> 가랴느니, 그래도,
> "살지 아니하면 아니된다!" 바램의 標대로 가지 아니할슈 업나니 대개 이는

---

4) 정한모, 「한국 현대시 연구의 반성」, 『현대시』 1집, 문학세계사, 1984, 39면.

죽음은 暗黑, 悲哀, 苦痛, 絶望, 戀愛, 煩悶, 孤獨, 寂寞을 超越하야
意識의 空虛, 온갖의 忘却, 無反應의 靜止, 無抵抗의 漠漠世界로써니,
오오 生의 欲望! "살지 아니하면 아니된다!"
죽음과 맞나는 그 刹那, 그 瞬中, 아아 '生'의 實在, 眞存在를 알기만 하면
살랴는 것이, 온갖 萬物의 바래는 바의 깃본 웃음이여라.
靈魂! 내 가슴에 잇느냐? 업느냐?

— 김억, 「내의 가슴」 중에서

이 작품의 시적 주체는 현실세계를 매우 냉혹한 세계로 파악하고 그
로부터 억압받는 내면적 상황을 밀폐된 '찰나(刹那)'로 퇴행시키고 있다.
시적 주체가 반복하여 강조하고 있는 '살지 아니하면 아니 된다'는 명
제는 사실상, 정서적으로 근접해 있는 '죽음'에 대한 이끌림을 역설적으
로 표현한 것이다. 이 같은 비관주의적 인식과 자기 분열의 양상[5]은 '근
대적 주체'가 자기 인식과 세계 인식을 동시에 통합하는 국면과는 매우
다른 것이다. 이는 세계의 일방적인 폭력에 대해 수세적으로 그 질서를
승인하고 퇴행하는 주체의 모습으로 시가 점철되어 있기 때문이다. 이
는 중세적 질서를 그대로 승인하고 시의 표면에서 개성적 자아를 소거
했던 중세 시가와는 정반대의 역(逆)편향이라고 할 수 있다. 이러한 양상
은 1920년대 초기 감상주의 시편에서도 이어져 '근대적 주체'의 결여
형식으로서 감정 과잉의 현상을 낳게 된다.

결국 근대성에서 핵심이 되는 것은 '주체'의 문제인데, 우리가 말하는
'근대성'의 함의에는 근대적 인간이 자신에 대한 인식과 실천의 자율성
을 획득하고 거기에서 확보된 에너지로 세계를 이해하고 전유한다는 기
획이 포함되어 있는 것이다. 이때 인간은 기존의 전통과 영향력으로부
터 벗어나 인간의 이성과 의지로써 자유롭게 자신은 물론 세계를 인식
하려는 주체로서의 인간이다. 이 자율적 존재로서의 인간은 독자적인

---

5) 정우택, 「한국 근대 자유시 형성과정과 그 성격」, 성균관대 박사논문, 1998, 136~37면.

자기 정체성을 갖게 되고 여기에서 근대의 가장 종요로운 가치인 개인의 '자유'가 생성되는 것이다. 그 '자유'를 근간으로 하는 '근대적 주체'의 사유나 행동의 범주가 바로 근대성의 한 핵심이 된다. 우리 근대시는 이러한 '근대적 주체'의 내부에서 발화적 양식을 취하는 것이다.

그러나 중세적 사유와 미의식으로부터 벗어나려는 활발한 운동 과정으로서 근대시 형성 과정이 갖는 의미가, 중세적 규범으로부터의 자유나 경험의 개별성과 정(情)의 긍정, 개아(個我)의 욕구 및 일상적 삶 자체의 가치 추구 등과 같은 탈(脫)중세 지향의 심화와 더불어 그들을 유기적으로 통합한 삶과 세계의 전체상에로 나아가야 할 역사적 국면에 놓여 있었다6)는 점을 감안한다면, 안서의 이러한 개인적 차원의 영탄 또한 앞서 말한 1920년대의 시인들의 선구적 맹아 역할을 했다고 보아도 좋을 것이다. 그와 같은 관점에서 우리는 개인적 서정의 발로와 기존의 율격으로부터의 해방 자체가 근대성의 핵심적 지표가 되는 것은 아니라는 사실에 주목하여, 진정한 '근대적 주체'의 정립 과정이 바로 근대성의 획득 과정임을 인정할 수 있는 것이다.

그럴 경우 우리는 이 시기를 이해하는 데 '개화가사 → 창가 → 신체시 → 근대자유시'라는 형식 중심의 편의적 도식이나, 또 '근대성'의 획득 자체가 시의 역사적 발전의 징표인 듯이 이해하는 편향에 대한 극복의 가능성을 갖게 된다. 이 또한 서구의 발전 모델을 추수하는 무매개적 발전 사관의 흔적이기 때문이다. 따라서 우리는 우리 시가 근대성을 획득해 가는 과정에 대해 강력한 연역형・이념형을 상정할 것이 아니라, '근대적 주체'의 다양하고도 미세한 차이에 따라 편제되는 철저하게 복합적인 현상을 투시해야 한다. 그럴 경우 '계몽에서 서정으로' 또는 '정형시에서 자유시로'의 '내용 / 형식' 분리론에 의거한 발전 도식이 가지고 있는 치명적인 단선성(單線性)을 극복할 수 있을 것이다.7)

---

6) 김흥규, 「부서진 세계 안의 자유와 절망」, 『전환기의 동아시아 문학』(임형택・최원식 편), 창작과비평사, 1985, 205~206면.

이러한 복합성을 견지할 때, 최소월·김여제·현상윤에서 황석우·주요한으로 이어지는 우리 시의 '근대적 주체'의 성립 과정 및 그들끼리의 혼돈 양상을 이해할 수 있게 된다.

南國의 바다 가을 날은
아즉도 따뜻한 볏을 沙汀에 흘니도다
저젓다 말넛다 하는 물 입술의 자최에
납흘납흘 아득이는 흰나뷔
봄 아지랭이에 게으른 꿈을 보는 듯.

(…중략…)

珊瑚珠 시골에 들너오는
먼 潮水의 香내에 醉하여
金바람의 압수레에 부듸처
허엿케 이러나는 적은 물결을
前에 놀던 꼿으로만 역여
납흘납흘 춤추며
天涯먼곳 無限한 波濤로

아아! 나뷔여, 나의 적은 나뷔여
"너 홀로 어대로 가는가.
너 가는 것은 滅亡이라.

7) 오성호는 근대시 형성 과정을 근대적 주체와 계몽적 이성의 심화와 전진 그리고 왜곡과 후퇴가 동시적으로 일어나는 과정으로 보고, 그것을 동경 유학생들의 신원과 정서, 당대의 제도 등을 통해서, 그리고 구술적 전통에서 문자문학의 주류로 재편되는 문학 제도의 흐름을 통해서 찾고 있다. 이 논의는 '계몽'과 '서정'을 대척적으로 바라보아 전자에서 후자로 단선적으로 발전해간 것이 근대시의 흐름인 것처럼 설명해왔던 종래의 발전모델에서 한 걸음 더 나아간 복합적 시선의 논의여서 주목을 요한다. 오성호, 「근대 시문학사 기술의 문제점과 앞으로의 기술 방안」, 『현대문학이론연구』 8집, 현대문학이론학회, 1997.

바다는 하날과 갓치 길매
暴惡한 波濤는
너의 藝術을 파뭇으려 할지라.
무섭지 안이한가 나뷔어
검은 海藻에 숨은 고래는
너를 덤석 삼키려,
기다렷다 벌컥 이러나는 큰 물결은
너를 散散 바쉬려"

—최소월, 「潮에 蝶」 중에서

　소월 최승구의 이 같은 작품이 함의하는 것은, 말할 것도 없이, 근대
적 주체의 자기 인식과 가치 판단이 세계를 인식하고 판단하는 기준으
로 개입하고 있다는 사실이다. 자기 인식과 세계 인식을 동시에 행하고
있는 이 시기 최상급의 시편이라고 할 수 있다. "납흘납흘 아득이는 흰
나뷔"와 "暴惡한 波濤"는 바로 흉포하고 황폐한 세계에 내던져진 '주체'
의 내면과 '외계'의 상황을 그대로 은유하고 있다. 연약한 나비가 파도에
휩쓸릴 개연성을 안고도 물결을 넘어 "납흘납흘 춤추며 / 天涯먼곳 無限
한 波濤로" 가려는 의지를 보이는 대목에서 근대 초기의 시적 주체들이
견지했던 '근대적 주체'로서의 가능성과 한계를 동시에 보인다. 자신의
의지와 심미안으로 세계를 이해하고 전유하려는 안목이 가능성이라면,
철저하게 비관적인 세계 수용으로 일관되어 있다는 것이 한계이다.
　이 시기에 활발하게 창작되는 창가나 신체시 그리고 자유시를 통틀
어 그것의 중심은 민족주의적 열정에 있었다고 할 수 있다. 식민지의
갈등과 위협이 철저하게 가시화되고 깊어지는 시점에서 그러한 열정이
'근대적 주체'의 개화보다는 그것의 유보와 함께 또 하나의 집단적 경
험으로 해소하는 역기능을 가져다 주었다는 것은 기억할 만하다. 그것
의 역사적 실상이 바로, 1920년대에 대타적 영역을 거느린 채 펼쳐졌던
프로문학과 민족주의문학이었던 것이다.

3. 1930년대의 모더니즘시 — 미적 근대성의 방법적 수용

1930년대는, 잘 알려져 있듯이, 식민지 근대가 '경성'이라는 공간을 중심으로 왜곡된 형태나마 화려하게 개화한 일종의 자본주의적 난숙기(爛熟期)라고 할 수 있다. 이 시기의 시사적 지형은 1920년대에 줄곧 경험했던 프로문학과 민족주의문학의 동시적 지양이라는 요청에 의해 펼쳐지게 된다. 그 핵심에 선 이들이 바로 『시문학』과 '구인회'를 구성했던 일군의 순수 서정시인들 혹은 모더니스트들이었다. 특히 후자는 세계적 동시성으로서의 모더니즘을 자신들의 미학 혹은 방법으로 받아들여 식민지 근대에서 '미적 근대성'의 영역을 일구려는 의지와 노력을 보여 준다.

원래 '미적 근대성'은 근본적으로 반(反)부르주아적 태도를 띠면서 부르주아의 가치 척도를 혐오하고 폭동·무정부주의·묵시록에서 자기 은폐에 이르는 극도로 다변화된 수단을 통해 자신의 역겨움을 표현하는 일련의 미적 개념이다. 따라서 '미적 근대성'을 규정하는 것은 그것의 긍정적인 열망들보다는 부르주아 근대성 이를테면 진보의 원리, 과학과 기술의 활용 가능성에 대한 신뢰, 측정할 수 없는 시간, 돈으로 계산 가능한 시간에 대한 관심, 이성 숭배, 추상적인 인본주의 틀 안에서 정의된 자유의 이상 등 문명의 핵심적 가치로 보존되고 증진되어 온 근대성에 대한 철저한 거부 및 부정적 열정이라 할 수 있다.

따라서 그것은 19세기 전반기 서구사회에서 문명사의 한 단계에 속하는 것으로서의 근대성과 미적 개념으로서의 근대성이 분화된 이후 이 두 가지 근대성 사이에 화해 불가능한 균열이 생기게 되었을 때, 후자의 성격을 띠었다. 전자가 부르주아계급에 의해 주도된 과학과 기술의 진보, 산업혁명, 그리고 자본주의에 의해 야기된 광범위한 사회·경제적 변화의 산물임에 비해 후자는 부르주아 근대성에 대한 철저한 거부 및 소멸적 열정으로 특징지어지는 것이었기 때문이다. 그래서 '미적 근대성'이란 그것이 비록 문학의 자율적 존재 형식에 대한 승인 위에서 발원한 개념일지라도, 자본주의의 구조적 심화가 이러한 자율성을 근본에서부터 억압하면서부터 일련의 저항적 맥락을 띠게 된 것이다.

그런 점에서 모더니즘은 '미적 근대성'과 비슷한 개념이기는 하지만, 그보다는 훨씬 제한된 의미를 지니게 되는 개념이다. 그것은 19세기 말엽에서 20세기 전반에 걸쳐 서구 예술을 풍미한 전위적이고 실험적인 예술 운동에 한정되는 것이기 때문이다. 따라서 르네상스 때부터 시작되었다 해도 과언이 아닌 '근대성'과 비교해 볼 때 역사적 모더니즘은 기껏해야 반세기 정도의 역사를 지니고 있을 뿐이다.[8]

그러나 우리의 1930년대 모더니즘은 근대성의 보편성과 식민지 현실의 특수성이 그 안에 변증법적으로 매개되어야 한다는 당위적 명제를 충족시키지 못한 것이었다. 그래서 서구 이론과의 대비를 통해서 한국의 모더니즘을 옹호 또는 평가 절하했던 원전 확인형의 연구나 작품에 나타난 기법을 중시하여 그 의의를 부각시키는 기법 중시형 연구[9]보다는, '보편성 / 특수성' '미적 저항 / 순응'을 당대의 미적 주체들이 어떻게 그려나갔는가를 탐색하는 것이 훨씬 더 이 시기를 현재화하는 안목이 된다. 그 자료가 되는 목록이 바로 '구인회'나 그 구성원들인데, 정지용·김광균·김기림 등이 그들이다.

우선 정지용은 감각적인 충실성과 선명한 이미지 구축을 제1의 모토로 내건 서구 모더니즘의 한국적 적자(嫡子)이다. 그러나 그는 다소 거칠게 알려져 있듯이, 선명한 회화적 기법으로 일관한 감각주의자는 아니다. 거기에 그는 우리의 전통적 정서, 이를테면 '향수'라든가 '천진성' 혹은 '무욕(無慾)'의 철학 등을 결합시킨 일종의 '정신 지향적' 시인이었

---

8) M. 칼리니스쿠, 이영욱 역, 『모더니티의 다섯 얼굴』, 시각과언어, 1993, 53~54면.
9) 박헌호, 「'구인회'를 어떻게 볼 것인가」, 『근대문학과 구인회』(상허문학회), 깊은샘, 1996, 33면.

기 때문이다.

시를 구축하는 형식적 원리는 가장 감각적·서구적·근대적이었던 데 비해, 그 안에 담긴 시적 주제나 정조는 가장 정신적·동양적·전근대적인 것이었다는 점에 정지용의 남다른 특색이 있다. 이 점에서 그는 서구 취향으로 경도되어 버린 김기림이나, 언어로 그림을 그려 거기에 감상성과 상실의식을 짙게 채색한 김광균과는 다른 경지를 보여 준 셈이다. 그는 전통적 정서가 가질 수 있는 감상 과잉의 가능성을 철저하게 배격하면서, 사물 자체의 감각적 실재를 절제된 정서와 결합시켜 파악·표현하려 한 이지적이고 섬세한 의장(意匠)의 시인이었다. 그런 점에서 그의 모더니즘은 철저히 방법적인 것이었고, 그것은 감각과 정신을 높은 형상적 차원에서 통합하는 데서 완성된다. 그 같은 '감각적 실재'와 '절제된 정서' 사이의 균형과 통합을 극명하게 보여 주는 대표작이 다음 시편이다.

琉璃에 차고 슬픈것이 어린거린다.
열없이 붙어서서 입김을 흐리우니
길들은양 언날개를 파다거린다.
지우고 보고 지우고 보아도
새까만 밤이 밀려나가고 밀려와 부디치고,
물먹은 별이, 반짝, 寶石처럼 백힌다.
밤에 홀로 琉璃를 닥는것은
외로운 황홀한 심사 이어니,
고흔 肺血管이 찢어진 채로
아아, 늬는 山ㅅ새처럼 날러 갔구나!

— 정지용, 「琉璃窓 1」 전문

죽은 아들에 대한 비통한 마음을 모티프로 했다는 이 작품에서도 정지용은 정서와 의식의 흐름을 통어하고 절제하는 서정적 주체의 이지적인 모습을 잘 보여 준다. 그럼으로써 이 시는 이 시인을 우리 시의 한 정상으로 올려놓기에 족한 이른바 '절제의 시학'을 드러내 보인 작품이다. "琉璃에 차고 슬픈 것(자식의 영상)"이 어른거리다가 그것이 나중에 "山ㅅ새"가 되어 날아가는 과정(죽은 자식을 떠나보내는 의식(ritual))을 '고요함[靜] → 움직임[動]', '차가움[寒] → 따뜻함[溫]', '참음[忍] → 발산(!)', '결빙(結氷) → 해빙(解氷)'의 과정으로 치밀하게 묘사하고 있는 것이다. 그 사이사이에 입김을 불고 유리를 닦고 눈물을 짓고 황홀해하는 과정을 개입시키면서 그 같은 행위와 눈물이 결국 "寶石"으로 응결되는 과정을 상상적으로 배치하고 있다. 따라서 이 작품은 지나치게 감상이 과잉되는 경향이나 또 지나치게 정서가 배제되는 사물화의 양편향을 동시에 경계하면서, 서정적 주체의 감각과 의식 그리고 정서의 미세한 변화 과정을 잘 전달해주는 명편(名篇)이다.

이처럼 정지용은 정서의 절제를 가능한 한도까지 밀고 나가 먼저 사물 그 자체의 감각을 투명하게 부각시키려 하였고, 그것을 시인의 정신이나 태도와 등가 관계에 배치하고자 했다. 당대의 비평가인 김환태가 "그의 시는 일대 감각의 향연"이라고 한 것이나, 김기림이 "우리 시 속에 현대의 호흡과 맥박을 불어넣은 최초의 시인"으로 그를 평가한 것은 바로 이 대목을 중시한 견해일 것이다. 이처럼 사물 자체의 감각적 충실성을 시에 담은 작품 경향은 「바다」 연작으로 대표되는 그의 초기 시편들을 통해 여러 차례 구체화된 바 있다.

이러한 시세계를 두고 그의 시에 역사의식이나 현실 지향성이 빈곤하다고 지적하는 것은 매우 타당하다. 또한 그의 시에 나타나는 절제된 정서가, 시인 자신의 생의 형식을 정직하게 드러내지 못하고 미학적 차원에서만 구축되고 있다는 사실도 지적될 수 있다. 그만큼 정지용은 감상 과잉에서도 벗어나 있지만, 역사적 차원의 현실 인식에서도 비껴나 있었던 시인이다. 그러나 그의 초기작 중 「카페 프란스」, 「슬픈 인상화」, 「고향」 등에 시선이 머물게 되면, 작품의 정조나 주제의식이 소박한 개인적 차원에 그치는 것이 아니라, 집단적 경험에 깊이 매개되어 있음을 알 수 있다. 그는 "남달리 손이 흰"(「카페 프란스」) 식민지 지식인으로서, 그리고 "고향에 고향에 돌아와도 그리던 고향은 아"(「고향」)니었던 실향 의식을 지닌 근대인으로서 매우 구체적인 정서를 표현했던 것이다. 다만 자신의 그러한 정서가 생경하게 노출되는 것을 극도로 혐오하였고, 그에 따라 사물의 감각적 묘사를 우세종으로 배치했던 것뿐이다.

그러나 정지용의 전체 시편들을 우리 근대문학사의 지평에 놓고 볼 때, 그가 일관되게 추구했던 것은 현실 개입이나 정치의식이 아니라 그 것들로부터의 격절과 초월 혹은 자기 소외였고, 따라서 그는 실천적 열정보다는 심미적 의장과 감각을 중시했던 시인임에 틀림없다. 이러한 현실과의 일정한 격절과 초월은 그가 가톨릭에 귀의한 후 씌어지는 이른바 '신앙 시편'에서도 고스란히 관철된다. 그동안의 연구들에서는 이 때의 '신앙 시편'들을 감각 지향의 초기 시편이나 정신 지향의 후기 시편에 비해 뒤떨어지는 세계이자 그 둘 사이를 가르는 깊은 심연으로 규정하고 있는데, 우리는 오히려 그들 사이에 지속적으로 전개되고 있는 '초월' 지향과 '감각' 지향의 일관성을 관찰해야 할 것이다. 따라서 그의 '신앙 시편'은 농밀한 감각 추구와 현실 초월이라는 이 시인의 두 가지 기율이 직접적으로(‘사물’의 매개와 간접화를 통하지 않고) 드러난 사례라고 할 것이다.

따라서 이 같은 궤적으로 진행된 정지용 시의 모더니즘은 그 시적 육체에서 역사와 현실을 유보하고 배제함으로써 얻게 된 방법적인 것이었다고 할 수 있다. 그래서 그는 자신의 감각으로 빚은 새로운 미학지대(美學地帶)를 건설하여 그 안에 자족한 것이다. 이는 현저하게 비판적 이성을 매개로 하는 식민지 근대의 이상적인 '근대적 주체'로서는 매우 아쉬운 점이라고 할 수 있다. 또한 식민지 근대에 대한 총체적 인식과 거부의 열정을 핵심으로 하는 '미적 근대성'의 기율과 그의 시가 많은 부분 어긋나 있는 것도 바로 이 부분이다. 응전과 거부가 아니라 초월과 격절(隔絕)의 모더니즘이 그의 몫이었기 때문이다.

> 등불 없는 空地에 밤이 나린다
> 수없이 퍼붓는 거미줄같이
> 자욱―한 어둠에 숨이 잦으다
>
> 내 무슨 오지 않는 幸福을 기다리기에
> 스산한 밤바람에 입술을 적시고
> 어느 곳 지향없는 地角을 향하여
> 한 옛날의 情熱의 창랑한 자최를 그리는 거냐
>
> 끝없는 어둔 저으기 마음 서글퍼
> 긴 ― 하품을 씹는다.
>
> 이―내 하나의 信賴할 現實도 없이
> 무수한 年齡을 落葉같이 띄워보내며
> 茂盛한 追悔에 그림자마저 갈갈이 찢겨
>
> 이 밤 한 줄기 凋落한 敗殘兵되어
> 주린 이리인양 비인 空地에 홀로 서서
> 어느 먼 ― 都市의 上弦에 창망히 서면
> 腐汚한 달빛에 눈물 지운다.

― 김광균, 「空地」 전문

1920년대 시인들이 보였던 감상과 영탄의 방출이 현실 부정과 환멸의 소산이었듯이 김광균의 비애나 눈물 역시 식민지 현실, 그것도 낯설기 짝이 없는 식민지의 타율적 도시와의 양상에 절망하고 그것을 부정하는 정서에서 유래된 것은 틀림없다. 그런데 이 작품에서는 시적 주체의 심적 고통을 유래케 하는 사회적 역학은 나타나 있지 않다. 다만 일방적인 소외의식 및 소통 가능한 타자의 부재 그리고 그로부터 유래하는 밀폐감과 내면적 황폐감 등이 감각적 은유를 통해 잘 나타나고 있다.

이 작품의 배경은 도시의 밤이다. 김광균의 시에 나타나는 시간적 배경은 아침은 거의 없고 '오후'나 '황혼'·'밤'이 대부분인데, 그것은 그것들이 생성의 시간이 아닌 소멸과 침잠의 시간이기 때문이다. 이러한 '소멸/침잠'은 김광균 시의 근본적인 서정적 충동의 모티프이다. 김광균이 딛고 있는 서정적 충동의 근본 모티프가 생성 지향적인 비판의식보다는 소멸 지향적인 상실의식이기 때문이다. 따라서 이 작품에는 '어느 곳 지향없는 地角'을 '追悔'에 싸여 걷고 있는 '敗殘兵'의 의식세계가 도시의 '腐汚'에 오버랩되면서 슬픈 소시민의 초상이 드러나고 있을 뿐이다.

현실은 본질과 가치를 결여하고 훼손과 상실이 가득한 것으로 보일 때 인간의 삶은 이데아를 열망하는 것으로만 의의와 가치를 가진다는 것이 낭만주의적 세계 인식이라 할 때, 김광균이 찾고자 했던 시적 출구는 그런 태도를 일정하게 갖는다. '지금 여기'가 아닌 익명성으로서의 '먼 저기'를 지향하는 것도 그러한 현실 인식이 배태한 시적 지향의 실체화인 것이다. 이 점이 그의 시를 낭만주의와 절연한 모더니즘으로 일반화할 수 없는 장애가 된다. 그러나 우리는 오히려 1930년대의 경성이라는 도시 공간의 던져준 공허감과 소외의식 또는 타자 부재와 상실의식 등이 그의 감각적 은유를 토한 시적 상관물들을 통해 잘 나타나 있다고 말할 수 있다. 이 점에서 명징한 이미지만을 추구했던 이미지즘보다는 비극성과 자전적 화자의 정직성이 잘 드러나 있다고 할 수 있는 것이다.

그러나 이미지가 그 자체가 무슨 내용을 가지는 것이 아니라 무엇인가를 전달하는 도구라는 사실은, 그의 시가 심각한 결여 형식임을 말해 주고 있다. 이미지즘의 창시자인 파운드의 정의에서도 드러나듯이, 이미지는 "한 순간에 지적, 정서적 복합체를 제시하는 어떤 것"[10]이기 때문

---

10) David Perkins, *A History of Modern Poetry*, Cambridge : Harvard University Press, 1976, p.333.

이다. 그런 점에서 김광균의 근대 인식은 지적·정서적 복합체를 드러내는 것이 아니라 매우 표피적인 것이었고, 부르주아 근대성이 침윤시켜 놓은 각양의 부산물에 대한 미적 저항으로는 미달한 것이다. 그만큼 그의 시는 대상에 대하여 자폐적인 단절감과 상실의식 그리고 그럼으로써 얻어지는 주체의 초월성을 욕망하고 있는 것이다. 이처럼 '심미적 격절'(정지용)과 '낭만적 상실의식과 초월'(김광균)로 나타나는 한국 모더니즘은 '이미지'의 선명함과 현실에 대한 부정적 인지(認知)라는 차원에서 멈춰버린다. 이에 비해 김기림은 근대 문명에 대한 표피적 상찬(賞讚)의 논리로 나아간다.

> 푸른 독수리의 忠實하기 짝이 없는 鋼鐵의 傳令아 너는 지금 모―든 들우혜서 XX의 祝祭의 第一列에 參與하기 위하야 모―든 人口속에서 XX의 불길을 치질하기 위하여 큰 나팔을 볼이 미여지게 불며 너의 수만個의 다리는 벌판을 주름잡으며 성큼성큼 뛰여간다.
>
> ― 김기림, 「오― 汽車여」 중에서

> 移民들을 태운 시컴언 汽車가 갑자기 뛰여들었음으로 瞑想을 주물르고 있던 鋼鐵의 哲學者인 鐵橋가 깜짝 놀라서 투덜거립니다. 다음 驛에서도 汽車는 그의 수수낀 로맨티시즘인 汽笛을 불테지. 그렇지만 移民들의 얼굴은 車窓에서 웃지 않습니다. 汽關車를 버리운 연기가 산냥개처럼 검은 철길을 핥으며 汽車의 뒤를 따라갑니다.
>
> ― 김기림, 「북행열차」 중에서

김기림의 근대에 대한 표피적인 인식은 '기차'라는 시적 대상에서 잘 나타난다. 기차는 근대 문명의 상징으로서 '속도'와 '여행'을 동시에 실현시킬 수 있는 대상이라는 점에서 그의 관심이 '기차'로 쏠리고 있는 것은 자연스럽다. 곧 근대 문명에 있어서 기차는 "푸른 독수리의 忠實하기 짝이 없는 鋼鐵의 傳令"이다. 이러한 기차에 대한 찬가는 곧 '근대'에 대한 거의 맹목적이고 표피적인 인식의 소산이 아닐 수 없다. 뒤의 작품에서 '기차'는 이민들을 태우고 역으로 돌아오고 있는데, 강철의 철학자인 철교가 다 놀랠 정도로 그것은 매우 경이로운 표상 그 자체인 것이다. 또한 "太陽보다도 이쁘지 못한詩, 太陽일수가없는 설어운나의 詩를 어두운病室에 켜놓고 太陽아 네가 오기를 나는 이밤을새여가며 기다린다"(「太陽의 風俗」)라고 노래한 경우에 있어서도, 김기림의 문명 인식은 그것을 통해 결국 새로운 시대의 열릴 것이라는 낙관적인 감정을 노출하는 데 주로 바쳐진다.

> 30年代 初期의 詩壇으로 돌아오면 거기서는 또한 이와는 다른 風景의 羅列을 구경할 수 있었다. 즉 그 주위에는 여러 種類의 肥滿症이 汎濫하고 있는 것을 보았다. 우선 너무나 肥滿한 情緖가 있었다. 다음에 過剩된 主題의 橫行이 있었다. 壓倒된 興奮의 暴行이 있었다. 十八世紀的 感情을 오늘도 오히려 十九世紀的인 모양으로 아무렇게나 노래부르는 泰平한 할미새도 있었다. 詩壇의 한 구석에는 李朝五百年의 꿈이 그대로 잠자는 和平한 마을도 있었다. 저 주책없이 늘어놓는 多辯을 들었느냐? 이러한 너무나 肥滿한 病的인 肉體들은 대체 어디서 그들의 脂肪質을 攝取하였던가? 그것은 結局 詩는 一時的 感興의 쓰레배끼에 지나지 않는다는 인습을 骨子로 한 낡은 詩論에서 그 不均衡한 營養을 얻은 것이다.

"너무나 肥滿한 情緖"와 "過剩된 主題의 橫行", 다시 말하면 감상주의와 편(偏)내용주의를 극복한 지점에서 모더니즘의 생산적 기능은 시작된다고 보는 그의 시각은 이 「오전(午前)의 시론(詩論)」에 잘 나타나는데, 결국 그러한 생각이 그의 시세계의 편향을 낳은 것이다. 그 "不均衡한 營養"을 벗어버리는 적극적인 역할을 자임한 김기림의 모더니즘이 띤 정조는 그래서 명랑성이나 밝은 문명 찬탄으로 이어지고 있는 것이다. 그가 비록 나중에 자신의 시작에 대한 일정한 반성을 행하고는 있지만, 한국적 모더니즘의 선편을 틀어쥔 논객이자 시인으로서 그가 취한 것은 문명의 현란함을 근대의 자기 규정성과 등가의 관계에 놓는 일반화의 오류였던 것이다. 결과적으로 문학 예술은 경제나 다른 토대에 의해 규정되기는 하지만, 과학이 누리는 것보다 한결 폭 넓은 상대적 자율성을 누린다[11]는 점에서 볼 때 그의 모더니즘은 사회와 예술 사이의 이러한 복합적 연관을 사상해버린 채 현실의 압도적인 변화를 소박하게 수용해버린 다소 부박한 것이었다.

우리가 잘 알 듯이, 서양 문예사조에서 모더니즘이란 20세기 초반에 활성화되어, 19세기를 지배한 리얼리즘이나 자연주의의 전통에 대한 반(反)명제로 시작되었다. 그러나 이제 그 모더니즘은 그러한 역사적 실험성과 전위성 혹은 실험 의지를 상당 부분 상실하고, 고급화된 형식 미학의 예술 경향으로 통칭되고 있다. 기원적으로 모더니즘을 자본주의적 근대성에 근거한 예술적 관습에 대한 저항이라고 할 때, 1930년대의 모더니즘시에 나타난 것은 '근대'를 회의하고 비판하는 '미적 근대성'이나 식민지적 특수성에 대한 '내면화된 부정'에까지 이르지 못한 것이었다. 오히려 근대의 외연과 보조를 맞춰가는 궤적이 우세했던 것이다.

그러나 한동안 부르주아의 퇴폐와 개인주의가 반영된 부정적이고 형식주의적이고 외래 추수적인 문학으로 폄하되었던 모더니즘에 대한 정당한 가치 복원과 재인식은 매우 긴요한 것이다.[12] 최근의 모더니즘 논의는 "오늘날 민족문학의 위축은 그동안 민족문학론이 민족사의 특수한 과제에 대한 문학적 응전의 측면을 지나치게 강조한 나머지 근대성이라는 인류사의 보편적 경험이 제기하는 문제에 적절하게 대응하지 못했던

---

11) A. S. 바즈케즈, 이승훈 역, 「자본주의와 예술의 운명」, 『모더니즘 시론』, 문예출판사, 1995, 338면.
12) 문덕수, 『한국모더니즘시연구』(시문학사, 1981)를 시작으로 박인기, 『한국 현대시의 모더니즘 연구』, 단국대 출판부, 1988; 서준섭, 『한국모더니즘문학연구』, 일지사, 1988; 김용직 편, 『모더니즘 연구』, 자유세계, 1993; 한국 현대문학연구회 편, 『한국문학과 모더니즘』, 한양출판, 1994; 이승훈, 『모더니즘 시론』, 문예출판사, 1995; 김유중, 『한국 모더니즘 문학의 세계관과 역사의식』, 태학사, 1996; 상허문학회, 『근대문학과 구인회』, 깊은샘, 1996; 문혜원, 『한국 현대시와 모더니즘』, 신구문화사, 1996 등이 잇따랐다.

사실과도 무관하지 않"13)다는 문제의식으로부터 출발하고 있으니까 말이다. 한동안 예술적 심미성으로의 도피로 오인되기도 했던 모더니즘은 브래드베리(Bradbury)의 말대로 "리얼리즘은 삶을 인간화했고 자연주의는 그것을 과학화했으며 모더니즘은 그것을 다원화, 심미화"했다는 적극적인 인식의 대상이 되기 시작한 것이다. 이 안목은 결국 모더니즘이 외면적 실재뿐만 아니라 내면적 실재를, 눈에 보이는 현실뿐만 아니라 보이지 않는 인간의 실재를 보여 줌으로써 인간의 삶에 좀 더 균형을 꾀한다는 점에서 폭넓은 세계 인식의 성격을 띤다는 점을 주장하고 있는 것이다.14)

결국 우리는 역사적 모더니즘이 기법 지향적인 형식주의가 아니라 '주관적 보편성'에 의해 물적·정신적 토대가 빈약하기 짝이 없었던 우리 근대에 대한 응전을 그 나름으로 담당해왔던 이념이자 방법이라는 인식을 확산해야 한다. 그럴 경우 우리는 모더니즘을 근대 이후 인간의 삶과 인식을 반영한 인식론이자 표현 방법으로 이해할 수 있게 된다. 그것은 근대의 경험을 미학적으로 재구성하는 이념형이며, 단일한 실체로 파악하기 어려운 포괄적인 개념으로서, 세계의 탈(脫)신비화에 기여하고 언어에 대한 집중적 관심으로 형식미학적 진보에 기여하기도 하였던 것이다.

그러나 우리는 이러한 긍정적 가능성에도 불구하고 우리의 역사에 나타났던 모더니즘시는 근대적 주체의 미성숙성, 이를테면 감각적 심미성, 낭만적 비애, 명랑성의 극대화 등의 편향으로 그 육체를 형성하였고, 그래서 그들에게 모더니즘은 세계관이나 인식론 혹은 자기를 규정하고

---

13) 진정석, 「모더니즘의 재인식」, 『창작과비평』, 1997년 여름, 152면. 이 글은 같은 필자의 「민족문학과 모더니즘」(『민족문학사연구』 11호, 창작과비평사, 1997)에 이은 작업으로 '리얼리즘 / 모더니즘' 이분법의 인식을 뛰어넘어 양자를 '근대성에 대한 미적 대응'을 기준으로 포괄하는 '광의(廣義)의 모더니즘' 개념을 제시하고 있다.

14) Bradbury, *Modernism*, Penguin Books, 1991, p.99; 이종대, 「근대적 자아의 세계인식」, 『근대문학과 구인회』(상허문학회), 깊은샘, 1996, 52면에서 재인용.

실천하는 기율이 아니라 다소 방법적인 수용으로 그쳤던 것이다.

4. 식민지시대 한국 시에 나타난 '근대성'의 성격

우리는 1990년대 중반을 고비로 시의 리얼리즘에 대한 관심이 이른 바 우리 문학에서의 '근대성'의 실현과 그 역기능에 대한 심층적 탐구로 급속히 전이되고 있는 중요한 전환기적 경험을 치른 바 있다. 이는 그동안 리얼리즘으로 대표되던 주류 비판 이론에 대한 강력한 자기 반성이며, 하나의 이념형과 대척점에 있는 일체의 미학적 입장을 사문난적(斯文亂賊)으로 취급하곤 했던 경직된 풍조에 대한 반성의 반영이기도 하다. 또한 그것은 과학성과 합리성을 근간으로 하는 비판적·종합적 근대 이성이 실종되고 도구적 이성의 횡행에 따르는 비인간화 현상에 대한 일정한 반성적 화두를 던진 계기가 되었다고 할 수 있다. 따라서 '근대성'에 대한 학문적 천착은 그것의 명암이라는 두 측면에 대한 이중적 탐색의 의미를 띠는 일종의 자기 반영적 논리로 나타난 것이다. 더불어 그것은 동일한 이념형과 문제의식을 공유했던 집단에서 벗어나 타자와의 대화적 관계를 모색할 수 있게 된 계기도 마련해주었다.

이 같은 논의 과정에는 대개 세 가지의 배경이 있다고 할 수 있다. 하나는 근대 기획이 일정한 내적 모순을 드러내었기 때문에 이를 반성적으로 인식해야 한다는 요청이며, 두 번째는 현실사회주의가 자본주의적 근대에 대한 진정한 극복이 아니었다는 반성이고, 세 번째는 자본주의적 근대 자체도 어떤 질적인 변화를 경험하고 있다는 진단이다.[15] 그래

---

15) 이광호, 「문제는 '근대성'인가」, 『한국문학이란 무엇인가』(이문열·권영민·이남호 편), 민음사, 1995, 210면.

서 근대성 논의는 '국가주의 / 세계주의'라는 이분법을 일거에 깨뜨리고 나아가 '리얼리즘 / 모더니즘'이라는 분법(分法) 역시 부분적으로 무력화했던 것이다.

우리가 살핀 '근대성'은 근대적 주체를 정립하고 그를 통해 세계에 대응하는 부정성의 미학으로 작동한 것이다. 도구적 합리성이 지배하는 사회에서 의사 소통은 비(非)의사 소통을 통해 가능해진다고 볼 때, 모더니즘의 '방해의 미학'16)으로서의 역할은 시대적인 구분을 넘어선 다소 불온한 성격을 띠기 때문이다. 그러나 우리의 역사적 모더니즘 텍스트들은 이러한 '방해의 미학'과 그리 높은 친연성을 보여 주지 못하였다. 아이스테인손의 지적대로 모더니즘을 근대 계몽주의 기획의 계승이면서 동시에 그것에의 반발로 생각할 때, 우리의 그것은 이 같은 양면적 활력의 심각한 결여 형식이었던 것이다. 그렇게 우리 모더니즘은 세계사적 보편성과 한국적 특수성이 어지럽게 얽힌 채로 역동한 역사적 실재이자 현재에도 끊임없이 문학적 경향과 지표에 개입하고 있는 규범이자 사조이자 방법이다.

한국 근대시에 나타난 '근대성' 논의는 이제 새로운 단계에 접어들고 있다. 대개 내용상의 개성 발견 그리고 형식상의 자유시 구현에서 근대성의 징후를 찾아내는 현상 기술적인 단계에서, 그것들이 진정한 '근대성'의 성취에 값하는 것인지에 대한 인식론적 · 미학적 탐색이 전개되고 있는 것이다.

우리가 살핀 근대 초기의 시는 그 자체로 '개성'과 '주체적 판단'을 근거로 하는 근대적 주체의 형성 과정을 잘 보여 주고 있다. 그러나 시대 상황을 총체적으로 바라보는 비판적 주체로서의 정립 과정에는 현저하게 미달한다는 점에서, 이 시기의 시적 주체들은 과도기적 성격에 머문다. 그러나 중세적 형식의 탈피라든가, 세계사적 문명에 대한 감수성

---

16) A. 아이스테인손, 임옥희 역, 『모더니즘 문학론』, 현대미학사, 1996, 5장 참조.

그리고 새로운 주체를 형성하려는 근대적 의욕의 진원지로서 이 시기의 문학사적 몫은 중요한 것이다.

1930년대 모더니즘시는 이미지의 구체성 그리고 리얼리즘에 대한 대타적 자기 인식 그리고 형상화의 세련성 등에서 단연 한국 근대시의 미학적 수준을 올린 케이스이다. 그러나 이들 역시 '경성'으로 대표되는 당시 식민지 근대에 대한 막연한 비판의식에 머물렀을 뿐, 내면화된 부정이라든가 저항으로 대변되는 '미적 근대성'의 구현에는 이르지 못한 채 식민지 근대에 수세적으로 편입되어 갔다고 할 수 있다.

이를 통해 우리는 한국 근대시가 이룬 '근대성'의 함의는 불구적인 것이었고, 그 중심에는 식민지 근대의 중층적 모순이 개입되어 있다고 말할 수 있다. 또한 우리는 근대시에서 미적 주체의 정립과 그것의 현실 대응적 성격이 매우 밀접한 관련이 있음을 알 수 있고, 우리 근대시에 나타난 근대성이 대안적, 저항적 성격보다는 방법적, 체제 친화적 성격이 더 강했다고 말할 수 있다.

국민과 민족

신채호를 중심으로

김재용

1. 국민과는 다른 민족

　민족만큼 흔하게 이야기되는 개념도 그렇게 많지 않을 것이다. 하지만 개념에 대한 정확한 정의는 그다지 이루어지지 않은 채 사용되고 있다. 사용하는 사람이 정한 대로 하면 된다고 할 수 있을지 모르지만 소통을 위해서는 엄밀한 규정을 기하려는 노력이 필요하다. 이런 준비가 없기 때문에 서로 상이한 표상을 놓고 이야기하는 웃지 못할 일이 벌어지는 것이다. 특히 최근 민족에 대한 비판적 논의가 성한 마당에 이러한 노력은 더욱 중요하다.

　탈식민주의와 국민국가론의 영향을 받은 최근 국내의 논의들은 국민과 민족을 동일한 것으로 상정하고 이를 근대성과 관련하여 해명하려고 하고 있다. 국민과 민족 모두 nation의 번역어 정도로 생각하고 마는 것이다. 그리하여 국민과 민족이 근대에 들어 어떻게 상상되었는가 하는 것에 주목하면서 유럽 국민국가의 형성 과정과 이를 반복한 비서구의 경험을 적극적으로 원용하고 있다. 잘 알려져 있는 것처럼 국민과 민족이란 단어는 전근대 시기에 없던 개념으로 근대자본주의와 국가간 체계 속에 한반도가 편입되면서 사용되기 시작한 것이다. 그렇지만 한반도의 주민들은 식민지, 그 중에서도 철저한 동화를 꿈꾸던 일본 식민주의를 경험하면서 국민과 민족에 대해서 유럽이나 이를 반복한 비서구의 일본 경우와 다르게 그것을 상상하게 되었다는 사실에 주목할 필요가 있다. 중요한 것은 국민과 민족이 근대에 이르러 상상된 것이라는 것을 확인하는 것이 아니고 이것이 이 땅에서는 어떻게 다르게 이해되고 있었으며 왜 그렇게 될 수밖에 없었던가 하는 점이다.

이를 위해서 이 글에서는 근대사에서 이 문제에 대해 가장 깊은 사유를 전개한 것으로 필자가 판단하고 있는 신채호의 사유를 중심으로 살피고자 한다. 신채호가 중요한 까닭은 그가 계몽기에 민족에 대한 고민을 깊이 하면서 자신의 독특한 이론을 개척하여 민족주의자로 성장했다는 사실에 그치지 않는다. 더욱 중요한 것은 그가 1920년대 이후 민족주의에서 벗어나 사회주의적 전망을 가지면서도 이 민족의 문제를 계속해서 사유함으로써 당시의 다른 사회주의자들과는 달랐다는 점 때문이다. 그렇기 때문에 근대계몽기의 민족주의자 시절부터 1920년대 사회주의자 시절까지 그가 보여 준 민족의 이해를 중심으로 그 궤적을 추적함으로써 민족에 대한 이해에 한 참고를 구하고자 한다.

2. 국민주의와 민족주의

요즈음 민족에 대한 글을 쓰는 사람들이 국민과 민족을 거의 같은 것 정도로 보고 넘나들면서 사용하는 것과는 대조적으로 근대계몽기에는 이를 구분하고자 했던 것 같다. 1908년 7월 30일자 『대한매일신보』 국 문 전용판에 실린 「민족과 국민의 구별」이란 논설은 당시의 이러한 지 적 분위기를 정확히 보여 주고 있다.

> 국민이라는 명목이 민족 두 글자와는 구별이 있거늘 이제 사람들이 흔히 이 것을 혼합하여 말하니 이는 옳지 아니함이 심하도다. 고로 이제 이것을 약간 변론하노라. 민족이란 것은 다만 같은 조상의 자손에 매인 자이며 같은 지방에 사는 자이며 같은 역사를 가진 자이며 같은 말을 쓰는 자 곧 민족이라 칭하는 바이어니와 국민이라는 것을 이와 같이 해석하면 불가한지라. 대저 한 조상과 역사와 거지와 종교와 언어의 같은 것이 국민의 근본은 아닌 것이 아니언마는 다만 이것이 같다 하여 문득 국민이라 할 수 없으니 비유하면 근골과 맥락이 진실로 동물되는 근본이라 할지나 허다히 버려 있는 근골맥락을 한 곳에 모아 놓고 이것을 생기 있는 동물이라고 억지로 말할 수 없는 것과 같이 저 별과 같 이 헤어져 있고 모래 같이 모여 있는 민족을 가리켜 국민이라 함이 어찌 가하 리오 국민이란 자는 그 조상과 역사와 거지와 종교와 언어가 같은 외에 또 반 드시 같은 정신을 가지며 같은 이해를 취하며 같은 행동을 지어서 그 내부에 조직됨이 한 몸에 근골과 같으며 밖에 대한 정신은 한 영문에 군대 같이 하여 야 이것을 국민이라 하나니라.

국민·민족, 이 두 어휘가 이 시기에 널리 퍼지면서 구분 없이 혼란 스럽게 사용되었기 때문에 아마 이 글의 필자는 이를 구분하고자 하였 던 것으로 보인다. 이 글에서 구분하고 있는 민족과 국민의 개념은 영 어의 에스닉과 네이션에 각각 대응하는 것으로 보인다. 민족은 에스닉 에 가까운 개념으로 국민은 네이션에 가까운 개념으로 사용되고 있는 것이다. 전근대 시기의 조공체제에서 벗어나기 시작하여 국가간 체제라는 낯선 세계를 경험하면서 새로운 조건에서 국민국가의 중요성을 강조하기 위하여 국민을 민족과 다른 것으로 설정하고 이를 강조하려고 했던 것으로 보인다. 또한 민족을 전근대 시기에 존재했던 공동체로 보는 반면, 국민은 전적으로 근대 시기에 이르러 이루어진 낯선 새로운 공동체로 보고 있는 점도 그러한 맥락에서 이해할 수 있다. 근대 국민국가의 정체를 제대로 이해하지 못하고 전근대 시기의 관성 속에서 민족과 국민을 혼용하는 이들에게 대하여 일침을 놓고 있는 이 글은 당시 국민에 대한 이해 중에서 매우 구체적인 것이라 할 수 있다. 이 글의 필자는 국민이 갖고 있는 근본적 취약성도 아울러 보여 주고 있다. 국민국가의 국민은 내적으로는 그 구성원들의 차이를 부정하고 외적으로는 다른 국가를 배척하는 배외주의에 그 근본을 두고 있기 때문에 매우 취약하고 억압적이라는 점을 이 글의 마지막 대목 "내부에 조직됨이 한 몸에 근골과 같으며 밖에 대한 정신은 한 영문에 군대 같이 하여야" 한다고 한 데서 드러낸다.

국민과 민족에 대한 이러한 이해가 당시 얼마나 널리 받아들여졌는가 하는 것을 따지는 것은 매우 힘든 일이다. 다만 분명한 것은 『대한매일신보』에서 이런 논설을 실었다는 사실 자체가 암시하는 것은 당시 논자들이 이에 대한 정확한 이해 없이 사용하여 소통에 혼란이 적지 않았다는 점이다. 근대 국민국가에 대한 이해가 없고 따라서 국민의 중요성을 이해하지 못하는 사람들의 경우 당시 국민과 민족을 개념을 당시 어떻게 받아들였는가 하는 점은 재구성하기도 쉽지 않지만 재구성한다 하더라도 그렇게 중요성을 갖기 어렵다. 왜냐하면 당시 국가간 체제의 방식으로 재구성되고 있는 세계사의 새로운 조건과 환경에 대한 정리된 이해가 없는 것은 큰 의미를 갖기 어렵기 때문이다. 중요한 것은 근대 국민국가를 잘 이해하고 그리하여 네이션과 에스닉을 구분할 수 있는 사람들의 경우이다. 이들은 국민과 민족의 차이를 인식하되, 그 인식 방식에 있어 일정한 차이를 갖고 있으며 이는 당시의 현실에서 매우 중요한 정치적 함의를 갖기 때문이다. 이런 차원에서 볼 때 이 시기 신채호의 국민과 민족에 대한 인식은 매우 중요한 의미를 갖는다. 그런데 이것이 갖는 의미를 이해하기 위해서라도 이와는 다른 입장을 갖고 접근하고 있는 이인직과의 대비적 설명이 우선되어야 할 것이다.

이인직은 국민에 대해서 앞의 논설과 기본적으로 인식을 같이 하고 있었다. 이인직은 일본 유학을 통하여 자본주의와 국가간 체계를 이해하였고 그 속에서 국민국가 수립을 꾀하려고 했기에 이 새로운 국민을 정확히 이해하고 있었던 것으로 보인다. 게다가 이인직은 한 발 더 나아가 국민의 가변성에 대하여 주목하였다. 에스닉이 네이션이 될 때 고정적이지 않고 대단히 유동적이며 가변적이라는 점을 이인직은 알고 있었던 것이다. 영국이라는 근대 국민국가가 형성될 때 잉글랜드라는 에스닉이 어떻게 웨일즈·스코틀랜드 그리고 아일랜드의 에스닉을 병합하였는가를 이인직은 알고 있었던 것으로 보인다. 하나의 에스닉이 하나의 네이션으로 갈 수도 있지만 그렇지 않고 여러 에스닉이 합하여 하나의 네이션을 형성할 수도 있음을 알고 있었던 것이다. 조선이라는 에스닉이 대화(大和)라는 에스닉과 합하여 새로운 일본의 국가가 형성할 수 있고 그 속에서 조선 에스닉은 일본 국민이 된다고 보는 것이다. 국가의 이러한 가변성에 대한 인식은 『은세계』의 다음 대목에서 잘 드러난다.

지금이라도 개혁만 잘 되면 몇십년 후에 회복될 도리가 있지오 내가 이때까지 누님께 듣기 좋은 말만 하고 조금도 걱정되는 일은 말하지 아니하였더니 오늘 처음으로 내 마음의 있는 말을 다하리라. 만일 우리나라가 칠십년 전에 개혁이 되어서 진보를 잘 하였다면 우리나라도 세계 일등 강국이 되어 해삼위에 아라사 사람이 저러한 근거지를 잡기 전에 우리나라가 먼저 착수할 것이오 만일 오십년전에 개혁이 되었다면 해삼위는 아라사 사람에게 양두하였으나 청국 만주는 우리나라 세력 범위 안에 들어설 것이오 만일 사십년 전에 개혁이 되었으면 우리나라 육해군의 확장이 아직 일본만 못하나 또한 당당한 문명국이 되었을 것이오, 만일 삼십년 전에 개혁이 되었으면 삼십년 동안에 또한 강국은 되었을지라 남으로 일본과 동맹국이 되고 북으로 아라사 세력이 뻗어나오는 것을 틀어막고 서로 청국의 내버리는 유리를 취하여 장차 대륙에 전진의 길을 열어서 불과 기년에 또한 일등강국을 기약하였을 것이오 만일 이십년 전에 개혁이 되었으면 이십년 동안에 나라 힘이 크게 떨치지는 못하였다라도 인민의 교육 정도와 생활의 길이 크게 열려서 국가의 독립하는 힘이 유여하였을 것이오 만일 십년 전에 개혁이 되었을 지경이면 오호 만의라 나라 일하기가 대단히 어려운 때이라 비록 남의 힘을 빌지 아니하고 내 힘으로 개혁을 하였더라도 백공천창(百孔千瘡)의 폐매지 못할 일이 여러 가지라 그러나 개혁한지 십년만 되었더라도 좋이 국가를 보전할 기초가 생겼을 것이터이라[1]

이 작품을 쓸 무렵에 이인직은 이미 대한제국이 국권을 상실하였고, 그러니 일본 제국의 한 에스닉으로 살아가는 것이 불가피하다고 판단하였다. 그래서 이러한 현실을 무시하고 국권을 찾겠다고 나서는 이들을 현실 착오의 과대망상 환자로 간주하면서 앞으로 실력을 양성하고 준비를 잘 하면 몇 십 년 후에는 국권을 회복할 수도 있다고 보고 있는 것이다. 현재는 일본 국가의 한 에스닉으로 편입되어 있지만 조선인들의 힘이 커지면 그때 상황에 맞게 다시 국가의 재편성이 있을 수 있다고 보는 것이다. 국가의 가변성에 대한 이러한 인식을 갖고 있기 때문에 이인직은 일본이 조선을 점령하는 것도 받아들일 수 있었다. 그런 점에서 이인직은 실력양성론의 국민주의를 정신적으로 대변하고 있다고 생각한다. 이 점에서 이광수의 국민주의는 이인직을 그대로 따르고 있는 셈이다.

하지만 이인직이 처음부터 이러한 생각을 갖고 있던 것은 아니다. 그의 첫 소설인 『혈의 루』를 보면 『은세계』와는 달리 부국강병론에 입각한 국민국가 건설을 강하게 주장하고 있다. 조선이라는 에스닉이 하나

---

1) 이인직, 『은세계』, 동문사, 1908, 127~128면.

의 근대국민국가를 건설하여 내부적으로는 이전의 신민에서 벗어나 국민으로 태어나고 외부적으로는 다른 나라 사람들이 국가의 주권을 간섭하지 않게 만들어야 한다는 것이다.

제 손으로 벌어 놓은 제 재물을 마음 놓고 먹지 못하고 천생 타고난 제 목숨을 남에게 매여 놓고 있는 우리나라 백성들을 불쌍하다하겠거던 더구나 남의 나라 사람이 와서 싸움을 하나니 지랄을 하나니 그러한 서슬에 우리는 패가하고 사람 죽는 것이 다 우리나라 강하지 못한 탓이라. 오냐 죽은 사람은 하릴 없데 살아 있는 사람들이나 이후에 이러한 일을 또 당하지 아니하게 하는 것이 제일이라 제정신 제가 차려서 우리나라도 남의 나라와 같이 밝은 세상되고 강한 나라되어 백성된 우리들이 목숨도 보존하고 재물도 보존하고, 각도 선화당과 각도 동헌 위에 아귀 귀신 같은 산 염라대왕과 산 터주도 못 오게 하고 범같고 곰같은 타국사람들이 우리나라에 와서 감히 싸움할 생각도 아니하도록 한 후이라야 사람도 사람인 듯 싶고 살아도 산 듯 싶고 재물 있어도 제 재물인 듯하리로다.[2]

이인직이 전근대의 억압적인 전제에서 벗어나는 것 못지 않게 강조하는 것은 강대국이 약소국을 마음대로 유린하고 이로 인해 약소국이 받는 억압에 대한 것이다. 그런 점을 볼 때 『혈의 루』에서 이인직은 분명 부국강병을 통하여 자주적인 근대 국민국가 수립을 열망했음을 확인할 수 있다. 흔히 이 작품에서 나타나는 일본에 대한 호의와 청국에 대한 비판을 이인직의 식민주의적 협력의 근거로 보는 견해가 있지만 필자는 이에 동의하지 않는다. 이 작품에서 전근대세계에 대한 근대의 승리를 무조건적으로 찬미하는 태도를 읽는 것은 가능하지만 식민주의적 경사라고는 볼 수는 없다고 생각한다. 전쟁터에서 일본인을 구원자로 등장시키는 설정이나 청국의 탄환보다 일본의 탄환을 나은 것으로 묘사하는 것 등은 근대화에 대한 강한 충동일망정 식민주의적 협력이라고

---

2) 이인직, 『혈의 루』, 광학서포, 1907, 13면.

볼 수는 없는 것이다.

이처럼 자주적 부국강병론에 젖어 있던 이인직이 일본 제국의 한 에스닉으로 조선 사람들이 편입되는 것을 받아들이게 된 데에는 1907년 고종의 양위와 정미 7조약이라는 역사적 계기가 놓여 있다고 생각한다. 이인직이 보기에 정미 7조약 이전에는 조선의 자율성이 어느 정도 보장되었고 하기에 따라 자주적 근대국민국가를 수립하는 것이 가능하다고 보았다. 그런데 정미 7조약을 겪으면서 생각을 바꾸어 나간다. 현실적으로 자주적 근대국민국가의 수립은 물건너갔고 이제 다른 전망을 가져야 한다고 생각하였던 것으로 보인다. 여기서 바로 국민의 가변성에 착안하게 되었다. 국민이란 것이 고정된 것이 아니고 유동적이기 때문에 세계사의 전개에 맞추어 새롭게 구상해야 하며, 이제 조선 사람들은 일본의 한 에스닉으로 편입되고 새로운 일본 국민이 되어야 한다고 보았던 것이다. 이런 점에서 이인직의 국민주의는 그 내용은 변경되었지만 여전히 국민주의의 틀 속에서 움직이는 것이다.

비슷한 무렵에 다른 사유를 펼친 이로서 신채호를 들 수 있다. 신채호 역시 앞서 『대한매일신보』의 논설처럼 국민이 갖는 새로움을 이해한 쪽이다. 이 점에서는 이인직과 마찬가지의 입장에 서 있었다. 문제는 제국주의의 식민주의적 기도가 점차 현실화되고 한반도의 주민들이 피식민지인으로 전락하는 현실에서 국민과는 다른 민족을 적극적으로 고려하기 시작하였고, 이때 그의 사유 속에 들어온 민족이란 개념은 에스닉으로서의 민족이 아니라 식민주의의 억압 아래서 경험하는 위기의식의 소산이라는 점이다.

민족주의자로서의 신채호의 초기 글에서 발견할 수 있는 흥미로운 사실 중의 하나는 국민과 민족을 구분하여 사용하고 있다는 점이다. nation 이라는 말이 알려지면서 이와 연관되어 사용되어진 것으로 추정되는 국민과 민족이라는 두 낱말은 전적으로 서구 근대와의 접촉의 산물이다. 그러나 신채호는 국민이나 민족을 단순히 영어 nation의 각이한 번역어라고 간주하고 있지 않다. 제국주의의 침탈과 이로 인한 식민지화의 과정으로 인해 민족 문제가 중요한 것으로 대두되고 이것을 고려하지 않고서는 삶의 현실을 제대로 직시하기 어렵다는 것을 느끼고 있던 신채호는 위기에 처한 공동체를 국민과 구분하고자 하였다. 신채호가 국민과 민족을 구분하여 사용하는 것은 바로 이러한 문제의식에서 나온 것으로 볼 수 있다.

물론 신채호가 처음부터 이 두 용어를 엄격하게 구분하여 사용하고 있는 것은 아니다. 초기의 글을 보면 이 두 용어가 부분적으로 다른 맥락에서 사용되는 경우도 있으나 전체적으로는 별 차이가 없이 사용되는 것처럼 보인다. 시간이 흐르면서 이 두 용어를 구분하여 제국주의와 이로 인해 빚어진 식민지 상황과 연관하여서는 민족이란 말을 사용하게 되었다. 그래서 점차 식민지적 상황과 무관하게 근대 국가의 주권재민의 성격을 이야기하고자 할 때는 국민이라는 말을 사용하고 식민지적 상황과 연관될 때에는 민족이란 말을 사용하게 된다. 이러한 사태를 잘 보여 주는 것이 「제국주의와 민족주의」(1909)이다.

단재의 글이라 여겨지는 이 논설은 제국주의의 침탈로 인해 야기된 식민지적 상황을 이야기하면서 이를 타개할 수 있는 실천으로서 민족주의를 이야기한 대표적인 글이다. 다음 일절은 그가 민족과 민족주의를 어떤 맥락에서 사용하고 있는가를 아주 잘 보여 주는 경우이다.

> 제국주의로 저항하는 방법은 하(何)인가. 왈 민족주의〈타민족의 간섭을 불수(不受)하는 주의〉를 분휘(奮揮)함이 시(是)이니라. 차 민족주의는 실로 민족 보전의 불이(不二)적 법문(法門)이라[3]

단재는 국민이란 어휘를 사용하지 않고 민족이란 어휘만을 반복적으로 이 글에서 사용하고 있다. 제국주의에 저항하는 노력을 이야기하고

---

3) 『단재 신채호 전집』 하, 형설출판사, 1975, 108~109면.

있기 때문에 이 경우에는 국민이란 용어를 사용하지 않고 민족이란 말만 사용하고 있는 것이다. 단재는 식민주의와 관련하여 사용할 때에는 이처럼 민족만을 사용하였다.

이 점은 '국민'을 사용한 경우와 대비하여 보면 한층 뚜렷하게 드러난다. 단재는 1907년 이후 국민이란 것을 매우 강조하면서 여러 글에서 반복적으로 이야기한다. 1908년에 발표한 「대한의 희망」을 읽어보면 그가 국민이란 말을 통하여 무엇을 이야기하려고 했는지 어렵지 않게 알 수 있다. 하지만 이 무렵에는 아직 국민과 민족 자체에 대한 구분이 명확하게 의식되지 않은 시절이라 민족을 의식하면서 국민을 사용하고 있지는 않았던 것으로 보인다. 식민지의 위기의식과 이를 통한 민족 문제의 인식이 무르익기 시작한 1909년 이후에 이르러 앞서 보았던 것처럼 민족이란 개념을 국민과 다르게 사용하였고 더불어 국민이란 개념도 민족과 구분하여 사용하기 시작했음을 알 수 있다. 1910년에 발표한 「20세기 신국민」(1910)은 이러한 변화를 뚜렷하게 보여 준다.

> 모 학자가 망국의 이유를 설명하여 왈 1, 국토가 협(狹)하고 국민이 소(少)한 국은 필망하고 2, 국민적 국가가 아닌 국(입헌국이 아니오 일 이 인이 전제하는 국)과 세계 대세를 역하는 국은 필망한다 한지라. 금차(今此) 한국은 삼천리 산하가 유(有)하니 기 국토가 대(大)하며, 이천만 민족이 유하니 기 국민이 중(衆)한지라, 연즉(然則) 국민 동포가 단지 20세기 신국민의 이상기력을 분흥(奮興)하여 국민적 국가의 기초를 공고하여 실력을 장하며, 세계대세의 풍조를 선응(善應)하여 문명을 확(擴)하면 가히 동아 일방에 흘립(屹立)하여 강국의 기(基)를 과(誇)할지며 가히 세계무대에 약등(躍登)하여 문명의 기를 양(揚)할지니 오호라 동포여, 어찌 분려(奮勵)치 아니하리오[4]

국민적 국가란 한두 사람이 전제하는 나라가 아니라고 하는 데서 분명하게 드러나고 있는 것처럼 국민이란 것은 일반 백성이 국가의 주권

---

4) 『단재 신채호 전집』 별책, 형설출판사, 1977, 229면.

을 쥐고 있는 경우를 말하고 있는 것이다. 왕이 모든 것을 쥐고 있어 백성은 단지 신민의 위치를 점하는 이전과는 달리 백성이 스스로 주권을 쥐고 있는 상태의 국가를 '국민적 국가'라고 부르고 있는 것이다. 따라서 단재가 '국민'이란 어휘를 사용할 때에는 이는 분명 '신민'과의 대조 속에서 사용하고 있음을 알 수 있다.

주권재민의 차원에서 '국민'을 이해하고, 식민주의에 대한 저항으로서의 '민족'을 파악하는 단재의 이러한 인식은 서구의 근대와 비서구 주변부 식민지의 근대의 상이한 길에 대한 이해 없이는 불가능한 것이다. 식민지와 반식민지의 형태로 근대에 편입되는 비서구 주변부의 자기 인식이 있기에 '국민'과 '민족'을 갈라보는 이러한 인식이 가능했던 것이다. 만약 이러한 분화된 인식이 없었다면 이인직의 경우처럼 오로지 '국민'의 틀에서만 모든 것을 무차별하게 보았을 것이며 이럴 경우 식민지의 문제는 안전에서 사라지고 식민주의에 함몰하고 마는 것이다. 다만 국민과 민족을 이렇게 구분하고 민족을 에스닉과는 다른 것으로 사용하게 되었을 때 에스닉에 대응하는 개념으로 무엇을 상정했는가는 잘 드러나지 않는다.

3. 민족 문제의 계급적 이해

내부적 차이를 무시하고 외부를 배척하는 국민주의와 달리 식민지하의 민족주의는 계급의 문제와 밀접한 연관성을 가지게 된다. 조선의 경우처럼 식민지의 상태이고 게다가 자치조차도 허용되지 않는 철저한 동화를 표방한 식민주의하에서 민족주의는 흔히 탈식민주의자들이 이야기하는 것과 같은 '단절 속의 반복'과는 거리가 먼 상태에 놓이게 된다.

식민지 모국이 피식민지 지배층을 포섭하여 동화시키는 과정에서 식민지 내부에서 지배층과 민중 사이에는 괴리가 발생하게 되고 민족주의는 민족 문제를 애써 피하는 피식민지의 지배층과 결별하고 민중들과 손을 잡게 된다. 그 과정에서 민족주의는 계급의 문제에 눈을 뜨게 되는 것이다. 바로 이러한 점으로 하여 일본 지배하의 조선에서는 민족주의자가 사회주의로 전화되는 경우가 발생하게 된다. 신채호가 1920년대 사회주의자로 바뀌는 것은 이러한 경우라고 할 수 있다. 물론 국민주의자가 아닌 식민지 조선의 민족주의자들이 모두 사회주의로 바뀌는 것은 아니다. 현진건의 경우처럼 민중과의 강한 연대를 표시하기는 하지만 결국 이를 벗어나지 못하는 경우도 있다. 민족주의자가 계급 문제에 관심을 표시하면서 사회주의자로 전화해 갈 될 때 동시에 일어나는 것이 배외주의의 청산이다. 자본주의사회에서 계급의 문제를 고려하는 한 그것은 일국 내에 머무르기가 어렵다. 자본주의가 세계적인 만큼 사회주의적 대응도 국제주의적일 수밖에 없는 것이다. 신채호가 민족주의에서 벗어나는 전환 과정에서 이루어진 이러한 인식의 내용을 압축적으로 보여 준 것이 그 유명한 「조선혁명선언」(1923.1)이다. 특히 이 글의 마지막 대목에서 일본 제국과 조선 민중의 모순이라는 계급적 시각을 갖게 됨으로써 더 이상 민족주의에 머물지 않게 됨을 확인할 수 있다.

> 강도 일본의 통치를 타도하고 우리 생활에 불합리한 일체 제도를 개조하여 인류로써 인류를 압박치 못하며 사회로써 사회를 박삭(剝削)치 못하는 이상적 조선을 건설할지니라[5]

인류로써 인류를 압박하지 않는다는 것은 식민주의와 배외주의를 거부하는 민족 문제에 대한 인식이고, 사회로써 사회를 박삭치 않는다는 것은 지배계급이 민중을 억압하는 것을 거부하는 계급적 시각의 표현

---

5) 『단재 신채호 전집』 하, 형설출판사, 1975, 46면.

이다.

자본주의의 전 지구적 현상에 주목하면서 조선의 무산자계급에 대해 관심을 갖게 된 단재는 민족 내부의 계급적 차이에 대해 자연스럽게 접근한다. 하지만 놓쳐서는 안될 것은 당시 일부의 사회주의자들의 인식처럼 계급이 민족을 대신해야 한다는 것에 대해 신채호는 강하게 반대 의견을 내놓고 있다는 점이다. 1920년대 식민지 조선국의 사회주의자들이 급속하게 국제주의자로 변신하는데 이들 사회주의자들은 국민주의와 민족주의 사이의 차이에 대한 인식은 거의 하지 못하고 이 둘을 싸잡아 부르주아적이고 규정하였다. 그리하여 부르주아지와 민족주의자는 같은 것으로 등식화하여 항상 부르주아 민족주의자라는 딱지를 붙였다. 사회주의의 길을 걷기 시작하였던 신채호가 이들에 대해 강하게 비판하는 것은 바로 이러한 입장에 동의하지 않았기 때문이다. 자본주의 근대라 하더라도 피식민지와 제국주의 국가 사이에는 현저한 차이가 존재하며, 이 차이를 무시하고는 조선의 현실을 구체적으로 분석하기 어려울 뿐만 아니라 신종 식민주의에 함몰될 수 있음을 경계하고 있다. 식민지의 자본주의의 경우 강대국과는 달리 계급과 민족을 통일적으로 보아야 한다는 것이다. 단재의 이러한 태도가 가장 분명하게 드러나는 것이 「낭객의 신년만필」이다. 단재는 국제주의의 이름을 내세워 조선인 무산자와 일본인 무산자의 연대를 이야기하는 일부 사회주의자들에 대해 통렬한 비판을 하고 있다. 식민지 혹은 반식민지적 현실에 대해서는 둔감하면서 오로지 자본주의 자체에만 추상적으로 집착하는 사회주의자들은 "조선인 중에도 유산자는 세력 있는 일본인과 같고 일본인 중에도 무산자는 가련한 조선인과 한가지"라고 하면서 민족 문제는 제외하고 오로지 무산과 유산의 대립 속에서만 현실을 볼 것을 촉구하였다. 이에 대해 단재는 단호하게 비판하는데 다음 일절은 그의 사상을 아주 잘 보여 주는 대목이다.

유산계급의 조선인이 일본인과 같다 함은 우리도 승인하는 바이거니와 무산계급의 일본인을 조선인으로 본다함은 몰상식한 언론인가 하니, 일본인이 아무리 무산자일지라도 그래도 그 뒤에 일본제국이 있어 위험이 있을까 보호하며, 재해에 걸리면 보조하며, 자녀가 나면 교육으로 지식을 주도록 하며, 조선의 유산자보다 호강한 생활을 누릴뿐더러 하물며 조선에 이식한 자는 조선인의 생활을 위혁(威嚇)하는 식민의 선봉이니 무산자의 일인을 환영함이 곧 식민의 선봉을 환영함이 아니냐.[6]

단재는 이전 민족주의자 시절과는 달리 자본주의의 근대와 이에 따른 계급적 불평등의 중요성을 인식하고 있기에 무산계급의 역할을 중요하게 보고 있다. 그런데 식민지 조선의 무산계급과 제국주의 국가인 일본의 무산계급 사이에는 분명한 차이가 있기에 민족 문제를 고려해야 한다는 것이다. 이 글이 발표될 시점을 전후하여 『동아일보』에 자주 보도되었던 것이 나무리벌 소작쟁의였다. 동척이 일본인 이주민을 정착시키기 위하여 기존의 조선인 소작인들에게 발포하고 이들을 중국 동북지방으로 축출한 이 사건이 동아일보에 지속적으로 보도되었다. 당시 식민지 조선의 최고의 곡창지대였던 재령 평야의 나무리벌에서 일어났던 이 사건을 단재가 알고 있었는가는 알 수 없다. 중요한 것은 당시 식민지의 무산계급과 제국주의 본국인 일본의 무산계급 사이에는 이러한 차이가 있었고 이러한 것이 줄곧 문제가 되는 현실이 번연히 존재했다는 점이다. "조선에 이식한 자는 조선인의 생활을 위혁하는 식민의 선봉"이라고 했던 것도 이러한 현실과 무관하지 않다. 이러한 차이를 인정하지 않는 국제주의란 것이 얼마나 허망한 것인가 하는 점을 단재는 통절하게 인식하고 있었기에 이러한 발언을 했던 것으로 보인다. 단재의 이러한 인식은 「용과 용의 대격전」에도 그대로 이어지고 있다. 지상의 민중을 두 개의 부류 즉 '강국의 민중'과 '식민지의 민중'으로 나누면서

---

6) 위의 책, 29면.

각각의 특징을 설명하는 대목에서[7] 무산계급이나 민중을 인식할 때 그것을 단순한 계급의 문제로만 보지 않고 식민지의 상황과 관련지어 민족 문제의 차원에서 통일적으로 보고 있음을 알 수 있다. 이러한 것을 통해서 볼 때 민족과 계급의 문제를 통일적으로 보아야 한다는 단재의 이러한 인식은 당시 일부의 사회주의자들의 견해와 정면 배치되는 것으로 민족주의에서 벗어난 이후에도 단재가 민족 문제에 대해서 얼마나 깊은 관심을 가지고 있었나 하는가를 잘 보여 준다고 할 수 있다.

민족주의에서 사회주의로 전환한 단재가 보여 준 이러한 사유는 어떤 교과서에도 없는 것으로 현실에 기반한 실천운동 과정에서 스스로 얻은 것이다. 하지만 이러한 사상적 경향이 당시 단재에게만 드러나는 것은 물론 아니다. 그와 비슷한 궤적을 걸었던 약산 김원봉에게서도 어렵지 않게 찾아 낼 수 있다. 단재가 「낭객의 신년만필」을 작성할 무렵에 동아일보의 같은 기획의 일환으로 나온 약산의 글은 단재의 이러한 사유를 공유하고 있는 이들이 존재했음을 보여 준다.

> 공산당 중에서 [세계]무산자의 협동을 역설하는 것을 많이 들었습니다. 그러나 이것은 과연 그네가 信하는 것과 같은 가치가 있는 것인지 그와 같이 효력이 있을 것인지 또는 현금에 어느 정도까지 협동을 실현시켜 놓았는지는 의문이지요. 조선 무산자와 [일본] 무산자의 처지가 서로 懸殊하다는 것은 이상에서도 말하였거니와 세계의 유가 없이 특수한 경우에 있는 우리 [조선] 민중으로 하여금 [일본]무산자와 협동하게 한다는 것은 어떠한 조건으로 어느 정도까지 한다는 것인지 좀 알아보고 싶습니다. (…중략…―인용자) [일본]의 무산자와 협동하여야 된다는 것은 원리원칙처럼 말하고 [조선]의 민족운동자와 협조를 취하는 것은 다만 일시적 수단 방침으로 말하는 사회운동자에게서 우리는 아무것도 바랄 것이 없다고 생각합니다.[8] ([ ] 안의 것은 복자를 살린 것임―인용자)

---

7) 김병민 편, 『신채호문학유고선집』, 연변대학출판사, 1994, 122면.
8) 『동아일보』, 1925.2.20~21.

4. 단재의 민족 문제 인식과 그 지속성

단재는 민족주의자 시절은 물론이고 거기에서 빠져 나온 이후에도 줄곧 민족 문제에 대한 강한 자의식을 가지고 있었다. 민족주의자 시절과 그 이후의 사이에는 민족 문제를 바라보는 시각이 매우 달라졌음에도 불구하고 기본적으로 비서구 주변부의 근대가 지닌 특징에 대한 분명한 자의식을 갖고 있었다. 그렇기 때문에 민족주의자 시절에는 국민주의의 길이 아닌 민족주의자의 입장에 서서 제국주의에 대한 저항으로서의 민족의식을 강조하였고, 거기에서 벗어난 이후에는 계급의 문제와 민족의 문제를 통일적으로 인식하는 사유를 행할 수 있었던 것이다. 그런 점에서 단재는 계몽기 이후 줄곧 자신의 주위에서 벌어지는 식민주의적 사고에 대한 통렬한 비판을 행하였다고 할 수 있다. 「낭객의 신년만필」에 나오는 다음 일절은 이러한 그의 민족의식이 사상적 변모에도 불구하고 지속적으로 이어져 나온 것이며 또한 그것은 당시의 식민주의자들과의 치열한 이론적 투쟁 속에서 산생된 것임을 알 수 있다.

> 오늘에 와서 주의를 부르고 강권을 반대하지만 기실은 정부가 민중으로 변할 뿐이며 집정대신이 일본 무직자로 변할 뿐이며, 통감 이등박문(伊藤博文), 군사령관 장곡천(長谷川)이 편산잠(片山潛) 계리언(堺利彦)으로 변할 뿐이니 변하는 자는 그 명사(名詞) 뿐이요, 정신은 의구(依舊)하다.[9]

이 글은 국민주의가 횡행하던 1905년을 전후한 시절과 국제주의의 이름으로 사회주의가 명성을 떨치던 1920년대 전반기 시절을 중첩시키면서 세월의 변화와 사상의 변화에도 불구하고 여전히 지속되는 식민주의적 정신에 대해 비판하고 있는 대목이다. 1905년을 전후한 무렵에는

---

9) 『단재 신채호 전집』 하, 형설출판사, 1975, 29면.

근대 국민주의의 기치 아래 이토 히로부미를 불러들였던 사람들에 대한 비판이고, 1920년대 전반기에는 사회주의의 이름으로 가타야마 센을 무비판적으로 끌어들이는 것에 대한 질타이다. 가타야마 센이나 사카이 도시히코와 같은 일본의 사회주의자들은 당시 조선의 사회주의자들에게 깊은 영향을 미쳤다. 이 영향으로 말미암아 많은 젊은이들이 급진적으로 사회주의에 경도되면서 민족 문제를 몰각하게 되었다. 민족을 이야기하면 곧바로 민족주의자로 몰아 붙이고 낡은 것으로 치부하는 사상적 경향이 널리 퍼졌던 것이다. 이러한 시대적 동향에 대해 단재는 심히 우려하였기 때문에 이러한 글을 썼던 것이다. 자본주의적 근대의 모순과 계급의 문제에 눈을 떴던 단재이지만 사회주의를 이렇게 식민지적 조건과 무관하게 받아들이는 경박한 흐름에 대해서는 결코 용납할 수가 없었던 것으로 보인다. 그의 눈에는 이런 이들은 과거 국민주의의 이름으로 일본의 식민지 지배를 용인하였던 일진회 등의 식민주의자들과 별다른 차이가 없는 것으로 여겨졌을 것이다. 그렇기 때문에 단재는 "변하는 자는 그 명사 뿐이요, 정신은 의구하다"라고 일갈하였으니, 이 말은 계몽기 이후의 근대 역사에서 몸소 겪은 체험에서 우러나온 것이다.

국민과 민족을 구분하지 않고 섞어서 논의하면서 민족의식을 국민과 마찬가지로 억압적인 것으로 보는 이때에 민족에 대한 깊은 사유를 진척하였던 단재의 문제의식을 검토하는 일은 민족에 대한 한층 심화된 논의를 위해 반드시 짚고 넘어가야 할 것이라고 생각한다.

조선 후기 시가 연구사의 전망

윤덕진

1. 기본적인 시각 —문화사적 연속상

　시가사에서 조선 후기라 함은 15~16세기인 전기에 대한 17~19세기
를 일컫는다. 19세기 말에서부터 20세기 초까지는 시대적 특성에 맞추
어 다른 구획을 짓는다. 조선 전기와 후기는 왕조의 지속이 암시하듯,
문화적인 연속상 속에서 변화가 이루어지는 동질적인 파악이 가능하다.
근래에 17세기 사대부 시가에 기울이는 관심은 이 연속상이 전제되어
있다고 할 수 있다. 이 새로운 관심의 추이는 19세기 말 이후 시가 판도
의 급격한 굴절이 연속에 대한 상대항으로서 단절을 전제케 하고, 시가
사의 구도를 대립적으로 예각화시킨 기존 연구사에 대한 반성으로부터
비롯되었다고 할 수 있다. 예컨대 20세기 초 시가사의 판도를 전통장르
와 신생장르의 충돌 내지는 경쟁 관계로 규정하는 시각은 공존하는 두

가지 성향을 대별하여 제시하는 데는 적합할는지 모르겠으나, 시가 발전의 실질과는 유리된 가설에 의해 차단된 시각이 실질적인 연속상을 엄폐했던 연구사적 사실이 있다. 전통장르의 실질 내용이 파악되지 않은 단계에서의 신생이라는 상대항 설정은 전통의 개념을 모호하게 했을 뿐 아니라, 자연히 신생의 개념까지도 확립할 수 없게 하였다. 이 논리 모순의 극복은 당연히 전통장르의 실질을 파악하는 데서부터 시작되어야 하며, 여기서 전통 장르의 시간폭인 전기와 후기를 연속적으로 파악하는 시각을 필요로 하게 된다. 19세기 말 시가 판도의 동요하는 분위기를 단절적으로 읽음으로써 야기되는 혼몽은 17세기로부터 비롯되는 연속상 속의 변화를 감지할 수 없게 하였고, 이 단선적인 시각으로는 다양한 장르의 혼효로 이루어진 시가발전사의 흐름을 정시할 수 없었다. 최근의 시가 연구가 추상적인 장르 모형을 추구하는 것이 아니라, 실제 향유와 관련된 다양한 사실들을 문화사의 각도에서 재해석하는 데에 관심이 옮겨가 있는 것은 기존의 시가사 연구에서 소홀히 한 점을 보정하려는 의도로 해석된다.

이 소론에서는 기본적인 시각을 문화사적 연속상에 두고, 조선 후기의 시가사를 재구하려는 전망을 얻고자 한다. 기존 연구사를 점검하되, 문제의 비중에 따른 순차적 배열에 멈추지 않고, 새로운 연구사의 전개를 위한 쟁점의 획득을 목표로 한다. 자연히 몇몇 중심 문제에 관심이 집약될 수밖에 없을 것이다. 그러나 점검이 가능한 양식에 대하여 시가사적 조망을 시도하고자 한다. 연속상의 구축은 이행과 이행의 결속으로 이루어지는 것이기에 각 양식간에 이루어지는 교섭 관계에 특별히 시선을 두는 자세가 필요하다. 조선조의 시가는 가악, 곧 노래로 규정되는 조건 속에서 발전이 이루어지기에, 이 조건의 변화에 따라 양식의 변화가 이루어졌음을 상기하면서 이 자세를 유지하고자 한다.

2. 시가사적 조망을 위한 개별 양식의 연구사 점검

1) 가곡과 시조

가곡은 15세기부터 16세기까지는 만대엽 중심의 악곡 체계였던 것으로서, 중대엽-삭대엽으로 분화되면서 빠른 박자를 지향하였다. 18세기의 『청구영언』이나 『해동가요』가 삭대엽 중심인 것을 보면 16세기 이래로 변화해온 방향을 가늠할 수 있다. 악곡 체계로서의 시조는 18세기이래로 성립된 것으로 본다. 가창곡으로서의 시조는 평-지름-사설의 삼대 분류로 이루어져 왔으며, 19세기 후반의 『남훈태평가』 이래로 노래로서 독립적으로 향유된 흔적을 시조 가집을 통해 보인다. 가곡과 시조는 문학 언어 상으로는 거의 일치하는 모습을 보이지만 향유층의 범위가 사대부 중심에서 여성-서민으로 확산되면서 양식상의 요소들이 차이를 보이기 때문에 구별하여 기술한다. 이 차이의 문제는 특히 '(2) 내용 / 형식의 긴장에 따른 양식의 변화'에서 집중하여 다루고자 한다.

(1) 사대부와 가객의 관계

가객이 노래를 생업의 전문 분야로 삼는 이들을 가리킨다면 이 존재는 선초 악공 가운데 가인(歌人, 歌者)에서 그 원류를 찾을 수 있다. 16세기 이래로 사대부의 사회적 비중이 강화되면서 사대부 관인과 지근한 관계를 가지며 활동하는 면모를 보이는데, 이들의 관련 기록은 주로 사대부 가악 풍류의 부수적인 성격을 띠고 있어서 이들의 사회적 성격에 대한 파악은 어렵다. 다만 이들이 궁중이나 관아의 공식적인 연행에 국한되지 아니하고 사대부들의 사적인 연행에도 가담하면서 일정한 곡목의 선가자(善歌者, 善唱者)로서 명성을 얻어 가는 모습에서 후일 이들이

전문 가객으로서 독자적인 활동을 벌이는 기반이 마련된 것이 아닌가 짐작할 수 있을 뿐이다. 18세기에 이르러 가집이 편찬되는 단계에 이르면 뚜렷하게 가객 집단이 형성되는 것을 확인할 수 있고, 이들의 활동상에도 일정한 사회적 의미를 부여할 수 있지만, 18세기 이전에 어떠한 경로를 거쳐 가객들이 독자적 집단을 형성할 수 있는가에 대하여는 현재 모색 중이라고 평가할 수밖에 없다.[1] 가객으로 활동한 이들 가운데에는 역관·서리 등 중인층 이하에 속하는 이들이 대부분이지만 간혹 사대부 출신도 명렬에 들어 있고 혹은 가집의 서발 작성에 가담한 사대부들도 있어서 가객들이 사대부 계층과 가곡을 매개로 교유한 사실이 드러난다.

사대부들이 가악을 즐긴 사례는 여러 군데에서 찾아지거니와 특히 거문고 애호와 관련된 기사 속에서 부수적으로 가곡 향유의 사실을 확인하게 된다. 거문고는 문인 품격을 지닌 악기로 대하였기 때문에 자연히 부수되는 가악도 그런 수준의 품격을 유지했을 것으로 짐작된다. 18세기 가집의 서발에는 고악을 추숭하며 상대적으로 신악에 대하여 부정하는 견해가 보이는데 이 고악 추숭의 맥락에는 사대부 가악 향유의 전통이 내재해 있음을 읽을 수 있다.[2] 이른바 "詩歌一道"란 시와 노래가 조화를 이루었던 고대를 전범으로 하는 것이며, 쇠퇴한 현세의 가도에 대한 반성과 그 대안인 고악에의 회귀를 주요 내용으로 한다. 또한 예

1) 이에 대하여는 권두환의 「조선후기 시조가단 연구」(서울대 박사논문, 1985) '2장 가단의 출현과 그 활동'에서 몇 사례를 소개한 뒤로 별다른 자료의 발굴이 뒤따르지 못하다가, 최근 17~18세기의 가객에 대한 연구가 활발해지면서 많은 자료가 출현하였다. 이상원의 『17세기 시조사의 구도』(월인, 2000)와 남정희의 『18세기 경화사족의 시조 창작과 향유』(보고사, 2005)에 대부분의 자료가 소개되어 있다.
2) 남정희의 『18세기 경화사족의 시조 창작과 향유』에서는 일부 보수적인 가객과 사대부 외에는 가악의 변화를 넓게 수용하는 풍조를 지적하였다. 고조와 금조의 관련을 적대적으로 파악하지 않았다는 관점에는 동의할 수 있으나, 추상적인 이념으로서 고악을 전제하는 가악관이 일정한 영향을 미친 것을 참조할 필요가 있다. '조선시'를 지으면서도 고시의 추상적 모형을 시경에 두었던 다산 등의 시풍을 연상하면, 가악에 있어서도 실질 향유와 추상 이념의 관계가 성립함을 인정하는데 도움이 되리라 여긴다.

인적 개성이 세속 취향과 빚는 갈등을 주요 내용으로 하는 가악 예인전에서도 가객이 자신의 존엄을 유지하기 위해 지키는 음악관이 고악에 바탕하고 있음을 볼 수 있다. 신악에 대한 부정적 상대항으로서 고악이 인거되는 사례는 18세기 이전의 가악 자료에서도 찾아지는바,3) 이 고악 추숭의 맥락이 18세기 중인 가객들에게까지 이어진다는 사실에는 사대부와 가객의 가악 향유 관계가 가객 쪽으로 비중이 기울면서도 그 사상적 기반은 그대로 유지된다는 점에서 변화하는 향유 국면과 불변하는 사상적 기반의 관계를 좀 더 면밀히 읽을 필요가 있게 된다.

변화를 허용하지 않고 항구적인 이념을 수호하려는 성향은 주자주의에 바탕한 사대부사회의 문화 전반에 나타나는 것인데, 18세기 가집의 고악관은 이런 문화 현상의 다른 노정이라고 할 수 있다. 18세기 가집에 실린 작품들에서 드러나는 사대부 취향이란 바로 이 현상의 반영이라고 할 수 있다. 아직 사대부 취향에 매어 있는 한, 가객의 독자적 계층화를 인정할 수 없다는 견해도 대두될 수 있으며 이에 대한 반론의 기저로써 가집의 작품들을 한정된 시각으로 읽으면서 중서인 향유 계층의 확립을 주장하기도 하였다.4) 18세기 이전의 사대부 가악 향유에 대한 자료가 보충되어서 가객과의 관련이 규정될 수 있을 때에 이 양분된 시각은 보정될 수 있으리라 전망한다. 그런 점에서 『송강가사』가 전승되는 문맥을 잡아내는 일은 중요한 의미를 가진다고 할 수 있다. 뒤에 다루겠지만 송강의 시조와 가사에는 주기론적 경사가 드러나는 성향이 감지되면서5) 이 작품들의 고전적 완성이 뒤따르는 서민 취향의 작품들

---

3) 瓶窩 李衡祥,「城皐九曲幷序」나 淸陰 金尙憲의 「風雅別曲跋」을 대표적인 것으로 들 수 있다. 다만 이들이 소중화주의에 편향된 점에서 우리 가악에 대한 경도가 중인 가객보다 떨어진다는 차이를 지적할 수 있다.

4) 이에 대하여는 3절 「사설시조의 형생 문제」에서 상론하겠으며, 여기서는 18세기 가악 향유 계층의 분화에 대한 대표적인 두 시각을 드는데 그친다.

5) 이에 대하여는 특히 사설시조형의 「장진주사」나 대화체의 「속미인곡」을 통해 일찍부터 지적된 바이지만 송강시가 전체에 대하여 문체론적으로 접근하면서 고산 윤선도 시가의 주리론적 취향과의 상대 비교를 통한 구체적 예증까지 이룬 것은 고정희(『고전

을 선도할 수 있는 잠재력을 지니게 됨을 설명할 가능성이 생긴다. 만일 이 가능성이 실현될 수 있다면 계층 분화로 시가사를 편차하는 시각도 교정을 필요로 하게 될 것이다.

(2) 내용 / 형식의 긴장에 따른 양식의 변화

시가사의 구도가 양분되는 기점은 사대부 / 서민의 향유 계층 분화이지만 이 양분화를 자극하는 구체적인 사안은 시가 양식에 내재해 있다. 예컨대 사설시조의 향유 계층을 양분화하는 논리는 그 형성 문제에서 찾아지는 것과 같은 것이다. 다음 절에서 따로 다루겠지만 사설시조의 형성에 관한 견해는 크게 두 진영으로 나누어지는데 사대부들에 의하여 발생하였다는 쪽은 주로 정철의 「장진주사」나 고응척의 「호기가」 같은 18세기 이전 사대부 작 사설시조를 예거하거나[6] 언(言) · 농(弄) · 낙(樂) · 편(編) 등 사설 시조의 악곡 형식이 대엽에서 분화되었다는 사실을 근거로 삼는다. 반면, 서민들에 의하여 본격적인 향유가 이루어졌다는 쪽은 음왜(淫哇) 질박(質朴)한 내용을 증거로 삼거나[7] 소용이 등의 악곡 창제가 서민 가객에 의해 이루어진 사실을 내세운다. 이 절에서는 이렇게 양분된 시각을 조섭하는 의도로 사대부 시가의 내용 속에 이미 서민적인 사고의 발아가 감추어져 있었고 이 싹이 형식의 틀 속에서 어떻게 연명해 나갔던가를 해명해보고자 한다.

시조발전사를 조망하는 일반적인 시각은 조선 전기─사대부 향유의 강호시조와 교훈시조 위주의 관념적인 작품상, 조선 후기─서민 향유의

시가와 문체의 시학』, 월인, 2004)가 처음이라고 본다.
6) 최동원(『고시조론』, 삼영사, 1980) 이래로 김학성(「사설시조의 장르 성격 재론」, 『대동문화연구』 20집, 1986)도 양반작 사설시조의 존재를 논의의 기반으로 삼았다.
7) 고정옥(『조선민요연구』, 수선사, 1947) 이래 정병욱(「시가의 운율과 형태」, 『한국사상대계』 1, 성균관대 대동문화연구원, 1973)이 지적한 "산문화의 추세"도 "서민계급의 각성"을 전제로 하므로 내용을 중심으로 본 같은 맥락이다.

사설시조 중심의 사실적인 성향으로 분기화되어 있다. 이 시각은 전체적인 흐름을 조망하는 데에는 유효할는지 모르겠으나 유형과 유형 더 나아가 작품과 작품의 관련을 따지는 구체적인 장면에 들어서서는 당착에 빠지는 허술함도 지니고 있다. 예컨대 조선 후기에도 지속적으로 향유되는 강호시조라던가 서민들도 수용하는 사대부 취향의 관습적인 어구들에 관한 문제는 이 시각의 범위에서 잡히지 않는 것이다. 그런 점에서 17세기 이래의 재지 사족이라는 향유층을 설정한 구도는 적실한 방안이었다고 사료된다. 재지 사족은 중앙 관료와는 다르게 긴박한 생활상을 반영하는 작품들을 생산해 낸 점에서 양식 내부에서 변화를 가져온 것으로 평가할 수 있다. 김석회의 「존재 위백규의 생활시에 관한 연구」(서울대 박사논문, 1992) 이래로 이른바 "생활시"의 각도에서 재조명되는 시조 작품들은 전기의 관념적인 투어의 양태를 벗어나 내용과 형식이 밀착한 어구들을 산출함으로써, 이후 시조 작품의 어구 사용에 일정한 영향을 끼쳤다고 할 수 있다. 그러나 재지사족은 중앙에서 활동하는 경화사족과 달리 연행의 조건을 다양하게 변모시킬 기반이 없으므로 소재의 선택이라는 차원에서 양식을 운용할 수 있었고, 양식의 확대 변모를 적극적으로 추구할 수 있는 여유는 역시 경화사족만이 누릴 수 있었다. 이들은 중앙에서 가곡 연행의 주도권을 쥐고 있었던 가객들과의 제휴를 통하여 풍족한 향유를 누릴 수 있었으며, 이에 기반하여 주제나 소재에 있어 제한받지 않는 내용상의 자유도 누리며, 창작의 깊이를 더해 나갈 수 있었다. 이러한 국면에서 시조사 발전의 본질을 꿰는 일은 무엇보다도 당대적 문맥에서 작품을 재해석하는 정도에 달려 있다고 할 수 있다.

경화 사족 시조의 재해석은 진작에 시도되었지만, 근자에 상촌 신흠 시조에 대한 다양한 접근을 통하여 재해석의 통로가 넓혀졌다고 할 수 있다.[8] 시조 재해석 문제(시조 장르를 시대에 따라 다르게 규정해보는 길)가 신흠에게 초점이 맞추어진 데에는 여러 가지 요인이 끼어 있지만 문학 장르와 관련된 골격만 간추리면, 이 작가에게는 보편 규범이 선행하는 16세기의 관념적인 장르 인식 가운데에서, 개별적으로 구체화된 문맥을 추구하는 새로운 장르 인식을 드러내는 변화가 감지된다는 점이다. 이 변화에서 시조사 발전의 중대한 계기를 찾을 수 있다는 것인데, 관습적인 표현 방식에서 개성적인 표현 방식으로, 작자 유동의 구전적 전승에서 작자 고정의 기록적 전승으로, 관념적인 세계 인식에서 구체적인 세계 인식으로 진행하는 단서를 이 작가에게서 찾을 수 있다는 것이다. 17세기의 재지 사족이 보여 주는 새로운 장르 인식이란 이 작가의 장르 인식의 확대된 모습으로 볼 수 있으며, 생활시적 면모라는 것도 이 작가가 세계를 구체적으로 인식한 경로에 이어지는 것이라고 볼 수 있다는 것이다. 이 작가를 재독하는 방식으로 텍스트만이 아니라 텍스트 상황을 고려한 독법을 권장한 논리[9]는 18세기 이후의 시조들을 읽는 데에도 유효한 것으로서 결국 시조 장르의 본질 파악에 한 지침이 된다고 할 수 있다.

(3) 사설시조의 형성 문제

이 문제의 발단은 고정옥이 『고장시조선주』(1949)의 서문에서 사설시조의 성립이 평시조 "형식의 파형"으로부터 이루어졌다고 파악하고, 그 특징을 형식과 내용으로 나누어 지적한 데에서부터 일어났다고 본다. 그는 16~17세기 이후 중세 문학의 주도권이 중인계급에 넘어갔다고 보고, 「청구영언서(靑丘永言序)」에 드러난 여정(閭井)·규수(閨秀)·무명씨(無名氏)들이 시조에 있어서의 새로운 주도 세력이며 이들이 추구한 형식이 장시조라

---

8) 성기옥(「신흠 시조의 해석 기반」, 『진단학보』 81, 1996) 이래 김창원(「신흠 시조의 특질과 그 의미」, 『고전문학연구』 16집, 1999)을 거쳐 최근의 정소연(「상촌 신흠의 절구와 시조 구조 비교」, 『고전문학연구』 28집, 2005)까지 이어져 있다.
9) 성기옥, 위의 글.

고 규정하였다. 그러나 그는 장시조가 내용과 형식의 일치를 이루지 못한 "실패의 문학"이라고 판정하고 그 대안으로 일어난 것이 창곡(판소리)이라고 하였다. 그는 장시조가 문학으로서 실패한 주요 요인을 장시조의 새로운 주도 계급이 문학적 교양을 갖지 못한 데에 돌리고 장시조가 결국 "속되고 잡스런 사실적인 비문학"에 빠지고 말았다고 보았다. 고정옥의 시가관은 통시적 전망에 의거한 것으로서 장시조의 형성 경로에 일정한 방향을 부여할 수 있었지만, 문학과 비문학, 교양과 무교양의 경계를 기준으로 삼음으로써 한계를 지니고 있었다. 이에 대한 대안을 양반작이라는 신뢰를 지닌 자료에서 찾은 연구는 발생과 관련된 자료적 차원에서는 기여가 있다 하겠지만 양반문학 일변도의 시각이 균형을 잃고 사설시조 이후의 시가사 전개에 대한 통시적 전망을 얻지 못함으로써 사설시조 형성 문제의 대립적 해결 구도를 첨예화시킨 것으로 본다. 이후의 사설시조 형성에 관한 문제는 이 대립 구도의 해소를 모색하는 방향으로 이루어졌다. 김흥규[10]는 사설시조의 원수록처인 가집을 대상으로 한 계량적 접근을 거친 일련의 논문들을 통하여 사설시조가 발전 후기로 갈수록 세태시·희화시적 특성은 감소한 반면 평시조에 근접하는, 좁은 의미의 서정시적 경향이 증대됨에 주목하여 사설시조의 생성 향유 기반을 재검토해야 할 필요성을 거론하였다. 한편 강명관[11]은 중인 계층의 문화에 대한 광범위한 자료를 바탕으로 기존의 사설시조 서민 담당층설을 보정하였다. 문화의 다른 분야에서 중인층이 뚜렷이 부각되는 사실에 견주어서 사설시조 중인 주도를 주장하는 논지는 설득력을 가지나, 성행 단계의 자료에 초점이 맞추어 있기 때문에 발생부터 변모까지 장르 전사적인 시각이 결여되어 있다. 19세기 말의 『가곡원류』로 결집되기까지 가곡의 범주 내에서 사설시조가 향유되는 방식은 언(言)·농(弄)·낙(樂)·편(編)

---

10) 「사설시조의 시적 시선 유형과 그 변모」, 『한국학보』 68, 1992; 「조선 후기 사설시조의 시적 관심 추이에 관한 계량적 분석」, 『한국학보』 73, 1993.
11) 「사설시조의 창작 향유층에 대하여」, 『민족문학사연구』 4호, 창작과비평사, 1993.

등 대엽조에서 파생한 빨라진 악곡에 의하였으며, 여기서 일탈한 경우는 다른 장르로 전이된 사실을 보면, 사설시조 발전의 방향은 두 갈래로 나누어지는바, 양반 취향의 지속과 서민 취향의 갱신이 사설시조라는 양식 안팎에서 보이는 긴장 관계가 고려되어야 한다고 생각한다. 그리고 이 문제는 거슬러 올라가 사설시조 발생기에서부터 이 두 취향이 관여한 정도를 따지는 일까지 관심이 미칠 것을 필요로 한다. 위와 같은 관심이 서민―양반의 계층간 교호 작용에 초점이 맞추어져 있다면, 발생서부터 변모까지 장르 전사적인 시각을 유지하기 위하여 긴요한 또 하나는 양반 향유자와 중인 가객 간의 관계 모색이다. 이들의 관계가 18세기 가집 편찬 이전까지는 주로 양반 풍류를 위한 가객의 연행 제공이라는 주종 관계로 드러나지만, 가집 편찬 단계에서는 일부 서발문 작성의 사실이 가악관의 이념적인 선도 역할을 양반이 담당하는 관계를 보이면서도, 가악 연행의 직접적인 반영인 가집 편찬 체계에 있어서는 전적으로 가객이 주도함으로써 실질적인 가악 판도의 주도가 가객에 의해 이루어졌음을 보이고 있다. 자료가 부족하지만, 18세기 이전에도 실제의 가악 연행 현장에서는 가객이 주도적인 역할을 하고 양반은 관객(청중)이라는 소극적인 역할만을 담당하면서 뒷전에 있는 것을 확인할 수 있다. 최근 17세기 이전의 사대부 시조 향유에 대한 자료의 확장 검토가 이루어지고,[12] 또 작품의 문맥을 당대적 함의에서 재독하는 연구가 이루어지는 것은, 결국 시조사의 통시적 전망을 획득하는데 그 목적이 있다 하겠거니와, 18세기 이후 사설시조로 경사하는 양식의 변모를 중시한다면, 그 변모의 동인을 17세기 이전에서 찾는 노력이 뒤따라야 할 것이라고 생각한다.

현재의 연구 정황은 아직 16세기 「장진주사」 이래의 사설시조 형성 경로가 뚜렷하게 제시되지 못하였으며, 이 문제에 관하여 요청되는 방향은 문집 등에 산견되는 사설시조 향유 관련 자료들을 발굴 정리하는

---

12) 이상원의 『17세기 시조사의 구도』(월인, 2000)와 김용찬의 『조선후기 시가문학의 지형도』(보고사, 2002)을 들 수 있다.

쪽이라고 본다. 「장진주사」는 가집의 만횡청류와는 다른 속성을 지닌 것으로 밝혀졌는데 대체로 대엽조와 관련이 있는 쪽으로 판명이 났다. 그렇다고 한다면 사설시조의 시형을 산출하는 두 가지 경로를 분리하여 검토할 필요가 있다. 만횡청류의 유래를 민요와 관련시켜 이해하는 방식13)은 양반 품격의 작품들과 대별되어 서민 취향의 작품이 가집에 공존하는 이유에 대한 한 실마리가 된다고 본다. 대립적인 두 가지 지향이 같은 문화권에서 긴장하면서 조화로운 새 방향을 모색하는 것은 문화 발전의 일반적이고도 온당한 모습이라고 본다. 사설시조라는 문화 현상의 다음 단계를 서민 취향이 우세한 가악 판도로 판정하는 데에는 이견이 없는 편이다. 사설시조 형식 내부의 팽창하는 기운이 잡가, 타령, 판소리의 긴 호흡으로 풀어지는 사실을 부정할 수 없기 때문이다. 그러면서도 이 변화 속에 잔존하는 양반 취향을 설명하는 방식이 필요하기에 양면적인 시각이 유효하다고 할 수 있다.

2) 가사

가사는 문학과 비문학(실용적인 문장)의 경계에 위치하면서 양적인 팽창을 보여 왔으며, 노래-읊기-읽기의 세 영역을 아우르는 단순한 형식에 의지하여 향유층의 다변화에도 가장 손쉽게 적용하였다. 가사의 최종 귀착지인 애국계몽기의 작품들이 드러내는 질적인 면모를 송강에 의하여 성취된 고전적 미감의 완성과 견줄 때에 생기는 격절감은 무엇에서 연유하는 것일까? 또는 역사적 기록이 엄연함에도 가사를 통하여 장황한

---

13) 고정옥의 『조선민요연구』(수선사, 1947)에서 주로 그 내용에 관련하여 거론하였고, 시조가 민요권에 침투된 양상은 이동환의 「조선후기 한시에 있어 민요 취향의 대두」(『한국한문학연구』 3~4합집, 1983)에서 검토하였으며, 18세기 이전의 서민층의 시조 향수에 대하여는 최규수의 『19세기 시조 대중화론』(보고사, 2005)에서 논의하였다.

동어반복이 이루어져야 하는 까닭은 무엇일까? 가사를 통한 가르침은 현실적 요청에 부응하는 실천으로 이어지는 단선적인 것인가? 아니면, 가사 자체의 특별한 언술 경로에 의한 정서적 환기를 목표로 하는 것인가? 이런 등등의 일차적 의문은 단순해보이면서도 가사 발전사의 중추를 받치는 심중한 의미를 지닌다. 송강가사 → 현실비판가사 / 교훈가사 → 애국계몽기가사의 맥락을 짚어보고 가사 형식의 근간인 율문 구조의 본질을 천착하면서 이 문제들을 다루어보고자 한다.

(1) 송강가사의 전승 맥락

송강 「미인곡」의 전승은 ① 구전 민요, ② 충신연주지사, ③ 상사연정 가사의 맥락 속에 이루어졌다. 이 맥락에는 두 줄기가 잠재해 있다. 하나는 님에 대한 연모라는 보편적인 주제이며 다른 하나는 민요—속가—가사 등등 구체적인 역사장르의 변모이다. 송강의 위대성은 상사연정가사라는 장르의 출현을 계기로 발휘되었다. 「미인곡」의 창안에 관여한 제일 요소는 군신 관계를 남녀 관계로 비의한 우의 구조이다. 숨김과 드러남의 긴장 관계에 의하여 본질적인 문제를 파헤치는 기법은 송강과 동시대만 하더라도 의인체 소설의 성행에 활용되었듯이 문학의 기반을 이루는 보편적인 것이다. 송강 바로 다음 단계에 위치하여 「미인곡」 향유의 정황을 잘 아는 전승자들[14]이 「미인곡」에 대하여 지니는 공통적인 인상은 "슬프고 애닯음"(怊悵; 可憐)이었다. 이 인상은 「미인곡」의 주제인 충신연주에 기인하는 것이지만, 직접적인 계기는 현재 자신의 처지인 방축에 의한 울억에 놓여 있다. 이 처지의 동일함으로 말미암아 원작자인 선배 스승에게 동화되는 문맥이란 작품의 정당한 해석을 통한 원작에의 회귀라는 수용의 관점에서 설명될 수도 있지만, 원작의 본질에 놓

---

14) 東岳 李安訥, 鳴皐 任錪 등의 추숭자; 이들은 한시를 통하여 「미인곡」 향유의 정황을 재현하였다.

인 우의 구조를 중심으로 살핀다면 「미인곡」을 계기로 삶의 비의를 깨닫는다는 논리를 세워볼 수 있다. 작품의 본질을 깨침으로써 삶의 본질에 당도하는 과정은 원작자와 재생산자인 독자와의 대화로 풀이되기도 한다. 독서를 영원한 미결의 비의 앞에 선 두 사람 간의 대화라는 정황으로 이해한 수용자들이 「미인곡」의 첫 세대 독자들이었다. 그러기에 한 세대 건넌 수용자인 북헌 김천택은 「미인곡」의 본질을 대화 구조로 인식하고 그 속작을 낼 수 있었다. 김천택의 속작은 송강의 「양미인곡」에 대한 것이지만 대화 구조에 중심을 두었다는 점에서는 「속미인곡」쪽을 계승한 면모를 지닌다. 두 명 이상의 서로 처지가 다른 여인들의 교체하는 하소연에 의하여 자신들이 동일한 세계에 존재함을 확인하고, 이 세계의 비의는 영원히 해소될 수 없다는 제한을 드러내 보여 준다는 취지를 북헌이 확인해주고 있다. 대화를 통하여 세계의 면모를 드러낸다는 점에서 「미인곡」의 진술 방식은 극적인 것에 가까움을 알 수 있다. 대화체 가사에 있어서 극적 성격이 현현함은 여러 차례 지적되었거니와, 극적인 인식이 가사 장르 자체에서 종요로움에 대하여는 많은 시선이 주어지지 않았다. 작품세계는 본질적으로 축약된 별경인데 그런 점에서 모든 작품세계는 극적인 성격을 지닌다고도 할 수 있다. 이 세계에서 만들어지는 모든 현실은 현존하지 않으므로 환상의 색채를 띠게 된다. 순간의 명멸에 의지하는 환상의 생명을 지속하기 위하여 작자는 자신의 세계관이 투여된 특수한 형상을 창조해낸다. 「미인곡」에 한정한다면, 내쳐진 여인들은 방축된 현실 작자와 그 동류의 분신이며, 그 여자들의 하소연은 복잡다기한 언로, 또는 군신 관계의 반영이기도 하다. 이 분신의 발화에 의해 조형되는 세계는 절대 왕권(또는 남존여비)과 같은 선험적 사실에 의하여 규정되는 절연된 세계이다. 외부세계와 교섭하지 않고 그 자체로서 완결된 구조를 지향한다는 점에서도 「미인곡」의 세계는 극적인 것으로 규정할 만하다. 그리고 이 세계의 표지가 율문 구조라고 할 수 있다. 애국계몽기의 분출하는 가사형 발화의 기저에 놓인 열정이 청자를 간구하는 극적 발화로 표출되었다는 사실은 가사의 극적인 성격이 계승되는 경로를 어느 정도 가리켜 주고 있다고 할 수 있다.

북헌 이후 「미인곡」의 계보는 이진유의 「속사미인곡」(1727) 등으로 이어지는데 여기서부터는 더 이상 우의의 은폐 기도가 강화됨이 없이 직서적으로 자신의 처지를 하소연하는 문맥이 두드러진다. 당연히 작품의 귀결이 충신연주를 강조하는 평판적인 어조에 닿게 되는데, 이에 따라 작품세계가 협애해지면서 수용의 폭이 줄어들 수밖에 없게 된다. 「미인곡」의 속화는 사대부들이 먼저 시도하고[15] 이어서 서민들의 연정가사로까지 확산된다고 할 수 있는데, 이 경로는 구전민요에서 출발한 「미인곡」의 당연한 도정이라고 할 수 있으며, 여기서 주의를 기울일 대목은 더 이상 충신연주를 담지하지 못하게 된 「미인곡」의 향유 정황이라 할 것이다. 이런 단계에서 가사 향유로 말미암아 일어났던 작은 실사는 이 변모된 향유 정황과 관련하여 시사하는 바가 많다. 왕이 가사 창작에 관여된 작품은 「고공가」와 「권선지로가」 두 작품이 있다. 각기 선조와 영조로 비정 되는 두 작자는 토지제도와 윤리강화라는 시대의 명제에 대한 원작자로서의 자질을 지니고 있다고 할 수 있다. 두 작품이 착종된 현안의 우회적 환기 방안임을 아는 선대의 향유자들이 피해 나갔던 작자성을 후대에 추구함으로써 일어났던 일사의 결말은 모두 선대의 향유 방식이 옳았음을 증거하는 쪽으로 결말이 났다.[16] 이 작품들이 제한된 유통 범위를 가졌던 16~17세기의 향유 정황과는 많은 차이가 나는 18세기 이후의 향유 정황에서는 작자성의 실효가 작품 유통의 전략에 아무런 영향을 끼치지 못하게끔 되었던 때문이다. 그러나 아직 집단적 향유의 장르 규범이 잔존하던 단계에서 왕이라고 하더라도 개인의

---

15) 민우룡의 「금루사」(1778)는 연모 대상을 구체적 여성으로 하였음.
16) 이에 대한 것은 김용섭의 「선조조 '고공가'의 농정사적 의의」(인문 · 사회과학 편, 『학술원논문집』 42집, 2003, 89~90면)과 이가원의 「퇴계의 시가문학 연구」(『한국문학연구소고』, 1980)에 자세하다.

자의적인 해석은 용납될 수 없었던 것이 이 시기 가사 향유의 실상이라고 할 수 있다. 「미인곡」이 현실 문맥화되는 데에는 당론 정치에서 세도 정치로 변모된 정치상이 작용하였다면, 타락한 양식인 연정가사로 고착되는 데에는 벗겨진 우의 구조의 실상이 작용하였다고 할 수 있다. 우의의 노정은 양식의 왜곡을 지향하기에 잡가류의 주류를 이루게 되는 사랑노래는 「미인곡」의 연원을 희미하게 보존할 따름이었다.

「관동별곡」에 대한 당대의 고평은 충신연주의 결구가 아니라 경상을 대목마다 짜 나아간 솜씨에 대한 것이었다. "領略金剛萬疊山"[17]이라던가 "萬二千峰列眼前"[18] 같은 평은 「관동별곡」의 가창에 대한 감상이거니와 "狀物之妙 造語之奇 信樂譜之絶調"[19]에서 이를 재확인할 수 있다. "狀物之妙"란 경상을 그려낸 묘한 솜씨를 가리킴인데 이 비슷한 평어를 심수경의 『견한잡록(遣閑雜錄)』에서 「면앙정가」를 평한 "眞可觀而可聽也"라는 대목에서 찾아볼 수 있다. 예술적 흥취에 의하여 감각이 통어된다는 원리는 이 대목에서만 찾아지는 것이 아니지만, 특히 시각에 의하여 새로운 인식의 경지가 열리는 점을 강조했다는 점에서 이 대목에 유의하게 된다. 금강산 유람이란 필생의 계획이 될 수 있는 현실에서 문자를 통한 간접 체험으로 유람의 실효를 거둘 수 있다고 한다면 현실적인 소용 가치도 상당하다고 할 수 있다. 평어들이 지향하는 감탄의 기저에는 그런 타산도 깔려 있음이 분명하다. 문학 작품을 읽고 현실과 꼭 같다는 감탄을 발하게 됨에는 그 재현의 수법에 대한 놀람이 단초가 됨이 틀림없다. 그리고 그 이면에는 제한된 별구에 새롭게 인식한 세계를 담아 놓은 발상에 대한 호기심 어린 접근이 자리하고 있다. 생동하는 언어로 새로운 형상을 창조해낸 천재성에 대한 감탄이 「관동별곡」 평어의 기저에 깔려 있다. 가사가 지향하는 두 가지 방향인 교훈과 재현 가운데

---

17) 石洲 權韠, 「贈楊理一」.
18) 鄭敏河, 「歌先祖關東別曲」.
19) 홍만종, 『순오지』.

후자에 대한 뚜렷한 실현 방안을 제시했다는 점에서 후대 기행가사의 전범이 되면서 속편을 양산하는 「관동별곡」의 위상을 재평가하게 된다.

시각을 통한 재현은 바꾸어 말하면 심상(이미지)을 활용하였다는 것인데 「면앙정가」 이래 유상가사의 본질이 여기에 있다고 볼 수 있다. 가사는 보는 미감과 듣는 미감이 개입하는데 보는 미감을 극대화한 사례를 「관동별곡」에서 확인할 수 있었던 것이다. 조선 후기 기록류를 소재원으로 하는 많은 장편 기행 가사가 지리한 동어 반복이지 않을 수 있는 이유가 실제 기록과는 변별되는 방식으로 대상을 인식하고 그 결과물을 미적인 방식으로 형상화한 점에 놓여 있다고 할 수 있다. 이 미적인 방식은 언어를 매개로 하기 때문에 "造語之奇"라는 평은 언어와 대상의 합치됨에 대한 것이다. 율격 언어를 사용하는 가사에서는 이 조합은 음악성을 상정하게 되고 "可聽"은 이에 대한 고평이라고 하겠다.

(2) 현실비판가사의 전통

홍만종 『순오지』 가사 평어 가운데에 조위한의 「유민탄(流民嘆)」에 관한 기사가 보이고 김득신의 「관동별곡서」에도 「유민탄」 향유에 관한 언급이 있으므로 「유민탄」이라는 가사의 실존을 의심하지 않아도 좋을 듯하다. 또 『연려실기술』 제21권 '광해군의 어지러운 정사'조에는 이 노래의 시정 유통에 대한 기사가 보이는데 이 기사가 광해 혼정에 관한 것이고 부역을 감하였다는 효과에 대하여도 언급된 것으로 보아 우리말 노래로서 광범위한 유통 범위를 가졌던 작품임을 알 수 있다. 작자로 비정되는 현곡(玄谷) 조위한(趙緯韓)의 관련 기록을 더듬어보면 송강의 문인인 동악(東岳 李安訥)·석주(石洲 權韠) 등과 교유하고 있을 뿐만 아니라 그 자신 「용호의 배 가운데에서 추향이 「사미인곡」을 부르는 것을 듣고 느낌이 있어」[20]라는 시를 지어 「사미인곡」의 주요 전승자임을 보여 주고 있다. 또 광해 시절 계축옥사의 피해자이며 인조반정 후 중용되었으면서도 직언 때문에 좌천을 거듭한 행적이 「유민탄」 작자로서의 자질에 합치하고 있다. 양반들의 현실 비판이 문학적으로 표출되는 것은 「유민탄」 단계에서 시작되는 것은 아니지만 「탄궁가」(정훈)와 같은 재지 사족의 현실 인식이 반영된 작품을 거쳐 북청부사였던 성대중이 개재된 「갑민가(甲民歌)」를 거쳐 「합강정가」에 이르는 경로를 그려볼 수 있기에 「유민탄」의 위치가 중요하다고 할 수 있다.

「갑민가(甲民歌)」는 성대중 작으로 비정하기에는 뚜렷한 확증이 없으나 『청성잡기(靑城雜記)』에 편재한 현실에 대한 관심이나 동시대의 양반들이 현실을 부정적으로 인식하는 광범위한 동향을 고려하건대 작가로서의 가능성은 충분하다고 본다. 그리고 이 작품이 대화체를 사용함으로써 「송강가사」 이래 가사 양식의 본질로 인식되었던 기법이 현실비판가사라는 다른 종류에서도 유효함을 보여 줄 뿐 아니라, 이후 가사가 양식적 본질을 견지하는 데에도 대화체가 주요한 기여를 하게 되는 계기를 마련하고 있기도 하다. 「합강정가」는 국상일에도 선유를 즐기기 위하여 읍민을 무리하게 동원한 수령을 고발하는 내용인데, 실사와 결부되어 해석되기도 하지만 이는 작품의 진정성을 높이기 위한 전략으로 이해함이 온당하다. 이 작품은 「갑민가」만큼 세련된 수사를 보여 주지 못함으로써 작품의 예술적 가치가 저하되는 대신에 단순 소박한 형식을 통하여 효과적인 대중 전파를 성취할 수 있었다. 권유—제시—묘사—열거—반어 등의 수사를 되풀이함으로써 현실의 모순을 노정하고자 하는 의지를 관철하였다. 민란에 선동을 위해 불리어졌다는 실전 「풍덕가」 · 「진주가」 등등도 이 수사의 범주를 유지하였으리라고 본다. 동학가사의 「안심가」 같은 작품에서도 반복되는 이 수사는 동시대 가사 향유자들이 가사 양식을 인지하는 지표적 관습이라고 할 수 있다. 이 관습이 애국계몽기까지 유지되는 경로를 그릴 수 있으므로 현실비판가사의 출현 성

---

20) 「龍湖舟中聞秋香唱美人曲有感」(『玄谷集』 卷之三 五言律詩).

장은 부정적 현실 인식이 개재하는 역사 국면에서 이루어진다는 가설도 실증될 수 있는 것으로 보인다. 애국계몽기 가사의 계몽의지는 현실에 대한 적극적인 관심이라는 기준에서 현실비판가사의 현실 모순을 노정하고자 하는 의지와 같은 성격의 것이며 다만 역사 국면의 상이함으로 말미암아 그 표출의 양태가 차이가 났을 뿐이라고 할 수 있다.

(3) 율문의 범주−소설과의 관련을 중심으로

시가는 율문에 의하여 규정되는 형식을 지닌다. 그런데 이 규정 내에서 비율문이어야 하는 산문이 율문이거나 율문적 성향을 지님으로써 일어나는 당착을 설명하는 방도는 여러 가지로 모색되었다. 첫째는 "중세기의 산문"이라는 문학사적 해명이다. 이 해명의 기저에는 아직 미분화된 인식의 차원과 세계문학사 보편의 차원, 두 가지가 깔려 있다. 중세인들의 세계 인식은 보편 종교에 의지하면서 자연 친화적인 성격이 강하기 때문에 대상을 서정적 통합의 단계에서 파악하기가 쉽기 때문에 본격적인 산문의 사용에 미치지 못하였다는 것이다. 세계문학사에서 중세의 산문이 일반적으로 율문의 형식을 띠는 원인이 이러한 미분화된 세계 인식의 단계에 공통적으로 처하였기 때문이라는 것이다. 산문다운 산문, 곧 비율문의 산문이 적용되는 단계는 근대인의 복잡다단한 생활상이 반영되는 때에 실현된다는 것이다. 두 번째는 "율문이면서 비율문" 이라는 모순 명제에 바탕한 절충안이다. 내용상으로는 산문이되 형식상으로는 율문이라는 이 견해는 다음 단계에 산문과 율문이 확연히 구분되는 시기를 상정함으로써 시가사의 연속상을 제시한다는 점에서 첫 번째 견해와 같은 맥락에 들지만, 첫 번째에 비하여 시가 양식 자체에 대한 접근이 강화되어 있다는 차이를 지니고 있기도 하다. 세 번째는 근래에 이루어진 업적으로서 장르 이행을 통하여 이 문제를 해명하는 방식을 들 수 있다. 판소리의 소설화나 가사의 소설화 같은 견해가 이 방식의 대표적인 것으로 들 수 있다. 그러나 이 견해는 판소리나 가사와 관련이 없는 소설까지를 포괄하기에는 시야가 제한되어 있어서 대안을 필요로 한다. 여기서 향유의 문제와 관련된 접근이 요청된다. 낭송 독서의 관습에 의하여 양식이 규정되는 모습을 밝히는 일은 문학사의 구체적인 국면 속에서 이루어지며 서로 얽히어 있는 여러 양식을 포괄적으로 다룰 수 있기 때문에 율문–비율문의 상충하는 관계를 다루기에 적합하다고 할 수 있다. 산문일지라도 낭송되면서 율문의 범주에 들게 된다는 사실은 율문–비율문의 관계가 어떤 정해진 하나의 조건에 의한 것이 아니라 여러 다른 조건에 따라 서로 넘나들 수 있는 융통성 있는 관계임을 알려준다. 일부 가사집에 한문 문장이 들어 있는 것은 문학 형식의 범주에 대한 이러한 융통성 있는 견해에 의한 것으로 파악된다.

"4음보격 행의 무한한 중첩"이라는 원론적 규정에 의하건대 가사는 분량이나 그 배분에 대한 어떤 규제도 벗어나 있기 때문에 단일한 양식으로 포용되지 아니한다. 가사, 또는 가사체가 걸쳐있는 양식을 예거하건대, 4음보격 행이라는 기본 자질을 공유하는 시조로부터 노래이면서도 이야기의 자질을 내포하기 때문에 산문의 자장권 내에 있는 판소리에 이르는 시가 장르와 낭송이라는 향유 관습을 공유하는 소설과 같은 산문 장르에 미쳐 있다. 시조는 특히 악곡적 조건이 겹쳐 있어서 가사의 인근에서 공존한다고 본다. 우선 조선 중기에 가곡의 대엽조가 가사의 가창에 적용된 사실이 확인되며, 후기에는 국악계의 증언대로 가창가사에서 시조창이 유래한 사실이 엄존한다.[21] 판소리와 가사의 관련은 신재효 창본의 단가들이 가사체인 데에서 단적으로 드러나거니와, 송만재「관우희」에 「영산선성(靈山先聲)」이라는 허두가 관련 대목에 「관동별곡」과 같은 가사가 나타나 있어서 이 관련을 더욱 뚜렷하게 해주고 있다. 「장끼타령」 같은 작품은 소설로 이행된 뒤에도 가사의 외양을 유지하고

---

21) 이병기, 「시조의 발생과 가곡과의 구분」,『진단학보』 1호, 1934.

있어서 혹시 그 모습이 판소리로서의 원모습은 아닐까 하는 의구심까지 들거니와, 이밖에도 판소리 창본의 주요 대목마다 드러나는 가사체의 윤곽은 판소리와 가사의 관련이 깊은 데까지 미쳐 있어서 이의 규명이 두 양식의 본질적인 곳까지 이르지 않고는 어려울 것을 시사하고 있다. 소설 가운데에는 가사와 같은 줄거리를 가진 이른바 가사형 소설이 있어서 가사가 소설로 이행하는 과정을 알려 주거니와 「추풍감별곡」 같은 작품은 서사나 결사를 가사로 대신하고 있기도 하여 두 양식의 상보적인 관계를 알려 주기도 한다. 한편, 소설집 말미에 가사를 합철한 제책 방식을 통하여는 낭송 독서의 관습 내에서 두 양식이 통용되는 현장을 유추해볼 수도 있다.

이처럼 가사가 여러 양식과 자유롭게 교섭할 수 있는 요인은 무엇보다도 그 형식의 무규약적인 데에 기인한다고 볼 수 있다. "우리말로 구성지게 씌어진 문학적 작품들이면 몰아쳐 붙였던 당시의 한 관례"22) 같은 지적은 이 사실을 요약하여 지적한 것이라고 본다. 제문이나 편지글 같은 비문학적인 영역에까지 가사체의 영향이 미쳐있어서 가사의 무규약적인 특성이 문학—비문학의 경계를 허물고 적용되는 상황을 볼 수 있다. "우리말 진술방식의 가능한 모든 유형"23)은 이 초경계의 경지를 가리킨다. 이런 상황 내에서는 비율문은 산문에 대한 것이 아니라 경계가 지켜지는 경지에 대한 표지가 된다. 문체 분류에 의하여 시와 문으로 대별되는 문장은 양대 하위 항목에 여러 가지 관습적인 문체를 지닌다. 이들은 서로 이웃해 있으면서도 절대 다른 영역을 침범할 수 없는 강한 규약에 매어 있다. 만일, 상소문을 써야 할 자리에 산수유람기나 벗에게 주는 서간의 문체를 썼다면 커다란 대가를 치러야 했을 것이다. 이런 극단적인 예가 아니라도 사회 규범에 의하여 제한되는 문장의 사용은 매우 엄격했던 것을 실례를 통하여 얼마든지 검증할 수 있다. 서

---

22) 이능우, 『가사문학론』, 일지사, 1977.
23) 김병국, 「장르론적 관심과 가사의 문학성」, 『현상과 인식』, 1977년 겨울.

정시의 예술적 경지를 인사 평가의 기준으로까지 삼았을 만큼 시를 중요시했던 시기에 있어서 비율문은 엄정한 공적 효용을 가지는 비문학의 영역에 대한 표지가 되었다. 그러나 이 엄정한 경계도 일단 낭송의 영향하에서는 무용했던 것이 그 시기 독서 관습의 실상이기도 했다. 일단 낭송되는 순간 고금의 명문장은 삼엄한 규범의 산물이 아니라 즉흥적 흔상의 대상이 되었던 것이다. 기록으로 고정되었던 체계가 낭송의 유동적 체계로 전환되는 것이 이 변화의 본질이다. 따라서 율문의 율격은 시작의 규범이기에 앞서 문자 기록을 문학예술의 원천인 구비적 전승의 세계로 환원하는 기재로 작용하였음을 알 수 있다. 시조나 가사의 이본들 사이에 개재하는 수많은 차이는 기록문학의 관점에서는 원본 일탈의 오류가 되지만 구비전승의 관점이 적용되면 적극적인 원본 재생산의 능력으로 바뀐다. 이런 점에서 애국계몽기의 같은 유형 작품들의 대량 재생산에 대하여 작품 이면의 사상적 열정에 관한 접근과 별도로 전통적인 향유 관습과 관련된 모색도 필요하다고 할 수 있다.

3) 판소리–판소리의 생성 과정과 판소리계 소설의 문제

어느 장르이던 간에 발생에 관련된 문제는 문학사에 처음 등장하는 작품을 거론함으로부터 시작된다. 판소리의 경우에 유진한의 『만화집(晚華集)』에 실린 「춘향가」(1754)가 판소리 실연을 반영한 경우이므로 가장 앞 선 시기 작품의 실존을 증거하는 자료로 볼 수 있다. 「만화 춘향가」는 400구의 칠언 한시로 이루어졌는데 이 형식은 당대에 사대부들 간에 성행하던 기속 악부시의 관습에서 유래한 것이다. 「만화 춘향가」는 호남 지방을 여행하는 사이에 보았던 실연 정황을 충실히 재구성해 놓았기 때문에 현전 판소리 「춘향가」의 기본 구조를 거의 다 갖추고 있다. 판소리의 연행 사실을 뚜렷이 증언하는 이 자료는 18세기 중반 이전에 판소리의 기본 구조가 확립된 사실을 알려줄 뿐 아니라 민속악적 요인이 크게 개입한 판소리라는 새로운 양식을 이해할 만큼 양반층의 가악 풍류가 다변화되어 있다는 사실도 알려주고 있다. 아마도 시조라는 새로운 양식이 출현한다든가 각 지역의 민요들이 서울로 유입된다던가 하는 등의 사실을 통하여 양식간의 자유로운 교섭이 이루어지면서 종전처럼 계층 간의 격절을 필요로 했던 가악 향유의 방식에도 변화가 오지 않을 수 없게 된 사정이 개재하고 있었으리라 본다. 대체적으로 세속화의 방향을 취하는 가악 판도는 빠른 박절의 악곡을 선택한다든가 상사연정과 같은 세속적인 주제에 편향된다던가 하는 변화에 따라서 점차적으로 서민 취향으로 경사되고 그에 따라 유흥적인 성격이 강화되었다.

이런 변화의 와중에 등장하는 판소리는 자연히 세속적인 취향에 부합하는 방향을 택하게 되는데, 소설과의 결합도 그 문맥에서 이루어진 것으로 볼 수 있다. 낭송 독서의 관습에 의해 향유되는 소설은 율문 구조를 띠게 되고 율문 영역에 관여되는 장르들과 자연스러운 교섭을 하게 된 것으로 보인다. 우선은 손쉽게 낭송 관습을 빌어올 수 있는 가사가 교섭 대상으로 채택되고, 그러나 가사는 서사적 성격이 상대적으로 약한 까닭에 서사적 성격이 우세한 판소리를 교섭의 주요 대상으로 삼게 된 것으로 보인다. 판소리는 청중의 취향에 부합해야 하는 공연 예술의 성격이 강하기 때문에 자연히 극적 흥미를 유발할 수 있는 정황을 필요로 하고 이에 소설에서 이야기 재료를 빌어오게 된 것으로 보인다. 일단 판소리로 유입된 이야기는 판소리 문맥에 맞추어 재구되어야 하는데 이 문맥의 요체는 노래되어야 한다는 점이다. 노래되기 위하여는 소설의 특징이 사상되는 여러 가지 변형이 필요한데, 이를테면 외부세계의 개입을 차단하고 집약적인 정황을 전달하기에 효과적인 어법을 사용하여야 한다. 율문 또는 노래말은 소설의 일상적인 발화를 이탈하여 극적 분위기를 자아내는 대사화를 가능케 한다.

여기서 판소리의 문자 정착이 판소리계 소설이라는 기존의 논의를 보다 심층의 단계에서 재검토할 필요가 생긴다. 만일 기존의 논리를 비판 없이 수용하려면 판소리와 소설의 장르적 차이를 어떻게 극복했느냐의 문제가 선결되었어야 하는데, 같은 율문 구조를 하고 있다는 표층적인 차원의 해결 외에는 이 문제에 접근한 사례가 없는 편이다. 또한 삽입가요라는 개념으로 판소리 문맥을 해석하려는 시도가 있었지만 이 문제 또한 판소리 가운데 들어 있는 노래들이 판소리 문맥에 따라 생성된 것이냐, 아니면 그 이전에 이미 노래로서 존재하던 것이냐가 선결된 뒤에라야 해결 가능한 것이다. 판소리 장르 자체가 일상적인 발화를 노래로 만들어야 하는 당위에 제약되어 있는 만큼 판소리 문맥에서 생성된 노래가 있을 수 있지만, 현전 창본을 들여다보면 이미 있던 노래를 차용한 흔적이 지워지지 않고 그대로 있는 부분이 뚜렷하기 때문이다. 이와 같은 사실에 유의하면서 이른바 판소리계 소설을 재독해보면, 판소리의 문자 정착이라는 간접적인 통로 외에 여러 가지 노래들을 조합하여 소설이라는 서사물을 꾸며내는 직접적인 통로가 별개로 존재할 수 있다는 논리에 당도하게 된다. 여기에서 시가의 총합체인 판소리가 생성되는 경로를 시가 장르 내에서 추적하는 것과는 다르게 시가 장르에서 서사 장르로 이행하는 특수한 경로를 추적할 필요가 생겨난다. 판소리계 소설이라는 개념은 단순히 구전-기록의 전승 차원에서만 규정될 것이 아니라, 장르 인식의 본질적인 문제와 관련된 차원에서 재논의 될 것을 요구하고 있다.

판소리와 소설이 별개의 장르로서 엄존한다면 이 둘은 각기 장르 구별을 가능하게 하는 장르 지표가 있을 것이며, 그 지표의 내용이 구전/기록의 차이가 아니라면 판소리계 소설의 정의는 재검토되어야만 한다. 위에서 지적한대로 각기 시가(서정)와 산문(서사) 장르에 기반을 두면서 어떤 계기에 의해 서로 교섭하게 되었다면 바로 그 계기야말로 두 장르의 관련을 명확히 밝힐 단서를 안고 있을 것이다. 이 두 장르는 일정한 시기에 장르 확산의 요구를 공유하게 되었던 것일 터인데, 그 시기란 두 장르가 공통적으로 처한 장르의 한계가 노정되던 단계였을 것으로 생각된다. 이 한계란 두 장르가 운명적으로 안고 있는 유통의 문제와 관련되어 있다. 각기 이야기와 극이라는 대중적 양식의 본질에 걸려 있으며, 독자와 관객이라는 유통 요인이 충족되어야 그 장르의 명맥이 유지되는 상업적 유통의 단계에 처하여 있는 두 장르는 대중 추수, 또는 상업적 흥행의 의도하에 서로를 필요로 하게 된 것으로 생각된다. 물론 판소리의 흥행에 영향을 받아 문자 정착까지 이루어졌다는 가설이 용납될 수는 있지만, 19세기 이래 판소리의 향유는 철저히 구전 전승의 맥락에서 이루어진 사실을 참고하면, 판소리 문자 정착이란 예외적인 경우일 수는 있어도, 문학사의 흐름을 설명할 수 있는 일반적인 사항은 될 수 없다. 최근에 판소리계 소설과 판소리의 관계를 세부 문맥의 차원에서 검토하는 작업이 이루어 진 것24)은 그런 의미에서 문학사의 정당한 흐름을 찾으려는 관심의 소산에서 비롯한 것으로 평가할 수 있다.

4) 잡가

(1) 잡가의 형성 경로

잡가의 명목은 다기하게 적용되어 왔다. 1821년에 편찬된 가사집『잡가』는 전통적인 양반 취향의 작품들과 함께 「재송여승가」·「호남곡」 등등을 첨록함으로써 달라진 시가 판도를 반영하고 있다. 「재송여승가」는 남철의 실사에 근거한 작품으로 판정됨으로써 현실과 밀착된 작품세계를, 「호남곡」은 「호서곡」·「영남곡」 등과 같은 지명 관련 작품으로서 어희적 성향과 더불어 유흥적 면모를 지님으로써, 관념적인 작품세계에

---

24) 임성래의 「완판 영웅 소설의 판소리 문체 수용 양상」(『판소리연구』 12집, 2001)과 박일용의 「구성과 더늠형 사설 생성의 측면으로 본 판소리의 전승 문제」(『판소리연구』 13집, 2002)를 들 수 있다.

머물며 효용론적인 주제에 매어 있는 양반 취향의 작품들과 구별되고 있다. 서로 다른 두 성향의 작품들이 한 가사집에 공존하기에 붙여진 명목이 잡가라고 할 수 있다. 한편, 1860년대의 시조가집 『남훈태평가』의 말미에는 잡가와 가사 항목이 따로 있음으로써 짧은 노래를 향유하는 나머지에 긴 노래의 향유를 수반하는 새로운 향유상을 보여 주고 있다. 가곡의 향유가 이미 짧은 노래와 긴 노래(「농락」편 등의 악조에 의한 사설시조형 작품들)를 배합한 한 바탕으로 이루어 져 왔거니와, 가사나 잡가는 사설시조형의 긴 노래들과는 다른 성격으로서 가곡의 틀을 전혀 벗어난 새로운 형식의 노래라고 할 수 있다. 『남훈태평가』의 잡가편에는 「쇼츈향가」·「미화가」·「빅구사」가, 가사편에는 「츈면곡」·「상사별곡」·「처사가」·「어부사」 등이 들어 있다. 가사편이 잡가편보다는 양반 격조에 가깝다고도 볼 수 있지만 이들이 뒷시기에 십이가사의 곡목으로 한 데 묶이는 것처럼 교섭 중에 있는 근접 장르로 파악함이 온당하다고 본다. 『남훈태평가』가 가집으로는 드물게 판각된 사실에서 알 수 있는 것처럼 노래가 시중에서 활발히 유통되면서 상업적인 흥행의 요인이 중시되는 가악 판도가 형성된 것으로 짐작된다. 이 판도가 급히 세속화의 물결을 타고 확산된 것은 19세기 말부터 이루어진 잡가집의 번성한 유통을 통하여 확인되는 바이다.

『남훈태평가』의 「쇼츈향가」는 판소리와 관련된 곡목이거니와 판소리의 한 대목을 가창을 위한 독립곡으로 편성하는 경우는 「십장가」나 「제비가」 등에서도 확인된다. 판소리의 흥왕과 더불어 이들 곡목이 확대되고 최종적으로는 경기잡가의 곡목으로 귀착되는 경로 또한 십이가사의 경우와 유사하다. 판소리가 시가 판도를 주도하면서 판소리에서 파생된 노래들이 가창가사와는 별개의 범주를 필요로 하기에 경기잡가라는 명목이 따로 필요했던 것이 아닌가 한다. 『남훈태평가』와 비슷한 시기에 이루어진 소설 『남원고사』는 하나의 독립된 가집으로 볼 만큼의 다양한 노래들이 실려 있거니와, 이 사실에 대한 시가사적 석명과는 별개로 소설이 사회상을 반영한다는 관점에서 볼 때에, 이 시기에 얼마나 다양한 노래들이 널리 불려지고 있는 가를 읽을 수 있다. 노래가 성창되는 사회상은 현실에 존재하지 않는 관념적인 이상이 아니라 현실 자체를 인정하고 거기서 의미를 추구하려는 것으로 규정할 수 있다. 노래의 즐김에 연유하는 이 향락적이고 세속적인 흐름에 부응한 비규범적이고 비고정적인 성격의 새로운 양식이 잡가였으리라고 본다.

(2) 잡가의 범주-근대 시가와의 관련

잡가의 범주가 부동적으로 확산될 수밖에 없는 운명을 수긍하는 것은 잡가가 밟아온 전통 장르 내의 족적을 통해서이다. 이미 시가의 최종적인 형식으로서의 판소리에서 감지되었던 이 운명은 악곡의 조건에 의하여 규정된 것으로 파악할 수 있다. 길게 잡는다면 우리 가악이 근원적으로 지녔다는 개방적인 구조에 그 연원을 댈 수도 있을 것이다. 단-장 양 체제를 구축해 나온 가악 구조는 단형이 장형의 기본 구조가 되는 확대형(고려가요의 연장체)뿐만 아니라 여러 가지 단형의 부분들이 결합하여 새로운 단형을 만들면서 장형으로 범주 이동되는 융합형(고려가요의 편사형)을 지님으로써 구조적 다양함을 발휘한다. 판소리에 내포되어 있는 계층적, 문화적 융합의 배경이 이 구조적 다양함으로부터 발현되는 것이라고 볼 수 있는데, 근대 시가에 들어서도 이 역동성이 다른 방식으로 실현되었다고 볼 수 있다. "애국계몽의 파토스"[25]를 내용 인자로 하면서 그 시기의 가능한 시가 양식을 모두 동원한 모습에서 전대의 양식적 혼융을 되짚을 수 있다. 그러나 그 혼융이 일정한 방향성을 가지고 새로운 단계의 시가 양식을 모색하는 모습에서는 전대와는 구별되는 특징이 잠재해 있다고 볼 수 있다. 이는 우선 악곡적 요인이 종전

---

25) 고미숙, 「애국계몽기 시조의 제특질과 그 역사적 의의」, 『어문논집』 33집, 1994.

에 지녔던 절대적 영향력을 상실한 데에 기인하고, 시대의 요청이라고 할 수 있는 애국계몽의 내용적 우세가 양식을 선도한데에 부수적 요인이 따랐다고 할 수 있다. 따라서 근대 시가의 선행태인 잡가의 구조적 다양성을 파악하는 일은 후행하는 근대시가의 변모를 규정하는 데에 절대적 전제가 될 수밖에 없다. 근대 시가를 부동하는 양식의 나열 (또는 착종) 가운데 아직 장르적 정체성을 확보하지 못한 단계인 일종의 문화 현상이나 운동으로 파악하는 시각26)은 시가사의 최종 귀착이 현대시라는 도정에서는 이해되면서도, 그 도정을 설명하는 과정에서 자연스럽게 현대시의 귀착에 이르지는 못하여서 결국 단절을 야기한다는 점에서는 보완이 필요하다고 할 수 있다.

잡가는 규정되지 않는 유동태로 확산되어 왔지만 일정한 향유 방식의 전제하에 뚜렷한 향유층을 유지하였다는 점에서 양식적 고유성을 인정할 수 있다. 다만 주로 기록문학에 관계되는 양식 개념으로 잡가를 규정하려 할 때에는 대상과 방식이 괴리를 빚을 수밖에 없었다. 유동적 축적을 양식 유지의 근간으로 한다는 점에서 다분히 민요의 구전적 성향을 띠고 있는 잡가는 일정한 단계마다 양식의 전모를 갱신하기 때문에27) 고정적 작시를 근간으로 하고 일정한 양식 규범이 그 양식의 전사를 통관한다는 개념에 의해 규정되는 기록문학의 시각으로는 정체를 규명하기가 어렵게 되어 있다. 양반과 서민의 문화적 격절이 해소되기 시작할 즈음에 양반 품격의 자장 안에서 일어난 양식의 혼용은 주로 정악적 양식으로부터 민속악적 양식으로의 일탈을 방향으로 하면서 다음 단계의 서민 취향 경사를 예비하였다. 충신연주지사가 상사연정가로 전환하는 것과 같은 주제의 변환뿐만 아니라 민속악적 일탈에 의한 양식의 시험이 가해졌다. 이 시험이 온존한 양식에의 귀착을 목표로 하는 것이라면

---

26) 김윤식, 『한국 근대문학양식논고』, 아세아문화사, 1980.
27) 잡가의 단계별 범주 변모에 대한 논의는 박애경의 「잡가의 개념과 범주의 문제」(『한국시가연구』 13집, 2003)를 참조할 수 있다.

그 목표의 성취 여부가 시가사의 구도를 결정하였을 것이다. 1920~30년대까지 유흥문화를 주도하던 잡가의 향유라는 사실에 의거하여 시가사의 구도를 재편하려는 시도28)는 실증적인 면에서 유효하다고 할 수 있다. 또한 이 시도는 외래 양식에 의한 굴절을 강조하다가 전래의 흐름을 놓친 기존의 추상적인 시가사에 대한 반성이 계기가 되기도 하였다. 그러나 이 시도는 악곡의 견인하에 온존한다는 점에서 근대시가가 전통시가 장르의 범주에 머물러 있다는 결론에 도달하는 순환 논리에 고착될 우려를 안고 있다.

여기서 시가의 범주를 되짚어 보고자 하는 것은 전통과 단절로 이분화된 시가사의 시각을 극복하기 위함이다. 원론적으로 따져보건대 시(詩)는 독서의 대상이요, 반면 가(歌)는 노래의 대상이다. 조선조에서 양반 지식인은 한시를 통해 읽는 대상으로서의 시가를 향유하였고 서민 대중은 민요를 통하여 부르는 대상으로서의 시가를 향유하였다는 논리가 가능하다면, 조선조 시가에는 계층에 따른 두 가지 향유 방식이 공존했고 시가 양식의 발전은 이 두 방식의 적용에 따라 편차를 보여 나온 것이라고 할 수 있다. 예컨대 애국계몽기의 착종된 양식들은 변화 중에 있는 장르적 비정체성이라는 점에서는 잡가와 유사한 면이 있으나, 악곡의 제한을 벗어났다는 점에서는 전혀 이질적인 범주에 속하는 것으로 보아야 한다. 노래 불리어지기를 원하는 20세기 이전의 시조는 읽혀지기를 원하는 애국계몽기의 시조와 장르적 기반이 판이하다고 할 수 있다. 읽혀지기 시작한 시조의 행로가 어떠한가는 문학사의 실제가 가리켜 주고 있거니와, 내용이 선행하는 조건 가운데 형식은 무의미한 관습의 껍질을 쓰고 있게 되며 여기서의 탈각이 이후 시조발전사의 중심 문제가 되어 나왔음을 보고 있다. 잡가는 어디까지나 노래로 불리어지던 양식적 규범에 제한되어 있었기 때문에 이를 읽히는 단계의 양식 규범

---

28) 이 시도는 권도희의 「20세기 전반기의 민속악계 형성에 관한 음악사회사적 연구」(서울대 박사논문, 2003)에 의해 구체화되었다고 할 수 있다.

으로 해명하려 한다면 착종에 빠질 수밖에 없다. 다만 시조를 그렇게 보아야 하듯이 불리는 단계와 읽히는 단계를 구별하여서 파악하는 길만이 이 착종을 벗어나는 길일 것이다. 그런 점에서 잡가가 어떻게 읽히는 단계로 전환되었는가를 밝히는 일도 필요할 것이다. 이 전환의 모색은 양식적 혼용을 특질로 하는 잡가를 대상으로 하여서는 지난할 수밖에 없겠지만 우리 시가가 지닌 양면적 성격을 감안한 바탕 위에서 모색한다면 어떤 방도가 찾아지리라고 예상한다.

3. 구체적인 제안 몇 가지

이상의 점검을 통한 결과는 다음의 몇 가지로 정리할 수 있다.

① 고전적 연원으로서 송강시가가 성취한 질적 우위를 후대 시가사의 전개에 대입시켜 볼 때에 사상사의 진전이 반드시 문학사의 진전을 이끄는 것만은 아님을 알 수 있다. 주리론적 논변이 사상사를 주도하는 시기에 주기론적 경사에 의한 작품이 생산된 것은 철학과 문학의 관련이 정합적인 것만은 아님을 시사하고 있다. 문학적 전망은 이성적으로 통어되는 사상 체계 위에가 아니라, 감성을 기조로 하는 전인격적 체험의 위에 구축된다는 본질론을 상기하면서 시가와 사상의 관련을 재검토할 필요가 생겼다. 이 재검토의 과정에서 고전적 연원과 그 파생태로서의 당대적 재생산의 문제가 해결되리라 전망한다. 송강가사의 전승 맥락을 짚어본 것은 이 문제를 염두에 두었던 것이며, 해결을 위한 계획은 더 구체적으로 수립되어야 한다고 본다.

② 가악 향유의 조건이 변화함에 따라 작품이 놓이는 양식적 위치가 변화하는 것이 조선 후기 시가사의 실질적 내용이라고 할 수 있다. 담

당 계층의 문제는 이 실질에 따르는 부수적인 것이기 때문에, 이 문제를 중심에 놓을 때 논의의 균형이 어긋남을 볼 수 있었다. 특히 사설시조의 형성에 관한 연구사적 불균형은 당분간 보정되지 못할 전망이다. 이에 대하여는 논쟁 양측에서 공통적으로 인식한 양반─중서인의 연계 고리를 찾는 자료 발굴이 시급하다고 본다.

③ 율문─비율문을 장르 경계의 지표로 삼는 논의는 향유 관습의 실상을 참조하여 지양되어야 하리라고 본다. 산문도 율독 낭송에 의하여 운문으로 전환되는 관계는 체계에 의하여 규정되는 것이 아니라 관습의 산물로 파악해야 하기 때문이다. 체계의 완벽한 해체를 경험하게 되는 판소리에 이르면 서사─서정의 구분도 모호해지면서 문학적 발화의 원형 ─ 극적 재현, 또는 서사시적 제시 ─ 으로 회귀하는 기미를 보이는바, 가사나 시조 등의 대화체를 근간으로 하는 표출 방식에서 이 회귀의 맥락을 되짚어 볼 수 있다. 극적 특질을 대입한 시가 장르사의 재구를 필요로 함은 마지막 도달점인 현재, 또는 근대 시가에 잠재한 극적 특질의 전통적 맥락이 엄존하기 때문이기도 하다.

④ 애국계몽기의 시가가 생성 중인 비정체의 양식이라는 시각은 우리 시가의 양면적 성격에 기반한 전통을 외면한데에 기인하며 결국 시가사의 단절을 초래하기 때문에 현대시로 귀착되는 순탄한 발전 경로를 설명할 방도를 마련하지 못하게 된다. 이의 극복을 위하여 직전(또는 공존)의 전통 양식인 잡가를 단계적으로 나누어 검토하는 방법이 필요하며 잡가가 부르는 단계에서 읽는 단계로 전환하는 과정을 규명함이 요긴하다고 할 수 있다.

근대계몽기 문학 연구의 성과와 과제

'신소설'에 대한 논의를 중심으로

김영민

1. 문제제기

김태준의 『조선소설사』(청진서관, 1933)와 임화의 「개설 신문학사」(『조선 일보』, 1939.9.2~11.25) 이후 진행된 일련의 문학사 정리 작업 속에서, '신소 설'은 한국 근대문학을 설명하는데 매우 유용한 개념으로 활용되었다. 특히 임화의 '신소설'을 중심으로 한 근대문학사 연구는, 그것에 이어지 는 수많은 후속 연구를 가능하게 했다.

그러나 한국 근대문학 연구가 한 단계 올라서기 위해서 이제는 벗어 나야 할 것이 바로 이 '신소설'을 준거틀로 한 근대소설사 연구이다. 물 론, 최근의 근대문학 연구자들은 '신소설' 자체에 대한 연구에만 집착하 지는 않는다. 그보다는, '신소설'을 중심에 놓고 그 앞과 뒤에 어떠한 작 품이나 문학 양식들이 존재하는가 하는 문제에 대해 더욱 큰 관심을 표명하고 있다. 하지만 '신소설'과 다른 문학 양식 사이의 연속성을 구명하려는 노력 또한 아직도 우리 학계의 근대문학 연구가 '신소설' 중심주의를 완전히 벗어나지 못했다는 사실을 보여 주는 것이다.

이 글의 목적은 '신소설' 연구의 성과와 한계를 따져, 우리가 왜 '신소설' 중심주의를 벗어나지 않으면 안 되는가 하는 점을 살펴보려는 데 있다. 그 과정에서 '신소설'이라는 용어의 활용 사례를 다양한 자료를 통해 확인하고 그것이 지니는 문제가 무엇인가를 생각해보기로 한다. 그리하여 우리 근대문학사 연구가 지향해야 할 방향이 무엇인가를 제안하는 일을 목표로 삼는다.

2. 기존 연구의 성과와 한계

한국 근대계몽기 문학 연구는 전광용과 송민호에 의해 큰 줄기가 잡힌 것으로 정리할 수 있다. 1950년대부터 1980년대에 걸쳐 이루어진 전광용과 송민호의 연구 성과는 매우 괄목할 만하다. 전광용은 1950년대 중반부터 『사상계』에 연재한 글들을 통해 「치악산」·「은세계」·「혈의루」·「자유종」·「추월색」 등 주요 작품에 대한 깊이 있는 연구를 시도했다. 전광용의 연구 성과는 『신소설 연구』(새문사, 1986)로 묶여 나왔다. 『신소설 연구』에는 '신소설'의 개념과 성격을 비롯해, 이인직과 이해조·최찬식·안국선 등 근대계몽기의 주요 작가에 대한 정리가 들어 있다. 전광용은 이 책의 서문에서 근대계몽기 문학 연구를 수행한 이유를 다음과 같이 설명하고 있다.

특히 개화기문학(開化期文學)에 더 깊은 관심을 가지게 된 것은, 한국문학을 통관(通貫)하는 전통성(傳統性)의 고구(考究)에 있어서, 동양적인 바탕 위에서 면면히 흘러나온 고전문학(古典文學)과 이질적인 서구문화(西歐文化)의 수용에 따라 변모를 가져온 현대문학(現代文學)과의 접촉의 교차점(交叉點)에 연관된 사상(事象)의 구명(究明)이 주요한 관건(關鍵)의 구실을 할 것이라는 면에 관점의 중심을 두었기 때문이었다.[1]

전광용의 생각은 동양적 특성을 드러내는 고전문학과 서양적 성격을 드러내는 현대문학의 교차점 연구로 모아지고 있다. 이를 통해 한국문학을 관통하는 전통성을 탐구하려 했다는 것이다. 송민호의 연구 성과는 『한국 개화기 소설의 사적 연구』(일지사, 1975)로 묶여 나왔다. 『한국 개화기 소설의 사적 연구』는 단순히 '신소설' 연구에만 머물러 있지 않다. 여기에서는 「신단공안」이나 「거부오해」 등 다양한 형태의 근대계몽기 문학 작품들이 다루어진다. 송민호는 연구의 초점을 "갑오경장(甲午更張)을 계기(契機)로 하여 발행한 근대적문학(近代的文學)의 발생 과정(發生過程)을 사적(史的)으로 정리하여 그 계보(系譜)를 밝혀보려는 작업(作業)"[2]에 두고 있다. 『한국 개화기 소설의 사적 연구』는 그 결론에서 이 시기 문학의 특질을 파괴와 생성의 원리, 자아각성의 도정, 시야의 근대적 전개, 향토성 탈피, 문학의 대중화, 정치의식의 부각, 평민계급적 사회관 등으로 정리한다.

전광용과 송민호의 뒤를 이은 연구들로는 이재선의 『한국 개화기 소설 연구』(일조각, 1972)와 『한말의 신문소설』(한국일보사, 1975), 조동일의 『신소설의 문학사적 성격』(한국문화연구소, 1973), 최원식의 『한국 근대소설사론』(창작과비평사, 1986), 김교봉·설성경의 『근대 전환기 소설 연구』(국학자료원, 1991) 등이 있다. 이재선의 연구는 특히 서지 정리의 주도면밀함과 비교문학적 방법의 효과적 활용 등에서 주목할 만하다. 조동일의 경우는

---

1) 전광용, 『신소설 연구』, 새문사, 1986, 2~3면.
2) 송민호, 『한국 개화기 소설의 사적 연구』, 일지사, 1975, 3면.

근대계몽기 '신소설'이 조선시대의 영웅소설을 계승하고 있음을 주장한다. 최원식의 연구는 그동안 이인직 중심으로 이루어지던 '신소설' 연구를 이해조 중심으로 확장시키고 있다는 점에서 특징적이다. 김교봉·설성경은 근대계몽기 소설들이 영웅소설뿐만 아니라 다양한 전통소설들을 계승하고 있다는 점을 강조한다. 아울러 이 시기 소설의 주제가 판소리계 소설에 비해 진보적으로 발전되었음을 주장한다.

최근의 연구들은 '신소설' 그 자체를 중심으로 한 연구와, '신소설'을 전후로 한 근대계몽기의 다양한 자료들을 다루는 연구로 나누어 볼 수 있다. '신소설'을 중심에 둔 연구로는 황정현의『신소설 연구』(집문당, 1997)와 설성경의『신소설 연구』(새문사, 2005), 김석봉의『신소설의 대중성 연구』(역락, 2005) 등이 있다. '신소설'보다는 근대계몽기의 단형 서사 등 여타 자료를 중점적으로 다룬 연구로는 정선태의『개화기 신문 논설의 서사 수용 양상』(소명출판, 1999), 김복순의『1910년대 한국문학과 근대성』(소명출판, 1999), 권보드래의『한국 근대소설의 기원』(소명출판, 2000), 김윤규의『개화기 단형 서사문학의 이해』(국학자료원, 2000), 김찬기의『한국 근대소설의 형성과 전』(소명출판, 2004) 등을 들 수 있다. 그런가 하면, 필자의『한국 근대소설사』(솔출판사, 1997)와『한국 근대소설의 형성 과정』(소명출판, 2005), 양진오의『한국소설의 형성』(국학자료원, 1998), 한기형의『한국 근대소설사의 시각』(소명출판, 1999), 고영학의『개화기 소설의 구조 연구』(청운, 2001), 김형중의『애국계몽기의 신문 연재소설』(한국문화사, 2001), 최원식의『한국계몽주의문학사론』(소명출판, 2002), 양문규의『한국 근대소설과 현실 인식의 역사』(소명출판, 2002), 김중하의『개화기 소설 연구』(국학자료원, 2005) 등은 '신소설'에 대한 논의를 포함하면서 주변 자료를 포괄적으로 다룬 연구서들이라 할 수 있다.

최근의 연구들은 그것이 '신소설'을 중심으로 하건 혹은 여타 자료를 중심으로 하거나 간에 작품론이나 작가론을 지향하지는 않는다. 그보다는 문학 개념의 성립 과정, 문학사의 전개 과정, 문학 양식의 변이 과정,

문학 제도의 정착 과정 등에 대해 더 큰 관심을 보인다. 이러한 연구들은 나름대로 독창적 성과를 거두고 있다. 한국 근대소설의 태동 및 변화 과정을 문학적 근대성 논의와 연관 짓는 시도 역시 최근 연구에서 발견되는 공통된 특질 가운데 하나이다.

그런데 이러한 최근의 연구들에는 꼭 해결해야만 할 문제점이 남아 있다. '신소설' 작품론이나 작가론의 경우에는, '신소설'의 개념을 어떻게 설정하건 크게 문제가 되지 않는다. 즉 과거의 작품론이나 작가론에서는 '신소설'이라는 개념 자체가 연구 내용 전반의 흐름을 바꾸는 주요 요인으로 작용하지는 않았던 것이다. 그러나 최근의 연구들에서는 그 사정이 다르다. 근대계몽기의 다양한 자료에 관한 연구가 곧 양식사 연구로 이어지고, 양식사 연구가 다시 문학사 연구로 확산되는 경우에 상황은 매우 복잡해진다. 예를 들어 '신소설'을 근대계몽기의 주요 문학 양식으로 인정하려면 '신소설'의 양식적 특질에 대한 논의가 선행되어야만 하고, 이어서 그 특질에 관한 역사적 계보가 작성되어야만 올바른 문학사 연구가 가능해지는 것이다. 하지만, 최근의 연구들에서는 이에 대한 논의가 계속 문제 제기의 수준을 반복적으로 맴돌 뿐 해결의 실마리가 보이지 않는다.[3]

'신소설'의 양식적 특질 연구에서 특히 주목할 만한 업적을 낸 연구자 가운데 한 사람은 한기형이다. 한기형은 『한국 근대소설사의 시각』에서 단편양식과 '신소설' 양식의 독자성을 밝히는 일과, 그들의 상호 연관성을 밝히는 작업을 진행한다. '시사토론체 단편', '우의체 단편', '기사체 단편', '풍자 단편' 등에 대한 정리는 '신소설' 이전에 존재했던

---

3) 필자의 『한국 근대소설사』(솔출판사, 1997) 역시 예외가 아니다. 『한국 근대소설사』에서는 '서사적논설', '논설적서사', '역사 · 전기소설', '단편소설', '장편소설' 등 근대 서사문학 양식의 변천사를 정리하고 있다. 그러나 『한국 근대소설사』에서 논의하고 있는 여타 문학 양식들의 특질과 성격 그리고 그 전후 연관 관계에 대한 서술에 비하면 '신소설'에 대한 논의는 상대적으로 불명료하다. 이후 『한국 근대소설사』의 인용은 이 책에 의한 것으로 서적명과 함께 면수만을 적기로 한다.

단편서사물들의 면모와 특질을 명료하게 정리해 낸 탁월한 성과로 평가할 수 있다. 그러나 한기형의 연구 역시 단편서사물과 '신소설' 사이의 양식적 연관성에 대한 논의는 불충분하다. 한기형은 '신소설'의 양식적 특질을 크게 다음의 두 가지로 정리한다. '분량과 구성의 부조화' 및 '계몽성과 리얼리티의 충돌'이 그것이다.[4] 그러나 '분량과 구성의 부조화' 및 '계몽성과 리얼리티의 충돌'은 엄밀한 의미에서 '신소설'의 양식적 특질이라고 보기 어렵다. 이는 '신소설'의 양식적 특질에 대한 연구성과라기보다는 '신소설'의 일반적 한계에 대한 지적이라고 보는 것이 옳다.

'신소설'에 대한 논의가 적지 않게 진행되었음에도 불구하고 이렇듯 우리 학계에 남아 있는 문제들은 많다. 여기서 우리는 '신소설'이라는 용어가 과연 근대계몽기의 여타 서사문학 양식들과 구별되는 새로운 양식 개념으로 사용될 수 있는 것인가 하는 근본적 물음을 다시 던지지 않을 수 없게 된다. '신소설'이라는 용어의 의미를 어떻게 받아들이고, 또한 앞으로 한국 근대문학사 연구에 어떻게 활용할 것인가 하는 문제를 다시 생각해 볼 필요가 생기는 것이다.

3. '신소설'의 다양한 용례와 문학사적 의미

한국 근대문학사 연구에서 발견되는 '신소설' 연구의 가장 큰 오류는, 이 용어가 근대계몽기 당시부터 이미 고유한 의미를 지니고 사용되었다는 생각으로 접근하는 것이다. 즉 '신소설'이 근대계몽기 당시부터 새로

---

4) 한기형, 「신소설의 양식적 특질」, 『한국 근대소설사의 시각』, 소명출판, 1999, 58~74면 참조.

운 문학적 경향 혹은 새로운 문학 양식을 의미하는 용어였다고 판단하는 것이다. 과거 우리 학계에, '신소설'이라는 용어를 처음 사용한 것이 작가인지 출판사인지 혹은 신문사인지를 가리려는 논의가 존재했던 것은 이러한 이유 때문이다. '신소설'이라는 용어가 일본이나 중국으로부터 수입된 것이라는 주장이 존재했던 것 역시 마찬가지이다.[5] 하지만 '신소설'이라는 용어는 근대계몽기 당시에는 특정한 문학 양식을 지칭하는 용어로 굳어져 있지 않았다.[6]

'신소설'을 특정한 문학 양식으로 설명하기 시작한 것은 김태준과 임화였다. '신소설'의 문학사적 의미를 구소설과 현대소설의 교량적 역할을 한 과도기의 소설로 정리한 최초의 연구자는 김태준이었으며, 그 정리를 이어받아 '신소설'의 양식적 특질론을 전개한 연구자가 임화였던 것이다. 김태준과 임화의 신문학사 관련 주장은 지금도 대부분 유효하다. 하지만, 그럼에도 불구하고 '신소설'의 개념과 관련된 문제는 좀 더 세밀한 고찰을 필요로 한다. 우선 그들이 어떠한 문화사적 맥락 속에서 보통명사로 사용되던 '신소설'이라는 용어를 고유명사로 바꾸어 사용하기 시작했는가 하는 점을 구체적으로 구명할 필요가 있는 것이다.

---

5) 전광용은 '신소설'이라는 용어를 창안한 것이 이인직임을 주장한 바 있다(전광용, 「한국 소설 발달사」, 『한국문화사대계』, 고려대민족문화연구소, 1967, 1166~1167면 참조). 하동호는 '신소설'이라는 용어가 처음 사용된 것이 출판사의 광고문부터이고 따라서 이 용어는 출판사가 만든 것이라는 생각을 드러냈다(하동호, 「신소설 연구초」, 『세대』, 1966년 9월, 384면 참조). 이재선은 『대한매일신보』의 광고 문안을 들어 '신소설'이 신문사의 명명임을 주장했다(이재선, 『한국 개화기소설 연구』, 일조각, 1972, 12~13면 참조). 이에 관한 자세한 정리는 『한국 근대소설사』, 135~136면 참조

6) 이에 대해서 필자는 다음과 같은 지적을 한 바 있다.
"오늘날 「신소설(新小說)」이라는 용어는, 개화기 이후 발표된 특정한 문학 양식을 지칭하는 고유한 문학사적 의미를 지닌 용어이다. 그러나 개화기 당시에는 「신소설」은 그렇게 고유한 의미를 지닌 용어가 아니었다. 그것은 단지 '새로운 소설'이라는 의미를 지니고 있었을 뿐이다. 새롭다는 의미의 신(新)이라는 관형사에, 소설(小說)이라는 보통명사가 접합되어 이루어진 평범한 용어가 「신소설」이었다. 새로운 문화가 신문화(新文化)이고 새로운 학문이 신학문(新學問)이듯 새로운 소설이 「신소설」이었던 것이다."(『한국 근대소설사』, 123면)

1) 보통명사로서의 '신소설'

근대계몽기 당시에 사용된 '신소설'이라는 용어의 의미는 분명히 오늘날의 그것과는 많이 달랐다. 따라서 무조건 '신소설'이라는 용어가 붙은 작품을 찾아 그것을 양식상의 의미로 보고, 이른바 최초의 '신소설'로 자리매김하려는 시도는 크게 잘못된 것이다. 특히 근대계몽기 당시에 사용된 '신소설'이라는 용어의 의미를 잘못 이해한 상태에서 진행되는 근대문학사 연구는 적지 않은 결함을 지니게 된다. 그 한 사례를 우리는 김윤식과 김현의 『한국문학사』에서 구체적으로 확인할 수 있다. 『한국문학사』에서 김윤식은 '신소설'이라는 용어에 대해 다음과 같이 언급하며, 우리가 일본의 정치소설을 떠나 '신소설'을 고찰하는 것이 쉽지 않은 일임을 주장한다.

> 이 용어의 內包와 新小說이라는 것의 實體를 파악하기 위해서는 19세기말 東洋文化圈 에 깊은 충격을 준 西歐的 因子로 인해 사상 및 의식 변화의 측면을 함께 지닌 일본 및 중국에 있어서의 小說의 변이 과정을 동시에 파악해야 한다. 거기에서 관건이 되는 것은 日本의 소위 政治小說이라는 樣式이다. 日本의 政治小說을 떠나 한국 新小說의 기초 모습을 고찰하기 어려운 이유를 세분하면 이러하다.[7]

김윤식이 일본의 정치소설을 떠나 한국의 '신소설'을 논하기 어렵다고 생각한 가장 중요한 근거는, 일본의 '정치소설'『경국미담』이 한국에서는 '신소설'『경국미담』이라고 지칭되었다는 점에 있다. 김윤식의 글을 원문대로 계속해서 인용한다.

> 문제의 所在를 선명히 하기 위해 한국에서 新小說로 번역된 玄公廉譯『經國美談』序文을 먼저 살피고 原本『經國美談』의 내용을 검토하여 韓日 두

---

7) 김윤식 · 김현, 『한국문학사』, 민음사, 1973, 97면.

나라의 政治小說의 樣相을 엿보기로 한다. (…중략…)

　한국에서는 『經國美談』이 지식과 경륜에 관계되어 있다는 것과 이것을 「신소설」이라는 범주에 넣고 있다는 점이 여기에서 드러난다. 이 序文은 또 당시 성행하던 소설이 부녀자나 목동층에 읽힌 부담허무로 비친 것과, 신소설에 여러 유형이 있으나 그 중 『經國美談』이 가장 신소설답다는 것을 암시하고 있다.[8]

　김윤식은 번역본 『경국미담』 서문에 들어 있는 "『경국미담』 신소설을 번역하되 ……"라는 구절을 근거로 들어, 일본의 '정치소설' 『경국미담』이 한국에서는 '신소설'로 번역되었다는 사실을 강조한다. 그뿐만 아니라 거기서 한 단계 더 나아가, '신소설에 여러 유형이 있었으나 그 중 『경국미담』이 가장 신소설답다'는 사실이 『경국미담』 서문에 암시되어 있다고 주장한다. 하지만 이는 사실과 다르다. 『경국미담』의 서문에서는 이러한 내용이 전혀 없다. 번역본 『경국미담』 서문에 등장하는 '신소설'이라는 용어는 김윤식의 생각처럼 '독특한 문학양식상(文學樣式上)의 명칭'[9]이 아니라 단순히 '새로운 소설'에 지나지 않는 것이었다. 따라서 '『경국미담』이 가장 신소설답다'는 암시가 이 책 번역본 서문에 들어갈 여지가 없었던 것이다.

　김태준과 임화 이전에 사용된 '신소설'이라는 용어는 대부분의 경우 '새소설'의 다른 표현으로 보아야 한다. 이를 증명할 수 있는 자료는 많다. 『대한매일신보』는 일정한 기간 동안 국한문판과 국문판을 동시에 발행했다. 따라서 동일한 기사가 두 가지 문체로 작성되어 중복 수록되는 경우가 적지 않았다. 1908년 7월 8일자 『대한매일신보』 국한문판과 국문판 논설란에는 각각 「근금(近今) 국문소설(國文小說) 저자(著者)의 주의(注意)」와 「근일 국문쇼셜을 져슐ᄒᆞᄂᆞᆫ쟈의 주의홀일」이라는 글이 실려 있다. 그런데 국한문으로 작성된 「근금(近今) 국문소설(國文小說) 저자(著者)

---

8) 위의 책, 98면.
9) 위의 책, 97면.

의 주의(注意)」에 들어 있는 '신소설(新小說)'이라는 용어가 한글로 작성된 「근일 국문쇼셜을 져슐ᄒ눈쟈의 주의홀일」에서는 '신소셜'이 아니라 '소셜' 또는 '새소셜'로 표기되어 있는 것이다.

各種 **新小說**을 著出하여 此를 一掃홈이 亦 汲汲ᄒ다 云홀지로다 (···중략···)

綾羅島 葛衣를 換ᄒ면 不應者가 無ᄒ고 染肉으로 脫粟을 易ᄒ면 不樂者가 無홈과 갓치 奇妙瑩潔흔 **新小說**만 多出ᄒ면 舊小說은 自然 絕跡退藏홀지어늘, 何必 此等 强制的으로 民心을 逆ᄒ여 難行의 事를 行하리오 然而 近今 **新小說**이라 云하는 者ㅣ 刊出이 稀罕홀쑨더러 又 其 刊出者를 觀ᄒ즉 只 是 一時 牟利的으로 草草 選出ᄒ야 舊小說에 比함에 便是 百步五十步의 間이라 足히 新思想을 輸入홀 者ㅣ 無ᄒ니 噫라 余가 此를 慨ᄒ여 管見을 陳ᄒ여 小說 著者에게 警ᄒ노라[10] (강조는 인용자)

각종 **쇼셜**은 져슐ᄒ여 내여셔 이런거슬 흔번 쓸어 보리ᄂ거시 뎨일 급ᄒ다 홀지로다 (···중략···)

룽라를 가지고 갈포를 밧고쟈ᄒ면 웅치 아니홀쟈 업고 고량진미롤 가지고 조밥을 밧고쟈ᄒ면 즐겨ᄒ지 아닐쟈 업슴과 ᄀ치 긔묘ᄒ고 졍결흔 **새쇼셜**만 만히 나면 구쇼셜은 ᄌ연 결종이 될거시어눌 엇지 반ᄃ시 이런 강졔ᄒᄂ일노 민심을 거슐녀셔 힝ᄒ기 어려운 일을 ᄒ리오

그러나 근일에 **새쇼셜**이라ᄒᄂ쟈ᄂ 발간ᄒ여 내ᄂ거시 드믈기도 홀쑨더러 그 발간ᄒ여 내ᄂ쟈롤 본즉 다만 흔째에 리익이나 도모ᄒᄂ 수샹으로 초초ᄒ게 지어내셔 녯쇼셜에 비교ᄒ면 곳 오십보롤 다라난쟈가 빅보를 다라란쟈롤 웃ᄂ 것과 ᄀ흐니 죡히 새ᄉ샹을 슈입케홀 수 업ᄂ지라 슯흐다

나ᄂ 이거슬 개탄ᄒ야 좁은 소견을 베프러 쇼셜짓ᄂ쟈를 경고ᄒ노라[11] (강조는 인용자)

이는 당시 『대한매일신보』의 필자들이 '신소셜(新小說)'을 고유명사가

---

10) 「近今 國文小說 著者의 注意」, 『대한매일신보』(국한문판), 1908.7.8.
11) 「근일 국문쇼셜을 져슐ᄒᄂ쟈의 주의홀일」, 『대한매일신보』(국문판), 1908.7.8.

아닌 보통명사로 사용하고 있었음을 보여 주는 구체적 사례가 된다. 『대한매일신보』의 경우 필자뿐만 아니라, 독자들 역시 '신소설'을 보통 명사로 이해하고 있었다. 다음의 인용문을 보면 이를 알 수 있다.

오늘날 교육의 힘쓰시는 여러분 학원과 유지제군ㅈ는 유명무실이란 원통혼 말솜을 듯지 마시고 각종 신셔적 신문잡지와 각종 **신쇼셜**과 교육계에 응용될만 혼 교과셔를 각국에셔 슈입ㅎ야 도덕샹과 의무뎍으로 국민의 혈셩을 다ㅎ야 자자근근히 열심양셩ㅎ시오.12) (강조는 인용자)

이 글을 투고한 인물은 롱운이라는 이름의 기생이었던바, 그는 '신소설'을 각종 '신서적'과 동일한 위상에서 다루고 있다.

이 문제는 국문판 『대한매일신보』에 수록된 이른바 '신소설' 「보응」 (1909.8.11~9.7)의 경우를 보면 더욱 분명해진다. '신소설'이라는 용어 자체에 집착해 이 시기 문학을 연구하는 기존의 시각으로 본다면, 「보응」은 이른바 『대한매일신보』에 실린 유일한 '신소설' 작품이 된다. 이 작품은 『대한매일신보』에 실린 유일한 '신소설'이기도 하지만, 근대계몽기 신문에 연재된 작품 가운데 최초로 '신소설'이라는 표식을 달고 나타난 작품이기도 하다. 「보응」에 앞서, 이인직의 「혈의루」를 비롯한 여러 작품에 '신소설'이라는 명칭이 사용되기는 했지만 이는 단행본의 경우에 한정된 것이었다. 「혈의루」나 「귀의성」 등도 『만세보(萬歲報)』에 연재될 당시에는 '신소설'이 아니라 '소설'로 지칭되었다. 연재 당시 작품에 '신소설'이라는 표식을 단 것은 「보응」이 처음이다. 하지만 이렇게 최초로 신문에 연재 발표된 '신소설'임에도 불구하고 대부분의 연구자들은 이 작품에 대해 주의를 기울이지 않는다. 그것은 정작 「보응」을 읽어보면 이 작품이 소설사적으로 그렇게 의미가 있는 작품이 아니기 때문이다. 「보응」은 가족 구성원들 간의 헤어짐과 만남을 큰 축으로 하면서 그 사이에 일어

---

12) 「교육이 뎨일 급션무」, 『대한매일신보』(국문판), 1908.5.28.

나는 선행과 악행에 따른 보상과 징벌의 문제들을 다룬 것이다. 이 작품은 전반적인 소설의 기법이나 서술 방식 등에서『대한매일신보』에 연재되었던 소설 가운데 구소설적(舊小說的) 잔영(殘影)을 가장 많이 보여 주는 작품13)이라고까지 할 수 있다.14)

오늘날의 문학사적 분류로 크면, '역사 · 전기소설' 양식의 대표적 작품 가운데 하나라 할 수 있는 단행본『애국부인전』(광학서포, 1907)의 경우도 "新小說 愛國婦人傳(신쇼셜 이국부인젼)"이라 표기된 상태에서『대한매일신보』등을 통해 '신소설'로 누차 광고되고 있다.15) 이러한 사례는 무수히 많아 일일이 그 예를 열거하는 것도 번거로울 정도이다. 당시 신문이나 단행본의 편집자들이 '신소설'이라는 용어를 사용한 가장 큰 이유는 독자들의 관심을 끌기 위한 것이었다. 연재본「혈의루」에는 없던 '신소설'이라는 표식을, 단행본에 붙이게 된 가장 큰 이유 역시 마찬가지였다. '신소설'이라는 용어가 담고 있은 '새로움'의 의미는 새로 썼다거나, 새로 인쇄를 했다거나, 혹은 새로 번역했다거나 하는 것이었다.

보통명사인 '신소설'이라는 용어의 등장이 독자의 관심을 끌기 위한 것이었다면, 그 용어의 소멸 역시 이와 관계가 깊다. '신소설'이라는 용어의 소멸은 독자의 관심을 멀리하는 일, 더 정확히 말하면 독자의 관심의 방향을 바꾸는 일과 연관된다. 근대계몽기 신문에서 작품에 직접 붙어 다니던 '신소설'이라는 수식어가 사라진 것은 1912년 7월이다.『대한매일신보』를 이어받아 한일병합 이후 총독부 기관지로 발행되기 시작한『매일신보』에는 줄곧 이해조의 작품들이 연재된다.『매일신보』에 연재되는 이해조의 작품 제목에는 대부분 '신소설'이라는 수식어가 함께 붙어 다녔다.「신소설 화세계」,「신소설 월하가인」,「신소설 화의혈」,「신

---

13) 한원영,『한국 개화기 신문 연재소설 연구』, 일지사, 1990, 110면 참조.
14) 이와 관련된 상세한 논의는 김경민,「한국 근대 계몽기 '소설'의 정체성」,『해방 60주년에 다시 생각하는 한국문학의 정체성』, 서울대 한국문학연구소 심포지엄자료집, 2005, 41~43면 참조.
15)『대한매일신보』(국문판), 1907.10.25 참조.

소설 구의산」, 「신소설 소양정」, 「신소설 춘외춘」 등 상당수 작품의 제목에 ‘신소설’이라는 수사가 함께 달려 있었던 것이다. 하지만 이렇게 ‘신소설’이라는 수식어가 작품에 사용되던 것은 「신소설 봉선화」가 연재되던 도중인 1912년 7월 18일까지이다. 『매일신보』는 「봉선화」 연재 도중 조중환의 번안소설 「쌍옥루」를 연재하기 시작한다. 「쌍옥루」 연재가 시작된 지 사흘째 되던 날부터 이해조의 「봉선화」에서는 별다른 이유도 없이 그동안 줄곧 따라다니던 ‘신소설’이라는 수식어가 사라진다. 이 날 이후 『매일신보』는 연재 창작물의 제목에 ‘신소설’이라는 수식어를 병기하는 것을 완전히 중단한다. 이후부터는 광고문이나 기사에서만 이 용어를 사용하는 것이다.16) 이해조의 연재 창작물에서 ‘신소설’이라는 용어를 삭제한 것은 의도적인 행위였으며, 이는 곧 『매일신보』 편집자의 관심이 이해조의 소설들에서 조중환의 소설로 옮겨갔음을 보여 주는 것이기도 했다.17) 신문 편집자의 강조점이 ‘신소설’에서 번안소설로 옮겨갔다는 것은 독자의 관심의 방향 역시 곧 바뀌게 됨을 의미한다.18)

근대계몽기에 사용된 ‘신소설’이라는 용어는 문학 양식(樣式)이 아니라 수사(修辭)에 불과한 것이었다. 1917년 『매일신보』에 발표된 이광수의 작품 「무정」을 당시에 ‘신년의 신소설’로 광고한 것 역시 동일한 맥락에서 이해할 수 있다. 이는 근대계몽기를 지나 1920년대 이후에도 크게 달라지지 않는다. 『조선일보』와 『동아일보』의 경우를 살펴보면 이는 더욱 분명하게 드러난다. 『조선일보』는 1927년 1월 1일부터 이익상의 장편소설 「키잃은 범선」의 연재를 시작한다. 그런데 1926년 12월에 실린 여러 차례의 광고에서는 이 작품에 대해 계속 ‘신소설’이라는 용어를 사용한다.19) 1929년 9월에 실린 염상섭의 장편소설 「광분(狂奔)」 역

---

16) 뒤에 나오는 이광수의 작품 「무정」의 광고문 등이 이러한 사례에 해당한다.
17) 근대계몽기 번안소설의 등장 과정과 그 의미에 대해서는 박진영, 「일재 조중환과 번안소설의 시대」, 『민족문학사연구』 26호, 민족문학사학회, 2004, 199~230면 참조
18) 이와 연관된 상세한 논의는 김영민, 「1910년대 신문의 역할과 근대소설의 정착 과정」, 『한국 근대소설의 형성 과정』, 소명출판, 2005, 155~156면 참조

시 연재 예고문에는 '신소설'로 표현된다.[20] 더구나 「최근 해외문예 소식」이라는 기사에서 외국소설에 대해서도 '신소설'로 표현한 것을 보면, '신소설'이 한국의 근대적 문학 양식 가운데 하나를 지칭하는 용어였다는 주장은 설 자리가 없어진다.[21] 우리나라 최초의 장편 탐정소설인 채만식의 「염마」 역시 '신소설'로 광고되었던 바 이 또한 같은 맥락에서 이해할 수 있는 것이다.[22] 『동아일보』도 1933년, '삼국시대를 배경으로 남녀의 애욕갈등을 다룬 대중소설' 윤백남의 작품 「봉화(烽火)」를 연재하면서 이를 '삼국시대 재현 신소설 봉화(新小說 烽火)'로 광고한다.[23] 여기서 또한 흥미로운 사실은 1920년대 후반 『신소설』이라는 제명을 단 잡지가 출간된 바 있다는 점이다. 잡지 『신소설』의 발행처는 건설사(建設社)였고 창간사는 홍명희가 썼다. 내용은 주로 당시대를 대표하는 소설가들의 작품으로 채워졌는데, 현진건의 「정조와 약가」, 이성해의 「유산」, 최서해의 「같은 길을 밟는 사람들」, 김동인의 「K박사의 연구」, 염상섭의 「남편의 책임」 등의 단편과, 이광수의 장편소설 「아들의 원수」가 수록되어 있다.[24] 그러나 잡지 『신소설』은 이듬해인 1930년 12월부터 제호를 『해방(解放)』으로 바꾸고 발행사 역시 해방사(解放社)로 이름을 바꾼다. 이후 참여가 예고된 필자들로는 이광수 · 이기영 · 박영희 · 김기진 · 이은상 · 현진건 · 이효석 · 이태준 · 유진오 · 김동인 등[25]으로 그 성향이 매우 다양하다.

---

19) 『조선일보』, 1926.12.21 참조.
20) 『조선일보』, 1929.9.13 참조.
21) 『조선일보』, 1930.8.13 참조. 여기에는 "H. G. 웰쓰의 신소설"에 대한 기사가 실려 있다.
22) 『조선일보』, 1934.5.7 참조. 「염마」의 지은이는 '중견 작가 서동산'으로 되어 있다. 참고로, 필자는 문체 연구 등을 통해 이것이 채만식의 작품임을 밝힌 바 있다. 『채만식 전집』, 창작사, 1987, 300면 참조.
23) 『동아일보』, 1933.8.22 참조.
24) 「신간안내」, 『동아일보』, 1929.11.29.
25) 「잡지소식」, 『동아일보』, 1930.11.18.

2) 고유명사로서의 '신소설'

그러면 김태준과 임화는 어떠한 문화사적 맥락 속에서 '신소설'을 일관되게 고유명사로 사용하게 되었던 것일까? 김태준과 임화 이전에는 '신소설'이라는 용어를 완전히 수식어로만 사용했을까? '신소설'에 다른 의미는 전혀 없었던 것일까?

극히 드문 경우이기는 하지만, 김태준 이전에도 '신소설'을 문학사적 의미를 지닌 용어로 사용했던 흔적들이 존재한다. 물론 이러한 사례에 해당하는 자료들은 극소수에 불과하고 또 거기에 담겨 있는 문학사적 의미 역시 매우 모호한 것이기는 하다. 하지만 여러 가지 문제가 있음에도 불구하고, 다음과 같은 양건식의 글 「춘원의 소설을 환영하노라」에 사용된 '신소설'이라는 용어는 문학사적 의미를 얼마간 지닌 것으로 볼 수 있다.

朝鮮小說의 起源이 何代에 屬ᄒ지는 予는 寡聞ᄒ야 不知ᄒ나 所謂 **新小說**이란 名稱이 發生되기는 十餘年前이며 此를 始作ᄒ기는 故菊初先生 李仁稙氏라 氏가 그 該博ᄒ 學識과 輕妙ᄒ 文章으로 情趣가 橫溢ᄒ게 結搆가 巧妙ᄒ게 前에 無ᄒ던 新文体로 創作ᄒ 小說四五種을 出ᄒ니 그 江湖上의 歡迎이 多大ᄒ얏엇도다 그 後에 氏는 不得已ᄒ 事故를 因ᄒ야 執筆치 못ᄒ게 되고 雨後의 竹筍과 如히 續出ᄒ는 小說은 可觀홀 者ㅣ 別無ᄒ미 但히 吾人은 一齋, 何夢 兩氏의 飜譯文學을 愛讀홀 뿐이러니 突然히 前月에 菊初先生 逝去혼 報를 接ᄒ고 驚愕ᄒ며 且惜ᄒ다가 又本紙上으로 喜報를 接ᄒ니 卽春園氏의 小說豫告라 春園氏여 予는 君과 비록 一面의 識은 無ᄒ나 曾히 君의 作物은 留學生의 雜誌에서 一讀혼 事有ᄒ얏노라 予가 該留學生雜誌에서 得覽혼 短篇小說로브터 夢夢氏와 君의 手腕이 非几홈을 始知ᄒ얏노니 予는 但히 讀者된 地位에 在ᄒ야 此를 讀홀 時에 그 約爛혼 彩筆로 人生의 半面을 情趣잇고 深刻ᄒ게 描寫혼딕 對ᄒ야는 미상불 敬歎ᄒ얏노라 爾來予는 夢夢氏와 君의 小說이 出來ᄒ기를 切企ᄒ얏스나 그 間에 執筆치 안이홈인지 一篇의 短篇作物이나마 得見치롤 못ᄒ미 予로 ᄒ야곰 失望을 正히 不少케 ᄒ

더니 君이 先히 小說을 執筆호다 豫告호니 그 執筆호는 바는 無情이라는 小
說內容이 如何호지는 未知호거니와 君의 作이면 必然코 今日小說界에 一頭
地롤 超出혼 小說일지니 엇지 文壇에 可喜혼 事안이냐 從此로 吾人의 荒蕪
혼 心田에는 君의 小說로 因호야 高尚혼 情味의 種을 播홀지라 請컨디 君은
今으로 그 文學의 價値잇는 作物을 續出호야 君의 號와 如히 荒涼혼 文壇을
春園과 如히 百花가 爛漫케 홀지어다 予는 以上의 理由로 君의 小說을 歡迎
호는 빈로라26) (강조는 인용자)

여기서 양건식은 '신소설'이 이인직의 창안이라는 표현을 사용한다.
이 경우 '신소설'은 보통명사가 아니라 특정한 문학 양식 혹은 특정한
부류의 문학을 지칭하는 고유명사가 될 수 있다. 그렇다면 양건식은 어
떻게 이인직에게 최초의 '신소설' 작가라는 명칭을 부여하게 된 것일까?
이는 다음에 인용하는 글 「죠션 최초의 쇼셜가」의 영향이었을 가능성이
크다.

　씨는 우리 조션 문학계의 적지 안이혼 공로가 잇섯다 훌지니 씨의 창작혼 소
셜이 문학상 얼마나 가치가 잇는지는 지금 말홀 바이 안이여니와 조션 최초의
쇼셜가이며 쇼위 **신소셜**의 원됴가 됨은 확실혼 사실이라 아직 조션의 일반 사
회가 소셜이라는 무엇인지 아지도 못ᄒ던 명치 삼십구 년에 씨가 국민신보 쥬
필이 되야 비로소 빅로쥬「白蘆洲」라는 쇼셜을 런지ᄒ얏스니 이 빅로쥬는 실로
동씨의 처녀작「處女作」이며 조션 **신소셜**의 효시라 불힝이 그 쇼셜은 출판되지
안이 ᄒ얏고 그 다음에는 坯 혈의 루「血의 涙」가 출판되얏는 바 본지에도 일
시 런지되던 모란봉「牧丹峯」은 그 하편이요 계쇽ᄒ야 귀의 셩「鬼의 聲」치악
산「雉岳山」의 각 샹하편 쇼셜이 츌판되야 호평을 밧엇더라 그러혼즉 씨는 우
리 됴션 문학계에 공로가 만은 사롬이며 그의 죽음에 디ᄒ야 우리는 한 주먹의
눈물을 악기지 못ᄒ리로다27) (강조는 인용자)
　　　　　　　　　　　　　　　　　　　　　　　—「죠션 최초의 쇼셜가」

26) 국여, 「춘원의 소설을 환영하노라」, 『매일신보』, 1916.12.29.
27) 『매일신보』, 1916.11.28.

이 글은 이인직의 별세를 알리는 신문기사이다. 이 기사에서는 이인직의 작고 사실을 알리고, 그가 조선 최초의 소설가이며 소위 '신소설'의 원조가 됨을 주장한다. 「죠선 최초의 쇼설가」와 「춘원의 소설을 환영하노라」는 모두 『매일신보』에 실려 있다. 양건식이 『매일신보』에 「춘원의 소설을 환영하노라」는 글을 기고한 사실로 미루어 볼 때, 그는 평소 『매일신보』의 독자였음이 분명하다. 양건식이 「춘원의 소설을 환영하노라」를 쓴 것은 이인직의 별세 기사가 나간 지 불과 한 달 뒤의 일이다. 1910년대 중반 당시 문필활동을 하고 있었던 양건식이, 당대의 대표적 문인 가운데 한 사람이었던 이인직의 별세 기사를 읽고 그 내용을 마음에 담아두었을 개연성은 충분히 있다. 「춘원의 소설을 환영하노라」의 "所謂 新小說이란 名稱이 發生되기는 十餘年前이며 此를 始作ᄒ기는 故菊初先生 李仁植氏라"는 구절은, 「죠선 최초의 쇼설가」의 핵심을 축약한 것으로도 볼 수 있다.

이렇듯 한국 근대 매체에서는 '신소설'을 특정한 성격의 문학 작품을 지칭하는 고유명사로도 사용했던 사실이 있다. 그런데 이 경우 '신소설'이 지니는 의미가 무엇인지는 명확하지 않다. 단지 분명한 것은 그것이 '이인직류의 작품들'이라는 의미가 될 수 있다는 점이다. 즉 '신소설'의 표준이 이인직의 『혈의루』 등의 작품들이 될 수 있는 것이다.

『조선일보』에서도 이와 유사한 사례를 발견할 수 있다. 이해조가 세상을 떠났음을 알리는 다음의 기사가 그것이다.

李海朝氏長逝
신소설 길을 연 공로자

일즉이 중추원의관(中樞院議官) 매일신보 편집국장(每日申報 編輯局長)과 긔왕 조선일보 편집주임 등을 력임하는 일방 또다른 한편으로는 여러 가지 작품(作品)을 발표하야 **신소설(新小說)**의 길을 연 해관(解觀) 리해죠(李海朝)는 그동안 포천(抱川) 자택에서 신병으로 신음하든 중 지난 십일에 드듸어 세상을 써나고 말앗다는데 동씨의 영면은 여러 가지 의미로 일반이 애석(哀惜)함을 마지 안는 바이라더라[28] (강조는 인용자)

『매일신보』가 이인직의 죽음을 알리며 그를 '신소설의 원조'로 추앙한 것처럼, 『조선일보』 역시 이해조의 죽음을 알리며 그를 '신소설의 길을 연 공로자'로 높이고 있는 것이다.

이 시기 자료를 살피다 보면 '신소설'을 고유명사처럼 사용한 사례를 몇 편 더 발견할 수 있다. 이들 사례는 대체로 김태준의 『조선조설사』(1933)가 발간된 이후, 임화의 「개설 신문학사」(1939)가 발표되기 이전 시기에 존재한다. 그 중 하나는 「낙양(洛陽)의 지가(紙價)를 올린 장한몽(長恨夢)·쌍옥루(雙玉淚)—신소설 원조(新小說 元祖) 조일재(趙一齋)」이며, 다른 하나는 「신소설(新小說) '소양정(昭陽亭)'의 표현수법(表現手法)에 관한 소고(小考)」[29]이다. 이중 전자는 작가론에 가깝고, 후자는 작품론의 성격을 지니고 있다. 「낙양의 지가를 올린 장한몽·쌍옥루—신소설 원조 조일재」는 『조선일보』의 기자가, 병석에 누워 있던 조일재를 찾아가 취재한 내용을 담은 기사이다. 이 기사는 다음과 같이 시작된다. "지금으로부터 삼십년 전 아직도 소설이 무엇인지를 알지도 못하든 때 처음으로 신소설의 체재를 완전히 가진 작품을 쓰신 이는 조일재(趙一齋) 선생이다."[30] 이어서 기사는 곧 조중환의 술회로 이어진다. 이른바 '신소설의 원조' 조중환의 이야기는 다음과 같다.

내가 소설이라고 처음 쓴 것은 스물네살 때, 즉 지금으로부터 삼십년 전 덕부로화(德富蘆花)의 원작 불여귀(不如歸)를 조선말로 번역하야 그 내용을 변하야 가지고 소위 조선 **신소설**로 발표한 것이다. 그후 련달아 장한몽(長恨夢) 쌍

---

28) 『조선일보』, 1926.6.14.
29) 신문 기사 제목에는 작품명 '소양정(昭陽亭)'이 '소양궁(昭陽宮)'으로 잘못 표기되어 있다.
30) 「낙양(洛陽)의 지가(紙價)를 올린 장한몽(長恨夢)·쌍옥루(雙玉淚)—신소설 원조(新小說 元祖) 조일재(趙一齋)」, 『조선일보』, 1938.1.3.

옥루(雙玉淚) 단장록(斷腸錄) 등을 매일신보(每日申報)에 련재하얏다.

　내가 이러케 다른 사람이 기상천외(奇想天外)(당시는 이러케 생각하얏다)로
넉이엿든 신소설을 쓰려고한 동기는 대개 이러하다. 내가 겨우 칠팔세박게 안
되얏슬 때 ……31) (강조는 인용자)

　조일재는 여기서 자신이 '신소설'을 쓰게 된 동기가 어릴 적 어른들
에게서 들었던 '전설(傳說)'에 대한 기억에 있음을 술회한다. 아울러 그
'전설' 가운데 특히 기억나는 것으로 「숙영랑자전(淑英娘子傳)」이 있다고
회고한다. 여기에서는 글을 쓴 『조선일보』의 기자나, 조중환 자신 모
두가 「장한몽」·「쌍옥루」·「단장록」 등의 '번안소설'을 기상천외한 '신
소설'의 효시로 술회하고 있음을 볼 수 있다.

　이화여전(梨花女專) 재학생이던 『조선일보』 독자 이정숙(李正淑)이 투고
한 「신소설 '소양정'의 표현수법에 관한 소고」의 서두는 이렇게 시작된
다. "「昭陽亭」은 新小說時代의 寵兒 李海朝氏의 作品으로 「흙」이나 「달
밤」 「常綠樹」의 祖上이라 할 수 잇슬 것이다."32) 여기서 이정숙은 '신
소설시대'라는 표현을 사용함으로써 '신소설'을 분명히 문학사적 의미로
사용한다. 그는 이해조의 '신소설' 「소양정」이 이광수의 「흙」이나 이태
준의 「달밤」, 그리고 심훈의 「상록수」의 조상이 된다고 본 것이다. 다음
구절은 이들 '신소설'의 문학사적 의미에 관한 내용을 담고 있다는 점에
서 눈여겨볼 필요가 있다.

　오늘 와서 이런 冊들이 행길에서 굴고 時代 뒤떨어진 讀物로 農民層으로만
돌지만 언젠가는 이 冊도 中流以上 家庭에서 寵愛를 밧던 黃金時代가 잇섯
던 것이다. 荒唐無稽하고 神出鬼沒類의 事實을 主로 取扱한 古代小說에 倦
怠를 느꼇던 그때에 그래도 그 時代의 리알리티를 多分히 包含하고 나온 이

---

31) 위의 글.
32) 이정숙, 「신소설(新小說) 「소양정(昭陽亭)」의 표현수법(表現手法)에 관한 소고(小
　　考)」, 『조선일보』, 1938.4.25.

小說은 當時 全讀書界에 一大 센세슌을 이르켯슬 것이다.[33]

　이 글에서는 우선 이해조의 작품이 당시 고대소설에 권태를 느끼던 독자들에게 그 시대의 리얼리티를 보여 주었다는 지적이 눈에 띤다. 그런가 하면 이해조의 「소양정」을 분석하면서, '이 작품에 아직도 고대소설투의 권선징악주의(勸善懲惡主義)가 남아 있다는 문제가 있음에도 불구하고 이 소설을 통하여 뚜렷한 그 시대상을 몇 가지 엿볼 수 있다' 등의 긍정적 평가를 내리기도 한다.[34]

3) '신소설'의 특질과 의미

　김태준의 『조선소설사』(청진서관, 1933)에서는 '신소설'의 의미가 불명확하다. 하지만 『증보 조선소설사』(학예사, 1939)에 이르면 '신소설'의 문학사적 의미가 상대적으로 분명해진다. '신소설'이 점차 보통명사로부터 고유명사로 이동하는 것이다. 그런가 하면 임화는 「개설 신문학사」(『조선일보』, 1939.9.2~11.25)와 「신문학사」(『조선일보』, 1939.12.5~12.27), 「속 신문학사」(『조선일보』, 1940.2.2~5.10), 「개설 조선신문학사」(『인문평론』, 1940.11~1941.4) 등에서 '신소설'을 일관되게 고유명사로만 사용한다. 임화가 이렇게 '신소설'을 고유명사로만 일관되게 사용할 수 있었던 것은, 보통명사와 고유명사 사이에서 고심하던 김태준의 선행 업적이 있었기 때문이다.

　김태준과 임화의 '신소설'의 특질과 문학사적 위치에 대한 정리는, 앞

---

33) 「신소설(新小說) 「소양정(昭陽亭)」의 표현수법(表現手法)에 관한 소고(小考)」, 『조선일보』, 1938.4.25.

34) 김태준의 『조선소설사』 초판이 발행된 것은 1933년의 일이다. 주지하다시피 이 책에는 '신소설'의 문학사적 의미에 대한 고찰이 일부 이루어져 있다. 「신소설 소양정의 표현수법에 관한 소고」가 신문에 게재된 것은 1938년이다. 당시 이 글을 투고한 독자 이정숙이 이화여전 학생이었다는 사실로 미루어볼 때, 이 글은 김태준의 『조선소설사』 초판에 대한 독서를 토대로 작성된 것일 가능성이 높다.

에서 살펴본 다양한 문화사적 맥락 속에서 이루어진 것이다. 즉 '신소설'이라는 용어를 대개는 보통명사로 사용하면서도, 이인직과 이해조를 '신소설'의 효시라고 일컫는 또 다른 방식 즉 고유명사처럼 사용하던 사례들이 있었던 것이다. 임화가 "이인직은 단지 가장 우수한 신소설 작가일 뿐만 아니라 실로 신소설이란 양식을 창조한 사람이다"[35]라고 주장한 것 역시 이러한 맥락 속에서 나온 것이다. 임화가 보았을 때 '신소설'은 곧 '이인직의 소설'이었다. "이인직의 손으로 비로소 신소설이란 것이 조선 문학사 위에 등장한 것이다. 그의 소설의 영향을 받아 다른 사람들도 신소설이란 것을 쓰게 되고 독자도 역시 그를 통하여 신소설이란 것을 알게 되었다"[36]는 주장은 이를 보여 준다.

그런데 문제는 여기서 발생한다. 임화가 명백히 양식이라고 주장하며 그 특질 정리에 나섰던 '신소설'의 기준이 다름 아닌 이인직의 소설들이 되고 보면, 우리는 곧 이인직의 작품들에 붙어 다니던 '신소설'이라는 수식어(修飾語) 혹은 수사(修辭)를 수사가 아닌 양식(樣式)으로 이해하고 접근해야 하는 이율배반성에 직면할 수밖에 없게 되는 것이다. 임화가 정리한 '신소설'의 양식적 특질은 다음과 같다. 첫째, 문장의 언문일치. 둘째, 소재와 제재의 현대성(혹은 신시대성). 셋째, 인물과 사건의 실재성(혹은 사실성). 그러나 임화 스스로가 지적했듯이, 이러한 특질들은 '신소설'만이 아니라 이광수 이후의 현대소설도 가지고 있는 특질들이다. 임화는 이에 대해, 이러한 특질들이 '신소설'에서는 현대소설처럼 완성되지 않고 겨우 발아된 상태였다고 구별짓는다.

임화와 더불어 안자산과 김태준 그리고 김동인에 이르기까지 이른바 신문학에 관심을 가졌던 문학사가들이 지적한 구소설과 대비되는 '신소설'의 특질은 대체로 다음과 같은 것들이었다. 첫째, 인물 유형이 다양화되었다. 둘째, 다양한 주제와 함께 인간의 다양한 정서를 드러낸다.

35) 임화, 『신문학사』(임규찬·한진일 편), 한길사, 1993, 156면.
36) 위의 책, 156면.

셋째, 언문일치의 문체로 쓰여졌다. 넷째, 소재를 갑오경장 당시에서 구했다. 다섯째, 사실성이 강화된다. 여섯째, 제목이 다양한 방식으로 나타난다.[37] 하지만 이러한 특질들 또한 당시 '신소설'에만 나타났던 양식적 특질이라고 보기는 어렵다. 그보다는 근대계몽기 서사문학 전반에 걸쳐 나타났던 현상이라고 보는 것이 옳을 것이다. 결국 이러한 특질들은 공시적으로나 통시적으로 '신소설'에만 해당하는 특질이 되지 못한다. 공시적 측면에서만 보더라도, 장형 서사문학 작품들인 '신소설'과 함께 존재했던 수많은 단형 서사문학 자료들에도 이러한 현상은 공통적으로 나타나 있었던 것이다.

결론적으로 말하면, '신소설(新小說)'은 한국 근대문학사 속에서 독자적 특질을 보이는 특정한 문학 '양식(樣式)'이기보다는 '수사(修辭)'적 성격이 더 짙은 용어이다. '신소설'이라는 용어 아래 얼마나 다양한 성격의 작품들이 존재했는가를 확인하면 할수록 이들에게서 양식적 공통성을 찾아내는 것이 거의 불가능한 일이라고 하는 사실을 깨닫게 된다.[38] 근대계몽기에 출간된 '신소설'이라는 수식어가 붙어 있던 작품들과 '소설'이라는 수식어가 붙어 있던 작품들 사이에 실은 큰 차이가 없다는 사실[39] 또한 문제가 된다. 그런 점에서 근대계몽기 '신소설'의 양식적 특질을 추출해 그들만의 문학사적 위치와 의미를 정리하는 작업은 결국 소모적이고 무의미한 시도라는 결론에 이르게 된다. 어떤 의미에서는 '신소설'의 양식적 특질에 대한 연구는 임화가 제안한 범주 속에 계속

---

37) 『한국 근대소설사』, 145~146면 참조.
38) 단행본 '신소설'은 시기상으로도 1900년대에서 1940년대까지 줄곧 출판된다. 그 가운데 일부는 순수 창작물이 아니라 조선조 소설의 재판 혹은 개작이기도 하다. '신소설'의 대표적 작가 가운데 한 사람인 이해조의 작품에도 이러한 면모가 없지 않다. 이에 대한 상세한 논의는 이은숙, 『신작 구소설 연구』, 국학자료원, 2000, 378~461면 참조.
39) 예를 들면, 『대한민보』에 실린 '소설'과 '신소설'의 차이를 작품의 배경이나 인물 등의 요소의 차이로 구별하려는 기존의 시도는 전혀 설득력이 없는 것이다. 이들 시도에 나타난 오류에 대해서는 이유미, 「근대계몽기 단편소설의 위상 연구」, 『근대계몽기 단형 서사 연구』, 소명출판, 2005, 254면 참조.

머물 수밖에 없으며, 임화가 제안한 범주를 넘어섰을 경우 이미 양식으로서의 '신소설'에 대한 연구가 아닌 셈이 된다. 임화가 설정해 다음 세대에게 넘겨준 '신소설'의 범주는 너무나 좁은 것이었다. 임화에게 '신소설'이 특정한 양식처럼 인식이 되고, 거기서 형식적·내용적 공통성의 추출이 다소나마 가능했던 것은 그가 이인직과 이해조 등의 몇몇 단행본(單行本) 소설들만을 대상으로 문학사 기술을 시도했던 때문이다.

4. 근대계몽기 문학 연구의 지향점

김태준과 임화의 연구가 보여 준 성과와 한계를 인식할 때, 우리가 앞으로 해야 할 일이 무엇인가 하는 점은 상대적으로 분명해진다. 더불어 향후 우리의 근대계몽기 문학 연구가 '신소설' 중심주의를 벗어나야 할 개연성 역시 명확히 드러나게 된다. 임화가 신문학사 연구의 대상으로 삼았던 '신소설', 즉 이인직과 이해조의 단행본류 작품들만이 근대계몽기 문학 유산의 핵심이 아니라는 것은 너무나 당연한 사실이다.

이런 점에서 우리는 한국문학사 연구에서 그동안 '신소설'이 과대평가 되었다고 하는 다음과 같은 지적에 귀를 기울일 필요가 있다.

국문체의 형식—신소설은 당시의 위상으로 치면 비중이 대단치 않은데 정론적 교훈적 성격은 여기서도 관철되고 있었다. 이 시기에 대한 문학사적 시각은 신소설에 독점적 지위를 인정한 반면 국한문체의 여러 형태에 대해서는 거의 무시해 왔다. 선행 시대에서 한문학을 배제했던 시선이 국한문체로 옮아온 듯싶지만 문학주의의 소설 우위론이 작용한 결과다. 문학사의 단계로서 계몽기에 대한 인식은 지금 약간 시각 교정이 된 듯 하나 실상 아직 미급한 상태다.[40]

‘신소설’에 대한 연구가 관심을 끄는 중요한 이유 가운데 하나는 그것이 한글소설이라는 점 때문이다. ‘신소설’은 문체나 길이, 그리고 그것을 읽던 독자 계층 등에서 조선 후기 한글 단행본 소설들과 이어지는 측면이 적지 않다. 하지만, 근대계몽기 소설사는 조선 후기 대중소설에서 곧바로 ‘신소설’로 건너가는 방식으로는 해명이 되지 않는다. 조선 후기 한글 단행본 소설들이 사라진 이래, ‘신소설’이 등장하기까지는 적지 않은 시간이 걸린다. 조선 후기 한글소설과 ‘신소설’ 사이에는 한글소설이라는 공통점이 있지만, 그럼에도 불구하고 거기에는 이질적인 요소들이 적지 않게 존재한다. 여기서 이른바 근대문학사의 단절론과 공백기 이론이 등장하고 이식론이 끼어들 여지마저 생기게 되었던 것이다.

　근대계몽기 한글소설의 출현 과정은 조선 후기 한글소설의 단순 복원 과정이 아니다. 엄밀히 말하면, 이인직과 이해조가 사용한 한글조차도 조선 후기 일반대중들이 사용하던 한글과는 차이가 있다. 이인직과 이해조는 한학 교육을 받고 성장한 지식인이었다. 이 점에서 보면 그들의 한글은 대중 집단 속에서 자연스럽게 계승된 한글이 아니라, 당시대 지식인들이 개인적 각성을 통해 의식적으로 습득한 한글이 된다. 이인직이 『만세보』 등에 소설을 연재하면서 순한글로 작품을 발표한 것과는 달리, 논설 등의 다른 글에는 철저히 국한문혼용체를 사용했다는 사실은 이를 잘 보여 준다. 근대계몽기 소설사 연구에서는, 조선 후기 한문의 향유층이었던 지식인 작가들이 국한문을 거쳐 한글을 사용하게 되는 과정을 밝히는 것이 중요하다. 즉 한문소설―국한문혼용소설―한글소설로 가는 과정을 상세히 밝혀야 하는 것이다. 이것이 바로 근대계몽기 소설사에 나타난 근대성의 구현 과정이라 할 수 있다. 근대소설사에서 한글소설의 등장이 중요한 것은, 사회의 주류를 이루는 지식인 계층이 그들의 주된 표현 수단이었던 한문을 버리고 점차 한글을 사용하게 되

---

40) 임형택, 「근대 계몽기 국한문체(國漢文體)의 발전과 한문의 위상」, 『민족문학사연구』 14호, 민족문학사연구소, 1999, 38~39면.

었다는 점에 있다. 이는 조선 후기 대중소설이 이미 한글로 창작되었고, 그 전통이 근대계몽기로 이어졌다는 점과는 또 다른 차원에서 연구되어야 하는 문학사적 사실이다.[41] 조선 후기 한문소설의 창작 체험은 주로 근대계몽기 단형 서사문학 작품들을 통해 계승된다.[42] 근대계몽기 문학사 연구에서 '신소설' 이전에 존재했던 수많은 국한문 및 한글 단형 서사문학 자료들에 대해 좀 더 많은 주의를 기울여야 하는 중요한 이유가 여기에 있다.[43]

근대계몽기 신문에 수록된 다양한 서사 자료들의 가치를 외면하게 했던 가장 큰 장애 역시 결과적으로 보면 '신소설' 중심주의였다고 해도 지나친 말이 아니다. 이인직과 이해조의 작품들이 아주 오랜 동안 근대계몽기 문학 연구의 중심에 놓일 수 있었던 것은 이러한 '신소설' 중심주의와 관계가 깊다. 근대계몽기 문학 연구에서 '신소설' 중심주의가 사라질 때, 한국 근대소설에 대한 연구는 더욱 폭넓고 자유로운 공간을 확보할 수 있게 될 것이며, '신소설'의 그늘에 가려져 있던 다양한 서사문학 자료들이 그 가치를 더욱 분명히 드러낼 수 있게 될 것이다.

---

41) 『만세보』와 이인직의 문체에 관한 자세한 논의는 김영민, 「근대 계몽기 신문의 문체와 한글소설의 정착 과정」, 『한국 근대소설의 형성 과정』, 소명출판, 2005, 67~110면 참조

42) 근대계몽기 한글소설의 등장에는 조선 후기 한글소설의 계승이라는 측면뿐만 아니라, 한문 서사 향유층이 자신들의 문자를 새롭게 변화시킴으로써 가능해진 또 다른 측면이 있다. 즉 문체가 작가 중심에서 독자 중심으로 변화하면서 생겨난 결과 가운데 하나가 근대계몽기 한글소설인 것이다. 이에 대한 상세한 논의는 김영민, 「근대소설의 문체 변화와 근대성의 발현」, 위의 책, 177~193면 참조

43) 그런 점에서 '신소설'과 역사 전기물을 중심으로 근대계몽기 소설사를 기술하는 기존의 문학사 기술 방식에 이의를 제기한 김찬기의 주장은 의미가 있다. 김찬기, 「근대계몽기 단행본 소설 출판물의 현황과 그 성격」, 『한국 근현대소설과 매체』, 한국현대소설학회 제26회 발표대회자료집, 2005, 13면 참조.

현대시사(現代詩史)의 서술 방법과 방향

최동호

1. 현대시사의 과거와 현재

지금까지 독립된 장르사로서 현대시사(現代詩史)가 통시적 전망을 가지고 서술된 예는 많지 않다. 한국사의 한 분야로서 한국문학사에서 다시 갈래를 뻗어 기술되는 시사(詩史)는 그동안 현대시에 대한 상당량의 작품과 연구의 축적에 비해 그 전체상이 체계적으로 드러난 예는 많이 찾아보기 힘들다. 식민지시대까지 기술되거나, 그 하한선을 때로는 1960년대까지 내려 잡는 경우가 있기는 하지만 대부분 1920년대까지의 시사 서술에 머문 것이 현재까지 우리 학계가 가지고 있는 현대시사이다. 1990년대 중반을 넘어서야 부분적으로 1980년대나 1990년대의 시사가 개략적으로 기술된 예가 있기는 하다. 또는 1930년대나 해방기, 1940년대 등의 시사에 대한 논문이 씌어지기도 했지만, 20세기에 들어와서 한국 시사가 보여 준 그 다양성과 역동성을 처음부터 끝까지 체계적으로 기술한 예는 찾기 어렵다.

모든 문학연구가 결국은 문학사를 지향한다고 할 때 이런 현상은 매우 안타까운 일이다. 물론 여기에는 그 나름의 필연적인 이유가 전제되어 있다고 하겠지만, 어떻든 시를 공부하는 많은 연구자들이 한번쯤 현대시사 서술에 과감히 도전해보는 것은 매우 뜻 있는 일이라고 할 수 있다.

이 논문은 지금까지 출간된 시사들을 가능한 범위에서 최대한 수집하여 이를 종합적으로 검토해보고 앞으로의 서술 방향을 전망해보고자 하는 데 목표를 둔다. 모든 역사가 현재의 역사라는 말을 다시 되풀이할 필요가 없는 것이지만, 과거의 것이면서 언제나 동시대와 함께 존재하는 시에 대한 사적 검토는 항상 서술자가 소속하고 있는 현재라는 시점에서 과거를 되묻는 일이며, 이는 앞으로의 전개방향을 조망하기 위해서 항상 반성적으로 되돌아보아야 할 일이라 생각된다. 오로지 과거의 것이기만 한 어떤 작품은, 어떤 시사도 그 의의를 무거운 것이라고 말할 수 없기 때문이다. 여기서 현재성의 강조가 현재의 시각으로 과거를 재단한다는 뜻으로 사용되어서는 안 된다. 과거의 과거성에 대한 객관적 판단이 결여된 현재성의 강조는 잘못하면, 모든 과거의 사실들을 현재의 필요에 따라 판단하게 만들고 그 결과 현재는 물론 과거를 그릇 해석하게 하고 나아가서 앞으로의 전망 또한 오도하기 쉽기 때문이다.

과거와 현재가 갖는 강한 긴장이 비판적 시각에 의해 고양될 때 우리는 동적인 에너지를 얻을 것이며, 이 증폭된 에너지가 앞으로 나아가는 역사 인식의 추진력을 갖도록 할 수 있을 것이다.

변하는 것과 변하지 않은 것들 사이에서 상생상극하는 복잡한 얼크러짐의 객관적 파악이야말로 우리가 시사를 기술하는 모든 노력에 값하는 일일 것이다. 더구나 고도로 축약된 언어 형식인 시를 통해 그 역사적 전개를 파악하는 하나의 시각을 획득한다는 것은 한국 문화사의 정수를 통찰하기 위해서는 아주 뜻 있는 일이라 할 수 있다.

역사가 없는 민족은 과거가 없고, 과거가 없는 민족은 미래도 없다고 할 수 있다. 어떤 민족이든 그 역사에는 영광과 굴욕이 있을 것이며, 전통과 인습이 공존하고 있을 것이다. 부정되어야 할 인습과 계승·발전시켜야 할 전통 속에 새로운 미래를 창조할 수 있는 힘을 찾아내는 일이야말로 모든 주체적 자기 각성을 위해 절실하게 요구되는 일인 것이다.

현대시사의 기술은 한국사의 전개에서 언어적으로 가장 집약되고 고도로 승화된 지적 전통을 확인하는 작업이다. 과거가 없는 민족이 미래가 없는 것처럼, 적절한 시사를 모르고 시를 쓰는 시인에게도 미래가 없다. 캄캄한 미로 속을 좌충우돌하게 될 뿐이다. 20세기를 마감한 현재의 시점에서 우리 시단을 돌이켜볼 때 이런 느낌은 더욱 증폭된다. 과거로 되돌아가기 위해서 시사를 기술하는 것도 아니며, 눈앞에 놓인 현재의 문제 해결만을 위해서도 아니다. 그것은 항상 새롭게 씌어지고, 축적·보완되면서 민족사와 더불어 창조적 미래로 나아가기 위해 존재하는 것이다. 비평적 설득력을 지닌 자료 선택과 시사 서술은 의욕적인 연구자들에게 가장 야심적인 도전의 대상 중의 하나일 것이다.

2. 시사 서술 방법에 대한 검토

세계사적으로 그리고 민족사적으로 20세기의 한국 현대사는 매우 험난한 것이었다. 오랜 동안 한국의 문화적 종속국이던 일본의 식민치하에서 36년을 보내야 했고, 민족의 해방이 되자마자 강대국의 억압에 의한 분단시대를 보내야 했으며, 급기야는 6·25동란과 같은 민족상잔의 시련을 경험해야 했다. 머지않아 통일의 시대가 박두하리라고는 하지만 아직도 남과 북에는 뛰어넘기 어려운 많은 벽이 존재하고 있다. 민족의 생존 그 자체가 위협받는 시대에 뒤이어 2차 세계대전 이후 강대국들의 배후조종에 의해 이데올로기라는 미명하에 벌어진 한국전쟁은 우리에게 지우기 어려운 민족적 상처를 남겼으며, 이로 인해 그 후 반세기 동안 서로가 적대시하는 상황에서 오늘을 맞고 있는 것이다. 강대국을 탓하기 위해 이렇게 말하는 것은 아니다. 그들이 좌지우지한 지난 역사를 깨닫고, 한국사가 한국 민족의 역사가 되어야 함을 강조하기 위함이다. 내부적으로 분열된 민족은 언제나 남의 지배를 받기 마련이라는 것은 쓰라린 역사의 교훈이다.

한국사가 그러했던 것처럼 한국의 현대시 또한 이중삼중의 어려움을 겪어 왔던 것이 사실이다. 최근까지 씌어진 독립 형태의 시사는 대체로 다음과 같은 것들이다.

① 김춘수, 『한국 현대시형태론』, 해동문화사, 1957.
② 조지훈, 『한국 현대시문학사』, 1964.6~1965.3.
③ 송민호, 「한국시가문학사 하」, 『한국문화사대계』, 고려대 민족문화연구소, 1967.
④ 정한모, 『한국 현대시문학사』, 일지사, 1974.
⑤ 김종길, 「현대시」, 『현대 한국문화사대계』 1, 고려대 민족문화연구소, 1975.
⑥ 문덕수, 「한국 현대시사 연구」, 『현대한국시론』, 이우출판사, 1975.
⑦ 박철희, 『한국시사 연구』, 일조각, 1980.
⑧ 조병춘, 『한국 현대시사』, 집문당, 1980.
⑨ 김용직 외, 『한국 현대시사 연구』, 일지사, 1983.
⑩ 김용직, 『한국 근대시사』(상·하), 학연사, 1983~1986.
⑪ 최동호, 『현대시의 정신사』, 열음사, 1985.
⑫ 김재홍, 『현대시와 역사인식』, 인하대 출판부, 1988.
⑬ 오세영, 『20세기 한국시 연구』, 새문사, 1989.
⑭ 김용직, 『해방기의 한국시문학사』, 민음사, 1989.
⑮ 김은전, 김용직 외, 『한국 현대시사의 쟁점』, 시와시학사, 1991.

⑯ 신범순,『한국 현대시사의 매듭과 혼』, 민지사, 1992.
⑰ 김용직,『한국 현대시사』(1·2), 한국문연, 1996.
⑱ 이동순,『민족시의 정신사』, 창작과 비평사, 1996.
⑲ 김재홍,『한국 현대시의 사적 탐구』, 일지사, 1998.
⑳ 이승훈,『한국모더니즘시사』, 문예출판사, 2000.
㉑ 맹문재,『한국민중시문학사』, 박이정, 2001.
㉒ 김혜니,『한국 현대시문학사 연구』, 국학자료원, 2002.
㉓ 오세영 외,『20세기 한국시의 사적 조명』, 태학사, 2003.
㉔ 최동호,『한국 현대시사의 감각』, 고려대 출판부, 2004.
㉕ 이승하 외,『한국 현대시문학사』, 소명출판, 2005.

한국 현대문학사를 종합적으로 다룬 저서로 백철의『신문학사조사』(1948), 조연현의『한국 현대문학사』(1961), 그리고 김현·김윤식의『한국문학사』(1972), 조동일의『한국문학통사』5(1989), 권영민의『한국 현대문학사』(2002) 등이 있으나, 현대시사를 따로 독립시켜 기술한 것으로, 지금까지 학계에 제출된 시사와 관련된 저술은 대체로 위에 예시된 25편의 논저가 거의 전부라고 할 수 있다.

①의 경우는 '한국 현대시형태론'이라는 표제에서 보듯, 형태론적 관점에서 한국 시 50년을 처음 사적으로 검토하였다는 점에서 시사적 의의를 갖는다. ①은 형태의 해체 과정이라는 시각에서 한국 현대시의 전개가 자유시로의 이행 과정에 있다고 논했다. ①은 현대시의 흐름을 삼단계로 구분하고 있는데 제1기 신체시시대 : 육당의『소년』지에서『창조』이전까지, 제2기 자유시 실험시대 :『창조』에서 김소월까지, 제3기 자유시시대 : 소월 이후 현재(1950년대)까지로 보았다. 여기서 김춘수는 자유시로의 이행 과정에서, 한국 현대시는 운율을 벗어남으로써 가질 수 있는, 운율에 비등한 혹은 그 이상의 시적 효과를 다방면으로 검토해본 시 형태에 대한 다각적 시험이 없었다는 것이 커다란 맹점이라고 지적하고 있다. 대개의 서구 시 형태의 피상적 모방에 그치고 말았다는 것

이 논자에 의해 제3기 자유시시대의 문제점으로 지적되었다.

비판적으로 볼 때, 현대시사에서 확연하게 구분할 수 있는 형태상의 특징이 구체적으로 무엇인가라는 반문이 제기되기는 하지만, 김춘수가 그 나름의 '무의미시(無意味詩)'를 1960년대 이후 자신의 시에 실천적으로 전개해 나가는 데 중요한 논리적 거점이 되었다는 것이 ①이 갖는 하나의 의의로 삼을 수 있다.

1950년대의 널리 확산된 전통부재론 또는 전통단절론의 배경인 지적 폐허감에 대응하여 ②는 전통계승의 주체사관을 바탕으로 씌어진 최초의 시사라는 점에서 주목된다. 현대시가 지닌 전통계승의 구체적인 면을 실증적 자료 분석을 통해 제시하지는 못하고 있으나, ②의 전통계승론은 갑오경장 이후 우리의 근대문화가 단지 외래사조의 유입으로 성립된 것이 아니라 우리 민족사 내부에서 자발적으로 성장한 근대의식의 소산이라는 독자적인 시각을 열어 보였다는 의의를 갖는다. 그의 시대 구분은 다음과 같다.

① 신체시의 남상(1894~1918) : 개화가사, 창가, 신시.
② 근대시의 여명(1919~1934) : 상징시, 노만시, 카프시.
③ 현대시의 전환(1935~1944) : 순수시, 모더니즘, 휴머니즘.
④ 해방시의 조류(1945~1954) : 서정시파, 사회시파, 전쟁시.
⑤ 전후시의 제상(1955~1964) : 아방가르드 후예, 신서정시, 실험시.[1]

②의 전체적인 시각을 정리하면, 우리의 현대시는 개화가사·창가라는 시적 전통의 점진적 준비·과도기를 바탕으로 출발하여 창가·신체시라는 이질의 외래소를 수입 확대하고 신체시·근대시에서 이를 기법적으로 소화하여 한국적 현대시의 창조적 계승을 성취하였다고 보았다. 특히 근대의식의 성숙을 우리 역사의 자체적 에너지에서 찾고 있는 그

---

1) 조지훈, 「한국 현대시문학사」, 『조지훈 전집』, 일지사, 1973.

는 동학혁명과 기미운동 등을 매우 중요하게 파악하였다. 민족의식과 민중의식을 중심 줄기로 해서 우리 시사 연구에서 획기적인 장을 열었다고 하겠다.

다만 그의 시사 서술이 실제로는 1단계에서 끝나고 말아 그 구체적 기술이 계속되지 못했음은 커다란 아쉬움이다.

③의 서술은 ②의 시각을 실증적·자료적으로 입증하고, 구체화시킨 것으로서 조지훈의 '개화가사(開化歌辭) 창가(唱歌) 신시(新詩)'에 대한 논의에서 나아가 개화시를 논하고 있으나 서술 시기가 한정되어 개화기 시가문학사라 부를 만하다.

④는 ③의 서술에서 한 걸음 나아가 개화기 시가문학에서 1910년대 말인 주요한·김안서까지 기술하고 있다.『태서문예신보』, 육당의 시가, 『오뇌의 무도』, 타고르의 도입 등에 관한 실증적 논고는 그 이전의 시사 연구 수준을 크게 넘어선 것이었다. 또한 ②와 같이 근대의 배경으로서 개화기 저항시가를 다루고, 이의 기저를 고전시가와 실학사상에서 찾고 있는 ④의 논리는 ②가 해결하지 못한 실증적 측면을 더욱 구체화하였다.

특히 종전의 현대시 기점에 대한 1930년대 설에 대해, 현대시 기점을 1920년대 후반에 설정시킨 것은 그 나름의 학적 기반 위에서 강조된 것으로서 음미할 가치가 있다. 그 근거로서 김소월의『진달래꽃』(1925)과 한용운의『님의 침묵』(1926) 출간, 프로문학과 국민문학 사이에서 벌어진 '형식과 내용 논쟁'과 시조부흥운동 등을 들고 있는데, 모더니즘 시인 정지용의 초기 작품이 1920년대 후반에 발표되고 있음도 아울러 염두에 둘 필요가 있을 것이다.

④가 ②의 주체적 문학관을 실증적으로 뒷받침하고 있음은 의심할 여지가 없으며, 그 점에서 한 단계의 전진이라 할 수 있으나 이 역시 지나치게 실증적 자료 해석에 힘을 기울였던 탓인지 그 서술이 1920년대 초를 넘어서지 못했으며, 정작 작품 자체에 대한 논의보다는 시사 주변

의 자료 해석에서 크게 벗어나지 못했음이 또 하나의 아쉬움이다.

⑤의 서술은 ②의 시각과 방법을 크게 원용하면서 1908년 최남선부터 1960년대까지의 시사를 확장하여 다루고 있으나 아주 개괄적인 서술로서 시사라고 하기에는 매우 소략하다. ⑥의 서술은 시대 구분만을 집중적으로 다룬 것으로서 문학의 내부에서 시대 구분의 본질적 공통성을 찾아야 한다고 주장하였는데 결과적으로 사조사의 관점으로 흘러 백철의 『신문학사조사』의 또 다른 한계를 갖고 있다.

⑦의 서술은 한국 시가가 자설적(自說的) 구조와 타설적(他說的) 구조의 교차 반복에 의해 발전해 왔다는 시각에서 시조, 사설시조, 개화기가사, 근대시, 현대시의 구조를 고찰하고 있다. 가장 개성이 강한 독특한 방법론이기는 하지만, 그의 이론적 토대가 주로 시조에 근거하고 있다는 점에서 현대시사의 전개를 포괄적으로 다루기에는 역동성이 약하다.

⑧의 서술은 초기 시부터 현대시를 두루 다루고 있으나 치밀한 자료 검증도 독자적인 시각도 두드러지지 않아, 시사의 평면을 요약적으로 개관한 것으로 받아들여진다. ⑨는 ④를 저술한 정한모 선생의 회갑 기념문집이다. 김용직·김윤식 등의 신진학자들이 참여하여 공동의 저술로 ④의 서술 한계를 뛰어넘어 개화가사에서 1945년까지의 시사를 다루고 있다. 정한모 선생이 직접 집필하지는 않았다 하더라도 ④의 서술을 완성하겠다는 학자적 집념이 가미되어 구상되고 그 문하생들의 참여로 이루어졌다는 점에서 기념비적이다. 다만 그 구성에서 시사 자체에 대한 기술보다는 10년 단위의 분절과 시인론을 중심으로 편성되었다는 것은 당시까지 20세기 전체를 조망하는 시사 서술이 쉽지 않은 단계에 있음을 알려 주는 지표가 될 것이다.

현대시사 서술에서 가장 의욕적으로 서술된 것은 ⑩과⑭이다.

특히 ⑩의 서술은 궁극적으로는 ④의 방법과 논리를 크게 확장시킨 것으로서 개화기 시가로부터 1920년대 후반까지의 시사를 상세하게 다루고 있다.

특히 ⑩은 제1장에서 서론, 근대시사(近代詩史)의 성격과 방법을 설정하여 시사 서술 방법에 깊은 관심을 표명하고 있다. ⑩은 문학사가 엮어지기 위해서는 역사를 보는 바람직한 시각이 필요하다고 강조하면서 뉴 크리티시즘 입장, 연대기적 혹은 왕조별 문학사 그리고 유물사관과 같은 특정 사관을 반문학사적이라고 비판한다. ⑩은 시간 개념과 인과판단이 적용된 사례에 따라 문학사는 몇 개의 유형으로 구분된다고 하면서 그 자신은 인과판단이 문학적 테두리를 넘어서서 그 원인과 영향의 범위를 문학의 제작 전개의 관계되는 여러 배경이나 여건 쪽으로 넓게 확대시킨 유형을 택할 수밖에 없다고 주장했다. 문학사 기술에서 시간은 우리 자신의 경험을 집약시킬 수 있는 것이어야 하며, 판단의 범위 역시 문학전반을 수용하는 자리에까지 걸쳐야만 한다고 결론짓고 있다. ⑭와 ⑰의 서술 또한 ⑩의 사관에 이어지는 연속적인 작업으로서, 극도로 혼란했던 시사 서술의 시대가 이를 고비로 열리기 시작했음을 확인할 수 있다.

⑩⑭⑰의 시사 서술에서 우리는 1980년에 시작되어 모두 5권의 저술에 30여 년 가까운 각고의 세월을 바친 현대시사 서술의 최대의 연구자가 김용직 교수임을 확인할 수 있다. 그의 학적 노력은 존중되어야 마땅하고 그런 점에서 다른 저술과 달리 보다 심층적인 검토가 요구된다. 그러나 실제로 저술된 시사를 검토해보면 적지 않은 문제점들이 발견된다. 우선 사관의 설정에 있어서 반문학적이라고 규정한 것과 그의 기술 방법 사이에는 서로 중복현상이 일어나고 있으며, 그의 사관이 연대기적 기술을 기피한다고 하면서도 끝내는 연대기적 자료 서술을 크게 넘어서지 못하고 있거나 아니면, 지나치게 뉴 크리티시즘에 의거하여 미시적 분석에 머무르고 있어 작품의 질적 수준을 판단하는 서술시각을 갖고 있음을 부정하기 어렵다. 결과적으로 그가 배척하는 것은 유물사관일 뿐이며, 오히려 그럼으로 인해 그의 서술이 자료 제시에 급급한 것이 아닌가 하는 의심의 여지가 많다.

그의 서술이 동적인 시사 전개를 파악하기에는 상당히 경직되어 있다는 것이다. 이와 같은 제약에도 불구하고 ⑩의 서술은 괄목할 만한 것이다. 전체적으로 보아 ②의 서술이 ④에 의해 보완되고 ⑩에 의해, 뉴 크리티시즘의 방법론적 세례를 기반으로 현대시사가 나름대로 자리 잡게 되었다고 하겠다.

⑪의 서술은 ④의 서술이 지닌 주체적 자기 각성을 정신사의 시각에서 요약적 조망을 제시한 것으로서 실증주의나 유물사관을 넘어서는 하나의 방법론으로 1980년대 중반에 구상해 본 것이다. ⑫의 서술 또한 20세기 초에서 1980년대까지의 시를 개괄적으로 다룬 것이다. 양자가 해방 이후의 시를 '분단시대의 시'로 파악한다는 점에서 일치하고 있는 것은 이 세대가 지닌 흥미로운 관점의 표현이다. ⑪과 ⑫는 앞으로 정치한 서술을 하기 위해 제시된 하나의 축도라고 보는 것이 좋을 것이다. ⑬는 『20세기 한국 현대시 연구』라는 표제이지만, 20세기 한국 현대시사의 전개에서 쟁점이 되는 문제들을 포괄적으로 다루고 있다는 점에서 주목된다. 특히 근대시와 현대시의 개념이나 기점 문제 그리고 모더니즘시의 전개와 특징들을 종합적으로 다루고 있어서 시사 연구의 학문적 기초를 마련해주었다는 의의를 갖는다. 이러한 문제의식은 ⑮로 이어져 '총론', '일제강점기 시사의 전개', '분단시대 한국 시사의 쟁점' 등 1980년대의 민중의식이 반영된 구성으로 시사 서술의 범위가 1980년대까지 확장된다. ⑯는 개화기 시가에서 해방 직후의 리얼리즘시의 새로운 지평에 이르기까지의 시사를 다루고 있다. 저자는 시사에의 접근 방법을 매듭과 혼에서 찾고 있는데, "매듭"은 연속적인 시간의 흐름을 쪼개고 차이를 만들고 줄기를 만드는 것으로, "혼"은 우리의 삶의 밑바닥에 은밀하게 직조하는 이미지라고 말하고 있다. 미시적이고 섬세한 시각이기는 하지만 매듭과 혼의 변증법이 모더니즘과 리얼리즘이라는 이분법을 극복하지 못한 것이 아쉬움이다.

⑱과 ㉑은 민족시 또는 민중시의 시각에서 한국 현대시사를 다룬 것

으로서 포괄적인 시사가 아니라 특정주제의식하에 서술된 것이다. ⑱에서 우리는 무명시인들의 새로운 자료 발굴 ㉑에서 노동시로 지칭되는 민중시문학사의 개성적인 축도를 볼 수 있으나, 양자의 서술 모두 포괄적인 시야에서 균형 잡힌 시각을 확보하지 못하고 있다는 것은 넘어서야 할 새로운 과제라고 하지 않을 수 없다. 그럼에도 ⑯과 ⑱은 1970년대에서 1980년대를 관통하는 핵심적인 주제라고 할 수 있는 리얼리즘 계열의 민족시 또는 민중시를 체계적으로 정리하는 1990년대 중반 이후의 작업이라는 점에서 하나의 의의를 찾을 수 있다. 리얼리즘 계열의 시사가 정리되는 다른 한편에서 ⑳에 의해 모더니즘시사가 종합적으로 정리되었다. 1920년대부터 1990년대까지 정리된 이 저서는 ⑱이나 ㉑에 비해 체계적이며 포괄적이라는 점에서 설득력을 갖는다. 그러나 모더니즘의 속성상 그 논리적 근거가 서구에 종속될 수밖에 없다는 약점을 지닌다. 저자가 서구와 다른 한국의 모더니즘의 독자성을 찾으려 할수록 그 어려움은 가중될 것이기 때문이다. 어떻든 리얼리즘시사와 모더니즘시사가 1990년대 이후 독자적으로 서술되기 시작했다는 것은 특기할 만한 일이다. ㉑과 ㉒에 이르러 20세기 전반에 치중되어 있던 현대시사는 시대적 범위를 확장하여 1990년대까지 포괄하게 된다. 그런데 ㉒의 경우 저자의 서술 시각이나 방법론이 구체적으로 드러나 있지 않고 1940년부터 시사 서술의 대상으로 삼고 있어 20세기 전체를 다룬 시사라고 말하기는 어렵다. ㉓는 ⑬에서 방법론을 제시한 저자가 젊은 연구자들과 더불어 유파적 시각에서 20세기 시사를 조망한 것이다. 개화기 시가의 계몽의식과 장르적 특징에서 시작하여 근대성의 반성과 생태의식에 이르기까지 포괄적으로 현대시사의 전개를 조망한 것은 장점이지만 유파 중심의 개관이라는 점에서 통사적 서술의 일관성이 부족하다는 것이 약점이라고 할 수 있다.

　1980년대 중반의 ⑪에 이어 ㉔를 간행한 저자는 특히 ㉔에서 1945년에서 20세기 후반인 1990년대까지의 시사를 중점적으로 다루는 동시에 분단 이후 1990년대까지의 시사를 다루었다. ⑪이 소략한 개요였다면 ㉔는 보다 확장된 시야로 20세기 후반의 시사를 다루었으며, 그의 시각은 ②에서 거론된 바 전통계승론을 폭넓게 적용한 것이다. 그러나 보다 체계적인 서술을 위해서는 20세기 전반의 시사 또한 일관된 시각에서 서술 보완되어야 할 것이다. ㉔는 이승하를 비롯한 40세 전후의 젊은 연구자들에 의해 서술된 것으로 가장 최근의 시사로서 시각의 참신성이 돋보인다. 그러나 10년 단위의 획일적인 시대 구분을 넘어서지 못하고 있으며 문학사를 파악하는 집필자들의 독자적 시각이 구체적으로 제시되어 있지 않다. 또한 서술 방법이 체계적으로 통일되지 못하고 산만하다는 것이 약점이다.

3. 서술 방법 검토와 방향 모색

20세기 한국 현대시사에 대한 저술의 층이 두터워지면서 시사 기술 방법에 논의와 비판이 다양하게 이루어지기 시작했다. 대체로 1980년대 후반부터 기존의 문학사에 대한 본격적인 검토가 가해졌는데, 그 중에서 중요한 것을 예시하면 다음과 같다.

① 정한모, 『한국 현대시연구의 반성, 현대시』, 문학세계사, 1984.
② 송현호, 『문학사기술방법론』, 새문사, 1985.
③ 정종진, 『문학사 방법론』, 청주대 출판부, 1989.
④ 최동호, 「현대시사기술방법과 방향」, 『어문논집』 13집, 1992.
⑤ 유종호, 「문학사와 가치 평가」, 『한국문학 100년』, 민음사, 1999.
⑥ 이숭원, 『한국 현대시 연구 50년』, 혜안, 2003.
⑦ 김용직, 「한국 현대시 연구의 회고와 반성」, 『한국시학연구』 14호, 2005.

⑧ 이태희, 「현대시사 기술방법 고찰」, 『한국시학연구』 14호, 2005.

　이상의 자료는 현대시사 서술에 대한 연구 검토를 중심으로 한 것이다. 이외에도 문학사 전반에 대한 방법론적 검토가 있지만 현대시사에 대한 것은 위에 예시한 것이 거의 전부라고 할 수 있다. ①의 경우 앞에서 논한 ④의 저술자라는 점이 주목할 만하며 특히 최초의 저술 이후 10년 후에 현대시사 서술 방법에 대한 비판으로서 주로 김기림의 모더니즘시에 대한 기술이 1920년대의 문학적 사실이 왜곡되었다고 비판하면서 모더니즘의 시사적 위치를 1926년경으로 잡아야 한다고 강조하고 있다. ②의 경우는 ①의 시사 서술 반성을 기본으로 하여 모더니즘시사를 점검하고 있으며, ②에서 주목되는 것은 "근대시 기점" 문제를 중심으로 기존의 여러 견해를 종합 분류하였다는 점이다.[2] 현대시의 기점을 어떻게 설정하느냐는 시사 기술의 첫 머리에서 해결해야 할 중요 쟁점이라고 할 수 있는데 이러한 종합을 통해 하나의 시각을 도출하려고 했다는 것은 나름대로 의미 있는 일이라 여겨진다. ③은 문학사 일반에 대한 논의도 있지만 현대시사 서술 방법에 대해서도 깊은 관심을 표명하고 있다. 어떤 점에서 문학사 서술 방법에 대한 거의 최초의 본격적인 탐구라고 할 수 있다. 정종진이 검토의 대상으로 삼은 것은 조지훈 · 정한모 · 문덕수 · 김종길 · 김용직 등의 현대시사와 관련된 저술이다. 그는 "기술방법론"[3]에서 '반영론' · '형식구조론' · '수용론' · '양식론' 등을 검토하고 "방법론적 가능성"에서도 이러한 측면들을 검토하고 있으나 원칙론의 범주를 크게 벗어나지 않는다. ④는 1990년까지의 현대시사에서 중요한 저술을 다룬 것으로서 ④에서 제시한 문제의식은 『현대시사의 감각』으로 구체화된다. ⑤는 김용직의 『한국 현대시사』를 본격적인 검토의 대상으로 삼은 것으로서 영문학자이며 비평가로서 남다른 통찰과 안목으

　2) 송현호, 「문학사분류의 향방」, 『문학사기술방법론』, 새문사, 1985, 62~78면.
　3) 정종진, 「현대시사 방법론」, 『문학사방법론』, 청주대 출판부, 1989, 186~192면.

로 현대시사 서술을 비판하고 나름대로 방향을 제시하고 있다. 특히 문학사의 인과판단과 작품의 가치평가는 유종호 특유의 문학사적 시각을 드러내고 있다는 점에서 앞으로 많은 현대시사 연구자들이 경청해야 할 예지를 담고 있다고 하겠다.

⑥은 현대시 연구 전반에 대한 검토이나 시사 서술에 대해서도 일부 언급하고 있다. 현대시의 기점 문제에 대해서도 논하고 있으나 그간의 성과에 대한 객관적 기술에 머무르고 있다. ⑦과 ⑧은 현대시사 연구에 대한 가장 최근의 고찰이다. ⑦의 경우 가장 왕성하게 현대시사를 서술한 연구자라는 것이 주목되며 ⑧은 비교적 종합적으로 현대시사 서술의 문제를 다루고 있다. ⑦과 ⑧의 검토는 현대시사 서술의 반성이라는 점에서 다음 절에서 좀 더 논하기로 하고 여기서는 현대시사에서 가장 문제적이라고 할 수 있는 김용직의 『한국 현대시사』의 문제점들을 보다 구체적으로 접근해보기로 하겠다.

『한국 근대시사』 상·하권(학연사, 1985)에 이어 간행된 김용직 교수의 『한국 현대시사』 1·2(한국문연, 1996)는 그 규모에 있어서 한국 현대시사 서술에서 기념비적 사건이라 할 수 있다. 이 저서는 모두 1,500쪽 분량의 타의 추종을 불허하는 방대한 저작이다. 그런 의미에서 김용직 교수의 저술은 독립적으로 검토되어야 하는 정당성을 갖는다.

개화기부터 1920년대까지의 시사를 다룬 『한국 근대시사』에 이어 『한국 현대시사』는 1930년부터 1945까지의 시사로서 이 저서에는 '대약진기 한국 시의 총체적 탐색―평가'라는 부제가 있다. 이 저서는 모두 여덟 부분으로 구성되어 있다.

제1장 한국 현대시 이해의 길―서문, 제2장 시문학파의 등장과 그들의 활약, 제3장 주지주의계 모더니즘, 제4장 극렬 시학의 세계―이상론, 제5장 현실주의시의 행방, 제6장 시인부락시대, 제7장 후반기 온건파 시인들, 제8장 『시원』과 1930년대 시단, 제9장 신세대 시인들의 활동 양상, 제10장 문장파와 그 음역, 제11장 일제 말 암흑기와 시단 등이 그것이다.

이 책을 통독해 볼 때 저자는 백철의 『조선신문학사조사』(백양당, 1949)와 김춘수의 『한국 현대시형태론』(해동문화사, 1957), 그리고 조연현의 『한국 현대문학사』(인간사, 1961)의 장단점을 후학으로서 비판적으로 극복하고자 한 것으로 판단된다. 크게 보아 저자는 『한국 현대시사』 1에서 1930년대 전반기의 시사를 순수시 · 모더니즘시 · 현실주의시의 구도로 보고, 『한국 현대시사』 2를 통해 이후의 시사를 이들의 극복지양의 과정으로 인식하고 있다. 또한 각 장의 첫 머리에는 시대사적 개관이 서술되고, 이어서 그 장에 소속된다고 판단된 저자의 시인론이 전개된다. 그런 점에서 엄밀히 말한다면 이 저서는 체계상 일관된 시사라고 하기보다는 시인론사라고 규정해야 할 특징을 더 크게 갖고 있다.

'시문학파', '현실주의시', '시인부락시대', '『시원』과 1930년대', '신세대', '문장파' 등등의 명칭들은 이 시사의 서술이 아직도 유파 중심이거나 잡지 중심의 서술을 크게 벗어난 것이 아님을 알려 준다. 이 점에서 조연현의 『한국 현대문학사』의 서술 방법을 부분적으로 답습하고 있다는 느낌을 준다. 장과 절의 구분은 저자의 문학사적 시각에 따라 조정된 것이지만, 제4장에서 이상을 독립적으로 다룬 것이 우선 두드러진다. 정지용을 소홀히 다루고 이상을 과다하게 다루었다는 비판을 받는다.

> 임화, 서정주, 유치환 등에게 끼친 반면영향 혹은 반면교사적 충격, 김기림, 백석 등에게 끼친 시각적 이미지와 시어에 대한 인지적 충격, 윤동주, 박목월, 조지훈, 박두진, 김춘수 등에 끼친 순기능적 영향을 생각할 때 내재적 변화를 추적하는 시문학사는 정지용의 시사적 위치에 대해서 보다 합당한 자리매김을 해야 하리라고 생각한다. 모국어에 기여한 바가 하나도 없을 뿐 아니라 철맞지 않게 그 훼손에나 기여한 시인 이상(산문가 이상은 조금 다르다)을 위해 89쪽이나 할애하면서 정지용에게 그 절반도 안 되는 43쪽을 할애한 것은 균형잡힌 역사적 공정의 사례는 되지 못한다.[4]

---

4) 유종호, 「문학사와 가치판단」, 『현대한국문학100년』, 민음사, 1999, 686면.

분량이 절대적인 것은 아니지만 시사 서술에서 정지용의 문학사적 비중이 이상에 절대적으로 못 미친다는 것은 쉽게 이해하기 힘들다. 물론 소설의 영역까지 포함한 경우라면 조금 달라지겠지만 시사의 경우 정지용의 비중을 상대적으로 소홀히 한 것은 학문적 엄격성보다는 저자의 현학취미가 가미된 것이 아닌지 모르겠다. 이상을 다룬 부분이 상당 부분 서양의 문예사조인 초현실주의 소개에 집중된다. 이러한 설명이 얼마나 이상의 작품을 효과적으로 이해하게 하는지 의문이다. 서양문학에 관한 지식이 이제는 어느 정도 상식화되었을 뿐만 아니라 저자의 초현실주의 소개가 이상의 작품 자체의 이해에도 크게 도움이 되지 않는다는 말이다. 작품 자체로부터 연역되는 논리의 계발이 어렵다는 것은 주지의 사실이다. 그리고 이상의 시가 당시 유행하던 초현실주의시의 영향을 받았던 것도 사실일 것이다. 그러나 외래의 영향을 인정하더라도 이에 대한 주체의 반응 또한 중요하게 음미되어야 할 것이라고 하지 않을 수 없다는 점을 강조해 두지 않을 수 없다.

이러한 여러 문제에도 불구하고 종전의 시사에서 찾아볼 수 없는 권환·임화·박세영·박팔양·이찬 등 카프 계열의 현실주의시인들이 김용직의 시사 포섭되었다는 것은 시사 서술에서 중대한 전진이라고 할 수 있다. 오장환을 시인부락에 임학수와 조벽암 등을 후반기 온건파로 분류하고 백석과 이용악을 신세대 시인들에 배치한 것은 저자 나름의 문학사적 위치설정에 의한 것일 터이다.

이들에 대한 실증적 자료 조사는 독보적이라고 할 만한 것이지만, 그 문학사적 분류나 평가에 대해서는 상당 부분 유보사항이 전제된다. 저자의 시각이 작품 중심으로 전개되기보다는 서양의 용어 개념의 적용이나 시인이나 동료들의 주변적 일화를 통해 작품을 평가한 경우가 종종 드러나기 때문이다. 유치환의 시 「깃발」을 길게 논하는 곳에서 '역설'의 개념이 작품의 실제와 겉돌고 있으며, 서정주와 오장환을 평가하는 데 있어서 이들에 대한 저자의 선입관이 개입한 흔적이 역력하다. 임학수론을 전개하는 데 있어서도 학벌과 외국어지식이 작품평가에 우선하고 있다는 사실을 간과할 수 없다.

그 외에도 몇 가지 눈에 띄는 소소한 오류를 지적하면 다음과 같다. '시문학파'라고 할 수 있는 정지용을 김기림과의 상관성 때문에 주지주의 모더니즘 계보에 편입시킨 것은 저자의 의도 때문이라고 하겠지만, 이로 인해 정지용의 초기시와 후기시를 잇는 문학사적 상관성이 곡해되는 것은 어색한 일이다.

특히 『문장』시대에 이르러 서구추수주의에서 지용이 동양과 우리 전통에 돌아섰으나 그것은 정신적인 상태에서 그친 채 형태·기법·해석에까지 기능적으로 전개되지는 못했다고 평했다. 정지용의 의식과 정신은 복고적이 되고 기법 형태면에서는 모더니즘 쪽으로 재전진했다고 하며 이런 '도착적 행동'5)에 대해 접근하는 저자의 논리적 근거가 지용이 당시에 쓴 무용평에 의지하고 있다.

그러면서 더욱 주목되는 것이 趙澤元이 東洋에 詩가 있다고 한 데 대해 그가 '東洋에도'라고 그 부분을 직접적으로 부정한 셈이다. 이 무렵에 이미 그는 그의 詩를 위해 東洋古典을 살핀 것이다. 그러나 의미맥락, 정신의 차원에서라면 몰라도 기법으로 보면 그들이 진부하게 생각된 듯 하다. 그 시간의 때 내지 이끼가 그대로 있는 한 예술과 詩가 요구하는 참신성이 확보될 수 없었다. 그런 일에 생각이 미친 나머지 위와 같은 말이 쓰여진 것이다. 그런데 파리에서 돌아온 다음 趙澤元이 가진 공연을 보자 鄭芝溶의 머리에는 일종의 섬광이 스치고 지나간 듯 보인다. 무용 평에서 쓴 것처럼 趙澤元의 성공은 동양의 몸집, 또는 정신으로 서구의 참신한 감각을 익혔기에 이루어진 것이다. 이것을 鄭芝溶은 그의 詩에 그대로 적용한 셈이다. 즉 그는 『文章』에 참여하면서 매우 적극적으로 전통 계승의 자세를 취했다. 그리하여 『詩經』의 한 구절을 이끌어 들이고 唐詩와 宋詩의 경지를 의식한 詩를 쓴 것이다.6)

---

5) 김용직, 『한국 현대시사』 2, 한국문연, 1996, 467면.
6) 위의 책, 468면.

저자는 정지용이 쓴 무용평을 길게 인용하고 위와 같이 추론적 결론을 내리고 있다. 자료를 제시하고는 있지만 판단의 근거가 인과적 논리를 적절히 구사했다고 말하기 어렵다. 결과적으로 저자는 '동도서기'론을 내세우지만, 정지용의 시적 전환이 조택원의 무용을 보고 섬광처럼 지용의 머리를 스쳐갔다는 서술은 시적 전개 과정에 대한 내적 동인으로서 문학사적 인과 관계를 밝힌 의미 규명에 미치지 못하는 것 같다.

조지훈의 「봉황수」 또한 '산문시'로 보는 것은 명백한 오류라고 단언하고 있으나, 그 부정론의 근거가 일부 구절의 율독 가능성으로 인한 것으로 그 논거가 약하다. '출발 초기부터 조지훈이 율격·형태에 있어서도 매우 한국적이었다는 사실'을 율독에서 찾고 이를 근거로 산문시가 명백히 아니라고 하는 것은 저자의 선입관이 작용한 결과일 것이다.

'모든 좋은 시는 포괄적이다'라는 말로 식민지하 박두진의 시를 제대로 평가할 수 있는지 또는 '모윤숙과 노천명은 이화여전 선후배간이다'와 같은 문장이 시사기술에 적절한지 등등도 저자의 시각의 단층을 나타내 준다. 그러나 이러한 사소한 지적들은 저자가 구축한 방대한 자료 섭렵과 호한한 논리 전개에 비하면 지엽적인 것에 불과할지도 모른다.

어떻든 김용직의 근현대시사 서술인 『한국 현대시사』는 이후의 모든 시사 저술자들에게 좋은 의미로든 나쁜 의미로든 이를 하나의 전범으로 받아들여질 것이며, 또한 이로부터 누구도 자유로울 수는 없을 것이다.

4. 현대시사 서술의 반성과 방향 모색

1980년대 초반의 민중시의 득세에 이어 1990년대 초반 포스트모더니즘과 해체시의 유행을 경험하던 시기를 거쳐 21세기 초에 우리가 과연 시사가 무엇인가 하는 의문을 던지는 것은 그 나름의 새로운 괴로움을 동반한다. 이성이 붕괴되고, 시의 유효성이 무효화되는 탈중심주의의 분위기에서는, 시사 기술 또한 도로(徒勞)가 아닌가 하는 회의가 들기 때문이다. 그러나 문제는 바로 이 회의에서부터 다시 시작된다.

시사 기술은 다양한 갈래들을 끌어 모아 하나의 중심점을 찾아나가려는 지적 노력이며, 변화하는 것들 속에서 변하는 것들과 변하지 않는 것들의 끝없는 생성 과정을 동적으로 포착하려는 것이라고 할 때 리얼리즘은 물론이고 포스트모더니즘의 시대마저 지나가 버린 듯한 이즈음 오히려 시사 서술을 통해서 시의 방향성은 물론이고 시가 오늘의 우리에게 무엇을 뜻하는 것인가를 규명하는 작업이 활발히 시도되어야 한다는 것이 필자의 생각이다.

기존의 시사 서술을 검토하는 과정에서 은연중에 밝혀지겠지만, ①의 단계에서 ㉔의 단계에 이르는 데는 무려 50여 년이 넘는 시간이 걸렸으며, 아직도 우리 현대시사의 전체상이 제대로 체계화되지 못하고 있다는 사실에서 우리는 새로운 통시적 시사가 요구되고 있음을 감지할 수 있다. 1988년에 해금된 카프계 시인들을 적절히 수용한 시사가 아직 선보이지 않고 있다는 것을 어떻게 생각해야 할 것인가가 우선적인 문제일 것이며, 무엇보다 확고한 그러나 동적인 사관에 입각한 구체적 시사 기술 또한 절실히 요구되고 있다는 점을 주의 깊게 음미해보아야 할 것이다.

그동안 방법론과 실제 서술이 맞아떨어지지 않는 것도 많았다. 예를 들어 1970년대 이후 대표적 문학사로 인정되어 온 김현·김윤식의 『한국문학사』는 서구적인 것이 이상적인 모델일 수 없다고 하면서도 '근대(近代)'라는 개념에 집착하여 그 시기적 경계의 상한선을 끌어올린 것이 문학사 서술의 가장 두드러진 특색이 되었으며, 앞에서 거론한 김용직의 『한국 근대시사』나 『한국 현대시사』의 경우 특정사관을 반문학사적이라고 하면서 내세운 방법론 또한 포괄적이란 말을 내세워 모호한 자료 중심의 또 다른 의미에서 반문학사적 서술이 되었다고 볼 수 있다. 지금까지 출간된 많은 시사가 아직도 우리 시대에까지의 시사 기술에는 크게 미치지 못하고 있는 것이 그동안 씌어진 시사 기술의 결정적 약점이기도 하다.

그런데 흥미로운 것은 김용직 교수가 「한국 현대시 연구의 회고와 반성」을 통해 자신의 시사 서술에 대한 반성적 회고를 발표했다는 점이다. 여기서 필자가 의미 깊게 되돌아보고 있는 것은 자료의 사실 확인과 근대문학의 기점 문제이다. 우선 자료의 확인에 있어서 다음과 같은 자신의 문제점을 지적하고 있다.

> 「바다와 나비」가 처음 발표된 것은 1939년 4월호 『여성』을 통해서였다. 그런데 스펜더의 「바다 풍경」이 스펜더의 시집에 수록된 것은 1941년이었다. 그러니까 나의 김기림론 한 부분은 태어나지도 않은 사람을 어느 아기의 애비로 잡은 격이었다.
> 이런 시각에서 보면 한국 현대시 연구자로서 나는 참회록을 써야 마땅한 사람이다.7)

위의 인용은 유치환의 「울릉도」 해석에서 "심해선"에 대한 이해에서 과오를 범했다고 자인한 다음 김기림의 「바다와 나비」가 스펜더의 「바다 풍경」을 수용한 것이라는 자신의 판단이 잘못 된 것임을 인정한 부분이다. 이러한 사실 판단에서의 과오를 인정한 다음 김용직 교수는 "한국 현대시 연구자로서 나는 참회록을 써야하는 사람이다"라 고백하고 있다. 이 명제는 이후 모든 시사 서술 연구자들이 한 번쯤 깊이 되새겨 보아야 할 대목이다. 사실 확인의 엄격성이 학자적 양심의 문제에 걸리기 때문이다. 이러한 사실 판단의 인과성 문제는 앞에서 필자가 다각도로 검토한 바 있다. 새삼 학문적 엄격성이 되새겨지는 지점이라고

---

7) 김용직, 「한국 현대시 연구의 회고와 반성」, 『한국시학연구』 14호, 2005.12, 9면.

하겠다.

　다음으로 논의해야 할 사항은 근대문학의 기점 문제이다. 많은 논의
가 되풀이되어 왔지만 뚜렷한 결론을 내리기 어려운 문제가 기점 문제
일 것이다.

　　최근의 어느 논저에서는 우리 근대문학의 기점을 영정시대로 소급시키고자
　하는 주장이 제기되었다. 그 논리적 근거가 된 것이 사회배경론이다. 그에 따르
　면 영정시대에 이르러 우리 사회에서 근대적인 의미의 농업사회가 형성되었다
　는 것이다. 그 근거로 국사학 쪽의 업적이 원용되었다. 영정시대-부농형 농업
　의 출현, 그것이 곧 우리 사회의 근대화가 되었다는 생각이다. 새삼스럽게 밝힐
　것도 없이 서구의 근대 개념은 농업에 역점이 놓이는 것이 아니다. 차라리 그
　역점은 공업과 상업 쪽에 있다. 이것을 변형시켜 우리 경우에는 농업이라고 하
　더라도 거기에는 가설을 성립시킬 논리의 기반이 확보되어야 한다.[8)]

　근대문학의 영정시대 기점론에 대해 필자는 이를 단호하게 비판하고
있다. 문학 자체의 근거에 의한 것이 아니라 사회 배경론이기 때문이라
는 것이다. 이런 논점은 근현대문학사 서술자로서 김용직 교수가 시종
일관 견지해 온 관점이기도 하다. 물론 이 또한 하나의 서술시각으로
나름대로 받아들일 수 있다. 그것이 얼마나 시사적 사실들을 객관적으
로 기술할 수 있느냐에 따라 판가름이 날 문제이다. 또 논리적 근거로
서 근대시에 대한 확고한 인식이나 정의가 필요한 것이기도 하다.

　그러나 근대시가 무엇인가에 대해 김용직 교수는 구체적인 논거를
가지고 있는 것처럼 보이지는 않는다. 예를 들면 다음과 같은 기술은
그러한 사정을 잘 나타내 주고 있다.

　　우리가 근대시라고 말할 때 그것은 단순하게 선행한 것과의 차이점으로 판가
　름될 일이 아니다. 가령 고대와 전근대를 대표하는 작품들도 현격한 차이를 갖

---

8) 위의 논문, 10~11면.

는다. 그러나 이때 차이점은 아무리 풍부하게 검출되어도 고전 문학의 테두리 내의 차이에 지나지 않는다. 그러니까 근대시의 기본 속성인 근대성은 좀더 적극적인 입장에서 파악되어야 한다. 그리고 이 경우 우리가 생각할 수 있는 것이 문체라든가 형태에 나타나는 세련미다. 근대 이전의 시가들은 아무래도 거칠고 소박한 단면을 드러낸다. 그런 단면이 어느 정도 지양, 극복된 작품들을 근대적인 것으로 손꼽아 보자는 생각이다. 그러나 막상 영정시대에 제작된 여러 서민 시가들을 검토해 보면 거기에는 그런 단면이 잘 검출되지 않는다.9)

근대시의 징표를 근대적 "세련미"에서 찾고 있는 필자의 논리에는 근대 곧 서구의 영향이라는 논리가 내포되어 있는 것이라 여겨진다. 영정시대의 작품에서 찾을 수 있는 세련미가 근대시에서 검출된다는 것이 바로 그런 논리를 표현한 것이라고 할 것이다. 근대성을 세련미로 판단한 것에 대해 이태희는 "문학이 점진적으로 발전한다는 진화론"10)이 바탕이 되어 있다고 비판하고 문학의 변모나 발전을 생물체의 진화 발전으로 이해하거나 사회·경제적 의미의 발전으로 이해해서는 안 된다고 비판하고 있다. 문학 자율성 원칙에 위배된다는 것이다. 특히 근대문학 이후의 세련미에 비교하여 근대 이전의 시에 검출되는 거칠고 소박한 단면을 지적한 것은 논란거리를 제공한 결과가 될 것이다. 이러한 논리는 우리 문학 자체의 동적 역동성보다는 서구 문학의 영향을 전제로 한 것이 아닌가 하는 의문이 든다. 그 또한 문화적 배경론이 된다는 말이다. 분명 근대 이전과 근대 이후가 서로 다른 면모를 보이는 것은 사실일 것이다. 그렇다면 과연 근대시의 기점을 어떻게 설정할 것인가 하는 문제가 전면에 떠오른다.

이 근대 기점 문제는 조지훈·정한모로부터 김윤식을 거쳐 오세영에 이르기까지 지난 40여 년 간 많은 진폭을 가지고 논의된 문제이기도 하다. 그동안의 논란을 주의 깊게 검토한 오세영은 "전통의 연계성에 대

---

9) 김용직,『한국 근대시사』상, 학연사, 1985, 33면.
10) 이태희,「현대시사 기술방법 고찰」,『한국시학연구』14호, 2005.12, 34면.

한 끊임없는 성찰"을 강조하면서 우리 문학의 근대 기점에 대해 다음과 같이 주장했다.

> 우리 근대가 18세기에서 시작하여 갑오동학 혁명을 전후한 시기에 본격 진입했으나 외세에 의한 간섭과 일제의 식민지 지배에 의해서 실패한 뒤 해방과 4·19에 이르는 기간 이후부터 성숙 단계에 접어들었다고 생각한다. 비록 19세기 말 20세기 전반기가 서구의 근대처럼 완숙된 자본주의 사회화되지는 않았지만 우리 근대사의 특징_____ 외세에 의한 침탈을 고려할 때 역시 근대의 범주에 넣을 수밖에 없기 때문이다. 한 편 8·15해방에서 4·19를 거친 그 이후의 시기는 전시대와 구분하여 현대라고 규정짓는 것이 마땅하다.[11]

위의 오세영의 논거에 이르면 근대의 기점과 근대와 현대의 구분이 한국사의 특수성과 더불어 어느 정도 규정성을 갖는다고 할 것이다. 이러한 구분을 전제로 오세영은 "우리 근대시가 18세기 사설시조"에서 비롯되었다고 보고 있다. 그가 이러한 주장을 하는 논거는 형식과 시어와 이념이라는 세 가지 측면을 고려한 것인데 그동안 제시된 18세기 근대 기점설을 시사의 관점에서 체계화한 것이라고 하겠다. 이렇게 본다면 김용직의 영정조기점설 부정론과 정면으로 대비되는 것이 오세영의 견해라는 점에서 흥미로운 검토의 대상이 될 것이다. 오세영은 여기서 머무르지 않고 현대시의 출발을 1920년대 후반으로 보는 정한모의 설을 지지[12]하여 자신의 견해를 적극적으로 내세워 '근대기점설', '근대시의 기원', '근대와 현대의 구분', '현대시의 출발' 등에 대해 고전문학·역사학·경제학 등 다양한 학문적 논거를 제시하며 자신의 주장을 객관화하고자 하였다. 그의 주장은 크게 보아 내재적 발전이론이라 할 수 있는데 아직 좀 더 학문적으로 보완해야 할 필요가 있지만 지금까지 제시된 여러 견해들 중에 가장 일관된 논리를 보여 주고 있다고 여겨진다.

---

11) 오세영, 『20세기한국시연구』, 새문사, 1989, 20면.
12) 위의 책, 29면.

그동안의 시사를 검토해보면 우리는 '근대(近代)'냐, '현대(現代)'냐 하는 문제에 너무 집착해 왔으며, 겉으로는 부정하면서도 서구적 모델을 은연중에 감추어 가지고 있었을 뿐만 아니라, 실제에 있어서는 논리적으로 시사 서술 방법을 독자적으로 구축할 수 없었던 것이 사실이기도 했다. 좌파냐 우파냐 하는 이데올로기 또한 객관적이고 자유로운 시사 서술을 제한하여 왔던 것이다. 분단시대라는 용어가 유행적으로 사용되기는 했지만 이를 통합할 수 있는 일반이론을 구축하기보다는 보다 미시적인 '편가르기'식의 독선이 자유로운 논의의 장을 열어주지 못했던 것이다. 학적 기반이 부박할 때 어떤 이론도 창출되지 않으며, 적절한 이론을 갖추지 못할 때 참다운 문학사가 씌어질 수 없다.

앞으로의 시사 서술에서 기본적 토대가 되는 것은 '민족적 주체의 자기 각성'이라는 명제일 것이다. 민족주의시대가 가고, 이데올로기시대가 왔다고 강변되던 시기가 있었다. 그러나 이제 이데올로기의 시대가 가고 민족주의의 시대가 다가왔으며, 더 나아가서는 민족통일을 향해 나아가는 기술민족주의시대가 세계화시대의 대표적인 브랜드가 될 것이라 전망된다.

실험적인 포스트모더니즘시대가 지나고 난 다음, 고난도 기술의 국제경쟁시대에 민족적 주체성을 갖는다는 것은 앞으로 우리가 결코 간과할수 없는 명제인 것이다. 여기서 필자는 ⑨에서 내세웠던 '시는 정신의 표현이며, 시의 역사는 정신의 역사이다'라는 명제를 '시는 민족 정신의 표현이며, 시의 역사는 민족 정신의 역사이다'라고 약간 수정하고 싶다. 분단극복이란 단순히 정치적 통일만이 아니라 21세기 국제 경쟁의 하이테크시대에 살아남기 위한 민족적 총체성의 회복이 되어야 할 것이기 때문이다.

여기서 민족이란 배타적·독선적 개념보다는 세계사의 일원으로서 당당하게 독자적 생존권을 누리기 위한 개방적·독립적 개념으로 사용되어야 할 것이다. 한국의 20세기는 전근대·근대·현대 그리고 고도정보화시대가 함께 소용돌이치며 공존하는 세기였다. 이제 현대시 100년을 맞이하면서 이 모두를 포괄하면서 하나의 중심점을 가지고 우리의 문학을 묶어주는 동시에 앞으로의 전진 방향을 열어줄 시사의 서술을 구체화시킬 사명이 21세기 현대시 연구자들에게 부여되어 있다. 또한 앞으로 현대시사 서술자들이 좌우명으로 삼아야 할 명제는 김용직 교수가 말한 바 "한국 현대시 연구자로서 나는 참회록을 써야 마땅한 사람이다"라는 명제일 것이다. 그럼에도 억압과 분노의 시대로부터 자유와 평등의 시대로 나아가는 정신적 에너지가 집약된 현대시사야말로 우리 민족으로 하여금 새로운 역사 지평의 창의적 주체자로 만들어 줄 것이다.

2부

토론편

소설의 상품화와 조선 후기 소설의 변모

「조선 후기 문학과 근대성」 토론문

김재영

1.

이 논문은 조선 후기 문학의 근대성 문제를 소설의 상품화, 특히 방각본 소설의 출현과 관련하여 정리하고 있습니다. 이를 위해 상품 경제의 발달과 서책의 상품화라는 당대의 사회·문화적 변동 과정, 그리고 전기수와 세책가에 의해 진행되고 있었던 소설의 상품화 과정이 실증되고 있습니다. 그리고 그러한 배경 위에서 소설의 방각화가 상당한 정도로 광범위하게 진행되고 있음을 보여 주어, 우리 소설의 전개 과정에서 조선 후기에 일어나고 있었던 가장 중요한 변화에 다시 주목하게 하고 있는 것으로 보입니다. 그러나 이 논문이 보다 중점을 두고 있는 것은 이러한 소설의 상품화 과정이 소설 작품의 내적 변화에 어떠한 영향을 미치고 있는가를 밝히려는 것입니다. 그러므로 저의 질의 또한 주로 그

점과 관련되어 있습니다. 먼저 밝혀두지 않을 수 없는 것은 제가 이 논문의 요지에 다른 견해를 내세워 토론을 해나갈 만한 위치에 있지 않다는 것입니다. 그러므로 주로 제가 이 글을 보면서, 또는 평소에 궁금했던 점을 묻는 정도의 질문을 해보려 합니다.

2.

먼저 요약해서 이야기하면, 제 질문은 주로 방각본 소설과 세책본 소설, 또는 방각본 소설과 방각 이전의 소설들 사이에 존재하는 차이가 확인가능한가, 만일 가능하다면 어떠한 방식으로 의미화할 수 있을 것인가 하는 점과 관련되어 있습니다.

① 이 논문에서 방각본 소설의 상품성 지향의 한 실현 방식이 '흥미가 고조된 지점에서 분책'하는 것으로 설명되고 있습니다. 그런데 나중에 지적되듯이 방각본의 특성 중의 하나는 축약입니다. 완판의 경우는 경판보다 훨씬 덜하지만, 대부분의 경우 단권, 아니면 두 권 정도로 알고 있습니다. 그렇다면 한 작품이 수십 권에도 이르고 있는 세책본 소설이야말로, 분책이 구성에 관여하고 있는 모습을 더 잘 보여 주지 않을까 싶습니다. 같은 맥락에서 소재에 대한 논의에서 이루어지고 있는, 장수들의 전투장면에 대한 세책본과 방각본의 비교를 따르면, 흥미 위주의 서술은 오히려 세책본에서 더 잘 이루어진 것으로 보입니다.

세책본은 물론 방각본보다 먼저 시작된 것으로 보이지만, 단지 방각본의 전사를 이룬다기보다는 동시대에 다른 독자층을 대상으로 다른 유통 방식으로 대응한 것으로 알고 있습니다. 그 독자층이나 유통 방식의 차이가 작품의 구성이나 내용의 차이를 만들어내는지 궁금합니다.

②이 논문에서 소설의 상품화는 주로 소설의 방각화를 초점으로 하고 있지만, 이미 전기수나 세책가에서부터 시작되는 것이기에, '소재의 상품성'에 대한 논의는 거의 우리 고전 국문소설 일반에 대한 논의가 된 것으로 보입니다. 이들 상품성 지향의 소설과 대비하여 '상품화 이전의 소설'을 어떻게 생각하시는지 궁금합니다. 좀 더 구체적으로 이야기하면, '전기'적 성격이 강한 한문소설들을 생각하시는 것인지, 아니면 상품화 이전의 '국문소설'을 상정하고 계시는 것인지 궁금합니다. 이와 관련하여 방각에 의해 '시장에서 팔리는 책'이 된 소설의 특성이 좀 더 뚜렷하게 정리될 수 있었으면 좋겠다고 생각합니다. 가령 소재 논의에서 중요하게 거론되는 「숙향전」이나 「임경업전」은 전기수 목록으로 거론되는 소설들이라는 점에서, 방각화 이전에 존재했던 소설들로 생각됩니다. 이들에 대비되는 이전의 작품들로 「홍길동전」이나 「구운몽」을 들고 계신데, 오히려 '방각화 이전에 존재했던 소설들'과 '방각화와 더불어 나온 것으로 보이는 소설들'을 갈라 그 차이에 대해 생각해 볼 여지는 없는지 궁금합니다.

3.

이 논문은 "이 글은 조선 후기 문학의 근대성을 탐색하는 데 목표를 둔다"는 문장으로 시작하고 있습니다. 그러므로 '근대성'이라는 말 많고 탈 많은 문제를 질문자 또한 비켜갈 수 없는 것으로 보입니다. 이 문제에 대해 전혀 정리된 견해를 갖고 있지 못하기에, 역시 평소의 제 의문에 대한 견해를 듣고 싶습니다.

선생님께서 정리하셨듯이 조선 후기에는 사회·경제·문화에 상당한 변화가 일어납니다. 특히 상품경제의 발달과 이에 따른 새로운 부유층의 성장, 도시문화의 발달, 신분 체계의 해체 등은 기존 질서의 온존을 불가능하게 하고 있다는 점에서 주목되지 않을 수 없다고 생각합니다. 하지만 그 변화가 무엇을 지향하고 있었는가, 어떠한 사회 체계로 귀결될 것이었는가를 상상하는 것은 쉽지 않은 일이라고 생각됩니다. 그런 점에서 한 시대를 풍미했던 '자본주의의 맹아'와 같은 개념은 너무 목적론적이거나 결과론적인 사고를 보여 주었던 것이 아닌가 싶습니다.

그런데 '근대성'이라는 개념은 선생님께서도 지적하셨듯이, 자본주의적 시민사회라는 서구적 경험과 불가분하게 연관되어 있다고 할 수 있습니다. 때문에 선생님께서 근대의 파악에서 가장 주목하시는 '개인의 자각'이라는 것 또한 서구적 개인 주체를 곧바로 상기합니다. 하지만 그러한 개인 주체는 조선 후기의 상품경제의 형성, 소설의 상품화로부터는 상당히 먼 거리에 떨어져 있는 현상으로 보입니다.

오히려 상품화된 소설이 노골적으로 드러내고 있는 것은 전면화된 욕망인 듯합니다. 그 욕망은 평등을 지향한다기보다는 '층진세계 안에서 선민'이 되고자 하는 것입니다. 이는 그 이후의 역사 과정에서도 어떻게 보면 상품이 되고자 했던 모든 이야기가 바탕하고 있는 욕망이라고 할 수 있습니다. 단순함을 무릅쓰고 이야기한다면, 서구적 '근대성' ─ 개인주체, 자유 경쟁, 법적 평등 등 ─ 은 이러한 전면화되는 욕망을 포장하는 하나의 이데올로기로서 기능하고 있다고 할 수 있습니다. 이 자본주의적 대응은 어떤 면에서는 성공적이었다고 할 수 있지만, 우리에게도 그러하다고는 쉽게 말할 수 없을 듯합니다. 물론 그 경험들은 제국주의와의 만남이라는 형식으로, 우리로서도 누구도 벗어날 수 없는 삶의 바탕이 되었고, 그런 점에서 '근대성' 또한 가장 문제적인 영역이 되어 있음을 부정할 수는 없을 것입니다.

하지만 조선 후기에 소설을 통해 전면화되는 이 욕망이 곧 자본주의적인 것을 요구했었다고는 할 수 없을 것입니다. 그것은 물론 그 이전의 삶의 방식과는 다른 것을 요구하는 것이었고, 당연히 다양한 대응 방식이 모색되고 있었다고 생각됩니다. 그 다양한 대응 방식에서 우리는 '서구적 근대성'과의 동일성을 볼 수도 있겠지만, 전혀 다른 것을 볼 수도 있으리라고 생각됩니다. 그것은 '전근대적'이나 '반근대적'이라기보다는 '비근대적'인 어떤 것이라고 할 수 있을 터인데, 그것을 천착하고 의미화하는 것에 의해서 '근대성'의 이데올로기 자체에 대한 성찰이 이루어질 수도 있는 것 아닐까라는 생각이 듭니다.

　그런 점에서 조선 후기 소설에서 '전면화되는 욕망' 자체의 특성에 주목할 수도 있을 것 같다는 생각도 드는데, 어떻게 생각하시는지요?

『소년』의 특이성과 원천

「번역과 근대소설 문체의 발견」 토론문

권보드래

1.

『소년』이라는 잡지가 다시 읽힐 필요가 있다는 데 십분 공감합니다. 한국 최초의 종합잡지 『소년』은 지식의 형성과 유통, 시각성의 활용과 계발, 글쓰기 방식의 실험과 쇄신 등에서 실로 두드러진 면모를 보여 주고 있습니다. 『소년』이 창간되던 1908년은 『대한매일신보』・『황성신문』이 널리 읽히고 신소설이 유행하던 시기였습니다만 『소년』은 처음부터 비분강개조의 애국계몽이나 통속적인 대중성에 거리를 두고 있었습니다. 최남선 스스로가 술회하고 있듯 이 '거리'는 『태양(太陽)』과 『조도전문학(早稻田文學)』 등 일본 잡지를 탐독한 경험에서 생겨났을 것입니다. 이들 잡지에 최남선이 처음 주목한 것은 아니었습니다만 ─ 최초의 학회지라 할 수 있는 『대한유학생친목회회보』에 이미 『태양(太陽)』 기사

전재(轉載)가 등장합니다―정치성·시사성 외의 다양한 면모에 관심을 돌렸다는 점에서 『소년』식의 반응은 새로운 바 있습니다.

　『소년』의 새로움은 처음에 가혹한 외면을 낳았습니다. 『소년』 창간 호는 고작 6부가 팔렸고, 제8~9호에 이르기까지도 판매부수는 30부 안 팎에 불과했다고 합니다. 1910년에 접어들어 이광수·홍명희가 가담하 고 이어 청년학우회의 기관지를 겸하게 되면서 비로소 『소년』의 영향 력은 대대적으로 확장됩니다. 이 앞뒤 시기를 구별할 필요가 있겠습니 다만 발행기간 전반을 통해 『소년』의 기획에는 분명한 통일성이 있었 습니다. 그 통일성을 정치성의 재사유와 지식의 재편성이라 불러도 좋 으리라고 생각합니다. 『소년』은 위고의 『레 미제라블』을 번역하면서 하필 1832년의 공화주의자 봉기를 다룬 부분을 선택하는 등 정치성을 사유의 핵심으로 하는 1900년대의 기류를 공유하고 있었습니다만 동시 에 「어린 희생」 말미가 보여 주듯 정치가 직접 전 생활을 지배하는 경 향에는 깊은 우려를 표했습니다. 세계 각국을 소개하되 '부국강병'보다 '문화'라는 코드를 강조한 것, 과학·지리·역사에 주력하되 '계몽' 못 지 않게 '흥미'를 앞세운 것 등은 정치성의 재사유에 수반한 현상이라 고 생각됩니다. 『소년』에 등장한 문학적 글쓰기 또한 이런 지평 속에서 읽혀야 할 것이라는 생각이 듭니다. 『소년』이 신소설을 배격한 것, 정 치소설 대신 '순문학'을 애호하기 시작한 것 등은 정치성의 재사유, 선 도자의 자격에 대한 재검토, 선도자와 국민 일반의 관계 조정, 지식의 위상 및 형식 조정 등 보다 큰 맥락을 염두에 둘 때 제대로 해석될 수 있을 것입니다.

2.

『소년』의 순문학 및 문체 실험을 두고 '일역본의 중역'인 '서양문학 번역'의 영향을 거론하셨습니다. 근대 국어의 핵심에 신문과 소설이 자리하고 있다는 것, 각종 국문체·국한문체 신문과 신소설이 그 초보적 형태를 보여 주었지만 국어의 정착은 1920년대에야 비로소 종결되었다는 것(1933년의 맞춤법통일안이 조금 뒤늦은 지표가 됩니다), 여기에는 1920년부터 열리기 시작한 신문·잡지 공간이 큰 기여를 했다는 것, 이것은 모두 어렵잖게 동의할 수 있는 사항이라고 생각합니다. 『소년』이 1920년대의 신문·잡지 공간을 선구적으로 보여 주었다는 생각도 듭니다. 영어 및 일본어 번역이 근대 한국어, 한국문학 형성에 크나큰 영향을 미친 것도 사실이겠지요. 그러나 이런 일반적인 지적은 한결 구체화되어야 할 것입니다.

① '일역본의 중역'인 '서양문학 번역'이라 할 때 어떤 증거도 제출하시지 않았습니다. 당시 일본에서 유행한 잡지의 목차를 뒤지면 확인할 수 있지 않을까요? ② 최남선이 『태양(太陽)』·『조도전문학(早稻田文學)』 등 일본 잡지의 영향을 많이 받은 것은 사실이겠습니다만 이들 일본 잡지는 또 『Contemporary Review』, 『The Edinburgh Review』, 『Harper's New Monthly Magazine』, 『Figaro』 등 서양 각국의 신문·잡지 10여 종을 적극적으로 참조했습니다. 최남선은 『소년』 편집을 위해 20여 종의 외국 신문·잡지를 구독했다고 밝힌 바 있는데, 처음에는 '일본을 통한 수입'이라는 형식을 취했다 해도, 오래잖아 이 통로가 다변화되었을 가능성 또한 있다고 생각합니다. ③ '~소', '~외다'라는 어미를 주로 취하고 있는 『소년』의 문체가 오직 '번역'이라는 측면에서만 설명될 수 있다는 생각은 들지 않습니다. 이 문체는 이전까지 존재하지 않았지만, 이광수·최남선에 의해 광범하게 사용되었으며, 1920년대까지도 흔적을 남긴 독특한 문체입니

다. 원천에 대해 보다 깊은 고민이 필요하리라 생각합니다. ④ 한국문학이 왜 러시아문학, 특히 톨스토이 · 도스토예프스키에 민감한지는 따로 생각해 볼 만한 문제겠습니다. 논문에서는 후타바테이 시메이(二葉亭四迷)와 비교하여 왜 투르게네프 대신 톨스토이가 선택되었는지를 제기하셨고, 그 이유로 톨스토이의 민족주의 · 저항주의적 특성을 꼽으셨습니다만 좀 더 생각해보아도 흥미로운 문제가 아닐까 합니다. 한국에서 투르게네프는 톨스토이보다 뒤늦게, 1910년대에 「전날 밤」이나 「처녀지」 등을 통해 수용되면서 계급의식을 소개하는 매개 역할을 했습니다. 일본에서의 투르게네프와 달랐던 셈입니다. 『소년』 간행 당시는 일본에서도 톨스토이가 널리 유행하고 있었고, 1910년대는 후타바테이 시메이의 투르게네프와 다른 '민중의 투르게네프'가 소개되고 있었던 것으로 아는데, 이런 상황이 당연히 영향력을 미쳤을 터이고, 그 위에 '조선의 특수성'이 개입했을 것입니다. 함께 생각해보면 좋겠습니다.

3.

한국의 근대를 창출한 동력으로 번역을 강조하시되, 특히 '일본을 경유한' 번역을 강조하셨습니다. 동의할 수밖에 없는 판단입니다만 '항일(抗日)'의 역편향이라 할까, 수입원으로 일본만이 지나치게 강조된 게 아닌가 하는 우려가 생깁니다. 주지하다시피 『독립신문』 문체 실험의 배경이 되었던 것은 영어지요. 1900년대 대부분의 역사 · 전기물을 지배한 것은 양계초(梁啓超)식 문장의 모방이었습니다. 양계초의 문체 저편에 또다시 일본인 도쿠토미 소호(德富蘇峰)가 있었다고 해도, 그것이 '일본을 경유한' 번역이라 불리기는 어려울 것 같습니다. 아무래도 『서사건국지』

는 '일본 정치소설을 번역'한 것이라기보다 '중국 정철관(鄭哲寬) 『서사
건국지』의 번역'이라고 보아야 옳겠지요 일본어가 지식인 사이에서 보
편적 능력이 된 것, 따라서 일본이 번역의 유일하다시피 한 원천이 된
것은 1910년대 이후의 일이라고 해야 하지 않을까요? 심지어 그 이후에
도 일본 외에도 지식의 원천이 다양하게 존재했으니 — 영향력 면에선
현저한 차이가 있었습니다만 — 되려 기타의 원천이 지나치게 홀대받고
있는 건 아닌가 하는 생각이 들기도 합니다. 일본이 한국 근대의 형성에
서 압도적인 계기였음은 틀림없습니다만 전략적인 차원에서라도 이제
다소의 '다변화'가 필요하지 않은가 합니다. 더욱이 '다변화'는 근대 초
기 당시에 이미 존재하던 경향이었습니다. 일본 유학생 대부분이 영어
학습에 열심이었고, 상당수는 아테네·프랑스 등을 통해 다른 서양어도
익히지 않았습니까. 일본의 인력(引力)만큼이나 저항의 충동도 강했고,
저항은 다양한 방식을 취했던 것입니다. 때로는 조선―일본―서양의 연
결에서 일본이라는 중간 매개항을 생략하려는 보편화의 경향으로, 때로
는 중국 등 다른 원천을 발견하려는 다양화의 길로 오랫동안 민족주의
의 위력에 짓눌려 있던 '일본'이라는 원천을 발견하는 것은 앞으로도 계
속 필요한 일이겠습니다만 동시에 다른 시야의 확보 또한 절실하다는
생각이 듭니다.

식민지 주체와 내면의 역사성

「1910년대 소설의 근대성 재론」 토론문

구장률

　발표자께서도 지적하셨듯이 '내면(內面)'은 근대소설의 대표적인 변별항으로 여겨졌으며, 특히 1910년대 소설에 관한 연구에서 '근대소설의 형성기에 소설의 양식적 전환을 측정하는 하나의 기준점'이 되어 왔습니다. 이 논문은 주로 1910년대 소설을 대상으로 논의되어 온 내면의 문제를 1900년대 유학생 발간 학회지에 실렸던 단편소설까지 소급하여 살필 수 있는 가능성을 제시하고, 내면 서사의 실천적 기능에 내포된 문제성을 비판적으로 고찰했다는 점에서 의미가 있다고 생각합니다. 이와 같은 새로운 논점의 의미를 숙지하는 한편, 텍스트 내에서 내면공간을 창출하는 서사의 메커니즘이라든지 그 성격의 역사적인 변화에 대해서는 좀 더 세밀한 문제 구성이 필요하다는 입장에서 몇 가지 질문을 하고자 합니다.

1.

을사조약 체결 이후 각종 신문 및 학회지와 같은 근대적 미디어들은 동시다발적으로 소설을 연재하기 시작합니다. 공론장에서 다시 활동할 수 있게 된 지식인 그룹의 다양성만큼이나 당시 소설 혹은 서사를 이해하는 방식도 여러 가지였습니다. 1907년에 이르러서도 소설을 둘러싼 서사적 실험과 경쟁이 완전히 종식된 것은 아니어서, 특정한 개념으로 귀납하기 어려운 다양한 '소설'들을 살펴볼 수 있습니다. 그런 가운데 근대적 주체의 성격 역시 텍스트의 구조에 여러 가지 방식으로 각인됩니다.

논문에서는 일본유학생들이 발간한 『태극학보』와 『대한흥학보』에 게재된 「춘몽」, 「요조오 한」 등이 '소박한 형태'이기는 하지만 '신소설 등의 서사양식에서는 결코 찾아볼 수 없는 이른바 내면이라는 것을 발견'했다고 단언했습니다. 내면을 인간정신의 총체적 활동 영역이자 생물학적 존재로서의 인간과 대비되는 정신적 존재로서의 인간 자체로 넓게 이해한다면, 그것은 실존의 문제가 될 것입니다. 우리가 '내면의 발견'이라는 말을 통해 강조하려는 것은 내면이라는 존재 자체의 발견이 아니라, 근대에 들어와 내면을 만들고 표출하는 방식의 변화와 더불어 그 성격과 위상 또한 달라졌다는 역사적인 관점일 터입니다.

발표자께서는 새롭게 발견한 '내면'을 '번민의 세계' 혹은 '외부적 세계의 틈입을 허용하지 않은 채 소설이라는 공간 안에서 자족적으로 움직이는 무엇' 정도로 서술하고 있습니다. 「요조오 한」 등에 집약적으로 나타난다고 보는 '내면공간'이 '발견된 것'으로서의 의미를 가지려면, 당대 소설 텍스트에 다양하게 나타나는 인물의 심경세계와 어떤 근본적인 차이가 있으며, 어떠한 서사전략을 통해 구축되고 있는지에 관한 언급이 불가피하다고 생각합니다.

2.

논문은 내면이 등장하고 전면화될 수 있었던 역사적 배경으로 유학생을 통해 이루어진 일본과의 문화교차 내용 및 식민지(적) 상황, 두 가지를 지적하고 있습니다.

먼저 문화교차의 내용에 관해 질문하겠습니다. 발표자께서는 당시 유학생들이 자연주의나 백화파문학과 같은 일본 문예사조의 직접적인 영향을 받았음을 전제로 논의를 전개하고 있습니다. 하지만 「요조오 한」의 경우만 놓고 보더라도 작품 속에 언급되는 사상의 조류는 다양합니다. 고리끼와 투르게네프가 등장하고 허무주의·사회주의·자연주의·도덕주의·로맨틱사상과 같은 용어가 등장합니다. 1910년대의 사정은 더욱 복잡할 것입니다. 3·1운동 이후의 사상적 분화가 1910년대에 예비되었다면, 유학생들의 내면 형성에 관여한 사상적 조류를 특정 문예사조로 집약하기는 어려울 것입니다. 그런 맥락에서 당시의 내면의 문제를 중심으로 문화교차 상황을 좀 더 생산적으로 논하려면, 개별 유학생들이 학습한 근대적 지식과 유학 체험의 내용을 실증적으로 따질 필요가 있다고 생각합니다.

식민지(적) 상황 또한 내면의 등장에 관여한 역사적 배경 가운데 하나로 설명해주셨습니다. 1900년대 통감체제는 정치적 무력감을 불러와 지식인들로 하여금 '내면'이라는 도피구를 향하게 했고, 1910년대에 접어들어 안착한 식민체제에서 지식인들은 '자신의 정체성을 부여할 수 있는 적절한 도피처'로 내면을 발견하여 정신의 특권화를 지향했다는 지적이었습니다. 그렇다면 '내면'이라는 공간이 형성되는 데에는 개별 주체가 처한 상이한 조건이 작용하며 그에 따라 '내면'의 성격 또한 차이를 가진다고 볼 수 있기에, 제국 일본과 식민지 한국의 소설에서 발견되는 '내면'의 모습은 이질적일 수 있다는 논리가 성립할 수 있을 것입니

다. 일본 문예사조의 영향 아래 형성된 식민지 주체의 내면이 식민주의
적 의식에 사로잡혔던 제국의 주체와 어떤 점에서 다른 풍경을 그리고
있는지를 살핀다면 좀 더 입체적인 접근이 가능하리라 생각합니다.

3.

발표자께서는 내면의 발견이 한국 근대소설의 전개에 '자국어 역량과
이야기 기능의 위축'이라는 영향을 미친 것으로 서술하셨습니다. 그런
데 '자국어 역량'의 가능성에 대한 대표적인 사례로 들고 계신 국문(판소
리계) 소설의 생산자와 '내면'을 서사화한 근대소설의 생산자는 완연히
다릅니다. 한국의 근대문학이 미디어를 장악한 지식인들에 의해 제도화
되었다는 것은 사실의 차원에서 부정하기 어려운 일입니다. 고립된 개
인으로서의 소설가는 이야기꾼과 본질적으로 다르며, 소설이라는 장르
역시 전통적인 이야기문학과 존재이유 및 소통 방식에서부터 동일시 할
수가 없습니다. 이야기 기능이 '위축'되었다기보다 '변화'한 것은, 시각
중심의 에크리튀르를 발달시킨 근대소설이 성립하는 과정에서 구어성
이 자연히 약화되었던 현상과 궤를 같이 하는 것이었습니다. 이에 대해
'자국어 역량과 이야기 기능의 위축'이라는 가치평가를 하신 데에는 어
떠한 이유가 있으리라 생각합니다. 논문의 서두에서 '서구소설'을 모범
으로 삼아온 창작 및 연구관행에 대한 비판과 연관하여 구체적으로 언
급해주시면 감사하겠습니다.

통합적 구도와 미시적 시선의 지양 문제

「1920년대 문학과 근대성」 토론문

박상준

1.

「1920년대 문학과 근대성—3·1운동과 근대문학」 발표 잘 들었습니다.

저는 기본적으로 1920년대 문학, 특히 3·1운동 직후의 문학을 새롭게 바라보자는 취지에 십분 동의하고 있습니다. 그런 까닭에 선생님의 발표 내용이 의미 있게 다가왔습니다. 특히 3·1운동이 가져다 준 활력을 거시적인 안목에서 사고하자는 데 있어서는 적지 않은 영감까지 얻었습니다. '분화 경향'에 대한 비판 또한 시의적절하다는 점에서 중요한 견해라고 생각합니다.

이렇게 기본적으로 선생님의 문제의식에 동의하는 입장에서, 몇 가지 궁금한 점들에 대해 이 자리를 빌려 선생님의 견해를 듣고자 합니다.

발표문을 요약·정리해 가면서 질문을 담아 보았습니다. 크게 세 부분으로 나누어 질문을 드리겠습니다.

2.

선생님께서는 먼저, 속류유물론이나 속류사회학과 같이 10년 단위의 문학사 서술법이 가질 법한 문제를 극복하는 내파적 사례의 가능성으로, '3·1운동을 문학과 관련하여 읽어내는 방법'을 모색하자고 제안하셨습니다. 이는 3월 1일 이전의 운동의 생명력을 환기하자는 것으로서, 3·1운동에 대한 근래의 견해들에 충격을 가하는 것이라 하겠습니다. 여기서 더 나아가 압축적 근대성의 맥락과 연관지어 3·1운동이 '넓은 의미의 동시성의 기원'이라 제시하는 점은 새로운 문제틀을 세우는 것이라 생각됩니다.

이러한 문제의식 위에서 이 글은, ① 1920년대 문학의 전개 과정에 대한 편견과 관행에 대한 비판과 ② 대립적인 평가들이 나타나는 근거에 대한 고찰을 발표문의 두 가지 목적으로 내세웠습니다.

첫째와 관련하여 선생님께서는 '동인지 문단(시대) → 프로문학 / 민족주의문학의 시대'라는 두 단계론과 '동인지 문단과 관련된 3·1운동의 계기설' 두 가지를, 1920년대 문학에 대한 일반적·통념적인 이해로 제시하고 그에 대한 비판을 소개하고 있습니다.

그 중 한 가지는 동인지문학의 수준을 문제삼는 것이고, 다른 한 가지는 이러한 이해 방식이야말로 식민 상황을 가리는 '반시민적 독소'의 측면을 간과하고 지방성에 한정될 수밖에 없는 '최초'를 따지는 논법 등에 의해 과장된 것이라고 보는 백낙청의 견해입니다.

이 지점에서 선생님께서는, '문단'이 '식민지 국가 권력하에서의 자율적 시민사회 공간/제도로서 갖는 문명성의 측면을 적극적으로 고려할 필요'가 있다고 백낙청에 대해 이의를 제기하고 있습니다.

(Q1) 여기서 한 가지 궁금한 점이 생깁니다. 문단 차원에 대한 이러한 관심이 현재 국문학계가 이루어놓은 연구 성과 중에 없거나 약하다고 할 수는 없다고 저는 생각합니다. 따라서 저로서는, 기존의 관심을 넘어서는 새로운 문제의식이 있는 것이 아닐까 싶은데, 그렇다면 그것은 무엇인지 선생님의 설명을 듣고 싶습니다.

이와 관련하여 이 글은 "제반문제를 극복하기 위한 당사자 스스로가 공간을 만드는 근대적 동력 자체를 먼저 중시해야 할 것"이고, 형성기임을 주목하여 "다양한 국면에서 담지한 양면적 속성, 더 나아가 착종이나 혼란이란 말이 적절할 정도의 복합적인 성격을 갖고 있을 확률이 높다는 것"을 제시·지적하고 있습니다만 그렇다면 다음과 같은 보충 질문을 드릴 수 있겠습니다.

(Q1-1) '당사자가 공간을 만드는 근대적 동력'이라 할 때 주체의 계기에 초점이 맞춰진 듯한데 정말 그러한지 먼저 여쭙고자 합니다.

(Q1-2) 그리고 이러한 문제와 관련하여 참고할 수 있는 '이식문학론'(임화)이나 '제도적 장치로서의 근대문학론'(김윤식) 등의 의미와 한계를 고려해 볼 때, 선생님께서 말하는 '적극적 고려'란 이들과는 다른 무엇을 함축·지향하는지 궁금해집니다.

3.

이 글이 보이는 흥미롭고도 문제적인 주장 하나는 다음과 같습니다. 현재의 동인지 문단에 대한 이해가 사실 "동인지보다는 잡지와 신문 등 더 객관적으로 제도화된 형태를 통해서 검증된 인물들을 중심으로 하여 거꾸로 그 기원을 찾아 동인지시대를 하나의 완성된 시대처럼 설정하였다"고 보는 것이지요. 이 위에서 선생님께서는 그런 태도를 벗고 동인지시대를 "완성을 향한 일련의 혼란스러운 형성시대로 (간주하고—인용자) 냉정히 접근하자"고 제안하고 있습니다. 이럴 때 "짧은 시간대임에도 빠르게 정상궤도로 올라서는 그런 특별한 활력을 3·1운동의 창조적 활력과 연결시키는 발상의 전환이 필요하다"고 주장하셨지요.

동인지 이후의 전개 과정에서 역으로 동인지시대가 구성되었다는 이러한 판단은 대단히 문제적인 것이라고 할 수 있습니다. 이 지적이 옳다면 기존 연구사 상당수가 혹독한 비판을 면하기 어려울 것이기 때문이고, 사정이 그렇지 않다면 선생님께서 말씀하신 '발상의 전환' 주장의 주요한 근거 하나가 무력해질 것이기 때문입니다.

이에, 다음 두 가지에 대한 해명이 필요하다고 생각됩니다.

(Q2-1) 먼저, 동인지시대 구성의 메커니즘에 대한 위와 같은 판단은, 국문학 연구가 현재까지 밝혀놓은 것 이외에 '베일을 벗지 않은 동인지시대의 어떠한 면모'가 있다고 보는 것인지 궁금합니다.

동인지 자체가 많지 않고 그에 실린 텍스트들과 집단에 대한 연구가 일찌감치 일단락된 것을 고려하면 이러한 문제제기가 실증적·소재적인 차원에서 행해진 것 같지는 않다고 추정됩니다. 선생님께서 이에 동의하신다면, 앞의 질문은 무화되겠지요.

(Q2-2) 그렇다면 이 글이 염두에 두는 동인지시대의 '재구성'이 지향하고 기대하는 바는 무엇인지가 문제될 것 같습니다. 선생님께서는 3·1운동의 창조적 활력과 동인지시대의 활력(추동력)을 연결시키자고 하셨는데, 이러한 제안의 구체적인 내용이나 복안 등에 대한 보충 설명을 듣고 싶습니다.

4.

셋째는 좀 작은 질문입니다.

선생님께서는 "문학적 체계화 문제야말로 여전히 시급한 우리의 문학사적 현안"이라고 진단하면서 '집단적 형태로 표명'된 경우 외에 '개별 창작자가 스스로 언표한 발언'도 경청하자고 제안하셨습니다.

(Q3-1) 제가 다소 단순하게 생각하고 있는 것인지는 모르겠지만, 이는 약간 당황스러운 제안 같습니다. 선생님께서 예로 들고 있는 염상섭의 경우만 하더라도 작품이나 수필 등 대상을 가리지 않고 그의 문학관을 밝히려는 작업들이 수행되어 오고 있음을 생각할 때, 이러한 상황이 여전히 미흡하다는 것인지 아니면 숨겨진 다른 뜻이 있는 것인지 알기 어렵습니다. 보충 설명을 기대하겠습니다.

(Q3-2) 더 나아가서 원론적인 차원의 궁금증도 지울 수 없습니다. 개별적인 언표에 주목하는 것과 체계화를 시도하는 것은 형식 논리상 상호 모순일 수밖에 없는 것이고, 실제에 있어서는 양자를 왕복하면서 지양되는 것이 문학 연구의 과정이고 역사라고 저는 생각합니다. 이 점을 생각할 때, 선생님의 이러한 제안에는, 현 시점이 '기존의 체계화를 확대재생산'하는 것보다는 '새로운 체계화를 위해 개별적인 언표에까지 관심'을 기울여야 할 시기라는 판단이 깔려 있는 것인지 궁금해집니다. 만약 그렇다면 체계화의 확대 재생산이 부정적이라고 혹은 생산적이지는 못하다고 볼 어떤 특징이 현재의 국문학 연구계에서 찾아진다고 보는 것인지 궁금합니다.

5.

　이상의 질문·궁금증은, 선생님의 문제의식을 나눠 갖는 입장에서 제 문제의식을 정교히 하기 위해 드리는 것입니다. 1920년대 문학(딱히 이에 한정되는 것은 아니지만)을 '분화'의 측면으로 바라보는 기존의 관행을 비판하면서 "중층적 구조 속에서 거시적인 안목을 갖추고, 공평한 비평적 감식안으로 개별 작품들, 상이한 문학세계들을 살핌으로써, 3·1운동 직후에 보여지는 혼란과 형성기적 미비성을 새롭게 보자"는 선생님의 제안을 생산적으로 발전시키기 위해서도, 앞의 질문들이 검토되어야 할 것 같습니다.

　선생님께서 주실 답변에 대해, 미리 감사의 말씀드립니다.

저항과 타협 사이에서

「일제 말기 임화의 생산문학론과 근대극복론」 토론문

이현식

하정일 선생님의 발표를 잘 들었습니다. 이 논문은 일제 말기 임화의 생산문학론을 중점적으로 분석하면서 그것이 식민주의의 내부로부터 식민주의를 격파해 가는 '내적 저항'의 좋은 사례라는 점을 주장하고 있습니다. 그것의 연장선에서 임화의 다른 글들을 분석하여 그가 생각 했을 법한 근대극복론을 당시의 근대초극론과 대비시켜 재해석하고 있 습니다.

그동안 간헐적으로 임화의 친일 여부에 대해 이런저런 논란이 있었 던 점을 감안한다면 하정일 선생님의 이번 발표는 그런 논란에 대해 나 름대로 대안을 제시한 것으로 생각됩니다. 그런 점에서 이 글의 의미는 각별하다고 말할 수 있습니다. 더구나 일제 말기의 역사 이해와 관련하 여 순응과 저항이라는 민족주의적 입장과 '회색지대론'이 갖고 있는 문 제를 적실하게 지적하고 식민과 탈식민의 구도에서 식민주의 내부의 균 열에 대해 착목해야 한다는 선생님의 주장은 일제 말기의 다양한 문학적 텍스트를 어떻게 읽어야 할지 하나의 좌표를 제시한 것으로 평가할 수 있습니다. 선생님의 글을 읽으면서 일제 말기의 문학적 텍스트는 그 섬세한 맥락을 읽지 않으면, 그 의미 해석도 문학사적 평가도 어렵겠다는 생각을 다시 한번 했습니다.

저는 하정일 선생의 글을 읽고, 또 이 자리에서 직접 발표를 들으면서 토론자로서 저의 입장을 생각했습니다. 토론자란 연극으로 치자면 일종의 안타고니스트(antagonist)입니다. 발표자와 같은 입장에 서 있는 토론자란 토론자로서의 역할을 방기하는 것이나 마찬가지이겠지요. 그런 점에서 저는 의식적으로 하정일 선생의 입장과 반대편에 저 스스로를 놓아서 이야기를 풀어나가는 것이 타당하겠다고 생각했습니다. 한두 가지 궁금한 것을 질문하고 역시 마찬가지로 한두 가지 발표자와 상반되는 토론자로서의 의견을 피력하도록 하겠습니다. 그런데 여기에서 전제해두어야 할 것은 저 스스로 의도적으로 발표자와 대립각을 세웠다는 것입니다. 그건 다른 말로 하면 이런 토론의 자리가 아니라면 발표자와 제가 이 시기 임화를 놓고 근본적으로 생각이 다르지 않다는 것을 의미합니다.

간단히 몇 가지 여쭙도록 하겠습니다. 우선 일제 말기의 역사를 이해하는 시각입니다. 하정일 선생이 비판하고 있는 민족주의적 시각과 그 대안으로 제시하고 있는 식민과 탈식민의 구도가 뚜렷하게 구별되지 않는 대목이 있습니다. 예컨대 이런 것입니다. 선생께서는 "식민주의를 양가적 담론 / 체제로 보는 발상의 전환이 필요하다"고 말씀하시고 있는데요, 조금 더 말씀드리자면 "식민주의는 자기 내부에서 식민 주체와 피식민 주체의 길항 작용이 끊임없이 벌어지는 분열상을 항상적으로 노정하"고 있고 그래서 식민주의 내부의 균열을 읽어냄으로써 저항의 거점을 형성하는 계기를 만들자는 주장인데 이것이 근본적으로 어떻게 민족주의와 구별될 수 있겠는지요. 혹 그것을 식민과 탈식민이 아닌 그저 유연한 민족주의라고 이해하고 해석할 수는 없는 건지요. 저는 굳이 탈식민 이론을 빌지 않더라도 이 시기 임화의 글에서 그런 계기는 충분히 설명할 수 있지 않을까 합니다. 탈식민 이론을 일제 말기의 국면에 적용했을 때 문학사 연구에서 얻을 수 있는 새로운 지점을 설명해주신다면 이런 질문은 해소될 수 있을 것 같습니다.

두 번째 질문입니다. 임화의 「무너져가는 낡은 구라파」에 대한 해석과 관련된 것입니다. 이 글을 기초로 선생님은 임화의 근대극복론이 "서양의 몰락과 동양의 발흥이라는 이분법에 기초한 일제의 근대초극론과 갈린다"고 평가하고 있습니다. 그러나 제가 보기에 이것은 연구자의 해석적 개입이 조금 과하다 싶은 생각이 듭니다. 미국이 문화의 신대륙이 될 수 있다는 주장을 통해 임화가 서구 근대의 자기 극복의 가능성을 부정하고 있지 않다고 말씀하고 있습니다만 그렇기에 그것이 곧바로 동양과 서양의 이분법을 부정하고, 나아가 일본의 근대초극론과 구별된다고 평가할 수 있을지는 쉽게 납득되지 않습니다. 임화의 근대극복에 대한 연구자의 생각을 조금 더 설명해주셨으면 합니다. 덧붙여 문맥에 따라서는 이 글이 그렇게 읽히지 않을 수도 있다는 점을 말씀드리고 싶습니다.

다음으로는 이 글을 읽고 나서 저 스스로 하정일 선생과는 의도적으로 다른 입장에서 제기하는 의문입니다. 저는 임화를 마르크스주의를 자신의 전일적 사유 체계로 하는 몇 안 되는 한국의 비평가라고 생각합니다. 마르크스주의를 지식으로 아는 것과 자신의 철학적 세계관으로 받아들이는 것이 다르듯이 마르크스주의를 자신의 사유 체계로 하는 것 또한 다르다고 생각합니다. 이미 마르크스주의가 임화에게는 그 내부로부터 작동되고 있는 것입니다. 세상을 이해하고 해석하고 표현하는 방식에서 임화는 마르크스주의를 자신의 사상으로 하고 있습니다. 대략 1930년대 중반을 넘어가면서 이런 변화가 확실하게 나타나는 것으로 보입니다.

그랬을 때 이미 마르크스주의가 내재된 임화로서는 생산문학론을 그렇게 주장하는 것이 당연한 귀결이라고 볼 수는 없는 일인지요 '생산'

을 둘러싼 여러 사회적 관계들을 마르크스주의자라면 당연히 그렇게 말할 수 있다는 것입니다. 그런데 여기에서 더 나아가서 마르크스주의자 임화가 현실과 타협하는 과정으로 그것을 이해할 수도 있지 않을까 합니다. 다시 말해 임화의 그런 글들은 자기 나름대로 저항의 계기를 만들어 가는 방식으로 생각할 수도 있겠지만, 전혀 다른 입장에서 보자면 하나의 완결된 사상을 갖고 있는 지식인이 끊임없이 자기를 압박해 들어오는 현실과 타협해 나가는 과정으로 해석될 수도 있다는 것입니다. 다시 한번 말씀드리지만 저는 의도적으로 발표자와 반대편의 입장에서 말씀드리는 것입니다.

임화의 글은 충분히 그런 개연성을 가지고 있습니다. 자기 나름대로 현실에 적응해 가는 과정일 수 있다는 것이지요. 일제의 주장을 자기 나름의 사유 체계로 번역한 것이 생산문학론으로 볼 여지가 없는 건 아닙니다. 그리고 이런 주장을 더 연장시킨다면 그는 결국 이런 과정을 거쳐 일제와 타협하는 쪽으로 점차 위치이동을 하는 것으로 보는 주장도 가능할 것입니다. 물론 저는 임화가 이 시기에 저항과 타협 사이에서 지속적으로 고민했을 것이라고 생각하는 편입니다. 그런 균열들이 글에서 나타나고 있다고 해석하는 편이 온당하다고 보는 것이지요. 하정일 선생님은 이 시기 임화의 생산문학론을 "생산／노동을 신비화함으로써 민중을 동원하려 한 국책문학으로서의 생산문학론에 대한 급진적인 내재적 비판이자 다른 한편으로는 리얼리즘의 회복을 목표로 한 문학적 기획"이라고 평가하고 있습니다. 과연 임화가 그랬을까, 제가 지나치게 회의주의적으로 당시를 바라보는 것일 수도 있겠지만, 의문은 여전히 없어지지 않습니다.

다음으로 설령 임화가 그렇게 생각했다고 하더라도 과연 그런 주장이 당대 현실 내부에서 발휘하는 효과를 생각해보자는 것입니다. 이것은 비단 임화만의 문제는 아니겠습니다. 일제 말기 '식민주의에 대한 비동일화'의 길에 서있던 작가들을 어떻게 평가하느냐의 문제와 연결되어 있기도 하지요. 요컨대 식민담론 내부에서 담론의 균열을 내는 이런 싸움(이것을 싸움으로 표현할 수 있는 것인지는 저도 확신이 서지 않지만)이 개인의 소신을 지켜나가는 것 이상의 의미는 아니지 않았을까 하는 것입니다. 요컨대 그런 담론의 효과는 거의 없었던 것은 아닌지요.

임화의 이런 저런 글들이 일제 당국의 식민담론과 꼭 같다고 할 수 없다는 점은 충분히 공감이 갑니다. 실제로 이 시기 임화의 글을 읽으면 그가 일제가 선전하는 이런저런 담론들에 쉽게 동화되지 않고 있음을 어렵지 않게 짐작할 수 있습니다. 자기 나름의 고민이 없을 수 없는 것이 지식인이고 더구나 임화는 마르크스주의 지식인 아니었습니까. 그렇기에 그는 자기 나름의 방식으로 목소리를 냈던 것이기도 하고요.

그렇다고 그가 어떤 방식으로건 체제 내의 담론에 균열을 내기 위해 싸움을 건 것으로 보기에는 뭔가 석연치 않은 점이 남습니다. 그 균열의 효과가 명확히 느껴지지 않기 때문에 그렇습니다. 현실에서 균열의 효과가 없는 담론은 과연 어떤 의미가 있을까 궁금합니다. 즉 그것이 정말 '문학적 기획'으로 가능한 것이었는가 의문스럽다는 것입니다. 저는 오히려 이런 과정을 통해 개인 스스로 자기를 방어하고 위안하는 것 이상의 의미를 지니기 힘든 것이 아니었는가, 그렇기에 이 시기 임화의 글은 오히려 임화 비평의 전체 국면에서 볼 때에만 오히려 적극적인 의미를 지니는 것은 아닌가 생각합니다. 동시대에 미치는 영향은 그렇게 크지 않았을 거라는 말이지요. 그렇지만 이런 저의 생각을 드러내 놓고 주장하기에는 아직 자신이 없습니다. 이에 대한 선생님의 의견을 부탁드립니다.

한국 시의 근대성과 부정의 미학

「식민지시대 한국 시의 근대성」 토론문

최현식

유성호 선생님의 발표는 여전히, 아니 언제 끝날지 모를, 그래서 이제는 조금은 지쳐 가는 듯한 역사적·미학적 '근대' 혹은 '근대성'에 대한 학계의 논의와 성찰에 여러모로 유익한 것이었습니다. 가령 이 글의 범위는 한국 시의 근대성(특수)뿐만 아니라 그것에게는 일종의 매혹이자 미혹이었던 세계사적 근대성을 되돌아보고, 나아가 그 성찰적 시선을 미래의 생산적 에네르기로 다잡을 방법에 대한 고민에까지 이르고 있습니다.

이런 태도와 시각은 흔히 거친 흥미와 얕은 아이디어로 승부를 거는 억지로 써야 하는 글들은 결코 누릴 수 없습니다. 그야말로 과거와 현재, 미래, 그리고 문학과 역사, 선생님이 지적한 대로 복합성과 불투명성을 자기 본질로 유감 없이 드러내는 근대자본주의(그 역사와 현재의 현실을 포함해서)에 대한 성실하고도 꾸준한 관심을 통해서나 얻어지겠지요. 어쩌면 이런 해박한 지식과 그것에 대한 유려한 서술이, 실제로는 약간

엇비슷하게 비껴나가면서 '식민지시대 한국 시의 근대성'을 논하는 이 글을 매우 조직적이며, 또한 작금의 문학사에서 다루는 '근대성'이나 텍스트 해석에서 새롭다는 느낌을 받게 합니다.

저는 방금 새삼스레 '엇비슷하게 비껴나가면서'라는 말을 썼습니다. 이미 들으신 대로 이 글의 핵심은 1920년대 이전을 다룬 2장과 1930년대를 다룬 3장입니다. 물론 근대성 일반과 한국의 식민지적 근대성에 대한 논의는 서장을 비롯하여, 이 글의 곳곳에서 이루어지고 있습니다. 따라서 대체적 합의를 이룰 수 있다면 '역사적 근대성'이나 '미학적 근대성'에 대한 논의에 바쁠 필요는 없겠지요. 그보다는 그것들이 한국 근대시에서 어떤 내용과 형식으로 자기를 관철하며 제도화되는가, 다시 말해 완미한 근대시로 자리 잡는지를 짚어보는 게 유익할 듯합니다. 사실 '엇비슷하게 비껴나가면서'란 말은 이 글의 장점이 될 수도 있지만 자기 손을 베는 날카로운 칼이 될 수도 있습니다. 이것은 무엇보다 대상이 다른 2장과 3장을 역시 서로 다른 연구 방법으로 접근하고 있기 때문입니다.

발표자는 "이 글에서는 우리의 근대시에 나타난 '근대성'의 불구적 국면들, 이를테면 ① 근대적 주체의 형성 과정과 그것의 비판적 주체에의 미달 과정, 그리고 ② 미적 근대성의 불철저하고 표피적인 수용 과정에 대한 반성적 검토를 통하여 한국 근대시의 역사적 성격의 한 측면을 밝혀보려 한다"고 적고 있습니다. ①은 2장, ②는 3장에서 쓰이는 연구 대상과 방법입니다. 우리는 시기적으로 구분되는 연구 대상을 서로 다른 방법으로 연구함으로써 한국 근대시가 '근대성'을 향해 걸어간 행복하기보다는 고통스러웠을 다양한 행보를 확인할 수 있을지도 모릅니다. 하지만 시기와 방법의 구분을 통한 '근대성' 논의는 때로는 마치 사시(斜視)를 경험하는 듯한 느낌도 가져옵니다. 논의의 적실성과 선명함을 위해 부분과 전체의 조합과 분리 등은 어쩔 수 없이 필요하다는 말은 대체로 동의할 만합니다.

그러나 이 글의 경우, 연구 대상과 방법의 분리는 첫째, 연구 대상의 축소, 둘째, '한국 시의 근대성' 형성에 간섭하는 삶과 미의 정치적·해방적 기능의 일관된 저류를 짚어내기 어렵게 하는 측면이 없지 않습니다. 다음 질문들은 이런 제약을 되도록 줄여가며 당대 문학사와의 연관 속에서 생각해봄직한 문제들을 나름대로 짚어본 것입니다.

1.

2장에서 선생님께서 주목하신 것은 '근대적 주체'의 형성과 '비판적 주체'에의 미달, 그리고 그것이 한국 근대시의 형성에 끼친 다양한 영향과 면모입니다. 현재는 많은 연구자들이 동의하는 바이지만, 이 과정을 통해 이른바 근대시 형성의 주류로 당연하게 받아들여지던 김억과 주요한 등의 선구자적 신화와 최남선을 기점으로 한 창가-신체시-자유시로 이어지는 단선적인 근대시 형성 과정이 매우 의심스러운 것으로 드러나고 있습니다. 물론 이 과정은 특히 1920년대 이전 문학사의 뒷면에 가려졌던 최소월·현상윤·김여제 등의 '근대적 주체'의 성취를 향한 처절한 몸부림과 그것을 자유시로 형식화하려던 뜨거운 호흡이 우리 앞에 제 모습을 드러내는 시간이기도 합니다. 이들의 발굴과 복원은 여러 한계에도 불구하고 1920년대 이전 역시 근대적 주체에 기반을 둔 자유로운 율격의 서정시가 창작되었음을 증거합니다.

이를 바탕삼아 선생님께서는 김억의 시와 최소월 시의 대비를 통해 이들의 '근대적 주체'의 성질과 장처, 그리고 한계를 비교하고 있습니다. 김억의 경우, 세계에 대한 비관주의적 인식과 자기 분열의 양상을 벗어나지 못함으로써, 자기 인식과 세계 인식을 동시에 통합하는 근대적 주체에 미달한다고 보셨습니다. 최소월의 경우, 여러 한계에도 불구하고 '근대적 주체'의 자기 인식과 가치판단이 세계를 인식하고 판단하는 기준으로 개입한다고 말씀하셨습니다. 충분히 동의할 만한 신선한 해석이라고 생각합니다.

그러면서도 저는 다음과 같은 두 가지 문제를 묻고 싶습니다. 첫째, 간단한 질문으로 '근대적 주체'의 범주를 짚어주시기 바랍니다. '미적 주체'와 연관해서 말입니다. 둘째, 이 글은 1920년대는 빠져 있습니다. 이 시기는 근대성 형성에 돌입한 '경성'에서 동인지 잡지를 내는 전문 작가들이 본격적으로 형성·성장하는 때입니다. 그러나 근대시의 수확은 이상화를 제외한다면 문단과는 비교적 많은 거리를 가지고 있던 김소월과 한용운에 의해 이루어집니다. 물론 이 시기가 되면 대중인쇄매체가 폭발적으로 증가하며, 김소월의 동경유학 중도포기가 보여 주듯이 조선보다 앞선 '근대성' 경험이 아주 드문 일은 아니었습니다. 그렇다 해도 이들은 최소월이나 안서와는 또 다른 '근대적 주체'의 소유자들입니다. 이와 관련하여 특히 소월과 만해에 대한 선생님의 의견을 듣고 싶습니다. 이런 말이 가능할지 모르겠지만, 주체의 문제에서라면 소월은 '부서진 세계 안의 절망'에 철저히 유폐되어 있다는 점(이것이 감상의 과잉을 지적하는 말은 아닙니다)에서 김억의 제자다운 면모가 있지 않을까요.

2.

3장에서 선생님은 1930년대 모더니즘시를 '미적 근대성'의 방법적 수용이란 관점에서 검토하고 계십니다. '모더니즘'에 집중하다 보니 대상 시인이 정지용·김기림·김광균, 이른바 '이미지즘' 계열로 한정된 듯합니다. '미적 근대성'이 목적론적 역사관 아래 진보의 원리를 추구하는 '역사적 근대성'에 대한 철저한 거부 및 열정의 소산이란 것은 잘 알려져 있습니다. 그러나 1930년대 모더니즘시는 새롭고 숨겨진 세계를 발굴, 형상화함으로써 우리의 삶을 충실히 다원화·심미화하기보다는, 오히려 이미지즘류의 방법적 수용이 발표자의 말대로 감각적 심미성, 낭만적 비애, 명랑성의 극대화 등으로 편향되었습니다. 이런 한계는 '미적 근대성' 특유의 부정의 미학에 미달하는 항목이 아닐 수 없습니다. 이에 따라 저는 1930년대 펼쳐진 한국 근대시의 미적 근대성의 또 다른 국면들을 살펴보기 위해서는 다음과 같은 두 가지 작업이 필요하다고 생각되어, 질문의 형식으로 제안해 봅니다.

첫째, 이상(李箱)의 시를 어떻게 볼 것인가 하는 문제입니다. 시 자체의 심미성과 실험성이 갖는 의미와 가치에 대한 판단에는 여러 의견이 있겠으나, 미적 근대성이 추구하는바 부정의 미학의 추구에 이상만큼 열심인 시인은 드물었습니다. 앞 세 시인이 좁은 의미, 그러니까 영미 모더니즘 계열에 속한다면, 이상은 초현실주의 등이 속한 아방가르드 계열에 서 있는 형국입니다. 두 계열의 대비를 위해 이상이 실천한 세계의 탈신비화와 추문화, 그리고 기존 언어와 시 형식에 대한 거부와 저항의 의미를 간단하게 밝혀 주시기 바랍니다.

둘째, 1930년대 중반에 등장한 일군의 시인들, 이를테면 백석·서정주·오장환·이용악 등의 시에 나타난, 또는 그들이 추구한 미적 근대성을 어떻게 생각하시는지요 이들은 누구보다 정지용과 임화 등을 본받고 넘어서야 할 선배들로 삼았습니다. 이 말은 신인들의 시에 선배들의 영향이 작용하고 있으며, 또한 거기서 벗어나고자 하는 열정으로 가득 차 있다는 뜻이지요 이 구도까지 본다면 식민지 시기 한국 시의 근대성은 대체로 드러나는 게 아닌가 합니다. 그리고 이것은 해방 후 분단으로 말미암아 그 단층을 더욱 단단히 쌓아가게 된다고 생각합니다. 이상입니다.

신채호의 사상사적 의미와 그 현재성

「국민과 민족」 토론문

한수영

　김재용 선생의 발표를 잘 들었습니다.

　논문은 신채호와 이인직, 그리고 1910년대의 사회주의자들의 '민족'
과 '국민'·'계급', 그리고 식민주의와 제국주의에 대한 사유의 동질성
과 차이를 면밀히 추적하고 있습니다. 그런 가운데, 신채호의 사유가 얼
마나 실천적이고 운동적이며, 동시에 과학적이었는가를 재구성해내고
있습니다.

　'민족주의'와 '민족'의 문제, 그리고 '국민'과 '국가주의' 등에 대한 담
론이 어지럽게 뒤섞이고, "목욕물을 버리려다 아기까지 버린다"는 서양
의 속담이 생각날 만큼, 최근의 '민족' 담론에는 냉철한 분별지(分別智)
가 아쉬운 것이 작금의 현실인데, 그런 점에서 신채호가 활동했던 1900
년대 초반부터 1910년대 후반에 이르기까지, 그의 '국민'과 '민족' 그리
고 '계급'에 대한 생각이 어떻게 변화·발전되어 나갔는지를 밝히는 김
재용 선생의 발표 내용은 매우 의미심장한 것이었다고 생각합니다. 이

논문은 신채호의 그러한 사유를 재구성함으로써, 신채호의 사상사적 의미를 우리에게 다시 한번 각인시키는 의미도 갖지만, 그와 동시에 '민족'과 '국민' 그리고 제국주의와 식민주의에 대한 당시의 인식을 재구성하는 데 그치지 않고, 신채호의 사상과 같은 그러한 분별지와 과학적 사유가 오늘 우리에게 어떤 중요성과 필요성을 갖는가에 대해서도 환기하고 있다고 생각됩니다.

전체적인 내용에서 토론자인 저는 발표자의 생각에 대체로 동의하는 편입니다. 그러므로 제가 드리는 질문 두 가지는 내용에 대한 이견이라기보다는 신채호의 사유 과정을 재구성하고, 그것의 현재적 의미를 환기시키기 위해 좀 더 보완되었으면 좋을 듯싶은 몇 가지 궁금한 점에 대한 질의라고 할 수 있습니다.

민족주의자에서 사회주의자로 바뀌는 신채호 사상의 변모 과정의 일단을 논문에서 밝히고 있습니다. 그러나 우리가 알고 있는 신채호 사상의 최종 귀착지점은 무정부주의였습니다. 그러므로 거칠게 묘사해 본다면 그는 민족주의자에서 사회주의자를 거쳐 무정부주의자로 생을 마감했다고 볼 수 있을 것입니다. 당시에 민족주의자와 사회주의자가 칼로 두부를 자르듯이 확연히 구분되기 어렵고, 그 둘 사이는 차이 못지 않게 공유되는 지점도 많았을 것입니다. 이 점은 사회주의자와 무정부주의 사이에서도 비슷하게 적용해 볼 수 있으리라 짐작됩니다. 그럼에도 사회주의와 무정부주의는 엄연히 다릅니다. 신채호의 사상사적 궤적을 재구성한다면, 사회주의에서 무정부주의로 선회하는 맥락과 사정도 논의해야 한다고 생각합니다. 더구나 신채호가 무정부주의로 선회한 까닭은, 민족해방 투쟁으로 회복하게 되는 '국가'가 '국민국가'이든 '민족국가'이든 종국에는 그것이 '국가'라는 근대적 정치구성체가 되는 한, 궁극적으로는 지배와 억압, 차별과 구분의 지평을 온전히 극복할 수 없다는 자각 때문이었을 것이라는 항간의 짐작이 옳은지 그른지를 가리기 위해서도 필요한 작업이 아닌가 생각합니다.

두 번째 질문은, 글에서 민족주의로부터 사회주의로 옮겨가는 신채호의 사상적 궤적이 분명하게 그려지고 있지 않다는 것입니다. "민족과 계급을 통일적으로 사고했다"는 것이, 본문에 나와 있는 유일한 근거라고 할 수 있는데, 이런 근거만 가지고서는 민족주의자로서의 신채호와 사회주의자로서의 신채호의 경계가 분명하게 인식되기 어렵다고 생각됩니다. 물론 논의 전개의 편의성을 위해 약간의 단순화를 무릅쓴 측면이 없지 않겠지만, "민족과 계급을 통일적으로 사고했다"는 기준은 뒤집어 보면, 민족만을 생각했거나(민족주의자의 경우), 계급만을 생각하는(국제주의에 빠진 사회주의자의 경우) 편향으로부터 신채호가 벗어났다는 것을 강조하기 위한 단순화의 위험이 있습니다. 실제로 당시의 민족주의자나 사회주의자들 중, 그토록 단순하게 나눌 수 있는 사람들은 그렇게 많지 않을 것입니다. 그러므로 신채호의 사상적 변화를 좀 더 입체적이고 풍요롭게 재구성해야만, 발표의 본래 취지가 제대로 살아날 수 있지 않을까 생각합니다.

마지막으로 드리는 질문은, 구체적인 실천과 관련하여, 오늘날 논의되고 있는 우리 사회의 '민족' 담론은 과연 '민족주의'와 어느 지점에서 연대를 해야 하고, 어느 지점에서 전선을 분명하게 그어야 하는 것인지, 이런 문제에 대한 발표자의 견해가 있다면 한 말씀 들려주실 수 없겠는가 하는 것입니다. 신채호를 발표자가 높이 평가하는 이유 중의 하나도, 그의 사유가 책이나 관념이 아니라 철저히 운동과 실천 속에서 자라났기 때문이라고 높이 평가하고 있는데, '민족' 담론과 관련된 숱한 논의의 최종적인 진정성은 결국 그러한 담론이 지니는 실천적(또는 정치적) 진정성일 것이라고 생각합니다. 도식(圖式)을 빌린 구획과 정리는 오히려 손쉬운 측면이 있지만, 정작 우리를 둘러싼 현실 안에서 '민족주의'와 '계급'의 문제, 혹은 그것과 직·간접으로 얽힌 '민족' 문제는 어떻게 정리해야 옳겠는지, 그에 대한 발표자의 견해를 묻고 싶습니다.

조선 후기 시가사의 쟁점과 전망적 과제

「조선 후기 시가 연구사의 전망」 토론문

이형대

이 논의는 조선 후기 시가사에 대한 본격적인 연구사 검토와 연구자 자신의 한국 고전시가사에 대한 이해의 구도를 펼쳐 보이는 단일 논문 사이의 중간적 성격을 지니고 있다고 여겨집니다. 때문에 논지의 자유로운 전개 및 대담한 가설의 제시 등 긍정적인 측면도 적지 않으나, 각각의 글쓰기가 요구하는 일반적인 요건의 측면에서 볼 때 읽기에 불편한 점도 없지 않습니다. 연구사 검토라면 검토 대상 논저가 제한적이어서 객관성의 문제가 야기될 수 있고, 시가사의 구도를 제시하는 논문이라면 보완되어야 할 논거가 더 필요할 터이기 때문입니다. 그러나 제한된 분량에도 불구하고, 조선 후기 시가사의 쟁점들을 포괄적으로 제시하면서 전망적 과제를 명료하게 짚어냈다는 점에서 향후의 연구에 지침에 될 수 있는 유익한 성과를 도출하였다고 판단됩니다. 발표문을 읽어가면서 토론자로서 이해가 미진했던 부분을 중심으로 질문을 드리고자 합니다.

1. 고전시가사에 있어서 '조선 후기'라는 시대 구분의 문제

조선 중기나 또는 근대로의 이행기를 설정하지 않은 상당수의 고전문학사에서는 17세기 초를 조선 후기의 시작으로 봅니다. 그러나 시가사의 입장에서 볼 때는 시기 획정이 그리 단순하지 않습니다. 17세기 시가문학의 성격을 어떻게 규정하느냐에 대한 견해 차이가 있기 때문입니다. 토론자를 포함한 일군의 연구자들은 17세기 시가는 전가시조의 생성이나 재지사족층으로의 향유층 확대 등 다소간의 변화가 있음에도 불구하고 기본적으로는 16세기적 동력의 연장선상에 있고, 세계관이나 미적 특질의 측면에서도 18세기보다는 16세기와의 동질성이 높다고 보고 있습니다. 따라서 시가사에 있어서 시대적 낙차는 17세기 초보다는 18세기 초가 훨씬 컸다고 여겨지는바, 각종 시가작품들의 문예미학적 편차를 비롯하여, 여항가객층의 등장, 가집의 편찬, 사설시조의 족출 등 시가사의 굵직한 사건들이 이 시기에 존재하기 때문입니다. 물론 이러한 현상이 표출되기까지에는 오랜 시간 내적인 변모가 온축되어 가는 과정이 있었을 터이나, 드러난 자료의 실질에서 볼 때 18세기 기점설을 전복하기는 어렵다고 봅니다.

선생님께서는 '기본적인 시각을 문화사적인 연속상에 두고, 조선 후기 시가사를 재구하려는 전망을 얻고자 한다'고 하셨습니다. 문학사의 시각은 연구자의 이념에서 비롯하는 것이므로, 이를 검토하는 것은 별도의 논의가 필요할 것입니다. 그렇다 하더라도, 조선 후기에서 근대계몽기까지의 '이행의 결속'을 통해 '연속상'을 구축하고자 하는 선생님의 거시적 목표 아래에서도 다기한 미시적 흐름들 사이의 연속과 단절, 이접이나 비약 등을 발견하고 이를 논리화하는 것이 이 목표와 상치되는 것은 아니며, 오히려 '시가 발전의 실질'과도 부합되고 문학사의 발전 경로를 풍부하게 드러낼 수 있다고 여겨지는데, 이에 대한 선생님의 생각을 여쭙고 싶습니다.

2. 사설시조의 담당층 및 형성 시기에 대한 이견의 조율 문제

선생님께서는 현재 크게 대립하고 있는 사설시조의 형성에 관한 이견, 즉 중간 계층 및 서민층에 의한 조선 후기 창작설과 양반 사대부층에 의한 조선 전기 창작설을 조율하고자 합니다. 현재 팽팽하게 양립하고 있는 두 학설에 대한 상호 접근의 가능성, 또는 통합적 이해의 시각을 마련하고자 하는 의도로 읽힙니다. 그 대안으로 '사설시조의 시형을 산출하는 두 가지 경로를 분리하여 검토할 필요가 있다'고 보고 양반 품격의 작품들과 서민 취향의 작품이라는 '대립적인 두 가지 지향이 같은 문화권에서 긴장하면서 조화로운 새 방향을 모색하는 것', 즉 그 접점을 확인하고자 합니다. 이러한 발상 자체는 충분히 동의합니다. 실제로 『진본 정구영언』의 「만횡청류」에는 이러한 작품들이 공존하고 있습니다.

그러나 여기에는 보다 근본적인 문제가 잠재하고 있습니다. 즉 무엇이 '사설시조다운 사설시조인가'에 관한 것입니다. 사설시조에 대한 장르 규정으로서 연구자들이 암묵적으로 동의하고 있는 것은 '평시조의 형식에서 초·중장이 현저하게 확장된 것'입니다. 이러한 형식적 요건을 만족하는 작품들은 이미 연구자들이 지적하였듯이 18세기 이전의 사대부(고응척 등) 시가에서도 발견되고 있습니다. 그러나 사설시조의 주류성은 노골적인 성애를 표현한 작품이라든지, 서민적인 일탈과 해학의 성취가 농밀한 작품들에 있습니다. 후기로 갈수록 사설시조가 평시조화된다는 것은 이러한 사설시조 특유의 평민적 정감들이 탈각되어 간다는 의미입니다.

따라서 '양반 취향의 지속과 서민 취향의 갱신이 사설시조라는 양식 안팎에서 보이는 긴장 관계가 고려되어야 한다'는 선생님의 생각에 동의하면서도 '이 문제를 거슬러 올라가 사설시조 발생기에서부터 이 두 취향이 관여한 정도를 따지는 일까지 관심이 미칠 것을 필요로 한다'는 주장에 대해서는 동의하기가 망설여집니다. 두 부류의 작품간 주제적·미학적 차이가 현저하기 때문에 동일성으로 수렴되는 연관의 측면을 집착하다 보면 자칫 사설시조의 본질적 특성이 훼손될 수도 있기 때문입니다. 오히려 사설시조라는 외피를 두른 이질적인 양식들의 충돌과 경쟁 및 이접의 가능성을 주목하는 것이 더 나은 방법일 수 있습니다.

3. 현실비판가사의 전개 및 애국계몽기 가사의 성격 문제

조선왕조의 체제 모순이 심화되어 감에 따라 날카로운 현실 인식에 기반한 현실비판가사의 존재 가능성은 일찍부터 예견되어 왔으나 작품의 실상이 이를 따라주지 못하고 있습니다. 선생님께서 언급한 「유민탄」이 가장 이른 시기의 작품으로 간주될 수 있으나 작품 자체가 부전(不傳)하고, 17세기 정훈의 「탄궁가」나 박인로의 「누항사」는 궁핍한 현실을 문제삼고 있지만 자술적 신세한탄의 성격이 강하며, 18세기의 작품으로 추정되는 「기음노래」는 그 사회 비판의 정도가 매우 약합니다. 현전하는 작품으로 보건대 본격적인 현실비판가사의 출발은 1733년경에 장흥지역의 대기근과 살인적인 민막의 현장을 체험적 어조로 생생하게 묘사해낸 「임계탄」으로 삼을 수 있습니다. 이후 선생님께서 말씀하신 대로 1792년 「갑민가」와 「합강정가」로 이어지는 흐름을 간취할 수 있습니다.

선생님께서는 이러한 현실비판가사의 흐름을 애국계몽기 가사와 연결시키고 있습니다. 즉 "애국계몽기 가사의 계몽의지는 현실에 대한 저극적인 관심이라는 기준에서 현실비판가사의 현실 모순을 노정하고자 하는 의지와 같은 성격의 것이며 다만 역사 국면의 상이함으로 말미암아 그 표출의 양태가 차이가 났을 뿐"이라고 보고 있습니다. 토론자가 보기에도 계몽가사에는 제국주의의 침탈 아래 국권존망의 위기상태에 있는 조국 현실에 대한 비판적 인식이 분명하게 드러납니다. 그럼에도 불구하고 그 효용이나 표현 방식에는 현실비판가사와는 다른 양상도 확인할 수 있습니다. 본래 '계몽'이라는 어의 자체가 그러하듯이 계몽가사에는 무지몽매한 국민들에게 각성의 계기를 마련하고 진리의 빛을 제공하기 위한 계몽지식인의 교화론적 언술이 내재되어 있습니다. 따라서 서술의 방식이나 효용의 측면에서 볼 때 오히려 교훈가사에 가까운 면도 있다고 여겨집니다. 이와 같은 이유로 현실비판가사의 리얼리티보다는 과장적 수사나 환상적인 장면 연출도 마다하지 않는 것입니다.

4. 근대계몽기 전통시가 장르의 존재 양상에 대하여

시가사의 연속성을 구명하고자 하는 선생님의 일관된 목표에 의거하여 근대계몽기 시가장르들의 존재 양상, 또는 변환의 과정에 주목하는 것은 당연하다고 생각됩니다. 논의의 과정에서 다소 납득하기 어려운 구절이 있습니다. '조선조에서 양반 지식인은 한시를 통해 읽는 대상으로서의 시가를 향유하였고 서민대중은 민요를 통하여 부르는 대상으로서의 시가를 향유하였다는 논리가 가능하다면, 조선조 시가에는 계층에 따른 두 가지 향유 방식이 공존했고 시가 양식의 발전은 이 두 방식의 적용에 따라 편차를 보여 나온 것이라고 할 수 있다'는 부분입니다. 일찍이 임형택 선생님이 문자의 이원성에 따른 시가의 향유 방식에 대해 논의한 적이 있습니다. 사대부의 문예취향은 한자로 된 한시, 가창 욕구의 해소를 위한 국문시가라는 이원적인 틀을 유지하였다는 것입니다. 이러한 면모는 이현보나 이황·윤선도 등 여러 작가들에게서도 확인할 수 있으니, 반드시 계층에 따라 시와 노래를 독립적으로 향유하였다고 보기는 어려울 듯합니다.

근대계몽기에 이르러 시조가 그러하듯이 '불리는 단계'에서 '읽히는 단계'로 전통시가가 전환되는 양상을 주목하는 것은 매우 중요합니다. 양식적 특성이 변모되기 때문입니다. 그러나 개별장르에 따라 그 양상은 달랐습니다. 주지하다시면 일군의 가사작품에서는 이러한 현상이 계몽기 이전에 일어났고, 근대에 들어서도 끝가지 악곡적 제약을 탈피하지 못한 경우도 있습니다. 잡가의 경우가 대표적이라고 여겨지는데, '잡가가 어떻게 읽히는 단계로 전환되었던가는 밝히는 일도 필요하다'는 점에 대해서는 보충 설명을 듣고 싶습니다.

근대계몽기 소설사와 신소설의 위상

「근대계몽기 문학 연구의 성과와 과제」 토론문

김찬기

조선조 내내 소설은 착공구허(鑿空構虛)한 것이었다. 소설은, 도대체 감계와 모범의 자료가 될 수 없는 허탄한 것이어서, 사람의 성품을 올바르게 하고, 또 사람의 지혜를 열어 이끌어주는 양식이 될 수 없었다. 그러던 소설이 근대계몽기 이후부터 민지개도의 유력한 글쓰기 양식으로 부상하기 시작한다. 요컨대 각종 신문 잡지에 실리기 시작하는 단형의 서사물, 역사 전기물, 방각 상업 출판물, 활자본 소설류(신소설 / 활자본 고소설) 등의 서사물들이 경쟁적으로 출판되면서 소설에 대한 인식이 바뀌기 시작한다. 물론, 이 시기에도 여전히 소설 부정론은 존재하고 있었다. 그러나 소설 부정론의 장력이 소설 긍정론을 압도하는 정도는 아니었다.

그런데 지금까지의 우리 근대소설사 기술을 보면 좀 이해할 수 없는 지점이 있다. 이 시기의 서사물, 곧 단형 서사물(서사적논설 · 논설적서사 / 전 / 야담 / 비실명소설), 역사전기소설, 방각본 소설, 신소설, 활자본 소설 중에서 두드러지게 '신소설'을 중심으로 계몽기 소설사가 기술되고 있다는 점이다. 발표자의 주장처럼, 이와 같은 소설사 기술 방식은 김태준의 소설사 기술 관점을 그대로 계승한 결과이다. 그러나 실상은 그렇지 않다. 예컨대 이 시기 소설사를 독자 수용의 관점에서 본다면, 신소설은 그렇게 유력한 서사 양식이 아니었다. 이 점은 안자산의 『조선문학사』의 "古代小說의 流行은 其勢가 (…중략…) 此舊小說은 舊形대로 刊行함도 잇고 名稱을 變更한 것도 잇스니 春香傳은 獄中花라 하고 沈淸傳은 江上蓮이라 하겠다. 如何턴지 文學的 觀念은 七八年 전보다 進步되야 漸次 小說을 愛讀하는 風이 盛하얏나니 此로 因하야 新小說의 流行도 大開하다"[1]는 진술을 보면 더욱 분명해진다. 활자본 고소설이 신소설 유행을 견인한, 이 시기 소설사의 중심이었다.

그러나 기존의 소설사는 신소설과 역사전기소설만을 중심에 놓고 그 이외의 서사물들에 대한 의의를 높게 부여하지 않았다. 그동안의 소설사는, 『무정』(1918) 이전의 근대소설사를 활자본 고소설이나 방각본 소설은 누락시킨 채(단형 서사물은 최근에 김영민·한기형·정선태 등에 의해서 활발하게 연구되고 있는 편이지만)로 '신소설과 역사 전기물'만을 양축으로 삼아 기술하여 왔다. 문제는 역사 전기물이 출판법(1909) 공포 이후 단행본 출판 허가가 나는 경우가 드물었고, 신소설은 역사 전기물에 비해 그 출판은 자유로웠지만 활자본 고소설과 비교해보면 그 사정이 다를 수 있다. 요컨대, 이 시기 활자본 고소설은 "'고담책' '이야기책'의 대명사를 받아가지고 문학의 권내에 멀리 쫓겨온" 양식이었지만, "신문지에서 길러낸 문예의 사도들의 통속소설보다도 이것들 '이야기책'이 훨씬 더 놀라울 만큼 비교할 수도 없게 대중 속에 전파되어 있는"[2] 유력한 소설 양식이기도 했다. 그렇다면 이 시기 소설문학의 실상을 이해할 때, 활자본 고소설, 단형 서사물, 심지어 방각본 한글소설까지를 다 문제삼지 않

---

1) 안자산, 『조선문학사』, 한일서점, 1922, 128면.
2) 김기진, 「대중소설론」, 『동아일보』, 1929.4.14.

을 수 없다. 이로 볼 때, 신소설과 역사 전기물을 중심으로 이 시기 소설사를 기술하는 기존의 소설사 기술 방식은 재고될 필요가 있다.

바로 이 점에서 김영민의 『한국 근대소설사』는 그간의 근대소설사 기술의 문제적 지점을 극복하면서 단형 서사물과 신소설에 대한 새로운 이해의 시각을 제공하고 있다는 점에서 의의가 있는 성과물이다. 특히 이번 논문은 이와 같은 연장선상에서 근대계몽기 '신소설' 논의의 중요한 성과와 한계를 지적하면서 동시에 신소설 연구의 새로운 방향을 제시한다. 요컨대, "'신소설'이라는 용어는 문학 양식(樣式)이 아니라 수사(修辭)에 불과한 것"이라는 주장에 기초하여 신소설이 고유명사(다른 서사 양식과 구별되는 특정 시기의 서사 양식)로 인식된 문제점을 밝혀내고 있다. '신소설' 중심주의에 근거한 근대계몽기 소설사 기술의 문제점에 대하여 토론자 역시 전적으로 공감하면서 다음의 두 가지 사항을 문의드립니다.

첫째, 발표자의 주장처럼, 신소설이 가지고 있는 양식적 특질은 다른 일반 서사 양식과 변별되지 않는다고 생각합니다. 그렇다면 근대계몽기 서사 지형은 대체로 다음과 같이 정리해도 될 듯합니다. 조선 후기 한문 단편 → 단형 서사물(서사적 논설 / 논설적 서사 / 전 / 야담 / 비실명소설) → 단편소설 // 조선 후기 영웅소설 및 역사소설 → 역사전기소설 → 역사소설 // 조선 후기 한글소설 → 방각본 소설, 활자본 소설, 신소설 → 장편소설 // 등의 역사적 서사 장르 계통수를 그려볼 수 있을 것 같습니다. 이 계통수를 보면 신소설은 근대계몽기의 한글소설, 곧 근대계몽기에 들어와서도 여전히 여항의 독자들로부터 사랑을 받고 있었던 방각본 소설과 활자본 소설과 경쟁한 '근대계몽기 창작 한글소설' 정도로 이해할 수도 있다고 봅니다. 요컨대 전(傳)이란 수사 양식을 변용하거나 양식 착종의 과정을 통해서 근대계몽기의 '역사전기소설'이 탄생했듯이, 이 시기 '신소설'도 어떤 식으로든 전대의 한글소설의 정신과 표현법을 변용하여 탄생시킨 '창작 한글소설'일 수 있다는 것입니다. 이런 점에서 향후 연구는 '신소설'의 고유한 양식적 특징에 주목하는 것보다는 고전소설과의 비교연구(조동일의 선구적 업적이 있지만 전체 신소설의 개별적 특징을 포괄하는 연구는 아니어서 그 한계가 있음)가 각론화되어야 한다고 생각합니다. 이 점에 대한 필자의 견해를 듣고 싶습니다.

최근의 신소설 연구, 곧 전통문학과의 단절과 계승의 부면을 분명하게 체계화한 조동일의 연구, 그리고 신소설을 '서사 중심 신소설'과 '논설 중심 신소설'로 분립시켜 그 계통수를 세운 김영민의 연구, 단편서사물과 신소설의 양식적 특성을 연구한 한기형의 연구 등은 신소설 이해의 심도를 높였다는 점에서 충분히 의의가 있습니다. 그런데 이들 연구가 모두 공통적으로 지나치는 문제가 있습니다. 이른바 1910년 이후부터 신소설 작품에서 드러나고 있는 상업성과 통속성의 연원을 구체적으로 기술하지 않고 있다는 점입니다. 이 점은 신소설이 친일 논리로 귀착되는 연원을 역사적이고 사회사적 관점에서 치밀하고 일관되게 규명해내고 있는 기존 문학사 기술과 비추어 볼 때 매우 이례적인 현상입니다. 제 개인적인 생각은, 이 시기 방각본 소설이나 활자본 고소설과의 경쟁도 그 이유 중의 하나일 수 있다는 생각을 합니다. 때문에 근대계몽기 신소설 연구는 방각본 소설과 활자본 고소설과의 관련 연구를 통해서 그 문학사적 위상을 새롭게 검토할 필요가 있다고 봅니다. 이 점에 대한 필자의 견해를 듣고 싶습니다.

한국 시의 주체적 시문학사 기술에 대한 논의

「현대시사(現代詩史)의 서술 방법과 방향」 토론문

정현기

1.

스물네 종의 한국 현대시 서술 방법과 그 내용을 검토한 최동호 교수의 논문을 잘 읽었다. 우리의 문학사 기술에서 대부분의 이론가나 학자들이 곤혹스럽게 여기거나 나락에 떨어지는 문제점들을 이 논문은 잘 지적해주고 있다. 이 글을 읽으면서 이 자리에서 좀 더 깊이 있게 따져 새겨두어야 할 문제점들을 다시 들어내 보이고자 한다.

① 한국의 지성사에서 문학사라든지 소설문학사·시문학사·비평사를 쓰려고 할 때 빠지곤 하는 문제가 '근대문학의 기점' 문제이다. 이 문제는 1930년대 임화가 제시한 '이식문학론'과 겹쳐 우리 문학이 일본을 경유한 서양문학의 복사본이라는 전제 구름이 그들 서양 지식·관념과 접촉하여 파생된 어둠으로 계속해서 우리들 지식사회에 뒤덮여 있다.

이것을 좀 더 자세하게 밝혀 볼 필요가 있다.

첫째, 근대성이란 요약하면 생산의 농업 기반으로부터 상·공업 구조로 바뀐다는 엄연한 사실이 전제되어야 한다. 농업 구조에서 상·공업 생산 구조로 바뀐다는 것은, 대량생산체제로 바뀐 공업시설로 대량 생산된 물품 소비가 필연적으로 따르게 되고, 이것은 시장 개척이 불가피해진다. 시장개척은 또한 남의 나라 문호를 억지로라도 열어야 하는 물리적인 과제가 등장한다. 그것은 겉보기에 생활 개선으로 치장되어 있지만 위협이고 동시에 폭력을 동반하지 않을 수 없다. 서양 근세사가 이렇게 남의 나라를 시장으로 파악하여 가진 폭력과 위협으로 개방되거나 침략되어 나타났음이 공공연한 현실이 되어 왔다. 그런데도 어째서 한국의 문학사 쪽에서만 서양 용어인 모던·모더니티·모더니즘이라는 말을 '현대가 아닌 '근대'로 옮겨 우리를 그 말의 감옥 속에 방치하고 있는지 그 이유를 최동호 교수님은 밝혀 주기 바란다.[1] 정한모와 오세영이 1900년대 초기 한국 시를 '현대시'로 잡아 기술한다고 하였는데 그들의 이 용어 문제에 대한 주체적인 논의가 있었는지도 밝혀 주기 바란다.

둘째, 이상 시가 서양의 초현실주의문학 이론의 영향하에 씌어졌다는 가설을 기초로 하여 김용직이 정지용보다도 많은 지면을 할애한 것은 편파적이거나 선입관에 근거한 것이라고 비판한 유종호의 이론을 소개하는 자리에서 최 교수는 이렇게 서술하고 있다.

"작품자체로부터 연역되는 논리의 계발이 어렵다는 것은 주지의 사실이다."

---

1) 한국 지성사 쓰기에서 유독 한국문학사 쪽에서만 이렇게 '근대'라는 용어를 1900년대 초기로부터 1930~40년대 심지어는 1970~80년대까지에 고정시키고 있다. 한국 국어학 쪽에서는 1599년도까지 진행된 임진왜란 시기에 엄청난 언어생활 변동을 겪으면서 이 시시 17세기 초보부터 18~19세기(1800년대) 초까지를 '근대'로 잡아 기술하고 있고, 19세기(1800년대) 이후부터 국어학은 '현대'로 기점을 잡아 기술하고 있다. 이기문·김정수 기타 국어학자들 저술 참조

현대 한국 시문학 전공자들 가운데 한국 시인의 작품을 논리 틀의 기반으로 하여 이론을 만들려는 노력을 하고 있는 학자나 비평가·시인은 없는지? 그것을 나는 알고 싶다. 최근에 나온 김지하의 『그늘의 미학을 찾아서』는 그의 '그늘 이론'틀을 우리 시인들 가운데 정지용이나 김소월·이육사 등의 시 작품들을 이 이론 '그늘 이론'과 거기 맞댄 '틈 이론', '엇 이론', '멋 이론'에 적용하여 논증하고 있다. 나아가서 그는 김기림·이상·김영랑·서정주 등의 시 작품들은 이 주체 이론에 대입할 때 하급에 속하는 작품으로 해석 평가하고 있다. 이런 미학 이론 창조 작업이 우리 시문학 전공자들에게서 나오고 있는지 궁금하다. 최 교수께서 밝혀 주기 바란다.

　　셋째, 김용직 시문학사 기술을 비판하는 풀이하는 가운데 서정주·오장환 시 평가에 대입한 이른바, '선입관'이란 어떤 것인가? 그리고 임학수론에서 '학벌과 외국어지식이 작품평가에 우선하고 있다'는 점을 비판하고 있다. 그 내용을 좀 더 구체적으로 들어주기 바란다. 최 교수님의 이런 사팔뜨기 눈길 관행에 대한 견해를 듣고 싶다.

　　② '한국의 20세기는 전근대·근대·현대 그리고 고도정보화시대가 함께 소용돌이치며 공존하는 세기였다'고 최 교수는 이 논문 끝 부분에 와서 썼다. 이런 눈길(視覺)은 다분히 1900년대를 일본인들의 자기 역사 기술법에 기초한 용어쓰기이다. 이미 100여 년 전부터 일본인들은 '탈아입구(脫亞入歐)'를 국가의 정책 바탕으로 삼아 상·공업으로 진로를 바꾸었고, 서양이 하는 대로 남의 나라를 목적이 아닌 수단, 상품시장으로만 파악하여, 강약을 조절하면서 침략행위를 계속해 오고 있다. 그들이 쓰고 있는 용어를 그대로 답습하여 우리 역사 기술의 관문에 속하는 시대 구분을 그런 식으로 하여도 주체적 시문학사 기술에 도움이 될 것인지에 대해 의견을 듣고 싶다.

2.

　최동호 교수님의 오늘 발표한 이 논문에서는 한국 시문학사 기술의 현황과 문제점들 그리고 앞으로 진행해야 할 방향에 대한 중요한 지적이 있었다. 우리 문학사 기술에는 아직도 깁고 확충해야 할 논의 사항들이 많이 있다. 우선 최 교수께서 지적한 바와 같이 1920~30년대에 크게 떠올랐다가 사라졌으되 결코 빠뜨릴 수 없는 논쟁의 근거 가운데 카프 시들에 대한 적절한 시문학사적 편입과 정당한 해석 평가 작업이 남아 있다. 이 문제는 아직도 우리가 분단이라는 민족 단위의 아픔을 지닌 채 믿음덩이(이데올로기)로 인해 서로 건너지 못하는 마음의 강이 살아 있다. 그것은 현재 진행형이기 때문에 어느 누가 쉽게 단안하여 단칼로 깁거나 확충하여 정리하기가 난감한 실정이다. 그래도 이 문제는 반드시 우리가 넘어 건너야 할 강둑이고 복구해야 할 다리이다.

　따라서 한국 현대사에서 겪으며 생산된 대중 시나 대중 서사시들에 대한 논의 또한 방치되어서는 안 될 문학적 자산이다. 이 자산을 치우친 눈길을 벗고 정리하여 놓아야 할 짐을 우리는 지고 있다. 끝으로 최 교수께서는 앞으로 우리가 짊어지고 서술의 공평성을 시문학사적인 텃밭과 그 상관물들에 대한 견해를 보충해서 밝혀 주기 바란다. 우리가 일종의 편견 때문에 읽지 않거나 문학적 결벽성 때문에 빠뜨리고 있는 시문학 작품들은 어떤 것들이 있는지 보충해서 밝혀 달라는 뜻이다.

　오늘 발표한 최동호 교수님의 논문에서 많은 것을 배웠다. 마지막으로 묻고자 하는 바는 한국 시의 주체적 시문학사 기술은 어떻게 가능한 것인지, 그리고 언어공동체 사람들에게 빚지고 있는 시문학 쪽의 공허한 자기 도취, 내상으로 터진 내출혈 시문학 작품은 없는지 등을 덧붙여 밝혀 주면 고맙겠다.